COMMENT LES PINGOUINS ONT SAUVÉ VERONICA

HAZEL PRIOR

COMMENT LES PINGOUINS ONT SAUVÉ VERONICA

roman

l'Archipel

Collection « Instants suspendus »
dirigée par Virginie Fuertes

Notre catalogue est consultable à l'adresse suivante :
www.editionsarchipel.com

Éditions de l'Archipel
92, avenue de France
75013 Paris

ISBN 978-2-8098-4220-3

Pour Jonathan

« Je trouve aujourd'hui que les pingouins
sont le seul réconfort dans la vie...
On ne peut pas être en colère
quand on regarde un pingouin. »

John Ruskin

I

Veronica

Les Ballahays, Ayrshire, Écosse
Mai 2012

J'ai dit à Eileen d'enlever tous les miroirs. Avant, je les aimais bien, mais plus aujourd'hui. Les miroirs sont trop honnêtes. Une femme ne peut supporter tant de vérité.

— Vous êtes sûre, madame McCreedy ?

Son ton laisse entendre qu'elle sait mieux que moi ce que je pense. Elle ne peut pas s'en empêcher, l'une de ses innombrables manies agaçantes.

— Évidemment que j'en suis sûre !

Elle maugrée et hausse les épaules, un exploit si l'on considère l'extraordinaire épaisseur de son cou.

— Même le plus joli, celui avec le cadre doré qui est posé sur le manteau de la cheminée ?

— Oui, même celui-là, lui expliqué-je avec patience.

— Et ceux de la salle de bains aussi ?

— Surtout ceux-là !

La salle de bains est le dernier endroit où j'ai envie de me regarder.

— Comme vous voudrez.

Son ton commence à friser l'insolence.

Eileen vient tous les jours. Essentiellement pour faire le ménage, mais ses talents domestiques laissent à désirer. Elle semble s'imaginer que je suis aveugle.

Eileen possède un nombre limité d'expressions faciales : joyeuse, curieuse, affairée, perplexe ou absente. Là, elle prend son air affairé. Elle s'agite ici et là en émettant un bourdonnement semi-musical, telle une abeille qui s'ennuie, décroche les miroirs un par un et les entasse dans le hall. Comme elle ne peut pas fermer les portes derrière elle, étant donné qu'elle a les mains pleines, je la suis pas à pas, refermant chaque porte avec soin. S'il y a bien une chose que je ne tolère pas, c'est une porte laissée ouverte.

J'entre dans le plus grand des deux salons. Il y a désormais un hideux rectangle sombre sur le papier peint au-dessus de la cheminée. Il faudra que je le cache avec un autre cadre. Une belle huile sur toile avec beaucoup de verdure, peut-être un tableau de Constable. Ça ferait ressortir le vert Lincoln des rideaux de velours. J'aimerais une pastorale apaisante, des collines et un lac. Un vaste paysage vide de toute présence humaine, de préférence.

— Et voilà, madame McCreedy. Je crois qu'ils sont tous là.

Eileen s'abstient au moins de m'appeler par mon prénom. La plupart des jeunes gens d'aujourd'hui ont abandonné l'usage du « monsieur », du « madame » ou du « mademoiselle », ce qui, si vous voulez mon avis, en dit assez long sur l'état actuel de notre société. J'ai donné du « Madame Thompson » à Eileen les six premiers mois qu'elle a travaillé pour moi. J'ai arrêté uniquement parce qu'elle m'avait supplié. (« Je vous en prie, appelez-moi "Eileen", madame McCreedy. Ça me ferait tellement plaisir. » « Eh bien, je vous prierai de continuer à m'appeler "Mme McCreedy", Eileen, lui avais-je répondu. Cela me ferait tellement plaisir. »)

La maison me plaît beaucoup plus maintenant qu'elle est débarrassée des affreux spectres de Veronica McCreedy qui me narguaient depuis chaque recoin.

Eileen pose les mains sur ses hanches.

— Bon, je vais ranger tout ça, alors. Je les colle tous dans la pièce du fond ? Il reste un peu de place là-dedans.

La pièce du fond est extrêmement sombre et toujours un peu froide, inadaptée pour y vivre. Les araignées s'y sentent chez elles. Eileen, dans sa grande sagesse, s'en sert de stock pour tout objet dont j'ai envie de me débarrasser. Elle croit dur comme fer qu'il convient de tout conserver « au cas où ».

Elle traîne avec peine les miroirs à travers la cuisine. Je résiste à l'envie de fermer les portes à chacun de ses passages, sachant que ça lui rendrait seulement la tâche plus difficile. Je me console à l'idée qu'elles seront bientôt toutes closes de nouveau.

Elle revient cinq minutes plus tard.

— J'espère que vous ne m'en voudrez pas, madame, mais j'ai dû déplacer ceci pour faire rentrer les miroirs. Vous savez ce que c'est ? Ce qu'il y a dedans ? Vous voulez la garder ? Je peux demander à Doug de l'apporter à la déchèterie la prochaine fois qu'il ira, si besoin.

Elle pose la vieille boîte en bois sur la table de la cuisine et regarde le cadenas rouillé avec des yeux de chouette.

Je choisis d'ignorer ses questions et lui demande plutôt :

— Qui est ce Doug ?

— Vous savez bien. Doug, mon mari.

J'avais oublié qu'elle était mariée. Je n'ai jamais été présentée à ce pauvre homme.

— Eh bien, je n'aurai aucun besoin qu'il apporte quelqu'une de mes affaires à la déchèterie dans un avenir proche, ni même lointain. Vous pouvez laisser ça sur la table pour l'instant.

Elle passe un doigt sur le couvercle du coffret, laissant une trace propre dans la poussière. L'expression numéro 2 (curieuse) s'affiche sur son visage.

— J'ai essayé le cadenas pour voir s'il y avait quoi que ce soit de valeur, avoue-t-elle, mais il est bloqué. Il faut connaître la combinaison pour l'ouvrir.

Elle se penche vers moi avec un air de conspiratrice. Je me recule un peu, n'ayant nul désir de comploter avec elle.

— J'en suis bien consciente, merci, Eileen.

Manifestement, elle est persuadée que, comme elle, j'ignore tout du contenu de cette boîte.

J'ai un frisson d'horreur en imaginant Eileen farfouiller à l'intérieur. L'indiscrétion des gens : c'est précisément la raison pour laquelle j'ai tout mis sous clé. Je n'autoriserai jamais qu'une seule personne à voir ce qu'il y a dedans, et cette personne, c'est moi.

Je n'ai pas honte. Oh non, ça n'a jamais été la question. Mais je refuse catégoriquement de me laisser entraîner sur cette pente. Il y a des secrets enfermés dans cette boîte auxquels j'ai réussi à ne pas penser depuis des décennies. À présent, la simple vue de ce petit coffre me fait chanceler. Je m'assieds brusquement.

— Eileen, vous voulez bien mettre la bouilloire à chauffer, vous serez gentille.

L'horloge sonne sept heures. Eileen est partie et je suis seule dans la maison. Être seule est censé poser un problème aux gens comme moi, mais je dois dire que j'en tire une satisfaction profonde. La compagnie de mes semblables est parfois nécessaire, j'en conviens, mais elle est presque toujours irritante, d'une façon ou d'une autre.

Je suis à présent installée dans mon fauteuil Queen Anne, près du feu, dans ce que je nomme mon « boudoir », mon deuxième salon, plus intimiste. Le feu n'est pas un vrai, avec de belles bûches, hélas, mais un machin électrique à fausses flammes. Un compromis que j'ai dû accepter, comme tant d'autres au cours de ma vie. Au moins, il remplit sa fonction première en produisant de la chaleur. Il fait frisquet dans l'Ayrshire, même en été.

J'allume la télévision. Une fille efflanquée apparaît à l'écran. Elle pousse des hurlements effroyables, fend l'air de ses doigts pointés vers le ciel en glapissant quelques paroles inaudibles en rapport avec du titane. Je change de chaîne au plus vite. Je zappe entre un jeu télévisé, une série policière et une pub de croquettes pour chats. Quand je reviens à la première chaîne, la fille est toujours en train de piauler « Je suis du titane ».

Quelqu'un devrait lui dire que c'est faux. Cette gamine n'est qu'une idiote pourrie gâtée et bien trop bruyante. Quel soulagement lorsqu'elle ferme enfin son clapet !

Arrive enfin l'heure de « Earth Matters », la seule émission de la semaine qui vaille la peine d'être regardée. Tout le reste n'est que sexe, publicité, célébrités participant à des jeux débiles ou s'essayant à la cuisine, pseudo-célébrités sur une île déserte ou dans une jungle, anciennes célébrités interviewant d'autres célébrités, et tout un tas d'aspirants-célébrités qui font tout ce qu'ils peuvent pour devenir des célébrités (avec une faculté spectaculaire à se rendre ridicules). « Earth Matters » offre un répit bienvenu, en démontrant de mille façons à quel point les animaux sont plus raisonnables que les humains.

Toutefois, je suis consternée de constater que la saison actuelle de « Earth Matters » semble terminée. Elle est remplacée par une émission intitulée « Le Sort des pingouins ». Avec une lueur d'espoir, je note qu'elle est présentée par Robert Saddlebow. Cet homme est la preuve qu'il est parfois possible de devenir célèbre pour de bonnes raisons. Contrairement à l'écrasante majorité, il a réellement accompli quelque chose. Il a voyagé tout autour du monde, militant pour la protection de l'environnement durant des décennies. Il est l'une des rares personnes pour qui j'éprouve une certaine admiration.

Ce soir, c'est un Robert Saddlebow tout emmitouflé, perdu au milieu d'un désert blanc, que je découvre au coin du feu. Des bourrasques de neige tourbillonnent autour de son visage. Derrière lui, on devine un groupe de formes sombres. Quand la caméra s'approche, on distingue que ce sont des pingouins*, une immense tribu agitée. Certains sont blottis à plusieurs bien serrés, d'autres dorment sur le ventre, d'autres encore se promènent parmi le groupe en se dandinant, vaquant à leurs affaires.

M. Saddlebow m'informe qu'il existe dix-huit espèces de pingouins de par le monde (dix-neuf si l'on considère le manchot à ailerons blancs comme une espèce à part entière), dont un grand nombre sont menacées de disparition. Au cours du tournage de l'émission, dit-il, il en est venu à éprouver un profond respect et une grande admiration à l'égard de ces volatiles – pour leur genre dans son ensemble, pour chaque espèce et même pour chaque individu du groupe. Ils vivent dans les endroits les plus hostiles de la planète, dans les pires conditions possibles, et pourtant, jour après jour, ils relèvent les plus incroyables défis avec un panache et un enthousiasme qui feraient honte à bien des humains. « Quelle tragédie ce serait si l'une de ces espèces venait à disparaître ! » s'écrie Robert Saddlebow en me fixant depuis l'écran de ses yeux bleu glacier.

— Une tragédie, parfaitement ! lui réponds-je.

Si Robert Saddlebow se soucie autant des pingouins, alors moi aussi.

---

* En anglais, le terme « *penguin* » englobe toutes les espèces de ce genre. En français, on parle de « manchot » pour les espèces antarctiques. Cela dit, pour respecter l'esprit du texte original, nous emploierons parfois le terme générique de « pingouin ». *(Toutes les notes sont de la traductrice.)*

Il explique que chaque semaine il choisira une espèce différente et nous montrera les spécificités qui la rendent unique. Cette semaine, il s'agit du manchot empereur.

Je suis fascinée. Tous les ans, les manchots empereurs traversent quelque cent kilomètres de désert de glace pour rallier leur zone de reproduction. C'est un exploit considérable, surtout quand on sait que la marche n'est pas exactement leur point fort. Ils se déplacent comme Eileen, se traînant péniblement avec un manque de grâce remarquable. Ils ont l'air assez mal dans leur peau. Et pourtant, leur persévérance est une inspiration.

L'émission terminée, je m'arrache de mon fauteuil. Je dois reconnaître que ce n'est pas aussi difficile pour moi que pour nombre d'autres qui ont atteint mon âge respectable. Je me décrirais même comme alerte. Je suis toutefois consciente que mon corps n'est pas infaillible. Autrefois, c'était une machine sans défaut, mais ces derniers temps il a perdu en élasticité, en efficacité. Je dois me préparer à la possibilité qu'il me lâche dans un avenir proche. Et pourtant, jusqu'ici, il fonctionne merveilleusement bien. Eileen, avec son élégance coutumière, me fait souvent remarquer que je suis « aussi coriace qu'une vieille semelle ». Chaque fois, je suis tentée de lui répondre : « C'est pour mieux te botter les fesses, mon enfant. » Mais je résiste à la tentation : on doit toujours s'efforcer d'éviter l'impolitesse.

Il est huit heures et quart. Je passe dans la cuisine pour me préparer ma tasse du soir de Darjeeling, accompagnée d'une gaufrette au caramel. Mon regard se pose sur le coffret en bois qui repose, encore fermé, sur la table. Un instant, j'envisage d'entrer la combinaison sur le cadenas pour jeter un œil à l'intérieur. D'une certaine façon, illogique et un peu sadique, j'en ai grande envie. Mais non, ce serait une erreur stupide. Comme Pandore dans le mythe, libérant mille démons. La boîte doit absolument retourner au royaume des araignées sans que j'y touche.

2

VERONICA

Les Ballahays

La vie est soudain devenue un peu plus difficile. J'ai tenté de me coiffer ce matin, mais le miroir de la salle de bains n'était plus là. Je me suis précipitée dans la chambre, mais là aussi, le miroir avait disparu ! Tout comme celui du hall et celui du salon.

Je prends tout de même mon petit-déjeuner, assez mécontente de cette situation inédite et insensée.

À neuf heures, Eileen arrive.

— Bonjour, madame McCreedy ! Quelle belle matinée !

Il faut toujours qu'elle soit d'une gaieté exaspérante.

— Qu'avez-vous fait de mes miroirs ?

Elle cligne des yeux comme une grenouille.

— Je les ai mis dans la pièce du fond, comme vous me l'avez demandé !

— C'est parfaitement absurde ! Comment suis-je censée me coiffer et me maquiller sans miroir ? (Quelle

créature irrationnelle !) Soyez aimable et ren
place avant d'entreprendre quoi que ce soit

— Quoi ? Tous ?

— Oui, tous.

Elle émet un petit soupir agacé.

— Comme vous voudrez, madame McCreedy...

Encore heureux ! Je ne la paye tout de même pas pour se tourner les pouces.

Je me rappelle avec un temps de retard qu'un certain coffret en bois est toujours sur la table de la cuisine, et, bien entendu, elle va vouloir y mettre son nez.

— Vous n'avez pas réussi à l'ouvrir, alors ? dit-elle à la seconde où elle l'aperçoit, comme si j'en étais incapable. Je pourrais demander à Doug de scier le cadenas si vous ne vous souvenez pas du code.

— Je m'en souviens, Eileen. Ma mémoire est sans défaut. Je peux encore réciter des dizaines de vers de *Hamlet* appris à l'école.

Elle lève les yeux au ciel, croyant sans doute que je ne le remarque pas, mais je vois tout.

— Et je ne veux pas que votre Doug tripote mon coffret. Je vous saurai gré de vous occuper de ces miroirs sans tarder.

— Bien sûr, madame McCreedy, tout ce que vous voudrez.

Je la regarde extraire les miroirs de la pièce du fond et les raccrocher à leur place en marmonnant dans sa barbe.

Une fois que les miroirs sont de retour, je m'attaque au problème de ma coiffure. Il ne me reste plus beaucoup de cheveux et ils sont d'une blancheur saisissante, mais j'aime qu'ils soient bien peignés. Je n'apprécie guère de me regarder dans la glace, en revanche. Mon reflet d'aujourd'hui n'est pas franchement agréable à voir, surtout comparé à celui d'antan. Il y a des années de cela, j'étais une très belle femme. Les gens disaient de moi que j'étais une « vraie beauté », un « canon », une « bombe ». Il n'en reste aucun vestige aujourd'hui, noté-je en peignant mes quelques mèches trop fines. Ma peau est parcheminée et détendue. Mon visage, tout gribouillé de rides. Mes paupières, tombantes. Mes pommettes autrefois sculptées saillent sous ma peau. Avec le temps, je devrais être habituée à ces défauts physiques répugnants, mais cela me révulse encore de me voir dans cet état.

Je fais de mon mieux pour m'arranger avec un peu de rouge à lèvres, de poudre et de blush. Mais il faut se rendre à l'évidence : je n'aime pas les miroirs.

Le vent me transperce jusqu'aux os. Une bise humide et sauvage qu'on ne trouve qu'en Écosse. Je m'emmitoufle dans mon manteau et marche vers le nord, le long du sentier côtier. J'ai toujours eu foi dans les bienfaits d'une promenade quotidienne et refuse de me laisser décourager par le mauvais temps. À ma gauche, la mer bouillonne en motifs gris ardoise et crache une folle écume blanche dans les airs.

Ma canne assure mon équilibre sur le terrain inégal et sableux. J'ai emporté mon sac à main fuchsia à liseré doré, qui bat contre ma cuisse. J'aurais dû le laisser sur son crochet dans le hall, mais on ne sait jamais quand on peut avoir besoin d'un mouchoir ou d'un antidouleur.

J'ai aussi pris ma pince à ordures et un petit sac-poubelle. Ramasser les déchets est une vieille habitude qui me vient de mon très cher père. Un geste d'hommage en son honneur, ainsi qu'une modeste contribution pour compenser le chaos causé par le genre humain. Même les sentiers rugueux de la côte d'Ayrshire ont été souillés par la désinvolture de l'humanité.

Manier tout à la fois canne, pince, sac-poubelle et sac à main n'est pas une mince affaire, surtout par un vent pareil. Mes os gémissent sous l'effort. Je marche de biais, pesant contre les rafales qui deviennent mes alliées plutôt que mes adversaires.

Une mouette pousse un cri strident et plonge à travers les nuages. Je m'arrête un instant pour admirer la beauté de la mer tempétueuse. J'ai une faiblesse particulière pour les rochers, les vagues et les paysages sauvages. Mais un objet écarlate danse sur les rouleaux. Un paquet de chips ou un emballage de biscuits ? Si j'étais encore jeune, je descendrais sur la plage, entrerais dans l'eau sans y réfléchir à deux fois et ramasserais ce déchet, mais aujourd'hui, hélas, j'en suis bien incapable. Les embruns éclaboussent mon visage et coulent le long de mes joues comme des larmes.

Les gens qui jettent leurs ordures dans la nature devraient être fusillés.

Je repars contre le vent, luttant sur le chemin du retour. Lorsque j'arrive au portail, je suis un peu chancelante.

Les Ballahays s'enorgueillissent d'une allée privée de belles dimensions et d'un agréable domaine d'environ douze mille mètres carrés. La plus grande partie du jardin est entourée de murs : l'une des raisons pour lesquelles j'aime tant cet endroit. Entre ces murs, on trouve des cèdres, des rocailles, une fontaine, diverses statues et quatre bordures de plantes herbacées confiées aux bons soins de M. Perkins, mon jardinier.

Je lève les yeux sur la demeure en approchant. Habillée de lierre, conçue dans le style jacobéen, Les Ballahays sont construits en brique patinée et en pierre. Avec ses douze chambres et ses multiples escaliers grinçants en bois de chêne, ce n'est pas, j'en conviens, la maison idéale pour moi. Soigner ses nombreux maux est une tâche herculéenne. Elle souffre de plâtres qui s'effritent, de terribles courants d'air, et il y a des souris dans les combles. Je l'ai achetée en 1956, tout simplement parce que j'en avais les moyens. J'apprécie la réclusion qu'elle offre autant que la vue, et ne me suis donc pas donné la peine de déménager.

J'entre, dépose le sac-poubelle et ma pince dans le vestibule puis accroche mon manteau à la patère.

À peine ai-je posé le pied dans la cuisine que mon regard tombe sur le satané coffret. Je l'avais presque oublié. Je m'assieds à la table. J'observe le petit coffre et il semble me scruter en retour. Sa présence imprègne la pièce. Une présence insolente, moqueuse, qui me défie de l'ouvrir.

Veronica McCreedy n'est pas du genre à refuser un défi, personne ne pourra dire le contraire.

Je me force à tourner les molettes pour aligner les chiffres un à un. Un, neuf, quatre, deux : 1942. Toujours gravés dans ma mémoire, même après tant d'années. La serrure coince un peu, mais ce n'est guère étonnant : elle n'a pas été ouverte depuis soixante-dix ans.

Première trouvaille : le médaillon. Petit, ovale, un « V » gravé dans l'argent patiné au centre d'un motif de rinceaux enroulés avec grâce. La chaîne est fine et délicate. Je la laisse couler entre mes doigts. Sans pouvoir m'en empêcher, je défais le loquet et le médaillon s'ouvre comme de lui-même. De ma gorge serrée s'échappe un gémissement involontaire. Les quatre échantillons sont là, comme je l'ai toujours su. Ils sont minuscules : assez pour entrer dans cet écrin. Ils ont l'air si fragiles.

Je ne pleurerai pas. Non. Veronica McCreedy ne pleure pas.

Au lieu de quoi je les regarde, fascinée : quatre mèches de cheveux, provenant de quatre têtes. Deux d'entre elles sont entrelacées, l'une châtaine, l'autre rousse. Et puis il y a ce brin noir et luisant, qu'une version de moi-même disparue depuis longtemps sortait souvent du médaillon pour l'embrasser. Nichée tout contre, une mèche légère, si fine et si claire qu'elle en est presque transparente. Incapable de la toucher, je referme le médaillon d'un geste brusque. Ferme les yeux, respire. Compte jusqu'à dix. Me force à rouvrir les paupières et replace avec soin le médaillon dans le coffret.

Les deux carnets noirs reliés de cuir sont là aussi. Je les sors de la boîte. Leur poids dans ma main est une sensation horriblement familière. Même leur odeur, la senteur épuisée du vieux cuir mêlée à l'écho du parfum de muguet que je portais à l'époque.

Maintenant que j'ai commencé, je ne peux plus m'arrêter. J'ouvre le premier carnet. Chaque page est couverte de lignes à l'encre bleue, une écriture ronde et pressée. En plissant les yeux, je parviens à lire quelques phrases sans mes lunettes. Je souris tristement. Adolescente, mon orthographe était loin d'être impeccable, mais mon écriture plus nette qu'aujourd'hui. Je referme le carnet.

Je dois le lire et je le lirai, mais si mon passé s'apprête à me submerger j'ai besoin de munitions.

Je me prépare une bonne théière d'Earl Grey et dispose quelques biscuits au gingembre sur une assiette, une porcelaine de Wedgwood ornée d'un motif d'hibiscus rose. J'emporte le tout jusqu'au boudoir sur la desserte à thé, m'installe dans le grand fauteuil près du bow-window, grignote deux biscuits, avale une pleine tasse puis m'en sers une autre avant de me saisir du premier carnet. J'attends encore cinq minutes avant de l'ouvrir. Enfin, je chausse mes lunettes de lecture.

Alors, comme une fenêtre s'ouvrant sur les rayons du soleil et l'air léger de l'été, elle apparaît : ma jeunesse ; tendre, vivace, étalée sous mes yeux. Et même si je sais que cela me fera mal, je ne peux m'empêcher de lire la suite.

3

Veronica

Les Ballahays

Si j'avais été plus jeune, je me serais mise à courir, à crier, à hurler, à tout casser. Aujourd'hui, ce n'est pas mon genre, pas une solution non plus. Au lieu de ça, je sirote mon thé en cogitant.

J'ai lu toute la nuit et je suis en état de choc. Abreuvée de ma propre voix adolescente pendant des heures, j'ai l'impression qu'une part de cet être plus sauvage, plus vulnérable, s'est infiltrée en moi. La sensation est bizarre et désagréable, comme un scalpel se glissant sous ma peau. J'ai refoulé ces souvenirs depuis tant d'années. À présent, comme pour rattraper le temps perdu, ils ont forcé le barrage mental que j'avais érigé et refusent de me laisser en paix.

Ces tourments s'accompagnent d'une petite question sournoise qui me trotte dans la tête. Je la rumine au petit-déjeuner. Je la remâche encore à l'arrivée d'Eileen. Elle me poursuit tout au long de ma promenade matinale et, pendant que j'essaie de lire Emily Brontë, me gâche le saumon en croûte du déjeuner et la sieste digestive qui le suit ; elle est là quand je complète la grille de mots croisés du *Telegraph* et pendant que je cueille des roses pour la table de la salle à manger. En me faisant les ongles après le jardinage, je commence à réaliser que je n'aurai pas la paix tant que la question restera en suspens.

Je retourne dans ma chambre. J'ai replacé les carnets dans le coffret et refermé le cadenas. J'en ai retiré le médaillon, qui se trouve désormais sous mon oreiller.

Je le sors de sa cachette et fais couler de nouveau la chaîne entre mes doigts. Cette fois, je ne l'ouvre pas, mais mes pensées se tournent vers cette mèche si fine, si pâle. Il me faut un effort considérable pour réussir à endiguer la vague d'émotion qui menace à nouveau de me submerger. Il est temps que mon cerveau passe à l'action.

Le tic-tac de l'horloge me semble particulièrement bruyant aujourd'hui. Je déteste les horloges mais, comme les politiciens et le paracétamol, elles ont trouvé le moyen de se rendre indispensables dans ce monde. J'arrache mon appareil auditif. Le tic-tac s'estompe. Je peux enfin m'entendre réfléchir.

Au moment où Eileen termine ses corvées du jour, j'ai pris ma décision.

Je descends à la cuisine, sélectionne quelques pièces d'un service à thé correct (quatrième dans la hiérarchie de ma porcelaine), et prépare une bonne théière d'english breakfast bien fort. J'insiste toujours pour m'en occuper moi-même. Personne ne prépare le thé aussi bien que moi.

— Asseyez-vous un instant, Eileen. J'aurais un service à vous demander.

Elle se laisse tomber sur une chaise et murmure quelques mots.

— Cessez de marmonner, voyons, Eileen.

— Qu'avez-vous fait de votre appareil, madame McCreedy ? articule-t-elle, tout en gesticulant comme une folle pour me montrer ses oreilles.

— Dans la chambre, je crois. Soyez gentille, vous voulez bien…

— Tout de suite.

Elle se lève et sort de la pièce en trottinant.

— La porte, Eileen !

— Mais je reviens dans une… Oh, d'accord ! crie-t-elle en claquant la porte.

Elle est de retour un instant plus tard, mon appareil à la main, et sans oublier, cette fois, de refermer derrière elle.

J'insère mon aide auditive avant de nous servir deux tasses. Eileen se rassied et aspire son thé bruyamment. Je prends une petite gorgée du mien et mets de l'ordre dans mes pensées. Ma décision aura un impact profond sur les quelques années qu'il me reste à vivre.

Je ne dirais pas que je suis superstitieuse. Je passe toujours sous une échelle quand l'une d'elles se présente et j'ai un faible pour les chats noirs, qu'ils traversent mon chemin ou pas. Mais à aucun moment de ma vie je n'ai rédigé de testament. Ça, me suis-je toujours dit, ce serait chercher les ennuis. Je suis toutefois consciente qu'en l'absence d'un tel document ma fortune pourrait bien terminer dans les coffres du gouvernement ou de n'importe quel autre bénéficiaire tout aussi indésirable. Ayant dépassé l'âge respectable de quatre-vingt-cinq ans, je crois qu'il est temps pour moi de considérer la question sérieusement. Il est fort possible que cette enveloppe mortelle résiste encore une quinzaine d'années ; je recevrai peut-être une carte postale de la reine me félicitant pour mon centième anniversaire. Ou peut-être pas.

À ma connaissance, je n'ai aucun héritier, aucun membre de ma famille qui soit en vie. Mais ayant revisité le passé, il m'apparaît que certaines circonstances ont pu altérer mes certitudes à ce sujet. Après tout, il en faut peu pour créer un être humain. Toutes les naissances ne sont pas célébrées de façon publique, et il existe certainement des milliers de pères qui n'ont aucune idée de leur paternité. Maintenant que ce doute minuscule mais incontestable s'est installé, je dois dire qu'il a tendance à m'obséder. Je suis résolue à trouver une réponse. Et ma quête doit débuter sans plus tarder.

Eileen est assise en face de moi, les mains autour de sa tasse. Elle affiche son expression absente. Je remarque que ses cheveux sont encore plus mal coiffés que d'habitude, pleins de frisottis rebelles. Elle pourrait tout de même y mettre un peu d'ordre.

— Eileen, j'ai une faveur à vous demander. Seriez-vous capable de vous servir de votre machine internet pour me trouver une agence digne de confiance avec une réputation impeccable ?

— Bien sûr, madame McCreedy, tout ce que vous voudrez. Vous aviez quel genre d'agence en tête ? (Elle ricane dans son thé.) Une agence de rencontres ?

Je ne suis pas d'humeur à supporter ces idioties.

— Ne soyez pas ridicule ! Non, j'ai besoin d'une agence capable de déterrer des documents concernant des parents disparus depuis des années.

Elle porte les mains à son visage d'un blanc plâtreux et son ricanement fait place à la curiosité.

— Oh, madame McCreedy ! Vous croyez que vous pourriez avoir de la famille quelque part ?

Elle attend, avide d'informations supplémentaires que je n'ai aucune intention de lui donner. À mon âge, je devrais avoir le droit de faire exactement ce que je veux sans avoir à m'expliquer au monde entier.

— Donc vous voulez que je vous trouve une agence sur Google. Du style recherche de personnes disparues, perdues de vue, c'est bien ça ?

— Quelque chose comme ça, oui. Utilisez votre googly-trucmuche ou tout autre moyen à votre disposition. Il faut une agence qui respecte la plus grande discrétion, insisté-je. Qu'elle ait bonne réputation et obtienne des résultats. Je vous saurai gré de vous en assurer, s'il vous plaît.

— Bien entendu, madame McCreedy ! Comme c'est excitant !

— Excitant ou pas, je tiens à faire toute la lumière sur cette histoire, et vous serai reconnaissante de me fournir une adresse et un numéro de téléphone aussi promptement que possible.

— Pas de problème, madame McCreedy. Je m'y mets ce soir, dès que je rentre à la maison. Je suis sûre que je peux vous trouver des contacts. Je vous apporterai mes résultats demain.

— Parfait. Merci, Eileen.

J'appuie sur l'interrupteur. Les fausses flammes jaillissent en un brasier orange instantané. Ensuite, j'allume la télévision pour regarder « Earth Matters », mon émission préférée, qui, à ma surprise, a été remplacée par un documentaire sur les pingouins. À la réflexion, j'ai comme l'impression d'avoir déjà vu un programme semblable récemment. En tout cas, cela m'offrira un répit bienvenu aux pensées malignes qui m'ont tourmentée toute la journée.

Cette semaine est consacrée au manchot royal. Je dois avouer que je suis sous le charme de ces créatures singulièrement courageuses et pourtant si pataudes. Lorsque la caméra montre l'une d'elles en train de perdre son œuf, qui a roulé au fond d'une ravine étroite et inaccessible, j'observe le chagrin du pauvre volatile, bec pointé vers le ciel en signe de désespoir. C'est tout à fait émouvant.

Robert Saddlebow parle avec passion du déclin dramatique de la population de manchots au cours des dernières années. Il semblerait qu'il soit dû à des facteurs environnementaux, mais la recherche à ce sujet est encore insuffisante.

Je déteste l'idée que ces nobles oiseaux, si charmants, puissent un jour disparaître de la planète.

Les mots de mon père me reviennent, des mots prononcés alors que j'étais encore une petite fille assise sur ses genoux, puis souvent répétés tandis que je grandissais. Je peux presque les entendre aujourd'hui, entendre sa voix douce et sérieuse. « Il y a trois sortes de gens,

Very. (Il m'appelait Very.) Ceux qui rendent le monde pire, ceux qui n'y changent rien, et ceux qui le rendent meilleur. Sois parmi les derniers, si tu le peux. »

Dans ma vie, j'ai rencontré peu de gens qui entrent dans la troisième catégorie. Moi-même, je n'ai pas fait grand-chose en matière d'amélioration. J'ai choisi d'interpréter ces trois types comme les gens qui jettent leurs ordures dans la nature, ceux qui font comme s'ils ne voyaient rien, et ceux qui ramassent les ordures des autres. J'ai apaisé ma conscience à l'aide de pinces à déchets et de sacs-poubelles. En dehors de ça, je ne crois pas que ma vie ait été d'une quelconque utilité.

À présent, une idée a germé. Peut-être mon décès pourrait-il servir à quelque chose de bon. Jusqu'à preuve du contraire, je dois présumer qu'il ne me reste aucun lien de sang au monde. Ce serait plaisant d'apporter ma modeste contribution à la sauvegarde de la planète. Plus j'y pense, plus cette idée me séduit.

Au moment d'effectuer mes ablutions du soir, elle a tourné à l'obsession. À tel point que je ne peux attendre de trouver un papier et du crayon. J'attrape ce qui me tombe sous la main pour écrire, c'est-à-dire, étant donné que je suis dans la salle de bains, un crayon à sourcils. (Oui, même à mon âge avancé, je ne suis pas immunisée contre une légère coquetterie. Mes sourcils s'étant réduits à quelques poils gris clairsemés, je prends la peine presque chaque matin de les redessiner.) Avec le crayon j'écris le mot « pingouins » dans le coin droit, au bas du miroir.

Ma mémoire est intacte – je récite souvent des passages de *Hamlet* pour m'en assurer – mais, si je veux garder quelque chose à l'esprit, il n'y a pas de mal à s'aider d'un pense-bête, stratégiquement placé à un endroit où je ne peux pas le louper.

Le blog des pingouins de Terry

3 novembre 2012

Voulez-vous que je vous révèle un détail adorable sur les manchots Adélie ? Ce sont de grands romantiques. Un manchot mâle fera la cour à sa femelle en lui offrant un cadeau : un beau petit caillou choisi avec soin. Comment pourrait-elle ne pas succomber ? D'autant qu'il se livrera à un véritable spectacle, la tête rejetée en arrière, la poitrine bombée, en émettant des sortes de braiements sonores – ce qui, pour une femelle manchot, est tout à fait irrésistible.

Avec un peu de chance, il aura aussi construit un beau nid flambant neuf prêt à l'accueillir lorsqu'elle reviendra du large. Le petit caillou représente en fait bien plus que la loyauté et l'amour. Les cailloux sont la monnaie d'échange la plus précieuse à l'heure actuelle, car ils sont le meilleur matériau pour construire un nid. Les manchots sont même prêts à les voler. On a vu quelques incidents comiques de manchots fauchant les cailloux d'un autre nid quand son propriétaire avait le dos tourné.

Bon nombre des couples de l'année dernière se retrouvent aujourd'hui dans la joie. Dans l'ensemble, les manchots Adélie sont plutôt fidèles. À l'occasion, toutefois, certains problèmes se font jour.

Par exemple, voici un individu qui nous intéresse. En général, les Adélie se ressemblent tous beaucoup, mais vous pouvez voir sur la photo pourquoi nous reconnaissons toujours celui-ci, même de loin. Au lieu d'arborer un plastron et un ventre blancs, il est presque entièrement noir. À peine quelques plumes plus claires qui forment une petite tache sous son menton. Sa femelle, d'un noir et blanc ordinaire, est à ses côtés depuis quatre saisons. Mais où est-elle aujourd'hui ? A-t-elle péri au cours de l'hiver antarctique ? A-t-elle été dévorée par un léopard de mer ? Ou sommes-nous face à un rare cas d'infidélité ? On ne le saura jamais. Quelle que soit la raison, Sooty (c'est ainsi qu'on l'a baptisé) couve son nid, très seul.

4

Patrick

Dans son appartement de Bolton
Mai 2012

Encore et encore. Toutes les fichues chansons que je n'ai jamais entendues à propos de solitude tournent en boucle dans ma tête. Ça me rend dingue.

Ça fait deux semaines. Deux semaines sanglantes de torture et d'agonie, et pas un mot de sa part. Merde, après quatre ans de vie commune, elle aurait pu me fournir au moins un semblant d'explication. Mais non, pas Lynette. Elle a pris toutes ses affaires et elle s'est barrée de ma vie comme une fusée. Pas de note écrite, rien, que dalle. À ma connaissance, je n'avais rien fait de mal, pas récemment, du moins. Rien de ce qui l'horripile d'habitude. Oublier de sortir la poubelle de recyclage ? Non. Laisser traîner un mouchoir sale dans le lit ? Non. Lécher mon assiette ? Non. On ne s'est pas non plus disputés. Pas ce jour-là, en tout cas.

Je n'avais aucune idée de ce à quoi elle jouait, de ce que ça voulait dire ce silence. C'est seulement quand Gav m'a avoué qu'il les avait aperçus tous les deux, main dans la main, que la vérité m'est apparue, aussi évidente qu'un coup de poing en pleine figure. J'ai mené ma petite enquête, posant quelques questions aux gars qui traînent au magasin de vélos, au pub, et partout où l'on s'échange les ragots de Bolton. J'ai découvert qu'il était maçon, le type pour qui elle m'a quitté. Tout en muscles, apparemment. Souvent repéré à la baraque à frites, en train de palabrer sur les Polonais et les Pakis qui nous piquent notre boulot.

Lynette, Lynette, Lynette ! Tu me plantes une aiguille dans le cœur. Qu'est-ce que tu fiches avec un maçon raciste ? Toi, avec ton master en anthropologie, tes jeans de créateurs et ta coupe Cléopâtre impeccable. Avec ton éthique professionnelle, ton éthique positive et toutes tes autres éthiques. Tu as renversé ta propre boussole morale. Tu as échangé tes étagères bourrées de livres pour des biceps boursouflés. Toi !

Et moi, dans tout ça ? Oui, je l'avoue. J'ai rechuté. Tu m'avais transformé en maniaque de la santé, Lynette, je m'étais mis à cuisiner des repas pleins de fruits, de légumes, de superaliments... Eh bien, tu t'en fous probablement comme de ta première chemise, mais, au cas où ça t'intéresserait, je suis actuellement un régime composé de gâteaux, de chips et de bière. Mes propres biceps, dont je commençais à être un peu fier, je le confesse, accumulent une belle couche de gras. Tout comme mon ventre. Un bourrelet de plus chaque jour. Bientôt, ce corps de rêve aux muscles d'acier ne sera plus qu'un tas de gelée tremblotante sur pattes. Merci pour tout, Lynette. Bien joué.

Trois semaines. Quand est-ce que ça a dérapé ? Était-ce moi ? J'imagine que oui. Je sais que Lynette n'a guère apprécié quand j'ai pris en main la cuisine. Ça ne la dérangeait pas d'avoir de bons petits plats qui l'attendaient quand elle rentrait du boulot, mais en même temps, elle a toujours considéré la cuisine comme son domaine réservé. C'est elle qui a acheté la machine à café, la poêle à frire et la centrifugeuse ; elle qui appelait le proprio chaque fois que le lave-vaisselle faisait des siennes. En y repensant, d'ailleurs, je me demande si elle n'était pas un peu maniaque. Ou bien était-ce exclusivement ma faute ?

Oui, il y a eu des disputes. Mais je pensais que ça ne comptait pas. Elle restait la seule et unique pour moi. Elle me plaisait toujours autant. J'avais encore envie d'être avec elle.

Je n'arrive pas à me la sortir du crâne. Elle est comme un spectre vivant qui hante cet appartement. Un instant, c'est sa tête, penchée sur un roman de Margaret Atwood, ses cheveux tombant en rideau sur les pages. L'instant d'après, c'est son rire strident qui résonne dans l'escalier. Ou une vision d'elle, vacillant sur ses hauts talons pendant qu'elle saupoudre de la nourriture pour poissons dans l'aquarium, désormais vidé de son seul habitant, Horatio, le poisson rouge qu'elle a emporté avec elle. Je perds la boule. Je n'arrive pas à m'en sortir. Pourtant, je ne pourrais pas la reprendre. Pas même si elle me suppliait. Pas même si elle retirait tous ses vêtements et se tartinait tout le corps de tarama.

J'étais très en retard au boulot lundi, presque une demi-heure. Je suis arrivé avec des poches sous les yeux, les ongles noirs et une gueule de bois carabinée.

— Ça va pas mieux, hein ? a dit Gav.

C'est tout lui, ça. Jamais un mot de reproche, alors qu'il est le patron de la boutique, une affaire qu'il a montée à partir de rien et à laquelle il tient comme à la prunelle de ses yeux. Presque autant qu'à sa femme et ses gosses. Il peut à peine me payer la journée par semaine où je travaille pour lui, et ce sera ma faute s'il fait faillite à cause de mon comportement désinvolte.

— Désolé, mec.

— Ça me fait mal de te voir dans cet état, Patrick, a-t-il dit en me posant une main sur l'épaule.

— Des réparations, ce matin ?

— Ouais, y en a deux ou trois qui t'attendent derrière.

Je me suis glissé dans la cour, heureux de passer un moment entouré d'huile, de pneus et de chambres à air.

Mais j'ai passé la matinée à me demander si Lynette oblige le maçon à faire ce qu'elle m'obligeait à faire, et s'il se débrouille mieux que moi. Est-ce qu'il trouve ça amusant ? Ou humiliant ? Est-ce qu'elle balance devant lui sa chevelure séductrice de Cléopâtre ? Son rire est-il toujours aussi sexy ?

Mes mains commençaient à avoir la tremblote. Je n'arrivais pas à installer la chaîne qui n'arrêtait pas de glisser, de me filer entre les doigts. Bon sang, j'avais besoin d'herbe...

De l'herbe... Dès que l'idée m'a pris, elle ne m'a plus lâché. J'aurais donné n'importe quoi pour un joint. Mes réserves se sont taries il y a un bon moment, et je ne fréquente plus ce genre de cercle. Il y aurait bien Judith...

Quatre semaines. Mon proprio m'a viré, bien entendu. Je ne pouvais plus payer le loyer, bien sûr. Pas sans le joli salaire que gagnait Lynette en bossant chez Benningfield Solicitors Ltd. J'ai cru que j'allais me retrouver à la rue, mais j'ai eu de la chance. J'ai récupéré une chambre de bonne qui appartient à un pote d'un pote de Gav. C'est lui qui a cherché pour moi. C'est le genre de truc qu'il fait, Gav. C'est un peu une grenouille de bénitier, mais ça va. Sa bonté est sincère. Il n'impose sa religion à personne. Si c'était le cas, je m'enfuirais de cet atelier en moins de temps qu'il n'en faut pour dire « pince à vélo ».

Mon nouveau chez-moi est au deuxième étage d'un immeuble miteux, et le couple qui vit en dessous passe ses journées à se crier dessus, mais bon, il y a un canapé et une télé. C'est un gourbi, mais le loyer est cinq fois moins cher que celui de l'ancien appartement.

J'en suis encore à me taper la tête contre les murs, je me sens tout racorni à l'intérieur. J'imagine que c'est ce truc brouillon et fou qu'on nomme l'amour. Je devais aimer Lynette encore plus que je ne le croyais.

Bon sang, je hais les maçons.

J'ai retrouvé Judith (la seule ex qui m'adresse encore la parole) mardi. Elle n'était pas très chaude à l'idée de se séparer de ses plants de *weed*, mais la combinaison de mon charme douteux et d'un gros paquet de fric a eu raison de ses réticences. Elle avait une nouvelle mèche bleue dans les cheveux, elle était jolie, à sa manière, un peu vulgaire, un peu déglingue. On a partagé un *spliff* et des frites, et je me suis dit qu'on pourrait peut-être coucher ensemble, en souvenir du bon vieux temps, mais non. Elle a dit qu'elle avait la flemme. Elle préférait les filles maintenant, de toute façon.

Enfin, je suis reparti avec un bocal plein de *weed* séchée et – parce que je sais que je n'ai pas les moyens de continuer à en acheter – mon propre kit pour en faire pousser, sous forme de deux plantes en pot joliment feuillues. Mes bébés. Je les ai baptisées Weedledum et Weedledee (je crois que ce poisson rouge me manque plus que je ne veux bien l'admettre). J'ai traîné la table jusque sous la fenêtre et je les ai installées dessus, là où elles prennent la lumière du matin. J'ai aussi branché une lampe à haute puissance. Ça coûte cher en électricité, mais c'est nécessaire. J'ai déjà fumé une partie des têtes séchées. Quel bonheur ! Vous savez ce que c'est. Le stress fond comme neige au soleil. Pourtant je ne suis pas fier de glisser de nouveau sur cette pente. Et il va falloir que je me rationne le temps que les plantes aient poussé.

Je suis une véritable épave. Mon appart est une ruine, ma vie, un naufrage, tout ce que je fais tourne au désastre. Lundi, j'ai demandé à Gav pourquoi il ne m'avait pas encore viré.

— Aucune idée, mec.

— Tu peux me dire de prendre mes cliques et mes claques, si tu veux. Je ne t'en voudrais pas.

— Eh bien, c'est exactement ce que je ferais, sauf que tu t'y connais mieux que personne en bicyclettes, tu es capable de réparer des trucs irréparables, et... si je te donnais deux épingles à nourrice, une batterie et une carotte, tu irais nous construire un putain d'accélérateur de particules ou quelque chose du genre. Et puis, tu es honnête, tu travailles dur et – jusqu'à ces derniers jours, au moins – on peut compter sur toi.

— Je perds patience avec les clients, par contre.

Je n'arrive plus à faire la conversation. Vous voyez ce que je veux dire : *Bonjour, madame, quel beau vélo ! Et quel est le problème, alors ? Oh oui, on vous réparera ça en moins de deux. Bien sûr que je peux vous montrer comment gonfler un pneu. Non, non, ne vous inquiétez pas, il ne va pas exploser*. J'ai perdu le coup, on dirait.

Mercredi. Une journée vide. Une étroite bande de lumière se faufile entre les rideaux. Je pense que je vais sortir ce matin, histoire de mettre le nez dehors avant de m'installer pour regarder la télé toute la journée.

Je descends dans le hall. Il y a une lettre sur l'étagère où le gars du rez-de-chaussée balance tout le courrier. Mon ventre se tord à la vue de mon nom sur l'enveloppe. Ça doit venir de Lynette, parce que je ne reçois jamais de lettres. Des e-mails, oui, des lettres, non. Mais quand je regarde de plus près, une fois calmé, je comprends que ce n'est pas elle. Lynette a une écriture d'institutrice : étroite, nette et bien droite, comme si elle cherchait à prouver quelque chose. Celle-ci est toute penchée. D'une couleur cuivrée. Tracée au stylo à plume et non au Bic. Les lignes sont très fines, appliquées mais en même temps griffées, comme par des pattes de chat. Le tampon de la poste indique... Mon Dieu, je ne sais pas. Ça a l'air écossais. La lettre a été envoyée à mon ancienne adresse, c'est mon ex-proprio qui l'a fait suivre. Je suis surpris qu'il s'en soit donné la peine.

Je déchire l'enveloppe. À l'intérieur, quelques paragraphes de la même main désuète.

Cher Patrick,

J'espère que vous vous portez bien. Je vous écris pour vous apprendre une nouvelle qui vous surprendra peut-être, comme elle m'a surprise. Après des recherches minutieuses menées par une agence à la réputation sans tache, j'ai découvert une information importante concernant mon fils perdu. Je me suis bien entendu interrogée quant à la véracité de cette information, mais elle semble corroborée par plusieurs sources : certificats de naissance, recensements et autres documents légaux.

Mon fils a été adopté tout bébé. Il n'est malheureusement plus de ce monde, mais, sans que je le sache et apparemment assez tard dans sa vie, il a noué une relation avec une femme, dont il a eu un enfant. Cet enfant, m'informe-t-on, c'est vous. Alors que nous ne nous sommes jamais rencontrés, il semblerait qu'un lien de sang nous unisse : je suis votre grand-mère.

Vous en déduirez sans doute que je ne suis plus dans la fleur de l'âge ; néanmoins, je serais vivement intéressée de vous rencontrer. Je suis bien portante et tout à fait prête à me déplacer jusqu'à votre domicile, si vous en êtes d'accord.

Dans l'attente de votre prompte réponse,

Bien à vous,

Veronica McCreedy

5

Patrick

Bolton
Juin 2012

Qu'est-ce que je suis censé faire de ça ? Une nouvelle grand-mère ? Je n'ai pas besoin de ça en ce moment. Ce n'est pas franchement sur ma liste de rêves à réaliser. D'autant moins qu'elle est la mère de mon père et que, faut voir les choses en face, mon père n'a jamais été ma personne préférée. Pas après ce qu'il a fait à maman.

Je remonte l'escalier rageusement, froisse la lettre en boule et la jette en direction de la poubelle. Je rate mon coup et elle rebondit sur le sol près de la montagne de linge sale. Il n'y a pas de machine à laver, ici. Il va falloir que je m'occupe de trouver un lavomatic un de ces jours.

J'ai enregistré de vieux « Top Gear », donc je mate ça, et un ou deux épisodes de « Qui veut gagner des millions ? ». J'aime le futile. Se gaver d'émissions sur la mort, la dépression et le meurtre n'a aucun intérêt. Rester assis dans votre canapé si ?

J'ai réussi à tuer un tiers de la journée sans penser à Lynette, c'est déjà ça. Je me lève, m'étire et m'approche de la fenêtre. La vue d'ici est composée essentiellement de briques sales et de gouttières. Il y a un arbre solitaire, mais il est délabré et quelconque. Un ciel glauque domine les toits de la ville. Après une brève apparition ce matin, le soleil est de nouveau en grève.

Weedledum et Weedledee se portent à merveille. De jolies petites pousses ne demandent qu'à être cueillies, séchées et fumées. C'est magnifique. Les plantes me sourient, tentatrices.

— Non, non, arrêtez ! Pas encore ! leur dis-je.

Au lieu de quoi je traverse la pièce pour ramasser la lettre roulée en boule. Je la défroisse avec soin et la relis.

Cette bonne femme est folle. Dans quel siècle elle s'imagine vivre ? *Je me suis bien entendu interrogée quant à la véracité de cette information... plus dans la fleur de l'âge...* Elle se fiche de moi ou quoi ? Est-ce possible qu'elle soit bien ma grand-mère ? Elle a l'air d'avoir sérieusement étudié la question.

Je n'ai jamais tenté de retrouver mon père. Il n'en vaut pas la peine. Je ne me rappelle rien de lui, mais je sais qu'il n'en avait rien à faire de ma mère et moi. Pauvre maman. Quel cauchemar... Ça me rend malade et ça me déprime chaque fois que j'y pense.

Je reste figé comme un pantin à regarder la lettre de Veronica McCreedy. La famille, vous savez, c'est censé être bon pour vous, mais c'est toujours compliqué. Je suis déjà en vrac. Et à vingt-sept ans, se voir soudain gratifié d'une grand-mère protocolaire à l'extrême et qui n'a sans doute plus toute sa tête – est-ce que ça va m'aider ? Je ne crois pas.

Reste que je suis un poil curieux. Et vous savez ce que c'est, la curiosité ? C'est comme un ver qui vous grignote. Il grignote et grignote jusqu'à ce que vous cédiez.

Au pire, qu'est-ce que j'ai à perdre ?

Veronica McCreedy n'a pensé à me fournir ni adresse mail ni numéro de téléphone, donc si je lui réponds, il faudra que je l'envoie par la poste. Je n'ai pas de papier à lettres, mais je dois bien avoir un bloc-notes quelque part : à côté de la pile de livres et de magazines, un tournevis posé dessus. J'empoche le tournevis, trouve un Bic et rédige une note. Concise et directe :

OK. Quand voulez-vous qu'on se rencontre ? Je suis libre la semaine prochaine. Tous les jours sauf lundi.

J'ajoute ma nouvelle adresse et mon numéro de téléphone en haut de la page. Si elle est saine d'esprit, elle les remarquera. Sinon, tant pis.

Je sais que c'est malpoli de lui écrire comme ça, mais en fait, je suis assez énervé contre la vieille. Ç'aurait été sympa qu'elle me contacte quand j'avais, disons, six ans, et désespérément besoin d'un adulte pour s'occuper de moi. Ç'aurait pu éviter à pas mal de gens un paquet de soucis.

Je vais sortir poster cette réponse et passer au Harp boire une bière en guise de récompense. Peut-être que j'appellerai Gav. On pourrait se retrouver au pub. Je crois que je lui en dois une. Sa mère est morte il y a quelques mois, l'un de ses gosses est malade, et il m'a moi comme employé. Il mérite bien un verre ou deux.

La perspective d'une ou deux bières me rend joyeux. Je redescends l'escalier à toute vitesse, l'enveloppe rangée dans ma poche arrière. Dehors, l'air est humide et gris. Je trottine vers la boîte aux lettres. Le vacarme de la circulation m'entoure. Sur le trajet, je ne pense pas à grand-chose d'autre qu'à la bière qui m'attend, mais dès que j'ai glissé l'enveloppe dans la fente de la boîte, je commence à me sentir coupable d'avoir été si abrupt avec Granny Veronica. C'est une vieille dame, après tout. Elle est sans doute fragile. Ce n'était pas très cool de ma part de me montrer si pète-sec dans ma réponse, même si sa lettre était bizarre.

Je me demande si elle répondra. Une part de moi pense que oui, l'autre que non.

Je commence à me dire (ok, à espérer) que Granny Veronica est peut-être une adorable mamie. Je l'imagine, toute dodue, avec ses joues roses et son parfum de vanille. Elle a l'œil qui pétille et un rire clair de jeune fille. Peut-être un léger accent écossais. Elle m'apportera un gâteau aux pommes fait maison, enveloppé dans un torchon à carreaux.

Debout au comptoir du Harp, devant ma première bière, je creuse l'idée. J'échafaude même un plan. Je sais ce que je vais faire : je vais préparer un gâteau pour la visite de Granny Veronica. Un gâteau, c'est cool. C'est dans mes cordes. La pâtisserie, ça pourrait être ce qu'on a en commun, Granny et moi. Ça créera un lien entre nous : on comparera nos recettes, elle me dira que j'ai hérité de ses yeux et de son nez, de son penchant pour l'extrait d'amande. Et moi je lui raconterai toute l'histoire avec Lynette, et elle se montrera adorable et compatissante comme une vraie grand-mère. C'est décidé.

Granny va m'adorer.

6

Patrick

Bolton

Je me suis réveillé de meilleure humeur. Pourquoi ? Je n'en ai aucune idée. Je bouillonne d'une énergie et d'une détermination nouvelles. Je saute du lit, ramasse les vêtements sales que je fourre dans un sac en plastique. Il ne reste plus un seul habit propre, mais j'enfile mon vieux T-shirt Gorillaz et mon jean troué aux genoux – il pue un peu moins que les autres. La vache, je me suis laissé aller ! C'est pitoyable. Il est temps de me reprendre en main. Je jette un œil au contenu du frigo mais il est vide, hormis une demi-bouteille de lait rance. Je vais devoir me passer de petit-déjeuner.

Je m'élance dans le hall commun, descends l'escalier et sors dans la rue.

J'ai passé le grand braquet. La circulation n'est pas encore trop encombrée et on n'entend pas les habituels coups de klaxon rageurs. Le soleil éblouissant baigne les feuilles des arbres de lumière. C'est joli.

Aujourd'hui est le premier jour de ma nouvelle vie, la naissance d'un nouveau moi, célibataire mais bien plus équilibré. Lynette avait raison sur un point : si tu ne prends pas soin de toi, mec, tout le reste part en vrille. Je respire profondément en trottinant le long de la route, à travers le parc et dans la descente jusqu'au supermarché Tesco. Je vais bien m'amuser.

Le contenu de mon caddie : avocats, dattes, champignons de Paris et shiitakes, salade verte, un morceau maigre d'agneau, de la menthe fraîche, des patates, des pommes, du pain aux graines de tournesol, du quinoa et (d'accord, je ne suis pas un saint) ma récompense du jour : un pack de six bières blondes. Je paie par carte de crédit, en essayant de ne pas grimacer devant l'addition. Si j'ai de la chance, ma prochaine allocation tombera juste à temps.

Je m'arrête à la maison de la presse sur le chemin du retour et reste un moment à feuilleter des magazines. Puis je me rends compte que je suis là depuis trop longtemps et que la viande risque de tourner. Je me dépêche de rentrer, les sacs de course battant contre mes jambes. Je grimpe l'escalier quatre à quatre. Mon répondeur clignote. J'écoute le message tout en rangeant les courses dans le frigo.

« Bonjour, Patrick. Ici Veronica McCreedy. » Pas la moindre trace d'accent écossais. La voix est très anglaise. Nette et guindée. « Je vous téléphone pour vous informer que je me trouve présentement à la gare d'Édimbourg-Waverley. Mon arrivée à Bolton est prévue à onze heures dix-sept et, si tant est que j'obtienne un taxi sans délai, je devrais être à votre domicile autour de midi. »

Rien d'autre. C'est tout. Dieu du ciel !

Elle aurait pu me prévenir un peu à l'avance. Je regarde ma montre. Il est presque dix heures. Je n'ai pas les ingrédients pour le gâteau de polenta au citron. Je crève de faim, et je me sens beaucoup moins énergique et déterminé qu'au saut du lit. Qu'importe : je suis sur le point de rencontrer la seule famille qu'il me reste, alors j'ai intérêt à préparer ce fichu gâteau. Tout me semble dépendre du gâteau. Comme s'il était mon unique chance de bien débuter les relations avec cette nouvelle grand-mère.

Je ressors en trombe, claquant la porte derrière moi. Je repars vers Tesco, le long de la rue (les embouteillages sont maintenant cauchemardesques et les conducteurs en mode klaxon furieux), à travers le parc et tout en bas de la descente jusqu'au supermarché. J'ai chaud, je suis en nage. Je perçois ma propre odeur, et ça ne sent pas la rose.

Je me rue dans tous les sens, attrapant au passage la polenta, le sucre roux, les citrons et le reste. Je choisis la file d'attente la plus courte à la caisse, mais (c'est bien ma veine) tombe sur la caissière la plus lente de l'univers.

— Belle matinée, n'est-ce pas ? dit-elle, soulevant mon sac de citrons sans penser à le scanner.

C'est l'une de ces personnes incapables de parler et d'agir en même temps.

Je grogne et fixe d'un regard appuyé mes citrons.

— Ils annoncent de la pluie pour cet après-midi, cela dit. Mieux vaut en profiter tant que vous pouvez.

— Ouais.

— De la polenta ! Je me suis toujours demandé si c'était bon.

— Hmm.

On finit par venir à bout de mes six articles. Je m'apprête à insérer ma carte dans la machine quand elle m'arrête, agitant la main devant mon nez.

— Vous avez oublié votre carte de fidélité !

— Non, je ne l'ai pas oubliée !

— Vous voulez dire… Vous n'avez pas de carte de fidélité ?

— Vous avez tout compris.

— Oh ! Je peux vous la proposer, si vous voulez. Elles sont très bien, vous savez. Vous gagnez des points avec vos courses à chaque fois, et après on vous rembourse sur certains articles. Ça grimpe vite.

— Pas maintenant, désolé. Je suis pressé.

Elle grimace comme si c'était moi qui faisais des histoires et ralentit encore la cadence (comment est-ce Dieu possible ?).

— Voici votre reçu et votre jeton, dit-elle en me fourrant un petit disque de plastique dans la main. Glissez-le dans l'une des boîtes de collecte en sortant.

Je m'exécute en déposant le jeton dans la première boîte que je trouve sans même regarder à quelle association de parents d'élèves ou quel club de jardinage j'accorde mon don. Et je suis enfin libre de rentrer chez moi préparer ce foutu gâteau. Je m'essouffle dans la pente, zigzaguant sur le trottoir pour doubler les passants. Ils se traînent tous comme des escargots.

Mais… minute… que vois-je ? Deux personnes marchent sur le trottoir, devant moi, enlacées. L'homme a une grosse tête carrée et des épaules massives, la nuque tannée par le soleil. La femme est mince comme un fil.

Jean de marque et chemisier repassé. Une coupe de cheveux parfaite, à la Cléopâtre. C'est elle. C'est Lynette.

Aussitôt, un tremblement de terre me secoue les tripes. Comme si tous mes organes étaient sens dessus dessous, mes intestins, noués. Un bruit strident me perce le crâne. Mes pieds cessent de battre le pavé. Je suis coincé, planté là sur le trottoir à gober les mouches comme un idiot.

Lynette ! Lynette, Lynette, Lynette. Toute collée à lui. Le maçon de malheur.

Je les suis des yeux jusqu'à ce qu'ils disparaissent à l'autre bout de la rue.

J'ai besoin d'un joint. Je rentre à l'appartement en quatrième vitesse, balance les courses par terre et attrape mon matériel à rouler. Je roule une cigarette que je bourre d'herbe et l'allume dans la foulée. Je tire de longues bouffées, recrachant la fumée dans la pièce. Mes mains tremblent encore. La cendre tombe sur la moquette.

On sonne à la porte. Je sursaute. Lynette ?

Non, bien sûr que non. C'est forcément cette Veronica McCreedy.

Elle a plus de vingt minutes d'avance. Un truc qui ne m'arrive jamais. Lynette disait toujours qu'il fallait être en avance pour tout, mais franchement… c'est cool d'être en retard. Ça laisse une chance aux autres de se préparer à vous recevoir. Vingt minutes d'avance, ça ne se fait pas.

Je tremblote encore comme de la gelée et ne suis pas d'humeur à tenir une conversation. Et cette McCreedy, quel genre de femme est-elle donc pour avoir abandonné son fils ? Qui peut faire ça ?

On sonne de nouveau. Je jette un œil par la fenêtre, d'où j'aperçois un taxi s'éloigner. Une femme se tient devant la porte d'entrée. Je ne distingue pas grand-chose d'elle, d'ici : le dessus de sa tête, quelques cheveux blancs. Un porte-document violet et un grand sac à main rouge.

Je ne peux tout de même pas la laisser plantée là, si ? C'est une vieille dame.

Je descends ouvrir la porte. Elle me toise de la tête aux pieds. Moi : avec mon joint à la main, mon jean troué, mon T-shirt froissé, mes cheveux en bataille, pas rasé et puant comme une porcherie. Elle : toute endimanchée, veste amidonnée et jupe plissée. Pas tout à fait le twin-set avec son rang de perles, mais pas loin. Ses lèvres pincées sont tartinées de rouge à lèvres rouge vif.

— Patrick ?

— Ouais, c'est moi.

Je ne peux pas vraiment lui reprocher son expression horrifiée. J'ai presque de la peine pour elle. Je dois lui paraître pire que ses pires craintes.

— Venez, montez.

Je ne parviens pas à sourire. Elle me suit à l'étage, notant au passage la rampe d'escalier branlante et les taches sur le papier peint années quatre-vingts. J'ouvre la porte de l'appartement et l'invite à entrer.

— C'est ici que vous vivez, alors ?

Sa voix dégouline de mépris. Le sac de linge sale s'est renversé en éparpillant son contenu sur le sol. Le lit n'est pas fait. Les plants de marijuana sont sur le rebord de la fenêtre, bien en évidence. Mais je m'en fiche. Je ne pense qu'à Lynette et son maçon. De toute façon, je ne vais pas faire semblant d'être ce que je ne suis pas. Ou prétendre que la présence de Veronica McCreedy me réjouit.

Je souffle une longue bouffée de fumée.

— Asseyez-vous, je vous en prie.

Elle débarrasse l'unique fauteuil d'un caleçon qui traînait là avant de s'asseoir avec précaution. Elle est agrippée à son sac à main chic, le même genre que ceux de la reine, rouge et brillant. En dehors du rouge à lèvres couleur rubis, elle ressemble à n'importe quelle personne âgée. Cheveux blancs, joues creuses, yeux enfoncés. Un air de famille ? Peut-être dans l'ossature du visage, difficile à dire. Plutôt non.

Je me sens tellement mal que je suis presque soulagé de constater qu'elle n'est pas une adorable mamie, bien au contraire. Elle est ce que Lynette appelait une « vieille bique ». Raide, guindée, coincée. Et non, elle ne m'a pas apporté de gâteau. Elle ne m'a rien apporté du tout, à part son rictus de mépris.

Le blog des pingouins de Terry

10 novembre 2012

La survie est un art compliqué. Les créatures de l'Antarctique ont toutes développé des techniques pour supporter les conditions hostiles qui règnent ici. Les pétrels antarctiques sécrètent une huile gastrique spécifique : c'est à la fois une source d'énergie pour les longs vols et un mécanisme de défense ; en cas de menace, ils crachent l'huile nauséabonde à la gueule de leurs prédateurs. Une peau épaisse est aussi indispensable dans la plupart des cas. Les léopards des mers possèdent plusieurs couches de lard qui les protègent des froids extrêmes. Les manchots emprisonnent une couche d'air sous leurs plumes, pour se tenir au chaud même sous l'eau.

Ils doivent aussi affronter de longues périodes de jeûne forcé. Pendant l'hiver antarctique, le manchot empereur mâle peut survivre jusqu'à quatre mois sans manger, couvant son œuf qu'il porte sur ses pattes, sous un repli de peau, pendant que la femelle part faire le plein de nourriture pour les futurs petits. Nos chers Adélie, bien plus raisonnables, se reproduisent au mois de novembre (le printemps de l'Antarctique), lorsque les conditions sont plus favorables. Ce qui ne les empêche pas d'avoir d'autres problèmes. Les prédateurs sont nombreux. La glace et la neige peuvent se révéler périlleuses. Il faut être sacrément robuste pour survivre.

7

Veronica

Bolton
Juin 2012

J'ai fait ce qu'il fallait pour survivre. Si ça m'a rendue dure ou acerbe, tant pis. Je suis comme je suis.

Je dois accepter la réalité : Patrick est comme il est, lui aussi. Mais je cache avec difficulté ma déception. Je ne m'attendais pas à trouver la perfection. Ni de l'affection. Je ne suis pas si naïve. Mais ceci ? Je suis au désespoir. Encore un camouflet de ce tyran cruel qu'on nomme le destin.

Comment cette créature indigne, sale et droguée peut-elle être mon petit-fils ? Ne sait-il pas que l'eau et le savon existent ? Et son appartement ! Je ne comprends pas comment on peut vivre dans un tel taudis. Même un lapin trouverait ça exigu. Même un rat ne supporterait pas une telle crasse.

J'ai fait exprès de prévenir ce garçon de ma visite au dernier moment, car je voulais voir dans quelles conditions il vivait réellement. Je regrette déjà ma décision. Il a eu quelques heures pour mettre un peu d'ordre, et pourtant, il n'a pas fait le moindre effort pour m'accueillir correctement. Il semblerait qu'on ne l'a pas élevé dans le respect des gens. Sans aucun doute la faute de sa mère.

Il me tourne carrément le dos, se traîne à l'autre bout de la pièce et marmonne quelques mots que je ne saisis pas. Puis il revient se planter devant moi. Il fume comme un pompier. Je ne sais pas de quelle substance il use pour polluer l'air déjà fétide et détruire à la fois ses poumons et ses neurones, mais ce n'est certainement pas du tabac. Je l'étudie tant bien que mal à travers les couches de crasse qui déforment ses traits. L'ossature de son visage est similaire à la mienne, avec des pommettes un peu saillantes et un menton décidé. C'est un grand gaillard à la peau olivâtre, aux cheveux châtains mal coiffés (trop longs sur le dessus, trop courts sur les côtés). Des yeux sombres mais, à part ça, aucune ressemblance avec l'homme que j'ai jadis adoré. Un sentiment d'échec me noue l'estomac. J'aurais dû m'y préparer.

Je m'arme de courage pour la suite.

— Alors comme ça, vous pensez être ma grand-mère ?

Il ne m'offre même pas un thé après mon long voyage.

Je suis tentée de lui dire que tout ceci n'est qu'une erreur administrative inexplicable et fort contrariante, et qu'en fin de compte, non, je ne suis pas sa grand-mère. Mais on m'a appris à dire la vérité, et l'honnêteté est aujourd'hui comme un réflexe.

— Tout à fait. Il semblerait que je le sois. J'ai imprimé un certain nombre de documents.

Je les sors de mon dossier pour les lui montrer. Les relents de drogue se font plus puissants quand il s'approche.

— Voici votre certificat de naissance, dis-je. Vous noterez que votre père y figure sous le nom de Joe Fuller. C'est le nom qu'ont donné à mon fils ses parents adoptifs lorsqu'ils l'ont emmené vivre avec eux au Canada. D'autres références confirment qu'il s'agit bien du même Joe Fuller. Des tests ADN peuvent apporter une preuve supplémentaire si nécessaire, mais d'éminents experts m'ont assuré que ces références étaient fiables à cent pour cent.

Patrick y jette à peine un œil, comme si retrouver sa famille perdue ne lui faisait ni chaud ni froid.

— J'ai pris le nom de ma mère, dit-il. Mon père n'est pas resté bien longtemps dans les parages après ma naissance. Moins d'une semaine, en fait.

Il a l'air de penser que je devrais m'en excuser. Pas question.

— Bon, vous allez me dire ce qui s'est passé ? demande-t-il d'un ton rogue.

— Concernant votre père ?

— Oui, mon père. Le type qui nous a abandonnés, ma mère et moi. Votre fils. Vous avez parlé de « fils perdu ». Qu'est-ce que ça veut dire ?

Je refuse de m'abaisser à son degré de goujaterie. Je fournis un résumé des faits aussi bref que possible.

— J'ai été séparée de votre père quand il n'était encore qu'un bébé d'à peine quelques mois. Malheureusement, je ne l'ai jamais revu. Il m'a été impossible de retrouver sa trace – avant qu'il soit trop tard.

J'ai essayé tant de fois au cours des années. Je n'ai reçu d'informations qu'en 1993, quand cette maudite lettre est arrivée aux Ballahays.

Patrick émet un grognement.

— Quand est-il mort ?

— Mon fils est mort en 1987.

Les mots tombent de ma bouche comme des pierres.

— Ah.

Il n'est même pas ému. Il va à la fenêtre, revient, exhale une volute de fumée putride.

— Comment il est mort ?

— C'était un alpiniste passionné, dis-je d'un ton sec. Il est parti grimper dans les Rocheuses et s'est tué lors d'une chute tragique au fond d'un ravin.

— C'est malin.

Son indifférence me heurte. Je commence à détester ce Patrick. Je poursuis néanmoins.

— Je n'ai jamais eu aucun contact avec le couple qui l'avait adopté. Il semblerait qu'ils ne parvenaient pas avoir d'enfant. Au moment de l'accident, ils étaient déjà tous deux décédés. Quelques années plus tard, certains de leurs proches – des cousins, je crois – ont fini par trier les archives familiales et découvert un vieux papier déclarant que j'étais sa mère biologique. L'une des cousines, une femme qui vit à Chicago, m'a contactée par courrier pour m'apprendre ce qui s'était passé. C'était en 1993.

À cette époque, j'avais perdu tout espoir de connaître un jour mon fils, mais je ne m'attendais absolument pas à la nouvelle de sa mort. Le souvenir de cette lettre est encore à vif.

— Elle ne l'avait rencontré qu'à de rares occasions, en raison de la grande distance géographique qui les séparait. Elle ne put me donner que très peu d'informations, bien moins que ce que j'avais espéré. Il n'était pas marié. Il n'avait, m'écrivit-elle (et je n'avais aucune raison d'en douter), pas d'enfant.

Patrick aspire une nouvelle bouffée de fumée. Son expression est indéchiffrable.

— Mais vous venez de me dire que c'était mon père.

— Oui.

Je lui lance un regard glacial. J'ai rarement éprouvé plus amère déception.

— Il y a peu, il m'est venu à l'esprit que cette cousine pouvait s'être trompée. J'ai décidé qu'il valait la peine de creuser un peu la question. Juste pour être tout à fait certaine que mon fils n'avait pas laissé de descendance. Et, à ma plus complète surprise, l'agence a déterré tout ceci.

— Et là-bas, tout le monde ignorait mon existence ?

— Il semblerait que oui. Comme vous l'avez dit, il a quitté l'Angleterre très vite après votre naissance.

Mon fils, le minuscule nourrisson qui agitait ses petits doigts en l'air pour essayer d'attraper mes mèches bouclées ; qui me regardait avec adoration, niché sur mes genoux pendant que je lui faisais la lecture. Il est devenu un homme ; il a produit un fils. M'a-t-il cherchée lorsqu'il vivait dans ce pays, il y a toutes ces années ? Ou peut-être ne savait-il même pas que j'existais ? La cousine ignorait qu'il avait été adopté, il est donc possible qu'il n'en ait lui-même rien su. Au moment de notre séparation, il était trop jeune pour se souvenir de moi, et ses parents canadiens n'ont peut-être jamais cru bon d'éclairer sa lanterne. Je ne sais pas, et manifestement, le type qui se tient devant moi, mon petit-fils loin d'être adoré, ne sait rien non plus. Tant de questions demeurent sans réponse.

Patrick grogne.

— On dirait qu'il s'est empressé de nous oublier, ma mère et moi.

Qui peut dire qu'il a oublié ? De toute évidence, il a en effet coupé tout contact avec sa partenaire et son enfant. Je n'ai aucune idée de ce qui pousserait un homme à agir ainsi. J'imagine que mon fils avait ses raisons. Depuis l'aube des temps, les hommes ont abandonné leurs femmes et leurs bébés. Sans doute continueront-ils à les abandonner tant qu'il y aura de la vie sur cette planète.

Je peux voir Patrick se creuser les méninges pour tenter de comprendre. Si seulement il voulait bien s'asseoir ! Il a l'air tendu et hostile. Il se passe une main dans les cheveux, la cigarette toujours dans l'autre.

— Et vous avez découvert autre chose sur sa vie ?

— Oui, quelques détails, donnés par la cousine.

Je liste les points que je veux bien lui révéler.

— Il a passé l'essentiel de sa vie au Canada. Il aimait pratiquer les sports dangereux, comme le ski et le saut en parachute, en plus de l'alpinisme. Il a beaucoup voyagé. Il a vécu quelque temps en Angleterre vers la quarantaine. C'est à ce moment qu'il aura rencontré votre mère, et vous êtes né peu après.

— Mon père le trompe-la-mort. Mon père pas si heureux de l'être, murmure Patrick avant d'ajouter : Ma pauvre mère.

Il grimace puis reprend son interrogatoire.

— Pourquoi vous l'avez abandonné quand il n'était encore qu'un bébé ?

Ses questions sont si brusques, son ton, accusateur. Je sens mes poils se hérisser. Je n'apprécie guère d'avoir à me justifier auprès d'un individu pareil. Pourtant, il a le droit de savoir.

— J'étais très jeune.

— Et ?

— Et pas mariée.

Patrick fait les cent pas.

— Faut croire qu'abandonner ses enfants, c'est un truc de famille.

Comment ose-t-il me parler ainsi ? Je suis son sang et sa chair, venue jusqu'ici pour le rencontrer. Je me rends compte à présent que toute cette équipée est une erreur colossale. Le passif est trop lourd, la distance trop vaste. Patrick est ce qu'il est. Je suis comme je suis. Nous sommes deux espèces très différentes.

Je me pose la question : ai-je envie que cette nouvelle relation aille plus loin ? La réponse m'apparaît, tranchante comme un rasoir. Non.

— Vous aviez quel âge quand mon père est né ? demande Patrick.

Je lui offre une réponse aussi lapidaire.

— J'étais trop jeune.

J'aperçois comme une lueur dans ses yeux. De la compassion ? J'en doute.

— Et vous avez quel âge, maintenant ?

— Je suis trop vieille.

— Ça veut dire quoi, « trop vieille » ?

Je note qu'il ne m'a pas demandé ce que ça voulait dire « trop jeune ». Je soupire.

— J'aurai quatre-vingt-six ans le 21 juin, c'est-à-dire jeudi prochain.

Il fronce les sourcils.

— Je vois. Et vous vivez seule ?

— Oui. J'ai une aide qui vient faire le ménage. Eileen. La maison est trop grande et un peu trop délabrée pour que j'arrive à l'entretenir seule.

— Eh bien, Granny (je grimace à ce mot)... On dirait que vous avez bien réussi.

J'acquiesce.

— Tout dépend de votre définition de la réussite. Mais oui, la maison vaut quelques millions.

Il s'étouffe et une pluie de cendres tombe sur la moquette. Je m'en veux immédiatement. Je n'aurais dû mentionner ma fortune sous aucun prétexte. Maintenant, il va présumer qu'elle lui revient de droit. Dieu merci, je n'ai pas parlé des quelques autres millions déposés dans diverses banques où ils accumulent des intérêts gigantesques.

Incapable de parler pendant un moment, Patrick refuse de me regarder, préférant se concentrer sur la vue depuis la fenêtre.

— Et comment vous êtes devenue si riche ? dit-il aux gouttières.

— Je me suis mariée. Mon époux était dans l'immobilier. Je l'ai assisté dans ses affaires pendant quelques années, avant le divorce.

Voilà tout ce que je suis prête à révéler de ma vie.

À mon tour, maintenant, de poser des questions, de cuisiner Patrick comme il m'a cuisinée. J'adopte une approche bien plus courtoise, même si je peine à faire preuve d'enthousiasme. J'apprends que Patrick ne travaille qu'un jour par semaine, dans une boutique de bicyclettes. Et encore, il le doit à la charité dont fait preuve l'ami qui possède la boutique. Le reste de ses revenus, il le quémande auprès du gouvernement. Il a récemment rompu avec sa petite amie. Je dois dire que ça ne m'étonne guère. Je trouve plus surprenant qu'un type pareil ait réussi à se trouver une copine. Je frémis à l'idée du genre de fille que ça devait être. Je me retiens de demander à Patrick s'il lui arrive de prendre un bain. Moi-même, je ressens le besoin d'une bonne toilette après ma visite ici, mais je n'ai aucune envie de voir à quoi ressemble sa salle de bains.

Notre conversation s'épuise très vite. Je suis de plus en plus pressée de m'extraire de ce taudis et de la présence malodorante de cet homme. Décidément, je n'ai rien manqué en ne le rencontrant pas plus tôt. Je lui demande de m'appeler un taxi aussi tôt que la politesse le permet.

C'est avec un soulagement extrême que je m'échappe enfin.

8

Veronica

Les Ballahays

— J'imagine que votre petit-fils va venir vous rendre visite d'ici peu ! déclare Eileen d'un ton joyeux tout en fixant sur l'aspirateur un embout à brosse.

— J'espère bien que non.

Je ne pouvais pas ne pas lui raconter ma visite au jeune Patrick, mais je lui en ai donné un compte rendu très succinct. Je n'ai aucune envie de m'appesantir sur le sujet.

— Vraiment, madame McCreedy ?

Elle marque une pause, toute prête à croire que mon petit-fils et moi ne pouvons éprouver que de l'affection l'un pour l'autre.

— Vous l'accueilleriez tout de même s'il venait frapper à la porte aujourd'hui, non ?

Je ne réponds pas. C'est parfois un atout d'être un peu dure de la feuille. Ça permet d'ignorer les questions idiotes.

Eileen hausse les épaules avec légèreté.

— Bon, cet aspirateur ne va pas se passer tout seul !

Elle traîne l'appareil à travers la cuisine et dans le hall d'entrée, laissant la porte ouverte.

— Eileen. La porte !

— Pardon, madame McCreedy, dit-elle en refermant derrière elle.

Je termine ma tasse de thé et feuillette le catalogue d'horticulture. Je ne jardine plus beaucoup ces jours-ci, à part pour tailler les rosiers, mais je continue de commander de temps en temps quelques plantes à massif ou un arbuste. J'ai notamment des spécimens de rhododendrons dont je suis particulièrement fière. De belles fleurs aux couleurs vives rendent la vie plus gaie, j'en suis convaincue. Et puis M. Perkins, le jardinier (qui travaille pour moi depuis vingt-six ans et commence à paraître un peu moisi lui-même), a besoin de nouveaux projets pour piquer son intérêt.

J'enfile mon manteau et mes gants puis pars me promener. J'inspire l'air pur et vif de l'Écosse. Je me sens encore polluée après mon passage dans le taudis dégoûtant de Patrick.

Le médaillon est toujours sous mon oreiller. J'irai le chercher la prochaine fois que je monterai à l'étage, pour le ranger dans le coffret, qui doit lui-même retourner dans les profondeurs obscures de la pièce du fond. Je m'efforcerai d'oublier de nouveau ce dont je me suis souvenue avec tant de douleur. Ces choses-là n'auraient jamais dû être déterrées.

Ce soir, Robert Saddlebow nous parle depuis une colonie de manchots située sur une île perdue des Shetlands du Sud, dans l'Antarctique.

— La péninsule antarctique est l'un des endroits de notre planète qui se réchauffe le plus rapidement, m'informe-t-il, debout au flanc d'une colline saupoudrée de neige. Les dernières décennies ont vu une réduction considérable de la banquise.

— Mon Dieu ! commenté-je.

Son visage rude s'agrandit jusqu'à remplir (de façon agréable, il faut avouer) presque tout l'écran.

— Pour les scientifiques, les manchots servent d'indicateurs des changements dans leur écosystème. Toute modification dans leurs méthodes de reproduction et dans leur population est susceptible de refléter les changements qui affectent l'Antarctique dans son ensemble. L'étude d'espèces telles que le manchot Adélie nous permet d'en apprendre beaucoup sur les modifications de l'environnement à grande échelle.

— Oh, Robert ! Quelle érudition ! Nous, pauvres ignares, nous devrions savoir ce genre de choses, murmuré-je.

Il sourit.

— Les manchots Adélie sont particulièrement attachants, ajoute-t-il tandis que la caméra recule pour reprendre un plan large.

Je suis de tout cœur d'accord avec lui. Les oiseaux rassemblés emplissent le paysage désolé d'une vie tapageuse. L'espèce doit son nom à la femme d'un explorateur français du XIXe siècle. Ils n'ont pas pour autant une allure très féminine. Leur tenue noire et blanche luisante les fait ressembler à des bonshommes courtauds affublés de smokings. Les Adélie sont une espèce de petite taille, à peine soixante-dix centimètres. Ils ont des yeux vifs et intelligents cerclés de blanc. Tout à fait charmants. Après m'être régalée de leurs clowneries sur la glace, j'ai droit à de superbes images des volatiles nageant sous l'eau, leurs silhouettes rondouillardes métamorphosées en gracieuses créatures qui s'entrecroisent dans un ballet millimétré.

L'émission présente aussi un groupe de scientifiques qui vivent sur place et étudient les pingouins. Robert Saddlebow interviewe l'un d'entre eux, un Allemand prénommé Dietrich. Il se déclare « pingouinologue ». Je ne me fais pas à son accent mais la passion qui l'anime lorsqu'il parle m'impressionne. Il affirme que si les Adélie ne font pas partie des espèces en voie de disparition (pas comme le gorfou de Moseley ou le gorfou huppé), ils tombent tout de même dans la catégorie des espèces menacées. En outre, cette colonie en particulier a vu son nombre d'individus décliner de façon drastique au cours des dernières années. Personne ne sait pourquoi. Un nouveau centre de recherches a été construit sur l'île il y a sept ans pour tenter de tirer l'affaire au clair, et des scientifiques étudient depuis les manchots en toute saison. Mais le financement s'est presque tari. Au moment du tournage de l'émission, seuls quatre chercheurs vivaient sur place, s'efforçant d'accomplir le travail de cinq. Cette année, il n'y en aura plus que trois. Et il est probable qu'ensuite le projet s'arrête tout simplement, faute d'argent. Les mots du scientifique réveillent quelque chose dans mon subconscient.

Ce Dietrich paraît follement inquiet. Il gesticule dans tous les sens. En temps normal, ce genre d'étalage d'émotion me laisse indifférente, mais Robert

Saddlebow (et je ne l'en admire que plus) a l'air lui aussi très affecté. Il partage son espoir que les scientifiques trouvent le moyen de poursuivre leur si précieux travail, serre la main du type et lui souhaite bonne chance. Un travelling révèle ensuite un manchot de belle allure, quoique corpulent, debout sur un rocher, les nageoires écartées pour les laisser s'égoutter. Ses yeux plongent dans les miens, créant une étrange connexion entre lui, sur son caillou dans l'Antarctique, et moi, dans mon fauteuil douillet des Ballahays.

— Si vous voulez en savoir plus sur cette colonie d'Adélie, dit Robert Saddlebow en voix off, allez faire un tour sur le Blog des pingouins de Terry. Vous y trouverez des infos régulièrement mises à jour sur les aventures des scientifiques et des manchots de l'île au Médaillon.

L'île au Médaillon ? *Au Médaillon* ? Le mot me secoue comme une série de chocs électriques au cerveau. Étrange coïncidence ? Ou mauvais présage ?

J'éteins la télévision tandis que le générique de fin défile encore. Pour éviter de m'assoupir dans mon fauteuil (une torture pour les muscles cervicaux), je monte aussitôt à l'étage. En entrant dans la salle de bains, je pousse un cri de surprise. Il est là, devant mes yeux ébahis, le mot « pingouins » écrit au crayon khôl en bas du miroir. Le pense-bête devait être d'une importance cruciale pour que j'aie eu recours à un graffiti. Intéressant.

Je reprends le crayon et ajoute les mots « Adélie » et « Antarctique ». Enfin, après coup, « L'île au Médaillon ».

Un pingouin s'approche en se dandinant, un médaillon pendu autour de son cou. Il ouvre et ferme le bec comme s'il essayait de me dire quelque chose, mais aucun son n'en sort. Je suis une version insouciante et plus jeune de moi-même, dotée de boucles châtaines soufflées par le vent. Tout ce qui m'entoure est blanc. Des fleurs blanches, des arbres blancs, des plumes blanches qui tourbillonnent dans l'air. Je fais un pas vers le pingouin, me penche pour écouter ce qu'il me dit. Je parviens presque à capter les mots, des mots de pingouin prononcés par le bec, mais tout est interrompu. Une sonnerie stridente me blesse les tympans.

Je me redresse en sursaut. Je comprends tout de suite que c'est le téléphone qui m'a tirée du sommeil. Je prends ma robe de chambre abandonnée sur la chaise et la passe autour de mes épaules, tout en jetant un coup d'œil à la pendule : neuf heures et demie du soir. Quel crétin appelle à cette heure ? Je traverse la chambre à tâtons et décroche le combiné. La voix à l'autre bout du fil est étouffée.

— Un instant, dis-je, le temps de mettre mon appareil auditif. Veronica McCreedy, me présenté-je une fois prête.

— Bonsoir, Granny.

Pendant une seconde, je pense être devenue folle, avant de me rappeler la rencontre désagréable avec mon tout nouveau petit-fils. Granny. Pouah ! Pourquoi faut-il qu'il m'appelle ainsi ?

— Patrick, dis-je.

Son nom m'est revenu en un éclair. Heureusement que j'ai toute ma tête et une mémoire remarquable.

En revanche, je ne suis pas sûre que c'était une bonne idée de lui donner mon numéro de téléphone. Sur le moment, ça m'a paru une formalité nécessaire, la moindre des courtoisies, mais je redoute désormais qu'il abuse de ma bonté.

— Désolé d'avoir oublié votre anniversaire. C'était avant-hier, c'est ça ?

Je consulte le calendrier posé le rebord de la fenêtre, chaque jour barré d'une croix rouge dès qu'il touche à sa fin.

— Le jour d'avant encore, dis-je, même si je ne vois pas en quoi ça le concerne.

— Oh, donc ça fait le… (Il se tait, s'efforce de toute évidence de tirer une information de son cerveau embrumé par la drogue) … Le 22 ?

— Le 21.

— Le 21, c'est ça. Et vous avez quoi ? Quatre-vingt-huit ans ?

— Raté.

— Quatre-vingt-sept ?

— Non, Patrick.

— Quatre-vingt-six ?

— Bravo ! Excellent ! Toutes mes félicitations !

— Eh bien, un très joyeux anniversaire ! Tous mes vœux de bonheur. C'est… un âge fantastique !

Il essaie de se montrer enjoué, mais n'y arrive pas très bien. Quel ennui pour lui de m'avoir dans sa vie ! Quel soulagement, quand je serai morte et enterrée !

— Vous avez fêté ça ? demande Patrick.

— Non. Eileen a apporté un gâteau.

Il ne sait pas qui est Eileen, bien sûr.

— Oh, c'est gentil. Eileen est votre aide à domicile, c'est ça ?

— Certainement pas ! Je n'ai pas besoin d'aide à domicile. Je suis parfaitement capable de me débrouiller toute seule. Eileen m'offre une assistance occasionnelle en ce qui concerne la tenue de la maison et l'organisation générale.

Une courte pause.

— Ah, d'accord. Sacrée Eileen ! Il était bon, ce gâteau ?

— Tout à fait acceptable.

(En réalité, c'était une véritable horreur, toute couverte d'amandes et de glaçage au sucre rose. Un vrai goût de carie dentaire. Comme si je n'avais pas déjà assez de soucis avec mes dents.)

— Eileen n'est pas un génie culinaire, loin de là. Mais l'intention était bonne. Elle a fait de son mieux.

— Contrairement à moi, lâche mon petit-fils, dans un accès de perspicacité inattendu.

— Vous faites un effort en m'appelant, dis-je avec gentillesse.

— Et vous, en m'écoutant, j'imagine.

Je suis tentée de lui confirmer mais me ravise.

— Écoutez, je ne sais pas comment vous le dire, mais cette histoire me chiffonne. J'ai… J'ai le sentiment qu'on est partis du mauvais pied, Granny. Ça ne s'est pas déroulé comme je m'y attendais, et je sais que j'ai dû vous donner l'impression d'être un trou du cul – si vous permettez l'expression. Je me demandais si on pouvait peut-être… recommencer à zéro ?

Cette tirade d'une obséquiosité vulgaire ne m'atteint pas le moins du monde, et je comprends dans l'instant qu'il en veut à mon argent.

— Si vous voulez.

Il y a un silence gêné.

— Comment allez-vous ? demandé-je.

Pas que j'aie particulièrement envie d'écouter la réponse – sa vie n'est que futilités grossières – mais il faut bien que l'un de nous deux se décide à parler.

— Oh, vous savez, rien de spécial. Pas grand-chose de neuf. Les vélos le lundi. La pluie. Les factures. Cuisiner. Manger. Une lettre de candidature par-ci par-là, qui me prend chaque fois un temps fou et ne mène nulle part. Mais je ne me plains pas. Je garde le moral grâce au pub et à « Qui veut gagner des millions ? »

— Vous, j'imagine.

Bref silence.

— Eh bien, c'est sûr que je n'irais pas pleurer si un million de livres me tombaient du ciel.

Je suis outrée par l'insolence de ce gamin. Ses insinuations sont dépourvues de toute subtilité. Il doit avoir compris que je n'ai personne d'autre à qui laisser mon argent. Du moins, personne que je puisse considérer comme un membre de ma famille. Cette complication m'a d'ailleurs beaucoup occupé l'esprit ces derniers temps. C'est une lourde responsabilité de posséder une telle fortune. Il y a bien sûr l'option de tout laisser à Eileen qui, malgré ses nombreux défauts, m'a été d'une loyauté sans faille depuis tant d'années, mais elle s'empresserait sans doute de tout donner à Patrick pour obéir à sa conscience. Elle chante (si on peut employer ce terme) dans un chœur à l'église et se targue d'une moralité irréprochable.

Nouvelle pause chargée à l'autre bout du fil.

On pourrait croire que Patrick s'intéresserait un minimum à sa grand-mère, mais non. La conversation s'est déjà tarie. Prolonger cette torture n'a aucun sens.

— Merci d'avoir appelé, Patrick.

Je repose le combiné. L'amertume et la rage m'envahissent. Comment ose-t-il essayer de se gagner mes faveurs en appelant au milieu de la nuit pour me souhaiter un joyeux anniversaire, avec trois jours de retard ? Et ce, après m'avoir traitée comme une moins que rien lors de ma visite à son gourbi puant. Il m'a manqué de respect, à moi, et plus grave, à la mémoire de mon fils, son propre père décédé. De toute évidence, il le regrette aujourd'hui uniquement parce que l'idée de l'héritage a pénétré son cerveau.

S'il veut gagner des millions, ce sera dans ses rêves ! Pourquoi devrais-je récompenser la débauche et la paresse ? Mon magot substantiel est pour l'heure sous la bonne garde de diverses banques et sociétés immobilières. Il me faudra contacter mon avocat pour prendre certaines dispositions. On dit que les liens du sang sont les plus forts. Malheureusement, c'est loin d'être vrai en ce qui nous concerne. Non, chez les McCreedy, il semblerait qu'ils aient l'inconstance de l'eau. Ce garçon doit prendre sa vie en main plutôt que dilapider mon héritage en alcool, drogue ou pire encore. C'est décidé. Je léguerai ma fortune à une cause plus noble. Hors de question que Patrick mette ses sales pattes sur mon argent.

9

Patrick

Bolton

Je n'arrive pas à me débarrasser du sentiment désagréable que m'a laissé ma conversation avec la vieille. Merde, j'ai fait de mon mieux, non ? C'est pas comme si j'avais *envie* de l'appeler, mais une voix intérieure ne cessait de me répéter : « Fais-le, mon pote. Appelle-la. » Donc je me suis forcé. Et j'ai tout raté, comme d'habitude. J'ai essayé la contrition, mais je me suis emmêlé dans les dates. Les jours de la semaine… je ne sais jamais lequel on est. Le lundi, c'est le jour du boulot, ça c'est réglé, mais les autres jours se fondent dans une sorte de grand flou. Bref, j'ai réussi à vexer Granny V en me trompant sur la date de son anniversaire, puis je me suis encore enfoncé en surestimant son âge. Je pouvais presque la voir se hérisser à l'autre bout du fil. S'il y avait une médaille d'or pour le sarcasme, elle serait championne. J'étais tellement nerveux que j'ai lâché un « trou du cul ». Ensuite, je me suis mis à jacasser sur tout et n'importe quoi dans l'espoir que ça ressemble un peu plus à une conversation normale, détendue, entre une grand-mère et son petit-fils. Et puis, je ne sais pas comment, le sujet a dévié, comme quoi je voulais gagner des millions, ce qui m'a paru bizarre et sans aucun rapport avec ce qu'on disait. J'espère qu'elle ne s'imagine pas que j'avais des arrière-pensées.

Au moins, j'ai essayé. Je crois que j'ai mérité une bière. Il est encore tôt – à peine vingt-deux heures – donc j'envoie un texto à Gav avant de sortir. En général, il est partant pour une bière une fois qu'il a couché ses enfants.

Il est déjà au comptoir du Flacon du Dragon quand j'y arrive. On commande à boire et on s'installe dans un coin.

— Alors, comment ça va ? demande-t-il après sa première gorgée. Un peu mieux ?

— Ouais, je crois que j'ai franchi un cap.

— À la bonne heure. Donc Lynette, c'est du passé ?

— Pardon, tu viens juste de dire un gros mot ?

— OK, pigé. Je ne prononcerai plus son nom.

En fin de compte, c'est peut-être mieux que je l'aie vue avec son maçon, par hasard. Ç'a été un vrai coup de poignard et ça n'aurait pas pu tomber plus mal, mais au moins, c'est réglé. Il n'y a plus à tergiverser : Lynette ne fait plus partie de ma vie, un point c'est tout.

— À part ça, tu devineras jamais ! Flash spécial : j'ai une nouvelle grand-mère.

Gav vous donne toujours l'impression que ce que vous dites est important. Il m'écoute en silence, sans m'interrompre, pendant que je lui raconte toute l'histoire : ma première rencontre catastrophique avec

Granny V et ma tentative maladroite de rattraper le coup au téléphone. Lorsque je mentionne en passant que Granny V vit dans une propriété en Écosse, il pousse un sifflement.

Il fait tourner sa bière dans son verre une minute puis demande :

— Tu sais ce que je pense ?

— Non, mais tu vas me le dire.

— Ouais, bien vu. Je sais que ça n'a pas été le coup de foudre entre vous deux, mais je crois que ça vaut la peine de réessayer avec cette Granny Veronica. Elle est ta seule famille, après tout. Avec le temps, vous pourriez nouer une relation plus proche.

Je grimace.

— Tu ne l'as pas rencontrée. Elle est hautaine et glaciale. À côté d'elle, la Sibérie est chaleureuse.

Il me sourit.

— D'accord, j'ai bien compris qu'elle n'est pas la douceur incarnée.

— Ça, non.

Son visage s'assombrit.

— Mais sérieusement, tu devrais poursuivre tes efforts. Nos aînés sont…

Comme il cherche ses mots, je lui donne quelques idées.

— Barbants ? Égoïstes ? Méchants ?

— Non, ce n'est pas ce que j'allais dire. Ils ont une vision différente des choses parce qu'ils ont traversé tant d'épreuves. Ils ne sont pas seulement pleins de rides, ils sont pleins… *d'histoires*. Et, le plus souvent, on ne s'y intéresse que lorsqu'il est trop tard.

Sa voix s'étrangle. Il est encore sous le choc de la mort de sa mère. J'avais oublié. Sa mère aussi était riche (pas autant que Granny Veronica, bien sûr, mais un joli pactole tout de même). Pourtant, ça ne lui est jamais venu à l'esprit d'aider Gav avec tous ses problèmes financiers. Même quand on a diagnostiqué un cancer à sa fille de huit ans.

Et, malgré tout, Gav adorait sa mère.

La conversation devenant un peu trop pesante à notre goût, nous l'abandonnons pour passer aux deux-roues. Il envisage d'augmenter notre stock de vélos électriques haut de gamme. Pour l'instant, on ne fait pas trop dans le haut de gamme. C'est trop risqué.

Sur le chemin du retour, je repense à Granny V. Gav a raison, bien sûr. Je dois réessayer.

On dirait qu'il y a des cadavres de chaussettes étalés partout. Le sol en est jonché. Je les ramasse toutes et les fourre dans le sac en plastique. J'irai au lavomatic directement après le boulot. Je m'efforce avec obstination de me remettre sur le droit chemin, sinon je me retrouverai à glisser sur la même pente qu'avant ma rencontre avec Lynette, et ça, je n'en ai pas envie. Je me suis donc lancé dans une grande opération de ménage. Ce weekend, j'ai enfin changé mes draps, passé l'aspirateur sur la moquette et récuré le four.

J'essaie aussi de me remettre en forme. Hier, j'ai fait une longue balade à vélo à la campagne et me suis préparé un bon repas sain pour le dîner : poulet au citron, haricots verts à la vapeur et pommes de terre sautées. Surtout, j'ai mangé sans allumer la télé. Au lieu de ça, j'ai écouté de la musique. « This Is Gonna Hurt », de Sixx:A.M. J'ai piqué mes patates et lacéré mes haricots en rythme avec les chansons. C'était génial.

J'ai cuisiné ce gâteau de polenta au citron. On ne peut tout de même pas gâcher tous ces coûteux ingrédients de pâtisserie. Je pourrais prendre le train cette semaine et l'apporter à Granny V en mains propres, mais je ne parviens pas tout à fait à m'en convaincre. Elle me déteste, c'est sûr ; quant à moi, j'ai encore du mal à l'apprécier, elle. Je n'arrête pas de penser au bébé qu'elle a abandonné, aux conséquences de cet abandon sur la vie de mon père – et sur la mienne, par ricochet.

Malgré tout, je n'aurais pas dû lui parler comme je l'ai fait.

Je jette un coup d'œil à Weedledum et Weedledee, avant de les arroser. Le gâteau est sur la table, à côté des plantes, exhalant de suaves arômes de citron et de pâtisserie dans l'appartement. Je me sens coupable rien qu'à sa vue.

Je décide donc de l'apporter à la boutique.

— Un gâteau, pour toi, Gav, marmonné-je en le déposant sur le comptoir du magasin. Juste pour te dire... tu vois... Pour le soutien et tout ça.

Je ne suis jamais à l'aise avec les mots, et encore moins avec un gros nœud dans la gorge comme maintenant.

— Patrick ! Merci, dit-il, tout sourire. Tu n'aurais pas dû.

— Bien sûr que si. Je me comporte comme un sagouin depuis des semaines. Ramène-le chez toi pour ta femme et tes gosses.

Je n'arrive pas à prononcer le mot « pardon », mais je pense qu'il saisit l'intention.

Après le boulot (une bien meilleure journée : *Madame, je suis heureux de vous annoncer que votre bicyclette est désormais comme neuve !*), je me rends enfin au lavomatic. À présent, je m'en retourne vers l'arrêt de bus avec un sac plein de vêtements propres. Coldplay à fond dans les écouteurs, et je ne peux m'empêcher de secouer la tête en rythme, vous savez comment c'est. Je dois avoir l'air d'un idiot. Je traverse la rue en évitant une grande flaque quand surgit de nulle part un énorme camion qui manque me percuter. Il m'évite au dernier moment, dans un rugissement assourdissant de klaxon et de freins. Je frôle la crise cardiaque.

Le chauffard est un type chauve et rougeaud. Il m'injurie derrière son pare-brise. Je lui mime un « désolé, mon pote » et poursuis mon chemin.

Je m'en veux de m'être excusé. Certes, je devrais regarder avant de traverser, mais il roulait nettement au-dessus de la limite de vitesse. J'adresse un doigt levé à l'arrière du camion qui file dans la rue, bien trop tard pour que le gars le remarque.

Ça fait réfléchir, quand même. Si j'avais été tué, est-ce que quelqu'un s'en soucierait ? Gav, peut-être. Oui, Gav serait sincèrement désolé. Judith (l'ex qui m'adresse encore la parole – *t'es un type sympa, Patrick, mais un petit ami lamentable*) verserait sans doute une larme. Lynette ? Je crois qu'elle s'en foutrait complètement, maintenant qu'elle a son maçon. Qui d'autre ? Granny McC ? Je ne pense pas, non.

D'ailleurs, à mon avis, Granny nous enterrera tous. Enfin moi, en tout cas. Surtout au rythme où je vais. Et le jour où je me ferai vraiment écraser, je ne crois même pas qu'elle s'en apercevra. Son aide à domicile lui présentera ses condoléances, toute en compassion, et Granny dira : « Eileen, soyez bien bonne et taisez-vous. Je suis extrêmement occupée à trier ces serviettes de table. »

Quand vous frôlez la mort, votre vie est censée défiler devant vos yeux, non ? Eh bien, pas dans mon cas. Je n'ai eu droit qu'à un regard assassin du chauffeur. Pourtant, à présent, j'ai l'impression de vivre cette réaction avec un temps de retard. Des fragments de mon enfance remontent à la surface comme portés par la musique. Des flashs de mes cinq familles d'accueil. Cinq, pas moins ! Allant de la plus stricte sévérité au laxisme le plus total. Je me rappelle être enfermé dans ma chambre chez les Millard pour avoir dit un gros mot. Je me souviens de Jenny et Adrian Fanshaw qui me sermonnaient en me disant que j'avais de la chance. Je me souviens de m'être servi dans les portefeuilles des Gregson. C'était une honte, mais je ne pouvais pas m'en empêcher : j'avais besoin d'argent pour la drogue. J'étais un gamin à problèmes.

Pourtant, je ne m'en suis pas si mal sorti, dans l'ensemble. J'ai toujours eu un toit et de quoi manger, je suis allé (plus ou moins) à l'école. Il y avait même une certaine sorte d'amour prudent. Mais aucun d'entre eux n'a compté, en tant que parent.

À dix-sept ans, j'ai commencé à travailler pour Charlie, un garagiste du coin. J'aimais bien désosser les voitures et les réassembler ensuite. Charlie était un type bien. Je suis resté avec lui quatre ans, jusqu'à ce qu'il fasse faillite. Ensuite, j'ai été chômeur un moment, puis j'ai été un peu jardinier pour un couple d'aristos, puis j'ai rencontré Judith, puis on s'est quittés.

Après Judith, il y a eu Lynette. La première fois que je l'ai vue, sa voiture venait de tomber en panne, elle était debout au milieu de la route à tapoter frénétiquement sur son téléphone. Elle avait l'air stressée (pas stressée n'importe comment ; jupe courte, cheveux au vent, moue boudeuse : stressée mais sexy) et je lui ai proposé de l'aide. Je me débrouille, avec les voitures, j'ai farfouillé sous le capot et réussi à régler le problème.

Lynette a été séduite par mon côté crado viril – c'est ce qu'elle m'a dit par la suite. Elle-même était tout l'inverse, pas comme Judith. Elle était bien habillée, bien cultivée, bien intentionnée. On a emménagé ensemble assez rapidement. Enfin, j'ai emménagé chez elle. Elle louait un grand appartement chic et travaillait comme avocate. Elle a tenté de me « sauver »... Disons que ça a marché à moitié. Elle m'a au moins convaincu de manger plus sainement. Je n'aurais jamais cru devenir accro aux brocolis ! Et pendant un moment, j'ai décroché de toutes les drogues. J'ai remplacé mes addictions par le cyclisme et la course à pied. Je me suis acheté un bon vélo d'occasion chez Gav, et pendant que j'y étais, je m'y suis trouvé un job. Lynette a dit que ça irait en attendant, mais qu'il faudrait que je décroche un emploi à plein temps un jour ou l'autre. J'attends toujours.

Bref, Lynette, c'est de l'histoire ancienne, maintenant. À la place, j'ai récupéré une grand-mère ronchon. C'est vraiment bizarre !

J'ai du mal à me faire à l'idée que Veronica McCreedy est la mère de mon père. Je ne pense pas beaucoup à lui, je dois dire. Je ne sais rien de lui, de toute façon. Je me rappelle une ou deux fois, quand j'étais tout gamin, avoir enquiquiné maman pour savoir qui il était parce que mes copains de la maternelle avaient tous des papas, alors où était le mien ?

Sa réponse était toujours la même, sèche, dure : « Tu n'as pas de père. » Et puis elle changeait de sujet. Une seule fois, elle a ajouté : « S'il était resté, ç'aurait peut-être été différent. » Elle ne l'a jamais redit.

Au départ, maman et moi, on vivait dans une caravane. Plutôt un vieux camping-car délabré, échoué sur une friche abandonnée. Plus tard, on a emménagé dans un logement social, mais je ne m'en souviens plus trop, à part que maman avait coincé des vieux journaux autour de toutes les fenêtres pour arrêter les courants d'air. Je ne me sentais pas vraiment chez moi.

Ma mère a essayé plein de boulots, mais ils ne duraient jamais longtemps. Elle était d'humeur instable. Une minute, elle chantait gaiement, celle d'après, elle fondait en larmes. Quand j'avais six ans, peu de temps avant qu'elle décide que la vie ne valait plus la peine d'être vécue, elle est venue dans ma chambre où j'étais occupé à construire un château en Lego. Elle avait les épaules voûtées et les joues humides.

— Patrick, a-t-elle soupiré. Mon garçon, mon chéri, je suis désolée. Pour tout. Désolée d'être aussi nulle.

Je ne comprenais pas ce qu'elle voulait dire. Pour moi, elle s'en sortait très bien. Elle me nourrissait, m'habillait, m'emmenait à la maternelle et tout le reste. Mais j'imagine que ça devait lui coûter trop cher, en énergie et en argent. En y repensant, je réalise qu'elle a dû sacrifier plein de choses. Sa vie sociale, pour commencer. Elle n'avait pas d'amis. Elle devait se sentir très seule. Elle faisait de son mieux pour me cacher sa tristesse, mais mon Dieu, comme elle devait souffrir !

Parce que, un jour, elle m'a laissé avec une baby-sitter, une femme que je n'avais jamais vue. Je me souviens qu'elle m'a servi des saucisses et des haricots ce soir-là, qu'elle a commencé à s'inquiéter et à regarder souvent sa montre. Après, elle a passé un long moment au téléphone. Elle a reposé le combiné et composé d'autres numéros. Sa voix prenait une intonation de plus en plus désespérée.

D'abord elle m'a dit : « Ne t'inquiète pas Patrick, je suis sûre qu'elle va bientôt rentrer » ; et ensuite : « Je vais te mettre au lit. Maman sera là demain matin. » Et puis quand le matin est arrivé et que maman n'était toujours pas là, elle a dit : « Écoute, Patrick. On va faire un petit tour en voiture. »

J'ai été confié à d'autres gens que je ne connaissais pas, qui m'ont pris par la main et m'ont dit qu'il fallait que je sois courageux. Maman n'allait pas rentrer tout de suite. Plus tard, ils m'ont dit que finalement, maman n'allait pas revenir du tout. Et encore plus tard, j'ai appris qu'elle avait rempli ses poches de cailloux avant d'entrer dans la mer.

À l'arrêt de bus, j'observe les travailleurs et ceux qui font leurs courses. Ils ont tous l'air à l'aise et sûrs d'eux-mêmes. L'estime de soi, c'est ça qu'ils dégagent. Ce type en costume cravate, avec son parapluie noir : je parie qu'il va dîner tous les samedis soir au restaurant thaï avec sa femme et ses gosses. Et ce couple qui se tient par la main. Ils meurent d'envie de rentrer chez eux pour se déshabiller l'un l'autre. Cette fausse blonde envoie un texto à son partenaire : « Je suis en route. J'arrive dans vingt minutes. » Avec plein de cœurs à la fin.

Me retrouver de nouveau célibataire me rend apathique. Je suis remis de Lynette, mais je dois reconnaître qu'elle dominait chaque recoin de ma vie. Je n'avais jamais l'occasion de broyer du noir quand elle était là. Maintenant qu'elle est partie, ma vie est envahie par un silence froid et sinistre. Je me sens comme une bouteille de bière une fois bue. Inutile. Sans valeur. Vide.

Le blog des pingouins de Terry

21 novembre 2012

Les manchots sont combatifs et entêtés. Ils ne s'avouent jamais vaincus.

Par exemple, prenez Sooty, notre manchot noir esseulé. Il couve encore ce nid, avec patience, espérant contre tout espoir qu'un beau jour sa princesse viendra.

Ou prenez cet individu téméraire que vous voyez sur la photo. Le manchot en question (mâle ou femelle, c'est difficile à dire, mais je penche pour une femelle) a décidé de grimper tout en haut d'un iceberg très raide. Qui sait pourquoi elle s'est mis ça en tête ? En tout cas, rien ne semblait pouvoir l'arrêter. Je l'ai regardée escalader la pente presque verticale jusqu'à mi-chemin, puis glisser et dévaler tout en bas. Elle s'est retrouvée cul par-dessus tête, pattes et nageoires emmêlées dans une posture indigne. Pas découragée, elle s'est relevée aussitôt. Elle a fixé le sommet. Elle n'allait tout de même pas admettre sa défaite devant une petite pente de rien du tout. Elle a écarté les nageoires sur les côtés pour s'équilibrer, s'est dandinée sur quelques mètres, a glissé, s'est dandinée un peu plus loin, est tombée sur le ventre, s'est relevée encore une fois. La dernière partie de l'iceberg était très raide. Elle a planté son bec dans la neige et s'en est servi de grappin pour se hisser. Pas très esthétique comme technique, mais efficace. Elle a enfin atteint le sommet, et j'avoue que j'ai applaudi quand elle est arrivée là-haut. Elle avait l'air très contente d'elle.

Cette persévérance est tout à fait admirable.

10

Veronica

Les Ballahays
Juillet 2012

Il va me falloir puiser une quantité extraordinaire de volonté. Mais c'est toujours le cas, quoi qu'on veuille accomplir d'important dans la vie.

Je me souviens, lorsque j'étais enfant, je m'attendais à ce que toutes les merveilles du monde me tombent toutes cuites dans le bec. Un grand nombre de personnes vivent dans cette illusion nocive. Ils continuent de croire que le merveilleux surgira au coin de la rue, et ce presque jusqu'à leur mort. Dans mon cas, cette espérance est morte très tôt. À un moment donné, il y a environ soixante-dix ans, tous mes rêves se sont évanouis. Tout ce qui s'est produit depuis n'a servi qu'à marquer le passage du temps. Ma vie n'a été qu'une succession d'événements insignifiants, aussitôt oubliés, une bobine dévidée sans rime ni raison. Rendez-vous chez le docteur, le dentiste, l'opticien, etc. Faire la queue au supermarché. Donner des instructions à Eileen concernant le linge, à M. Perkins pour les pétunias. Dormir. Lire. Faire des mots croisés. Arranger des bouquets. Prendre le thé.

Je n'ai continué à vivre que par habitude. Pourtant, mes journaux m'ont piquée au vif. Ils m'ont rappelé une chose que j'avais oubliée : l'étincelle, l'énergie qui m'animait jadis. Depuis que je les ai lus, une voix intérieure me harcèle. *Tu étais comme une dynamo humaine*, murmure-t-elle. *Tu te jetais à corps perdu dans tout ce que tu entreprenais. Tu ne refusais aucun défi. Mais as-tu accompli quoi que ce soit de valeur au cours du dernier demi-siècle ?*

Je dois essayer de faire quelque chose avant qu'il soit trop tard. Pas seulement de mon argent, faire quelque chose de ma vie, ou de ce qu'il en reste. J'avais naïvement espéré que la découverte d'un nouveau membre de ma famille offrirait une solution à ces deux questions, mais j'avais tort.

Je dois trouver une solution ; une mission, une cause qui m'inspire. Il existe, hélas, peu de choses sur la planète qui répondent à cette description.

L'une d'elles s'est récemment présentée à moi, cela dit. En me lavant les dents, je lève les yeux sur le miroir. Ils sont toujours là, incontestables, ces mots écrits de ma propre main.

— Pourquoi pas ? demandé-je à mon reflet.

Veronica McCreedy me rend mon regard, une flamme au fond des yeux.

Eileen porte une affreuse salopette à carreaux roses et blancs. Elle sent l'eau de javel.

— Vous voulez que je nettoie le miroir de la salle de bains, madame McCreedy ?

Elle est descendue dans l'intention expresse de me poser cette question, on dirait. Je suis présentement occupée à chercher mes lunettes de lecture qui ont encore disparu.

— Vraiment, Eileen, pourquoi me demander ça ? C'est votre job de nettoyer tout ce qui a besoin de l'être.

— Oui, je sais, mais il y a un message inscrit dessus au crayon marron. Je ne sais pas si c'est important. Il est question de médaillon, d'une île, d'une certaine Adèle et... de pingouins.

Je n'aime pas son ton. C'est la voix mi-inquiète, mi-amusée dont elle use quand elle me soupçonne d'avoir plongé dans la démence sénile.

— « Quoique ce soit de la folie, il y a pourtant là de la suite* » cité-je. C'est tiré de *Hamlet*, vous savez.

— Bien sûr, madame McCreedy. Mais qu'est-ce que je fais pour les mots sur le miroir ?

— Les mots sur le miroir sont un pense-bête, lui dis-je. On ne trouve jamais de papier ni de crayon quand on en a besoin, donc j'ai eu recours à cette astuce.

— Un pense-bête ?

— Oui. Pas que je risque d'oublier, notez bien. Ma mémoire est tout à fait fiable et complètement intacte.

— Comme vous ne cessez de le répéter, marmonne-t-elle entre ses dents.

Je la fusille du regard.

— Vous pouvez nettoyer le miroir, sauf le coin avec le message.

---

* *Hamlet*, acte II, scène 2 (traduction de François-Victor Hugo).

— Très bien, madame. Et donc… c'est un pense-bête pour quoi ? Si ce n'est pas trop indiscret…

Elle affiche son air curieux.

Je soupire. C'est trop indiscret, à vrai dire, mais malheureusement, il va falloir que je la mette dans la confidence. Pire, je vais avoir besoin de son aide.

Je l'informe que j'envisage un voyage dans les îles Shetland du Sud.

— Les Shetland ! s'exclame-t-elle en mimant un frisson exagéré. Mon Dieu, madame McCreedy ! Vous êtes décidément surprenante. Quelle étrange destination pour des vacances ! Au moins, vous avez choisi les Shetland du Sud. Il ne doit pas y faire aussi froid que dans celles du Nord, je suppose.

— Non, Eileen.

Je vais devoir lui expliquer en n'usant que de mots d'une syllabe.

— Les Shetland du Sud sont des îles différentes. Rien à voir avec celles qui se trouvent près de l'Écosse.

Elle affiche maintenant son air perplexe.

— Elles sont situées dans l'hémisphère sud.

— Oh, alors ça va. Elles seront beaucoup plus agréables, dans ce cas. Chaudes et exotiques. Pleines de plages dorées et de palmiers. J'ai cru que vous aviez perdu la boule, un instant, madame McCreedy !

Je vais devoir être plus précise.

— Les Shetland du Sud sont en Antarctique.

Il me faut un certain temps pour la convaincre que je suis sérieuse et que, oui, je suis en possession de tous mes moyens et saine d'esprit.

Une fois cette tâche herculéenne achevée, je lui demande si elle veut bien user de ses connaissances en ordinateur pour envoyer un e-mail au camp de recherche où Robert Saddlebow a séjourné sur l'Île au Médaillon.

— Je crois que vous pourrez trouver l'adresse *via* un blog, grâce à votre googly-truc.

— Oh, je vois. Oui, madame McCreedy, ça doit être possible. Les sites web ont bien en général une page « contact ». Si vous êtes sûre que c'est ce que vous voulez.

— M'avez-vous déjà vue ne pas être sûre de quoi que ce soit ?

— Eh bien, non, madame McCreedy, mais...

Elle marmonne des mots incompréhensibles. Les gens ne savent plus articuler, de nos jours. Je me retiens cependant de lui demander de répéter. Je suis à peu près certaine de ne passer à côté d'aucune grande pépite de sagesse.

Dès que nous avons récupéré mes lunettes (qui ont atterri, on ne sait comment, sur le frigo), je note tous les détails sur une feuille de papier, car c'est encore la meilleure façon de transmettre des instructions précises à Eileen. Elle sait que c'est du sérieux quand je me mets à écrire.

Je repense aux pingouins. Je me suis donné une tâche importante et valable. Je suis plutôt contente de moi.

11

Chers scientifiques,

Ayant visionné récemment l'émission que Robert Saddlebow a consacrée à votre projet, je suis très impressionnée par vos recherches sur les manchots Adélie de l'Antarctique. En tant que fervente admiratrice de votre volonté de protéger cette espèce – et en tant que défenseuse de la conservation des espèces en général –, j'ai décidé que, si tant est que votre travail soit réellement aussi précieux qu'il semble à première vue, votre programme de recherches hériterait d'une somme d'argent importante, telle que définie dans mon testament. Je me propose donc de visiter vos installations dans un avenir proche afin de collecter des informations supplémentaires et de m'assurer que votre travail mérite bien une telle contribution. J'apporterai des provisions et le minimum nécessaire, mais j'aurai besoin d'une chambre (de préférence avec salle de bains) pour trois semaines. Je souhaiterais également me joindre à vos recherches et votre travail d'observation des manchots autant que possible.

Veuillez agréer l'expression de ma considération,

Veronica McCreedy

Note

Bonjour. Je suis Eileen Thompson (madame), l'aide à domicile de Mme McCreedy. Mme McC m'a demandé de vous envoyer ce message parce qu'elle ne sait pas se servir des e-mails. Madame a à peu près toute sa tête, mais elle change très souvent d'avis, donc si j'étais vous, je ne m'en ferais pas et je ne prendrais pas trop au sérieux toute cette histoire.

Bien à vous,
Eileen Thompson

....

Chère madame Thompson,

Merci pour votre e-mail. Je vous serai reconnaissant de bien vouloir transmettre la réponse suivante à Mme McCreedy, avec nos compliments.

Mille mercis d'avance et bien à vous, Dietrich Schmidt

Chère madame McCreedy,

Nous sommes ravis de votre soutien et de votre intérêt pour notre travail concernant les manchots Adélie.

Néanmoins, les conditions de vie dans le camp sont exiguës et extrêmement rustiques, avec très peu de commodités. Nous n'avons pas grand-chose en termes d'eau courante chaude et froide, sans parler d'une chambre avec salle de bains. Nous serions enchantés de faire votre connaissance, mais sommes toutefois dans l'incapacité de vous héberger comme vous le proposiez.

Je joins à ce mail une fiche d'informations sur les manchots Adélie qui pourra vous intéresser. Bien entendu, toute contribution financière à leur protection, à l'heure actuelle ou dans l'avenir, sera plus que bienvenue. En vous remerciant encore,

Dietrich Schmidt,

pingouinologue et chef de l'équipe de l'île au Médaillon

....

Monsieur, désolée de vous embêter encore, mais Mme McC a insisté pour que je vous transmette ce nouveau message.

Bien à vous,

Eileen

Cher Monsieur Schmidt,

Merci pour votre réponse prompte et concise. Comme je l'ai mentionné dans mon précédent message, votre projet recevra potentiellement 7 millions de livres sterling, en admettant que je sois satisfaite de mon séjour dans votre centre de recherche. J'ai réservé mon vol pour King George Island ainsi que la traversée subséquente en bateau auprès de la compagnie Blue Iceberg Ferries. J'arriverai sur l'île au Médaillon le 8 décembre à huit heures et demie du matin. Je vous serais très reconnaissante d'envoyer l'un de vos assistants me chercher au débarcadère et m'escorter, moi et mes bagages, jusqu'à votre centre. Je vous prie de ne pas vous inquiéter quant à mes besoins. Ayant vécu les cinquante-trois dernières années (de mes quatre-vingt-six ans) sur la côte ouest de l'Écosse, j'ai développé une certaine résistance et suis à même de supporter sans difficulté des conditions hostiles. Eileen a vérifié les températures ayant cours sur votre île et m'informe que durant l'été antarctique elles sont autour de zéro. C'est-à-dire pas beaucoup moins qu'au mois de décembre, ici, en Ayrshire. Il va sans dire que je paierai pour mes repas et mon hébergement chez vous. Un appartement de luxe à Londres coûte environ 400 livres par jour à la location. Je vous paierai donc au tarif de 400 livres par vingt-quatre heures de séjour. Comme vous mentionnez que les conditions sont rustiques, je suis certaine que cette somme couvrira largement vos frais et tout désagrément causé par la présence d'une personne supplémentaire dans le centre de recherche. Je suis prête à prendre en charge tout frais annexe imprévu dû à ma visite. J'apporterai mes traitements médicamenteux et tout autre accessoire de confort dont j'aurai besoin.

Je vous remercie et me réjouis à l'avance de ce séjour.

Veuillez agréer mes sentiments les plus sincères,

Veronica McCreedy

....

Chère Eileen,

Nous sommes très préoccupés par le dernier e-mail de Mme McCreedy. Si nous lui sommes extrêmement reconnaissants de son offre magnanime, nous ne pouvons pas l'héberger trois semaines. Nous ne sommes, à vrai dire, en capacité d'héberger personne, et encore moins une personne âgée. Bien que nous ayons de très rares visiteurs sur l'île au Médaillon, ceci n'est pas une destination touristique, et nous sommes pris tous les jours par nos études sur le terrain et nos recherches. Je suis tout à fait certain que les intentions de Mme McCreedy sont généreuses, et la somme promise l'est au-delà de toute mesure, mais je vous en prie, faites-lui comprendre que son plan n'est tout simplement pas réaliste.

Bien à vous,
Dietrich et l'équipe de l'île au Médaillon

....

Cher Monsieur,

Je suis désolée. Je pensais vraiment que Mme McCreedy changerait d'avis. C'est ce qu'elle fait d'habitude, mais cette fois elle a l'air bloquée sur son idée. Ça ne sert à rien d'essayer de l'arrêter, ça ne la rend que plus obstinée. Mais, s'il vous plaît, ne vous en faites pas pour elle. C'est vrai que c'est une dure à cuire. Et quatre-vingt-dix pour cent du temps, elle a toute sa tête, donc je suis sûre qu'il n'y aura pas de problème. Ce n'est que pour trois semaines, après tout.

....

Chère Eileen,

Mme McCreedy a-t-elle de la famille que l'on pourrait contacter par e-mail ? Nous ne pouvons évidemment pas l'empêcher de venir, mais nous ne souhaitons pas non plus être tenus pour responsables de sa santé ou de son bien-être.

Bien à vous,
Dietrich

....

Cher Monsieur,

Elle n'a qu'un petit-fils, qui vit à Bolton, mais ils ne se voient pas beaucoup. Voici son adresse e-mail si vous voulez le contacter.

....

Cher Monsieur (McCreedy ?),

Je présume que vous êtes au courant que votre grand-mère, Mme Veronica McCreedy, a réservé un vol pour l'Antarctique avec la ferme volonté de visiter notre camp. Ceci est extrêmement préoccupant. Nous pouvons l'accueillir pour une visite du centre de recherche d'environ une heure pendant qu'elle est dans la région, mais je vous prie instamment de lui expliquer qu'un séjour de trois semaines, et même d'une seule nuit ne sera tout simplement pas possible, faute d'installations adaptées.

Bien qu'il soit toujours plaisant de voir une personne s'inquiéter de l'avenir de nos manchots et de notre mission scientifique, nous serions très ennuyés si quelque chose lui arrivait lors de son passage parmi nous. L'aide à domicile de Mme McCreedy, Eileen Thompson, nous a assuré qu'elle « avait toute sa tête » quatre-vingt-dix pour cent du temps, mais ça pourrait être insuffisant. Je crois sincèrement que votre grand-mère n'a aucune idée de l'hostilité des conditions par ici – le froid à lui seul est un grave danger pour toute personne âgée, quelle que soit sa bonne condition physique.

J'espère ardemment que vous saurez la dissuader et lui expliquer les raisons pour lesquelles nous ne pouvons autoriser de séjour prolongé.

Bien à vous,

Dietrich Schmidt

Pingouinologue et chef de l'équipe de l'île au Médaillon

....

Cher Patrick,

Je vous écris de nouveau, car, sans réponse de votre part à mon précédent e-mail, je crains que vous ne l'ayez pas reçu. Pourriez-vous, s'il vous plaît, nous contacter d'urgence au sujet de votre grand-mère Veronica McCreedy.

....

Chère Eileen,

Nous avons tenté de contacter le petit-fils de Mme McCreedy, sans succès. Je vous prie d'informer Mme McCreedy que nous ne pourrons l'héberger lors de sa visite en Antarctique, mais que nous lui souhaitons de bonnes vacances.

....

Cher Monsieur,

Désolée que vous n'ayez pas réussi à joindre Patrick. Je ne crois pas que ça aurait marché de toute façon. Mme McCreedy est tout à fait déterminée à venir vous voir, vous et vos pingouins. J'ai bien peur de ne pouvoir la faire changer d'avis. Elle est vraiment très indépendante, et très têtue. Vous le verrez par vous-même quand vous la rencontrerez. Je suis sûre que tout va bien se passer.

Bien à vous,

Eileen

12

Patrick

Bolton
Novembre 2012

Il est arrivé un truc bizarre récemment. J'ai reçu un e-mail de la part d'une organisation qui s'appelle penggroup4Ant. Comme je ne reçois pas beaucoup d'e-mails, j'étais intrigué. Pourtant, je ne voulais pas prendre de risque. Le mois dernier, j'ai eu d'énormes problèmes après avoir ouvert un message de provenance inconnue. Mon ordinateur a failli me lâcher. Il a fallu à Greg, le gars de la boutique d'informatique, trois semaines et 250 livres sterling pour le sauver. Plus jamais ça. J'ai donc supposé que ce penggroup4Ant était un spam et je l'ai supprimé fissa. Mais la semaine suivante, que vois-je ? Un autre message de penggroup4Ant ! Je l'ai aussi effacé.

Bref, ce soir, je suis en train de me cuisiner un chili con carne. Je viens de trancher les piments quand je reçois un appel de l'aide à domicile (ou quel que soit son titre) de Granny Veronica. La commère nommée Eileen qui m'a saoulé pendant des plombes avec une histoire de long voyage prévu par Granny, une croisière ou un truc du genre. Je ne me suis pas lavé les mains avant de répondre au téléphone, et les piments me chauffent les doigts. J'aimerais mettre fin à cet appel assez vite, mais Eileen ne me laisse pas en placer une. Sa voix monte de plus en plus dans les aigus.

— Madame McCreedy fait une fixation. C'est à cause de quelque chose dans une boîte qu'elle a trouvée. Depuis, elle n'est plus elle-même. Je sais qu'elle peut être un peu incohérente de temps à autre, mais là, c'est très inquiétant. Je suis désolée de vous embêter avec ça, mais vous êtes son petit-fils, et moi, je ne sais plus quoi faire. Je ne l'ai jamais vue aussi résolue. Et j'imagine que vous avez pu le constater : c'est une force inarrêtable. Elle s'est juré d'aller en Antarctique. Et je n'arrive pas à la raisonner. Vous savez comment elle est… Si on lui dit qu'elle ne peut pas faire ceci, ça ne fait que l'encourager encore plus.

— Attendez, une seconde. Moins vite ! m'écrié-je. Vous dites que Granny s'en va en Antarctique ?

— Oui, c'est le projet.

J'éclate de rire.

Il y a un silence choqué à l'autre bout, puis :

— Vous devez essayer de l'arrêter. Je vous en supplie.

Ça devient surréaliste. Granny McC m'a semblé saine d'esprit quand je l'ai vue, mais je ne suis pas un expert. Quoi qu'il en soit, je n'en reviens pas qu'Eileen puisse considérer que ça me regarde.

— Eh bien, elle est libre de ses mouvements, non ?

Je hausse les épaules même si elle ne peut pas me voir.

— Vous devez faire quelque chose ! supplie-t-elle.

Sans avoir jamais rencontré cette Eileen, j'imagine une bonne femme courtaude, anxieuse, affublée d'un tablier et toujours en train de se tordre les mains.

Je suis déconcerté. L'Antarctique ? Je sais que Granny n'a pas de problèmes d'argent, mais l'Antarctique ? C'est quand même pas ordinaire comme destination de vacances.

— Pourquoi l'Antarctique ?

— Les pingouins !

— Les pingouins ?

— Les pingouins !

J'attends qu'elle développe. Eileen n'a pas besoin d'être poussée.

— Elle a des messages à propos de pingouins gribouillés partout sur le miroir de la salle de bains ! Et elle m'a demandé de contacter les gens des pingouins. Elle a vu une émission sur les pingouins, et maintenant ils l'obsèdent : elle veut à tout prix les sauver. Mais avant de les sauver, elle veut aller les voir.

— Pardon, mais ce que vous dites n'a ni queue ni tête.

Soupir agacé à l'autre bout du fil.

— Elle m'a fait acheter des billets pour le vol et le bateau et tout. Je pensais que ça irait, mais les scientifiques me disent que non. Ça ne va pas du tout. On ne peut tout simplement pas aller là-bas. Mais elle est persuadée qu'elle, elle peut. Elle croit qu'elle peut sauver les pingouins de l'extinction si elle… eh bien… il est question d'argent…

La voix d'Eileen se fait soudain plus distante, comme si elle venait de réaliser quelque chose, ou de s'en souvenir.

— Je pensais juste que vous pourriez peut-être l'arrêter, marmonne-t-elle.

— Pourquoi elle m'écouterait, moi ?

— Parce que vous êtes son petit-fils. Son seul et unique petit-fils. Vous devez au moins essayer ! gémit-elle.

Difficile de la raisonner.

— Qu'est-ce que ça fait, qu'elle y aille ou pas ?

— Les scientifiques ! s'exclame Eileen. Ils disent que les conditions sont impossibles. Pour n'importe qui, sans parler d'une vieille dame. Elle m'a obligée à leur envoyer un e-mail pour leur annoncer sa visite, mais ils m'ont répondu qu'elle ne devait pas venir. Vraiment pas. Alors elle m'a fait envoyer un autre e-mail pour dire qu'elle allait venir quand même et de ne pas s'inquiéter, mais clairement, ils s'inquiètent. Je leur ai donné votre adresse mail. Vous n'avez rien reçu de leur part ?

Ça fait tilt. Penggroup4Ant, ça doit être les scientifiques qui m'ont contacté, présumant que je pourrais dissuader Granny. Je ne peux m'empêcher de ricaner.

— Ça n'est pas drôle, gronde Eileen. S'il lui arrive quelque chose pendant qu'elle est chez les pingouins, je ne me le pardonnerai jamais !

Eileen doit avoir beaucoup d'affection pour Granny. Et j'avoue que je commence à éprouver une certaine dose d'admiration pour la vieille, cachée sous les couches d'antipathie. Faut admettre qu'elle a du cran.

— Eileen, dis-je. Calmez-vous. Je suis sûr que tout ira bien. Elle ne part pas longtemps, si ?

— Trois semaines ! s'écrie Eileen, au comble du désespoir.

— Bon, je vais envoyer un e-mail à ces scientifiques et leur dire qu'on va faire de notre mieux. Vous pouvez vous assurer qu'elle emporte plein de vêtements chauds, et euh... ses pilules... et tout ce dont elle pourrait avoir besoin, n'est-ce pas ?

— Oui, oui, mais vous voulez bien l'appeler pour tenter de la convaincre de renoncer ?

Mes coups de fil à Granny n'ont jusqu'ici guère été couronnés de succès. Il n'y en a eu qu'un à ce jour, et soyons honnête : c'était un échec retentissant.

— Vous dites qu'elle a déjà les billets ?

— Oui.

— Alors ça ne sert à rien, si ? On dirait bien qu'elle est en route pour l'autre côté du monde, qu'on le veuille ou pas.

Le blog des pingouins de Terry

6 décembre 2012

Les manchots se déplacent de différentes manières. La plupart des gens les imaginent debout et se dandinant, et c'est en effet parfois le cas, quand ils sont sur terre. Leurs pieds coriaces ont des sortes de crampons naturels qui leur permettent d'évoluer sur des terrains enneigés ou rocailleux. Mais ils ne sont pas idiots, et savent exploiter la glace. Souvent, ils se laissent tomber sur le ventre et glissent à toute allure comme sur une luge. Ces manchots lugeurs me font toujours sourire. J'ai pris celui-là en photo cet après-midi, lors de ma visite à la colonie. Voyez comme les nageoires sont collées contre ses flancs, comme les pieds dépassent derrière, propulsant l'animal vers l'avant d'une poussée occasionnelle. Les lois de la physique font le reste.

Bien sûr, une grande partie de la vie d'un manchot se passe en mer. Parfaitement hydrodynamiques, ces volatiles plongent dans les vagues sans aucune difficulté, leurs ailerons agissant comme une combinaison de nageoire et d'aile. Sous l'eau, ils sont les maîtres. Ils descendent en piqué, remontent en flèche, décrivent d'incroyables arabesques acrobatiques. Ils peuvent rester sous l'eau une quinzaine de minutes sans respirer, puis jaillissent à la surface en dessinant de grands arcs comme des dauphins. Parfois ils se contentent de prendre un peu d'air avant la prochaine plongée, ou bien ils continuent de s'amuser à sauter dans les vagues. C'est un spectacle magnifique. On dirait réellement un acte de joie pure.

13

Veronica

En route pour l'Antarctique
Décembre 2012

Avant, j'adorais voyager. Aujourd'hui, mes sentiments sont plus mitigés. Mon défunt ex-mari m'a offert plusieurs escapades dans des destinations exotiques, quand nous vivions les premiers feux de notre mariage : San Francisco, Florence, Paris, Monaco, l'île Maurice… C'était relativement agréable à l'époque, mais hélas ces souvenirs ont été ternis par le tour qu'a pris notre relation par la suite. Je n'ai pas voyagé du tout ces dernières années. Le vol en soi ne me pose aucun problème ; c'est plutôt la proximité de tant de gens qui me dérange.

Les billets sont des E-billets. Je pensais que le E était l'initiale d'éther (la substance, j'ai cru comprendre, par laquelle ces messages transitent) mais Eileen me dit que ce n'est pas le cas. Apparemment, c'est l'initiale de « électronique ». Un grand nombre de choses ont de nos jours pour initiale un E, ou bien un I. Les I-mots sont omniprésents : I-phones, I-pads, I-tunes, I-pods... I-mpossible de savoir où ça va s'arrêter. Tout le monde est obsédé par ces « I » ; plus personne n'a le temps de se soucier de quoi ou qui que ce soit d'autre.

Mes billets ont été réservés par téléphone auprès de l'agence de voyages de Kilmarnock. Ils ont confirmé la réservation par e-mail *via* Eileen, envoyé les billets par la même voie, Eileen les a imprimés et me les a donnés. Pourquoi faire simple quand on peut faire compliqué ? Je ne le comprendrai jamais.

Eileen m'accompagne en taxi jusqu'à l'aéroport de Glasgow. Avec son aide, je me suis préparée pour mon expédition de façon aussi exhaustive qu'il est humainement possible. Nous avons tout calculé à la décimale près et réussi à tout faire entrer dans la valise jusqu'au moindre pansement pour cors aux pieds. En tenant compte de l'insistance des scientifiques quant aux conditions spartiates, j'ai empaqueté quelques menus plaisirs de la vie : une boîte de Darjeeling frais en vrac, des chocolats à la crème de menthe, mes trois sacs à main préférés et deux savonnettes, l'une parfumée à l'ylang-ylang, l'autre à la grenade. J'ai aussi investi dans les tenues les plus chaudes que l'argent peut offrir : des sous-pulls à manches longues en laine mérinos avec caleçons longs assortis, quelques pantalons de velours côtelé et d'autres imperméables (je préfère les jupes, mais j'ai conclu à regret qu'elles ne sont pas adaptées pour les conditions antarctiques), des pulls en cachemire à tricot double, des épais cardigans de laine et une grotesque doudoune Dynotherm en duvet, d'une teinte écarlate assortie à mon deuxième sac à main préféré. Pour les chaussures, une paire de bottes spéciales au doux nom de « mukluks ». Ces mukluks sont hideuses mais idéales, paraît-il, pour les conditions extrêmes. Elles sont adaptées (selon Internet et donc selon Eileen) pour la marche en terrain glacé et caillouteux. Elles seront accompagnées de chaussettes chaudes et respirantes, bien entendu.

J'ai aussi emporté mon médaillon, sur une impulsion de dernière minute. Vu que je me rends sur l'île au Médaillon, cela m'a paru s'imposer. Je le porte contre ma peau, sous mes couches de vêtements, comme autrefois. Même si ça semble farfelu, j'ai le sentiment de pouvoir ainsi puiser dans cette énergie, cette détermination de ma jeunesse enfuie.

Eileen et moi descendons du taxi. L'aéroport est rempli de produits suremballés et hors de prix, et de gens en uniforme qui me donnent du « ma p'tite dame », ce qui me met en rage. Je suis beaucoup de choses, mais certainement pas une « p'tite dame ».

Nous sommes largement en avance, et Eileen insiste donc pour qu'on prenne un café ensemble dans l'un de ces « espaces café » si bruyants. Je viens tout juste de jeter mon dévolu sur la seule table qui ne soit pas encombrée des détritus d'autres clients quand, à ma plus totale surprise, je découvre un grand jeune homme débraillé planté devant moi.

— Bonjour, Granny !

Je n'avais pas prévu ça.

— Au nom du ciel, qu'est-ce que vous fichez ici ?

Il jette un regard louche à Eileen.

— Mon petit doigt m'a dit que vous partiez pour les glaces du Sud. Alors je suis venu vous souhaiter bon voyage.

— Pourquoi ?

— Eh bien, vous vous êtes donné la peine de venir me voir il y a quelque temps. Je me suis dit que ce serait sympa de... euh, vous rendre la pareille.

Eileen, rouge comme une pivoine, tente de toutes ses forces de camoufler sa traîtrise.

— Je pensais que ça vous ferait plaisir, madame McCreedy, marmotte-t-elle.

« Plaisir » n'est vraiment pas le bon mot pour décrire ce que je ressens à l'instant. Quelle mouche a donc piqué ce garçon ? Essaie-t-il de s'attirer mes bonnes grâces pour emprunter de l'argent ? Croit-il donc qu'un geste aussi symbolique lui fasse gagner des points ?

— J'admire votre cran, Granny, pour partir si loin..., bafouille-t-il comme s'il lisait dans mes pensées. Et je me suis dit que vous méritiez un... euh... adieu familial, si on veut, parce que... bon, c'est une véritable odyssée.

Je l'étudie. Je perçois dans ses yeux un désir sincère de plaire. Peut-être l'ai-je jugé un peu vite.

Eileen paye les cafés et nous les avalons tout en entamant une conversation boiteuse. Je note au moins que Patrick a fait un effort de présentation par rapport à la dernière fois. Aucun de ses vêtements n'est déchiré, et ils ont l'air propres, quoique de très mauvais goût. Un mot est gribouillé sur son T-shirt ; ça pourrait être « Spikey » ou n'importe quoi d'autre tellement c'est mal écrit. Pourquoi les gens se sentent-ils obligés de se promener déguisés en publicités ambulantes, couverts de slogans ? Et je ne me ferai jamais à cette mode des jeans taille basse qui leur descendent à mi-fesses. Au moins, il n'est pas en train de fumer de la drogue. Ce n'est pas autorisé, ici.

Patrick me demande s'il fait froid en Antarctique à cette époque de l'année, puis me pose d'autres questions idiotes du même style. Il s'essaie à quelques blagues sur les pingouins, la plupart très mauvaises. Eileen et lui font preuve d'une sorte de gaieté forcée et tendue.

— Vous êtes sûre que tout ira bien, madame McCreedy ? geint Eileen en plissant le front.

— Évidemment, lui réponds-je fermement. Et si ce n'était pas le cas, qu'importe, de toute façon ?

— Oh, ne dites pas ça, madame McCreedy ! Bien sûr que ça importe !

Ses yeux sont pleins de larmes. Elle peut parfois faire preuve d'un sentimentalisme qui dépasse l'entendement.

Nous finissons tous les trois nos cafés imbuvables et nous dirigeons vers la salle d'attente. Les sièges sont trop proches les uns des autres mais, comme ils sont vissés au sol, il n'y a rien à faire, il faut s'en contenter. Je m'installe en me barricadant derrière mes bagages à main. Défense dérisoire. En moins de deux minutes, une famille de cinq, enfants chouineurs compris, viole mon espace personnel en s'asseyant quasiment sur mes genoux.

— J'ai mis vos compresses, serviettes et médicaments dans le fourre-tout bleu, avec les sous-vêtements, m'informe Eileen d'une voix bien trop sonore.

— Oui, oui, je sais.

Je n'ai aucun désir de discuter de compresses et médicaments dans l'immédiat. Toute la famille arbore la même expression de ravissement imbécile.

Patrick consulte sa montre.

— Désolé, mesdames, mais faut que j'attrape le bus de retour tout de suite, sinon je suis bon pour attendre une heure et demie de plus.

Il me regarde, hésitant.

— Bon, ben, au revoir, alors, Granny.

— Au revoir, Patrick.

Il se penche comme s'il voulait m'enlacer, avant, Dieu merci, de se raviser.

— Prenez soin de vous. Salut !

Et le voilà parti.

Eileen reste avec moi jusqu'à l'embarquement. Elle ne peut s'empêcher de passer en revue ma feuille de route une dizaine de fois, comme si j'étais idiote. Divers petits hommes sont engagés pour m'accueillir à l'arrivée et au départ des vols, et pour m'aider avec mes bagages. Eileen a insisté.

— Si vous pouvez, vous me direz quand vous serez arrivée saine et sauve, madame McCreedy ?

J'acquiesce. Je ne veux pas qu'elle s'inquiète pour moi.

— Je vous enverrai une carte postale, si c'est possible.

— Ou peut-être que vous pouvez demander à ce gentil Monsieur Dietrich de m'envoyer un e-mail ?

— Si vous y tenez.

— Oh, madame McCreedy, si seulement je pouvais venir avec vous ! J'ai demandé à Doug, mais ça l'a seulement fait rire. Et il m'a rappelé que je ne prenais jamais l'avion. Ça me donne des vertiges et ça me rend malade.

— Je n'ai ni envie ni besoin que vous veniez avec moi, Eileen, lui dis-je gentiment pour la rassurer.

— S'il vous plaît, faites attention à vous, madame McCreedy, d'accord ? gémit-elle.

Il faut toujours qu'elle fasse tout un plat. Je préfère garder les yeux fixés sur mon but.

Après l'apparition impromptue de mon petit-fils, j'ai pris une décision. Avec lenteur et précision, j'expose une liste d'instructions à Eileen concernant un certain coffret en bois. Elle prend son air curieux, mais se retient de me bombarder de questions.

— Il y a un petit quelque chose pour vous dans une enveloppe, et une boîte en métal avec des tulipes sur le couvercle que j'ai laissée sur la table de l'entrée.

Comme elle va se trouver sans emploi pour les trois prochaines semaines, je lui ai laissé sa paie pour ce laps de temps. Ainsi qu'une boîte format familial de ses guimauves au chocolat préférées.

— Allons, Eileen, je suis sûre que vous avez mille choses à faire. Rentrez donc chez vous !

— Amusez-vous bien, madame McCreedy ! murmure-t-elle en se tamponnant les yeux avec un bout de mouchoir.

— Au revoir, Eileen.

Je regarde son large dos s'éloigner dans la foule. Puis je me dirige vers la salle des départs, carte d'embarquement déjà brandie.

Je suis contente d'avoir ma doudoune Dynotherm écarlate. Le froid est saisissant sur le pont et le vent me cingle le visage.

Les vols étaient bondés mais, heureusement, ponctuels. Les divers membres du personnel embauché pour veiller à tous mes besoins ont joué leur rôle avec une efficacité (c'est la moindre des choses, j'ai payé assez cher pour leurs services) frisant parfois l'obséquiosité, surtout en ce qui concerne le dernier d'entre eux. C'est avec soulagement que j'ai abandonné les avions pour monter à bord du navire hier. Je préfère de loin le grand large.

Déjà, j'ai pu voir une baleine à bosse souffler un puissant jet d'eau, des phoques paresser sur des rochers et quelques pingouins ébouriffés regroupés sur les rives de quelques îlots.

Aujourd'hui, je suis dehors très tôt. Il n'y a pas grand-chose d'intéressant dans ma cabine compacte mais bien équipée, alors j'ai décidé d'affronter le froid. Le ciel offre des motifs gris marbrés qui se déplacent lentement. D'immenses icebergs naviguent sur l'eau tels d'élégants monstres marins. Des mouettes tournoient au-dessus de nos têtes. Les vagues giflent les flancs du bateau. La mer se brise en mille éclats tintants de cristaux de glace. Je fixe l'horizon, là où la blancheur devient éblouissante.

Je suis tellement absorbée dans ma contemplation qu'une voix près de mon épaule me fait sursauter.

— C'est cool, hein ?

Un type corpulent, environ la quarantaine, chargé d'une quantité impressionnante d'équipement photographique. J'acquiesce, sans savoir si « cool » fait référence à la température ou aux merveilles du décor.

Le type s'approche en tripotant ses objectifs. Mon premier instinct serait de m'éloigner, mais j'étais ici avant lui. Il semble vouloir converser avec moi et penser que la réciproque est vraie.

— Hé ! Regardez ! s'écrie-t-il comme nous voguons près d'un iceberg sculpté en forme d'arche.

Je n'ai pas besoin qu'on me dise quoi regarder. D'ailleurs, le type ne regarde pas correctement lui-même, trop occupé à tripatouiller son appareil photo.

— Waouh ! Quelle beauté !

Clic, clic, clic.

— Vous ne prenez pas de photos ? remarque-t-il, incrédule.

— Non. Je préfère voir les choses de mes yeux, et pas derrière une montagne de machines encombrantes.

— Ouille ! dit-il. Ça pique ! Mais vous savez, c'est un sentiment gratifiant de se fabriquer des souvenirs fabuleux pour l'avenir.

— Fabriquer des souvenirs pour l'avenir ne m'intéresse pas. Je me contenterai du présent, merci.

Malgré son bavardage pénible, je me sens ragaillardie par ces paysages glaciaires merveilleusement déserts.

Demain, j'arriverai à destination. Une excitation enfantine s'empare de moi. Il y a très, très longtemps que je n'ai pas vécu une aventure.

14

Veronica

Île au Médaillon
Shetland du Sud, péninsule antarctique

L'île au Médaillon révèle un profil montagneux. La côte est très découpée par endroits, s'adoucissant à d'autres. Le navire s'immobilise peu à peu le long d'une étroite bande noirâtre de plage volcanique striée de neige. Des mares et des ruisseaux gelés reflètent une pâle lumière. Je ne vois aucun pingouin.

Je suis la seule passagère à descendre ici, et d'ailleurs le reste des passagers ne donne aucun signe de vie. Hier avait lieu la soirée « Fun party », une horreur alliant musique trop forte, alcool et fêtards qui s'écroulent partout et sont sans aucun doute en train de récupérer de leurs excès. Par chance, ma cabine se trouvait éloignée de l'ivrognerie et la débauche, j'ai donc pu dormir sans interférences pour me lever fraîche et pleine d'énergie ce matin.

L'homme qui me sert d'assistant à bord est une créature à la peau sombre et aux yeux vifs qui ne parle que quelques mots d'anglais. Je lui dis de charger tous mes bagages dans le petit Zodiac qui nous déposera à terre. Il se met à gesticuler et marmonner entre ses dents mais s'exécute. Il m'aide à monter à bord d'une main ferme.

Tandis que nous approchons, portés par les vagues, j'aperçois deux silhouettes sur la plage. Mon assistant m'aide ensuite à descendre du canot avant de débarquer mes valises. C'est un soulagement de sentir la terre ferme sous mes pieds, toute rude et minérale qu'elle soit. Avec mes mukluks et ma nouvelle canne polaire, je me déplace sans difficulté sur ce terrain accidenté, évitant avec soin les amas glissants d'algues colorées qui ornent les rochers.

Les deux silhouettes viennent à notre rencontre.

Toutes deux sont emmitouflées dans de grosses parkas. L'homme s'avance. Il a tout juste dépassé la quarantaine, trapu, avec des cheveux bruns, épais, pleins d'épis, une barbe en balai brosse, et une poignée de mains ferme.

— Hum... bienvenue ! Je suis Dietrich. Vous êtes venue, alors, madame McCreedy.

Sa voix est à la fois chaleureuse et inquiète, avec un accent prononcé.

— Évidemment que je suis venue. Je vous avais prévenu. Vous êtes allemand ? ajouté-je.

— Autrichien, répond-il d'un ton un peu vexé.

— Moi, c'est Terry, se présente la fille qui l'accompagne en me serrant la main.

Je savais qu'il y avait une personne nommée Terry dans l'équipe (celle qui tient le blog, m'a dit Eileen), mais j'avais imaginé un homme. Cette Terry est dans la vingtaine, je dirais ; visage pâlot, cheveux blonds et lunettes. Elle a un sourire timide.

— Nous avons vu le message de votre aide nous informant que vous deviez arriver par le bateau aujourd'hui. Nous sommes… eh bien, nous sommes contents de voir que vous êtes parvenue jusqu'ici. Nous n'étions pas sûrs que vous viendriez.

— Mais enfin, pourquoi ?

En admettant qu'Eileen a bien envoyé ces e-mails, je pense que j'ai été parfaitement claire quant à mes intentions.

— Sans vouloir vous blesser, je ne crois pas que vous ayez bien conscience de la dureté des conditions ici. Je suis sûre que vous êtes en bonne santé et en possession de tous vos moyens, mais même pour nous, alors que nous avons l'habitude des conditions spartiates, c'est parfois difficile.

Encore ces « conditions spartiates » !

— J'espère que vous me laisserez en juger par moi-même.

Les deux échangent des regards lourds de sous-entendus ; ça se voit comme le nez au milieu de la figure.

Dietrich consulte sa montre.

— Le bateau repart dans trois heures, madame McCreedy. Pourquoi ne pas utiliser ce laps de temps pour faire une petite visite des lieux ? Vous comprendrez mieux de quoi on parle. Personne ne vous jugera si vous changez d'avis. Une fois la visite terminée, je vous conseille de remonter à bord du navire, de profiter du luxe relatif qu'il offre et de continuer votre voyage vers une destination plus appropriée pour des vacances.

— Je suis venue jusqu'ici, leur dis-je, pour passer du temps avec les pingouins. Et c'est précisément ce que je compte faire.

Le camp de base de l'île au Médaillon est situé près de la côte. Il ne faut pas longtemps pour y acheminer mes bagages, avec l'aide de l'étranger ronchon et celle de Terry et Dietrich, qui ont apporté un traîneau.

D'un large geste du bras, Terry indique une sorte de cabane construite en parpaings, posée sur une plaine de roche et de glace. C'est assez laid.

— Notre chez-nous ! déclare-t-elle.

Au sommet du talus neigeux derrière le cabanon se trouvent quelques moulins en métal rudimentaires qui tournent lentement, silhouettes découpées sur un ciel tourmenté. Cela semble un sacrilège d'avoir construit quoi que ce soit ici, et je suis déçue par ces horribles verrues qui défigurent la nature pure et blanche. Mais nécessité fait loi, j'imagine.

— Nous avons des panneaux solaires, mais ces moulins sont là en complément, explique Dietrich. En ajoutant les deux, on génère assez de puissance pour nos divers appareils électriques.

— Où sont les pingouins ? demandé-je.

Je m'attendais à les voir grouiller tout autour du centre.

— Pas ici, mais pas loin. Vous voyez cette grande pente de neige ? Leur zone de nidification se trouve de l'autre côté. On ira leur rendre visite dès que vous vous serez un peu reposée.

Terry ouvre la porte et entre la première. Nous déposons nos manteaux et mes valises dans la grande pièce centrale. Mon assistant murmure quelque chose à l'oreille de Dietrich, puis s'en va à reculons avant de disparaître.

Je refuse le café que Terry me propose. J'ai pris un thé et des croissants peu avant de débarquer du bateau. Je préfère examiner attentivement mes nouveaux pénates.

Il y a une chaudière à propane contre un mur, quelques chaises et une table de belle taille. La pièce est également encombrée d'un extraordinaire bric-à-brac qui n'aurait pas tout à fait sa place dans une maison normale. Nombre d'objets sont accrochés à des clous : poêles, cuillères, badges en plastique, filets, et autres bidules à crochets ou globuleux. Je ne saurais tous les identifier, mais je suppose qu'ils ont tous à voir avec les pingouins. Un enchevêtrement de câbles électriques pendouille du plafond de façon assez alarmante. Sur les étagères s'alignent des boîtes de conserve aux étiquettes passées, divers paquets et sachets ainsi qu'un assortiment de débris d'origine naturelle : lichens, fragments d'os ou de coquilles, plumes et squelettes de poissons. Je note avec satisfaction qu'il y a aussi quelques livres.

— On ne peut jamais en rapporter autant qu'on voudrait, mais on a accumulé cette modeste bibliothèque au fil des ans, explique Dietrich.

— Même si on manque de temps pour lire, soupire Terry. Je suis certaine que vous avez envie de vous délasser un peu, Veronica.

Je déteste quand les gens assimilent troisième âge et impotence. J'ai passé quasiment trois jours confinée dans des avions ou des bateaux sans pouvoir faire de l'exercice ; en outre, je suis levée depuis à peine deux heures, et pourtant ils voudraient que je m'allonge déjà.

Pour leur faire plaisir, je reste assise sur une chaise inconfortable pendant une quinzaine de minutes, avant de me lever et d'arpenter la pièce, afin de leur prouver que j'ai récupéré toute l'énergie dont j'ai besoin.

Je remarque quelques dessins au crayon et à l'encre accrochés aux murs, tous assez mauvais.

— C'est Dietrich qui les a dessinés. Ils sont merveilleux, n'est-ce pas ?

Je suis incapable de partager l'enthousiasme de Terry. Les dessins représentent tous des pingouins anthropomorphisés. Il y a un pingouin qui chante dans une chorale, un autre assis, solitaire, sur un iceberg, affublé d'un béret et d'une canne à pêche, et tout un groupe d'enfants-pingouins qui jouent sur des balançoires. Ils sont tous, sans exception, parfaitement ridicules.

Dietrich toussote, un peu gêné.

— C'est mon hobby. Je les dessine pour mes enfants, dès que j'ai un moment de libre. Je leur envoie des copies par e-mail pour les amuser, et ma femme aussi. Terry insiste pour que j'accroche les originaux ici.

— Ça rend les lieux plus chaleureux, commente Terry en souriant.

— Cet endroit a été conçu sur mesure et construit il y a seulement sept ans, m'explique Dietrich. Sa situation est idéale pour observer les manchots, car ils passent par ici dans leurs allers-retours entre la mer et leur zone de nidification, leur colonie, comme on l'appelle. Notre centre est d'une taille respectable, comme vous pourrez le constater. Il est prévu pour accueillir cinq scientifiques à l'année, ce qui a été le cas la première. Voyez, nous avons des couchettes ici, ici, et là.

Il ouvre et referme les portes trop vite pour que je puisse déterminer quelle pièce me servira de chambre.

— Mais aujourd'hui, il n'y a plus que nous trois, poursuit-il. Et encore, nous ne sommes ici que parce que nous avons accepté de venir pour des salaires ridiculement bas. Mike est notre deuxième scientifique, il est dehors avec les manchots pour l'instant. Il doit rentrer plus tard.

— Et donc, vous trois, vous tentez de découvrir pourquoi la population des manchots est en déclin ?

— Exactement. On voulait vraiment se donner une dernière chance de comprendre. On a un petit labo ici où l'on procède à l'analyse d'échantillons. Ça, c'est en grande partie le boulot de Mike. On dispose également d'une salle informatique. On s'en sert pour entrer toutes les données récoltées sur le terrain, qu'on envoie ensuite aux analystes en Grande-Bretagne. Nous avons un accès à Internet assez intermittent. C'est mieux que rien.

— Mais nous n'avons qu'un seul ordinateur, intervient Terry. Le deuxième nous a lâchés il y a quelques semaines. La salle informatique est toujours très demandée.

— On essaie de ne pas se battre pour l'occuper, sourit Dietrich.

Je déteste les gens qui plaisantent avec l'idée de se battre. Se battre, ce n'est pas un sujet qui prête à rire.

Les sourcils froncés, je lui demande :

— Auriez-vous la gentillesse de m'indiquer quelle chambre sera la mienne ?

Je note la lueur de fourberie dans le regard qu'ils échangent.

— On devrait d'abord montrer nos commodités à Veronica, dit Terry en me poussant doucement vers la pièce la plus minuscule que j'aie jamais vue.

— Nous avons des toilettes, un luxe, mais ni baignoire ni douche, j'en ai peur. Et très peu d'eau chaude.

Le lavabo est assez grand. Les toilettes sont composées d'une série de seaux et d'un siège percé en mousse dure positionné assez haut pour pouvoir glisser un seau en dessous.

De nouveau, Terry et Dietrich échangent un coup d'œil furtif. Les toilettes, semble-t-il, sont leur atout majeur.

— Splendide ! déclaré-je en frappant le sol de ma canne.

Je veux bien admettre que mon grand âge s'accompagne de quelques difficultés, mais elles ne sont pas insurmontables, loin de là. Je ne me laisserai certainement pas décourager par des WC inconfortables.

— Très fonctionnels, ces lieux d'aisances. Et où est ma chambre, je vous prie ?

— Je suis tout à fait désolé, madame McCreedy, commence Dietrich avec un air coupable. Nous sommes très occupés et n'avons pas encore eu le temps de la préparer...

— Eh bien, dans ce cas, je voudrais aller voir les manchots sans plus attendre.

Dietrich doit superviser le déchargement du ravitaillement en vivres apporté par le bateau qui m'a amenée ici (il dessert l'île toutes les trois semaines, sur son trajet vers les destinations touristiques plus populaires, ce qui permet aux scientifiques de remplir leurs placards). C'est donc Terry qui me sert de guide.

— Vous êtes bien emmitouflée ? J'espère que vous avez des sous-vêtements bien chauds. Les engelures, il n'y a rien de plus douloureux.

Je lui lance un regard noir. Je n'aime pas qu'on me prenne pour une idiote. Je suis engoncée dans trois couches de Thermolactyl et un caleçon long portés sous mon pull en laine et le pantalon doublé polaire qu'Eileen a acheté pour moi. Avec ma doudoune Dynotherm, j'ai l'impression de peser dix kilos de plus. Je peux à peine bouger, saucissonnée comme je suis.

Nous sortons du cabanon. Le soleil a surgi de derrière les nuages et nous sommes aveuglées par une lumière blanche éclatante. Je fais quelques pas prudents, testant mes mukluks, tâtant la neige avec ma canne.

Terry confond ma lenteur avec de la faiblesse et tente de me prendre le bras, mais je l'oblige à lâcher prise. Elle-même transporte une quantité invraisemblable d'équipement comme si ça ne pesait rien. Elle ne se rend pas compte de la chance qu'elle a de posséder une telle force. Mais bon, j'en aurais fait de même quand j'avais son âge.

La neige est si étincelante que je peux à peine la regarder, même à travers mes lunettes de glacier. On gravit péniblement la pente. Ce n'est ni très raide, ni très long, mais je prends mon temps. Je m'arrête souvent pour admirer le paysage. Une chaîne de montagnes bleues comme de la porcelaine s'élève sur ma droite. Elles présentent une certaine dichotomie d'apparence, lisses comme du verre par endroits, déchiquetées en d'autres. Des rubans brillants d'eau de fonte ruissellent entre les rochers. Les contreforts sont très colorés, parsemés des touches vives des lichens vert citron, jaunes, roses ou encore d'un orange ardent.

Lorsque nous atteignons le sommet, Terry me fait un tour d'horizon.

— D'abord, regardez par ici, me dit-elle. Vous comprendrez pourquoi ça s'appelle l'île au Médaillon.

Au loin, j'aperçois un étroit anneau de terre qui s'étire tout autour d'un lac semi-circulaire. Au-delà, il y a la mer. Avec sa forme ovale et cette ouverture naturelle, sur une carte, cette île doit en effet ressembler à un médaillon.

— Maintenant, tournez-vous de ce côté.

J'obéis. Sur la bande de terre plate à nos pieds, je vois une mosaïque de formes sombres qui se détachent sur la blancheur. C'est une immense colonie de petits corps qui se dandinent. Comme nous approchons, une certaine excitation me donne des papillons dans le ventre. Soudain, j'accélère le pas.

— C'est quoi, toute cette matière rose ? demandé-je à Terry

— J'ai bien peur que ce soit de la crotte de manchot. Aussi connue sous le nom de guano.

— Oh !

On dirait qu'ils vivent dans un marécage constitué de leurs propres excréments. C'est dégoûtant.

— Vous n'imaginiez tout de même pas qu'ils seraient tout propres comme dans les dessins animés ou sur les cartes de vœux, si ?

Dans un sens, c'est exactement ce que je m'étais imaginé. Mais ma déception s'estompe rapidement pour laisser place à l'excitation. Ces manchots ne sont pas de jolies illustrations dans un livre mais des créatures bien vivantes, de chair, d'os et de plumes, à la présence physique affirmée. Les voici, pleins de peps, menant leur existence au sein d'une grande communauté débordant d'activité. Brouillonne, bruyante, dissipée, vibrante de vie et d'énergie. Je me sens immensément privilégiée. Être ici, les observer à l'état sauvage, splendides et légèrement comiques dans leur tenue noire et blanche ! Malgré la présence du guano, quelle vision merveilleuse ! Leurs cris rauques emplissent mes oreilles. Mais voilà que j'ai un problème aux yeux. Ils se mettent à piquer, à brûler, et à se remplir de larmes. Ça doit être à cause du froid. Je les cligne plusieurs fois pour en chasser l'humidité.

Il y a des manchots partout. Certains font leur toilette, d'autres sont allongés sur le ventre, endormis, d'autres encore semblent échanger des commérages. Et puis il y a ceux qui se tiennent debout immobiles, contemplant l'horizon d'un air stoïque. Qu'il s'agisse du groupe ou des individus, ils semblent avoir tout compris à la vie. Notre présence ne paraît pas les perturber le moins du monde.

Mon odorat a beaucoup perdu en acuité ces dernières années, mais il règne ici une puissante odeur de poisson. Une puanteur gluante, terreuse.

Terry décroche un petit appareil photo qu'elle portait à l'épaule.

— Je prends toujours quelques photos, explique-t-elle. On ne sait jamais quand on arrivera à saisir la pose parfaite.

Elle s'accroupit à la périphérie du groupe de manchots. Quelques têtes se tournent pour l'observer.

— Ils n'ont pas peur des humains. Très pratique, pour nous !

— Formidable ! dis-je en m'approchant d'un petit groupe qui ressemble à une bande d'ados miniatures en pause cigarette.

Je veux étudier chacune de leurs expressions, essayer de deviner le caractère de chacun, leur *raison d'être**. Je suis envahie par le désir de m'approcher au plus près. L'un d'entre eux semble tout aussi fasciné par ma personne, il incline la tête, ce que j'interprète comme un geste de salutation.

Nous nous observons l'un l'autre pendant un moment, puis il reprend sa conversation avec ses compagnons. Terry mitraille et j'en profite pour me promener à la marge de la foule, chaque manchot est un ravissement. Je ne sens plus du tout le froid. Puis, soudainement, Terry dirige l'appareil photo sur moi.

— Non ! glapis-je en levant les bras pour cacher mon visage, une fraction de seconde trop tard.

— Oh, pardon ! s'excuse-t-elle aussitôt. Je voulais saisir l'instant. Votre visage, votre expression. Vous aviez l'air complètement subjuguée. Exaltée. Comme si vous n'étiez plus vous-même.

Ceci, noté-je, n'est pas un commentaire très flatteur quant à mon apparence habituelle. Mais Terry dégage une telle bienveillance qu'il est impossible de se vexer.

---

* En français dans le texte original.

— Ne vous inquiétez pas, me dit-elle. Je ne m'en servirai pas pour mon blog.

— Ah oui, c'est vrai, je me rappelle qu'Eileen a parlé d'un blog.

— Il n'est pas très suivi, mais l'audience est en progrès, grâce à l'émission de Robert Saddlebow. J'y poste des photos et je raconte au monde ce qu'on fait ici.

Elle tripote son appareil quelques secondes avant de me le tendre pour me montrer la photo qu'elle a prise de moi.

Je ressemble à une vieille femme dans la neige.

— Merveilleuse, non ?

Non.

— En fait, ce serait génial si je pouvais la publier sur mon blog, commente Terry en la regardant de nouveau.

Puis elle jette un œil à sa montre.

— Mon Dieu ! Il faut y aller. Le bateau repart dans quarante minutes ! Les autres vont être furieux si je ne vous ramène pas à temps.

15

Veronica

Île au Médaillon

La marche du retour se fait à une allure d'escargot. J'ai des soucis avec ma canne, qui se coince au moins trois fois dans des crevasses dont il est ardu de la dégager, même avec l'aide de Terry. Après cet effort, j'ai besoin de m'asseoir sur un rocher quelques minutes pour récupérer. Quand je dis « besoin », j'exagère peut-être un peu. En fait je me délecte de l'air pur, non pollué, je sens en moi une énergie inhabituelle. Le rocher n'est pas aussi inconfortable qu'on pourrait le croire, en grande partie grâce à mon rembourrage. Terry me parle en gesticulant, mais comme mon aide auditive ne fonctionne pas bien, je suis sans cesse obligée de lui demander de répéter.

J'avoue que, lorsque nous arrivons enfin au camp de base, je jubile : Terry et moi avons vu le navire prendre le large au moment où nous atteignions le haut de la pente. Terry m'a parue très embêtée, mais elle ne pouvait pas y faire grand-chose.

— Bon, vous allez devoir rester, madame McCreedy, commente Dietrich pendant que nous enlevons nos manteaux. Le prochain bateau ne vient pas avant trois semaines.

Il n'a pas l'air ravi du tout.

— Ce n'est pas comme si on manquait de place, intervient Terry. Écoute, Veronica peut prendre ma chambre, c'est la plus chaude. Je m'installerai dans l'annexe le temps de son séjour.

Mes soupçons sont confirmés. Ils n'ont jamais eu l'intention que je reste ici. Toutefois, comme elle est prête à renoncer à sa propre chambre pour mon confort, je ne ferai pas de scandale.

— Asseyez-vous et buvez une tasse de thé, le temps que je déménage mes affaires. J'en ai pour vingt minutes, tout au plus. Ensuite, vous pourrez vous installer et défaire vos valises.

— Je dois dire que je suis assez étonnée de voir que vous vous n'êtes pas mieux préparés à ma venue. Je vous ai pourtant prévenus amplement à l'avance de ma visite, fais-je remarquer d'un ton glacial.

Dietrich se lève.

— Je vais préparer le thé, dit-il en mettant la bouilloire en route. Alors, les Adélie vous ont plu, madame McCreedy ?

Il se montre bien poli. Trop poli pour être honnête.

— Tout à fait.

Après avoir soigneusement fermé toutes les portes laissées ouvertes dans le bâtiment, je m'assieds sur la seule chaise garnie d'un coussin. Elle paraît à peine plus confortable que les autres. Le coussin est usé et d'une teinte orange à vomir, mais c'est mieux que rien.

À cet instant, la porte d'entrée s'ouvre sur un jeune homme vêtu de l'incontournable parka. Il est d'une constitution maigre et nerveuse, avec un long menton, un regard perçant et dur. Ce regard se pose aussitôt sur moi, avant de glisser vers Dietrich avec une lueur accusatrice, puis de revenir me fixer.

— Bonjour.

Sa voix n'a rien d'accueillant.

— Permettez-moi de vous présenter Mike. Mike, voici Veronica McCreedy, s'interpose Dietrich. Elle va rester avec nous, ajoute-t-il d'un ton chargé.

Mike retire ses couches superficielles de vêtements et les accroche avec soin au portemanteau. Il troque ses mukluks (je note avec intérêt qu'il a les mêmes que moi) pour une paire de tennis en toile. Enfin, il traverse la pièce pour venir me serrer la main.

— Vous ne m'en voudrez pas de rester assise, dis-je. Je reviens tout juste de ma première sortie pour voir les manchots.

— Madame McCreedy n'est pas rentrée à temps pour reprendre le bateau, explique Dietrich à Mike.

Décidément, je n'aime pas son accent, et encore moins son attitude.

— Je n'avais de toute façon pas l'intention de reprendre le bateau, lui rappelé-je d'un ton sec.

Il me tend une tasse de thé. La tasse est ébréchée et le thé a un goût de goudron.

— J'en veux bien une tasse, Deet, réclame Mike.

Il prend un paquet de biscuits sur une étagère et m'en offre un, sans se donner la peine de les arranger sur une assiette. Ce sont des biscuits secs, très ordinaires. J'en accepte un poliment.

Nous demeurons assis en silence quelques minutes à siroter notre thé et grignoter nos sablés.

— Rien de particulier, aujourd'hui ? demande Dietrich à Mike.

Ce dernier secoue la tête.

— Pas vraiment. J'ai revu Sooty. Toujours posté sur son nid, à attendre.

— Sooty est notre phénomène excentrique, madame McCreedy, m'explique Dietrich. Un manchot presque tout noir.

Avant que je puisse poursuivre sur ce sujet, Terry émerge de sa chambre, les bras chargés de sacs en plastique pleins à craquer et de draps. Aussitôt, l'humeur générale s'allège. Elle semble avoir cet effet sur les gens.

— Oh, salut Mike ! Tu as fait la connaissance de Veronica, à ce que je vois.

— Oui, grogne-t-il.

Un « oui » qui suinte la désapprobation.

— La chambre est à vous, Veronica, quand vous voulez, annonce alors Terry.

— Parfait.

Nous avons consommé un repas bâclé et sans goût, composé de morceaux de viande non identifiés flottant dans une sauce réhydratée, accompagnés de patates et carottes à l'agonie. Mike (ou Mark ? Je ne me souviens plus) était en cuisine ce soir.

Terry remonte ses manches.

— C'est mon tour pour la vaisselle !

Je propose de me charger de l'essuyage. Une occasion de l'interroger.

Elle m'informe que Dietrich est à la tête du projet, même s'il essaie de s'assurer que toutes les décisions soient prises de façon démocratique. C'est lui, le « pingouinologue » qui a voué sa vie à l'étude de ces oiseaux. Selon Terry, il a une femme adorable et trois enfants qui l'attendent en Autriche. Sa famille lui manque bien plus qu'il ne le laisse paraître. Dietrich est « un vrai gentleman » toujours « prêt à rendre service ».

Quoi qu'en dise Terry, je me méfie de ce Dietrich. Contrairement aux autres ici, j'ai vécu la guerre. Ce genre d'expérience vous fait prendre conscience qu'un monstre est tapi dans chacun de nous. *On peut sourire et sourire et pourtant être un scélérat**. J'éviterai autant que faire se peut ce Dietrich.

Mike (Mark ?) est, me dit-elle, un « type génial », même s'il le cache bien. Il peaufine son attitude revêche depuis longtemps, comme un hobby.

— On ne prend pas ses râleries trop au sérieux, commente Terry avec un sourire entendu.

Les jeunes hommes ont toujours besoin de prouver quelque chose, d'une façon ou d'une autre. Émettre des remarques acerbes est certainement le moyen tordu qu'a trouvé Mike pour affirmer sa force, sa virilité, etc. C'est pitoyable, mais que voulez-vous... Terry m'informe qu'il est expert en biochimie et aime par-dessus tout analyser des petits bouts d'os ou des échantillons de guano pour étudier les minéraux qu'ils contiennent.

---

* *Hamlet*, acte I, scène 5.

Il a une petite amie qui vit à Londres, dont personne ne sait grand-chose. Il est très évasif à son sujet.

— Et vous ? demandé-je à Terry. Vous êtes attachée à quelqu'un ?

Il y a une douceur dans son sourire, même une dure à cuire comme moi la perçoit.

— Je suis attachée à beaucoup de gens et de manchots, répond-elle en remettant une mèche de cheveux blonds derrière son oreille. Mais je suis célibataire.

Je l'observe avec attention. Je me rends compte que, si elle voulait bien se coiffer et se maquiller un peu, elle serait très jolie. Sa peau est pâle mais sans défaut. Ses traits, fins et agréables. Derrière ses lunettes disgracieuses, ses yeux sont une étendue couleur de mer et de galets.

— Pourquoi portez-vous un nom d'homme ?

— En fait, mon vrai nom, c'est Teresa, répond-elle avec une grimace involontaire. Mais je ne l'aime pas.

— Pourquoi donc ?

À mes yeux, il est infiniment préférable à « Terry ». Elle n'aurait pu choisir un mot plus laid.

— Teresa, c'est joli, pourtant.

Elle n'en démord pas.

— J'ai toujours été Terry.

Les scientifiques ont laissé ouvertes les portes de la salle informatique et du labo. Je les ferme consciencieusement puis me dirige vers ma chambre. Mon corps est fatigué et réclame un répit horizontal. Je m'étends sur la couchette trop dure. Terry a fait le lit en y empilant une abondance de couettes et de couvertures, mais il demeure tout de même trop dur. Je ne suis pas du genre à me plaindre, cela dit.

Voir les manchots a été une joie intense, mais aussi un choc. Leurs petits yeux brillants, leur corps grassouillet, leurs pieds et leurs ailerons comiques. Leur odeur, certes dégoûtante mais en même temps étrangement satisfaisante. La cacophonie de leurs cris, de leurs braillements de trompettes. Leur façon de marcher en file indienne, comme sur une autoroute pour pingouins ; de filer en glissant sur la glace. Leur façon de se secouer le derrière et les plumes, de faire leur toilette. Leur approche bizarrement grégaire de la vie.

Difficile de croire que je suis vraiment ici. Enfin, j'accomplis quelque chose d'intéressant et d'important. Je pense à tous ces manchots, cent fois plus réels et plus vrais que dans mon imagination. En cet instant précis, nonobstant la gêne occasionnée par les autres humains, je suis plus certaine que jamais de vouloir léguer mon argent à ce lieu.

Ces trois semaines promettent d'être du plus grand intérêt. Je ressens une poussée de fierté. C'est en effet admirable de ma part d'avoir pris la peine de venir jusqu'ici. Des images plaisantes de manchots dérivent dans mon esprit.

Je perçois un murmure discret de voix. Je ne sais pas combien de temps j'ai dormi. Je mets un moment à me rappeler où je suis, et quand la réalité me rattrape, un grand sourire étire mes lèvres. Je suis en Antarctique. J'ai embarqué pour une dernière grande aventure et j'ai bien l'intention d'en profiter tant que je peux. J'ai une mission : aider les manchots Adélie. Je sens le métal chaud du médaillon contre ma peau. Tout ceci est parfaitement logique.

Les cloisons de ce cabanon sont très fines. Je saisis au vol le mot « Veronica », prononcé sur un ton acide. Il me semble que c'est la voix de Mike. Je me redresse, attrape mon appareil auditif et monte le volume à fond.

C'est au tour de Terry de prendre la parole.

— Mais elle l'est pour de vrai, insiste-t-elle, comme si elle n'était pas d'accord avec ce qui vient d'être dit. Vous auriez dû la voir quand on est sorties tout à l'heure. Elle était captivée par les manchots. C'est plus qu'un simple caprice.

— Je m'en fiche. Trois semaines, c'est sacrément long.

Mike, encore.

— On n'a aucune obligation de la garder ici. On a été parfaitement clairs dans toutes nos communications : on lui a répété encore et encore qu'elle ne devait pas venir. Et malgré tout, elle s'est imposée ici sans demander la permission à qui que ce soit. C'est grossier et malhonnête. Ça témoigne d'une absence totale de respect et de bon sens.

Il y a un bref silence.

— Elle a dit qu'elle paierait pour son hébergement. Environ dix fois ce que ça vaut, rappelle Dietrich.

— Ha, j'attends de le voir pour le croire !

— Mais si elle veut réellement faire don d'une somme importante au projet ? rétorque Terry. On parle de millions ! Est-ce qu'on peut se permettre de cracher dessus ?

— Même si c'est vrai, on ne verra pas grand-chose de ce fric avant sa mort, si j'ai bien compris, objecte Mike.

Ce type est décidément bien acerbe. Sa voix est pleine d'épines.

— Quoique... Combien de temps avant qu'elle décède ? réfléchit-il à haute voix.

Il rigole. Les autres ne partagent pas son hilarité.

— Elle a l'air plutôt robuste, j'avoue, poursuit-il. Elle pourrait bien durer encore une décennie. Et je n'ai pas envie d'attendre indéfiniment en lui faisant des ronds de jambe, tout ça pour un fric dont on ne verra probablement jamais la couleur. Le temps qu'elle casse sa pipe, le projet sur les manchots sera enterré depuis un bail.

À ce stade, je me rends compte que mes yeux me piquent. C'est la deuxième fois aujourd'hui. En temps normal, ils ne me causent aucune gêne. J'espère que ce n'est pas le début d'une maladie oculaire. Trouvant un mouchoir, je me tamponne rapidement les yeux, avant de coller de nouveau mon oreille à la porte.

— Et puis comment on va pouvoir travailler sérieusement si elle est dans nos pattes en permanence ? s'écrie Mike. Elle va nous rendre tarés. On est amis et collègues, mais dans cet environnement, même nous on a du mal à ne pas s'écharper !

Une cascade de rires témoigne du vécu de cette vérité.

— Tu n'as pas tort, sur ce point, confirme Dietrich. C'est un miracle qu'on se parle encore.

— Mais justement, peut-être qu'un peu de sang frais nous fera du bien, proteste Terry.

— C'est bien joli, tout ça, mais ça ne change rien au fait que c'est une vieille dame. Les vieilles dames n'ont rien à faire ici. Leur milieu naturel, c'est radiateurs, moquette épaisse et émissions télé de l'après-midi. Je vote pour qu'on la vire tout de suite, conclut Mike.

Je réalise alors que, malgré son accent, Dietrich n'est pas l'ennemi. C'est bien Mike.

Terry s'éclaircit la gorge.

— Plus facile à dire qu'à faire, Mike.

Ils baissent la voix et je n'arrive pas à saisir ce qu'ils murmurent ensuite ; très frustrant. Puis la voix de Mike s'élève à nouveau.

— On est parfaitement dans notre bon droit en la renvoyant chez elle. Je suis désolé, mais il faut trouver un moyen de s'en débarrasser. Tant qu'elle est ici, on est responsables de sa santé, et moi, ça ne me plaît pas.

— Moi aussi, je suis inquiet, avoue Dietrich. Si elle tombe malade, on ne pourra pas lui apporter les soins dont elle aura besoin.

— Allez, donnez-lui une chance, quelques jours de plus, plaide Terry. On ne peut pas la renvoyer tout de suite. Elle vient d'arriver et...

— ... et on la déteste déjà, grogne Mike.

16

Patrick

Bolton

Le Centre pour l'emploi de Bolton : il y a plus drôle comme endroit. En fait, c'est un des lieux que je déteste le plus au monde. J'en reviens de ce pas. Mes allocations vont être supprimées si je ne fais pas au moins semblant de chercher du travail. Je suppose qu'il existe tout un tas de boulots que je pourrais faire, mais sans diplôme je n'ai aucune chance. Dans un monde idéal, je trouverais un job qui me laisserait les lundis libres pour travailler à la boutique de vélos. Mais la probabilité que ça arrive ? Soyons lucide : ab-so-lu-ment nulle.

La seule offre punaisée sur les panneaux aujourd'hui était un job de surveillant de Caddie dans un parking de supermarché. L'annonce précisait qu'il était demandé des compétences en communication, une bonne orientation dans l'espace, et la capacité à prendre des décisions rapides. Quoi ? Pour ranger des Caddie ? Il y a un formulaire en ligne à remplir, environ trente-cinq questions, et en plus il faut envoyer une lettre de motivation et un CV. Une fois que vous aurez fait tout ça, ils vous demanderont sans doute de grimper en haut de l'Everest avec un œuf de phénix en équilibre sur le nez. Non mais franchement ! Pas étonnant que les gens préfèrent jouer les parasites de l'État.

— Voulez-vous candidater ? m'a demandé d'une voix robotique la femme guindée du guichet, d'un air parfaitement indifférent.

— Je vais y réfléchir, ai-je répondu.

Eh bien, c'est tout réfléchi, et je n'ai plus trop envie d'y penser. Je me traîne le long de l'avenue des klaxons en m'apitoyant sur mon sort. Je me sens inutile et déprimé. Je crois que l'heure est venue d'attaquer le bocal de Weedledee et Weedledum. Pourtant, cette pensée ne me réjouit pas ; je pensais être sur la bonne voie, et ça me rappelle juste que je suis un faible.

Je m'apprête à monter l'escalier, quand je vois un paquet adressé à mon nom posé sur la table du hall. Il est couvert de timbres – ça a dû coûter une fortune de l'envoyer. Qu'est-ce que... ?

Un instant, je me dis qu'il doit être pour mes voisins du dessous, pas pour moi. Je revérifie. Non, il n'est pas pour le couple qui passe ses nuits à miauler. C'est bien mon nom, mon adresse.

Lynette ? L'idée me coupe le souffle une seconde. C'est un fait : je suis complètement remis de Lynette. Mais qui d'autre m'enverrait un colis ? Ça doit être elle, non ? Elle a emporté des trucs à moi, comme mon chargeur de batterie et mes écouteurs. Peut-être qu'elle a décidé de me les rendre, dans un soudain accès de conscience ?

Mais non, le paquet ne vient pas de Lynette. Ce n'est pas son écriture. Elle pourrait avoir demandé à son maçon d'écrire l'adresse pour elle ? Elle est championne du monde dans l'art d'obtenir que les gens fassent les choses à sa place. Peut-être le maçon joue-t-il les secrétaires pour elle. Ça me paraît quand même peu probable. Ça m'étonnerait qu'il sache écrire. De toute façon, ça ressemble à une écriture féminine. Très ronde, compacte, au stylo Bic bleu.

J'emporte le colis à l'étage et déchire l'emballage. Sous les couches de papier brun ficelées se trouve un coffret abîmé, plutôt lourd. Il dégage une vieille odeur de bois. Il est fermé par un cadenas à combinaison. Bizarre, non ?

Puis je vois une feuille de papier pliée en quatre. Je l'ouvre.

Cher Patrick,

J'espère que vous allez bien.

Mme McCreedy (votre grand-mère) m'a demandé avant son départ de vous envoyer ce coffret. Je sais qu'il est fermé à clé, mais elle m'a dit de l'envoyer quand même. Elle vous prie de le garder en lieu sûr. Vous ne pouvez pas l'ouvrir – vous n'en avez pas le droit – tant que vous n'aurez pas la combinaison. Et elle a ajouté qu'elle n'allait pas vous la donner pour le moment.

Temps de chien, n'est-ce pas ?

Bien à vous,
Eileen

Je commence à me demander si ce n'est pas Granny qu'il faudrait enfermer à clé. Cette histoire devient de plus en plus surréaliste.

Qu'est-ce qu'il peut bien y avoir dans cette boîte ? Un objet ayant appartenu à mon père ? Une relique familiale du XVIe siècle ? Une collection de ronds de serviettes de l'époque victorienne ? Un antique écureuil empaillé ?

Si seulement j'en avais appris un peu plus sur Granny les deux fois où on s'est vus. Je m'en veux, maintenant, d'avoir été si absorbé par mes propres problèmes.

J'essaie quelques combinaisons sur le cadenas, mais aucune ne marche. Je pourrais sortir la trousse à outils et le scier, tout simplement. Je ne devrais pas, mais la curiosité, vous savez ce que c'est...

Non. Je vais respecter les souhaits de Granny V. Si elle tient tant à faire des mystères, ça la regarde. Peut-être que tout sera révélé quand elle rentrera de l'Antarctique. Je me demande comment elle s'en sort, là-bas.

Je glisse le coffret sous le lit.

17

VERONICA

Île au Médaillon

— Servez-vous, Veronica.

C'est mon premier petit-déjeuner ici. Sur la table, des montagnes de nourriture : bacon, œufs, haricots à la tomate, galettes de pommes de terre et toasts. La quantité prime clairement sur la qualité. Tout est terne et décongelé. Les scientifiques s'empiffrent comme si c'était une manne tombée du ciel. J'imagine que ces portions gargantuesques sont nécessaires pour affronter la journée. Je me verse une tasse de thé, en prend une gorgée. Il est infect. Quelque part dans mes valises, j'ai une boîte de Darjeeling parfumé. Je vais devoir l'exhumer.

L'atmosphère est chargée ; il flotte comme un ressentiment inexprimé envers moi. Je dépose dans mon assiette un toast, une bouillie jaune qui tente de se faire passer pour un œuf et une tranche de bacon dur comme de la semelle. Puis j'en viens directement au fait.

— Je n'ai pas encore payé pour mon hébergement. J'aimerais régler cela tout de suite après le petit-déjeuner. Je me propose de vous payer nettement plus que la somme mentionnée dans mon e-mail.

Je regarde l'incrédulité se peindre sur leurs visages.

— Payer *plus* que la somme mentionnée pour votre hébergement ? répète Dietrich.

— Oui.

Ils sont bouche bée. Mark – ou bien est-ce Mike ? – ricane.

— Pourquoi ? C'est pas vraiment un palace !

— Je sais. Mais j'aimerais apporter dès maintenant une contribution substantielle pour vous épauler dans votre projet. Pour aider les manchots.

Dietrich fronce les sourcils.

— Je ne sais pas si on peut vous laisser faire ça, madame McCreedy. En fait...

Je le coupe.

— Pas de discussion !

Terry nous regarde tour à tour, Dietrich et moi.

— C'est incroyablement généreux de votre part, Veronica.

Je croise le regard de Mark. Il a l'air énervé, comme s'il pensait que je me livrais à une certaine forme de corruption. Et c'est sans conteste le cas. Je le vois s'échauffer avant de me débiter encore un discours pour me congédier. Il semble s'être arrogé le droit de décider, même s'il revient normalement à Dietrich.

Je chipote dans mon assiette. Je n'ai pas d'appétit, ce matin. J'ai très peu dormi la nuit dernière, l'esprit trop occupé à ruminer les derniers événements. Je repousse le bacon et l'œuf au bord de l'assiette, pour minimiser le gaspillage. C'est toujours mauvais de paraître ingrat.

— Terry, j'ai réfléchi à votre bidule.

— Mon bidule ?

— Je ne suis pas idiote, jeune demoiselle. Je sais que vous, Dietrich et Mark voulez me voir déguerpir le plus tôt possible et vous laisser tranquille.

— Pas Mark, Mike, intervient l'homme discourtois.

Je l'ignore.

— Mais si je reste ici trois semaines entières, ce sera bénéfique pour tout le monde. Moi, je peux passer du temps avec les manchots, mon dernier souhait avant de quitter cette terre. Et vous, vous recevrez une grosse somme pour mon hébergement et, le temps venu, l'intégralité de mon héritage, afin d'assurer la pérennité de votre projet. En outre, Terry, je vous autorise à me faire figurer dans votre blog si tel est votre désir.

Son visage s'éclaire.

— Oh ! Ce bidule-là, comprend-elle.

— Je ne suis guère friande de ces gadgets de réseaux sociaux, mais je suis prête à vous laisser y mettre ma photo, vous accorder une interview ou tout ce que vous voudrez. À des fins de promotion du projet, si vous pensez que ça peut faire une différence. Pour l'avenir des manchots.

Je me suis rarement montrée magnanime à ce point.

— Oh, merci beaucoup, Veronica ! s'écrie Terry. Ce serait merveilleux ! Vous apporterez une dimension humaine, l'angle du vécu qui manque pour le moment. Ce serait très utile.

Elle se tourne vers Mike (pas Mark) avec un air triomphant. Il lui lance un regard assassin. Il se lève, débarrasse ses couverts en les cognant contre l'assiette et quitte la pièce en trombe.

Veronica McCreedy n'est pas du genre à se laisser abattre par les machinations d'un petit homme mesquin. J'éprouve un délicieux sentiment de victoire.

Terry sera mon guide, aujourd'hui encore. Elle enfile à toute vitesse son équipement étanche puis m'attend. Je suis un peu plus lente, handicapée par la raideur de mes membres qui accusent leurs quatre-vingt-six ans. Les autres sont partis depuis longtemps quand je suis enfin prête.

— Qu'est-ce qu'ils font, exactement ?

— On a chacun une zone à couvrir. On inspecte les nids, on note leur localisation. On procède à des comptages, à la pesée de certains oiseaux. Et on étudie lesquels sont revenus depuis l'année dernière.

— Comment vous savez quels manchots sont ceux de l'année dernière ? Vous leur mettez des bagues, comme aux pigeons ?

— Non. Les pieds des manchots sont trop épais, trop charnus pour les baguer. Il y a eu des essais par le passé, mais des infections se développent à l'endroit où la bague frotte contre la peau. On utilise maintenant des sortes de brassards métalliques enfilés sur l'aileron. Chaque brassard comporte un numéro afin que l'on puisse reconnaître les manchots qu'on a déjà vus.

À peine ai-je mis le pied dehors que l'air froid me saisit les poumons. C'est tout à fait tonifiant. La lumière du soleil rebondit sur la neige en une joyeuse danse de blancheur argentée. Je porte mes lunettes de glacier et l'écharpe violette qu'Eileen m'a donnée. J'ai aussi pris mon deuxième sac à main préféré, le rouge écarlate, au cas où j'aurais besoin d'un mouchoir ou d'un antidouleur. Et, bien sûr, ma canne. Je gravis la pente d'un pas alerte et rapide.

Terry est impressionnée. Elle a les joues un peu plus roses, aujourd'hui, et s'est affublée d'un bonnet à oreilles pendantes. C'est du plus mauvais goût.

— Vous êtes jeune, lui fais-je remarquer. Vous ne souffrez pas trop de l'isolement, ici, sur une île de l'Antarctique, avec pour seule compagnie deux hommes étranges ?

— En fait, je préfère avoir beaucoup d'espace. Ce n'est pas courant, mais je suis comme ça. J'en ai pris conscience il y a des années, quand je suis allée au festival de Glastonbury avec des amis. J'aimais bien la boue, et j'aimais la musique ; je n'étais absolument pas dérangée par les toilettes mobiles qui puaient, ni par les nuits fraîches sous la tente dont tout le monde se plaignait. Ce que je ne supportais pas, c'était la foule. Je me sentais submergée, j'étouffais.

— Vraiment ?

Peut-être a-t-on plus en commun que je ne croyais.

— Vraiment. Attention, cela dit : j'aime les gens, je les aime beaucoup. C'est seulement quand ils sont en nombre que je ne les supporte pas. Je suis trop sensible à toutes ces émotions, ces projets, ces rêves, ces frustrations. Toutes ces intentions plus ou moins cachées. Ça provoque comme un énorme court-circuit en moi.

Je sais que d'autres aiment la vibration que ça procure, mais pour moi, c'est trop.

Elle a piqué ma curiosité.

— Donc un grand nombre d'humains vous est intolérable. Mais un grand nombre de manchots ? J'imagine que c'est une autre histoire ?

— Oh oui ! On n'a jamais assez de manchots ! Leur énergie est très différente de celle des humains. Elle est plus ancrée dans la terre, plus primordiale. Ils ne se posent pas sans cesse mille questions. Ils n'ont pas de problèmes existentiels.

— Moi non plus, je n'aime pas les humains en masse, lui confié-je. Mais, contrairement à vous, je ne les aime pas plus individuellement.

— Oh ?

— Je vous choque ?

— Non. Je trouve ça triste. Peut-être que vous n'avez pas rencontré les bonnes personnes. Ou peut-être quelqu'un vous a-t-il causé du tort et dégoûté de vos semblables ?

Je lui lance un regard noir. Je n'ai pas l'intention de parler des diverses tragédies qui ont marqué ma vie. Je me rends compte qu'aux yeux de Terry je suis la preuve vivante que l'argent ne fait pas le bonheur. Le confort, oui. La santé et l'espérance de vie allongée, aussi, avec un peu de chance. Mais le bonheur, certainement pas.

Nous nous arrêtons au sommet et je prends le temps d'admirer la vue. Les montagnes s'élèvent au loin, poudrées de blanc et majestueuses. Sur les versants sud, on aperçoit comme des châles déchirés de neige. Le lac en demi-lune jette des reflets couleur turquoise. La mince bande de terre au-delà est à peine visible, le séparant de la mer. À l'avant-plan, les roches exhibent leurs blasons criards de lichens multicolores. Chaque touffe d'herbe se découpe nettement dans la lumière matinale. La neige, ici, forme des plaques éparses, accumulée dans les anfractuosités et les crevasses du terrain, dessinant des volants autour des rochers, serpentant au fond des ravines.

— Est-ce que ça vient de mes lunettes, ou est-ce que ce sont bien des teintes de rose et d'ambre que je vois sur la neige ?

— Non, ce ne sont pas vos lunettes. Cette lueur colorée provient d'algues microscopiques. C'est joli, n'est-ce pas ?

À mesure que nous approchons des manchots, un murmure de gazouillis et de cris nous parvient avec la brise. Les rayons du soleil soulignent d'un trait d'or les milliers de silhouettes miniatures.

— Ça vous réconcilie avec la vie, un tel spectacle ! s'écrie Terry en préparant son appareil photo comme nous arrivons à proximité de la colonie.

Les manchots respirent la joie de vivre. Je comprends ce que veut dire Terry. Malgré leur boucan, leur odeur et le marécage de guano, je préfère déjà les manchots aux hommes, et de loin ! Aujourd'hui, les oiseaux se livrent à un semblant de danse tribale : ils hochent la tête, se promènent de-ci, de-là en baragouinant pour eux-mêmes ou pour leurs congénères. Ils prennent de la vitesse et se laissent tomber sur le ventre pour glisser sur la glace. Ailerons écartés, bec fendant la bise, ils ont l'air follement heureux.

Terry se précipite vers eux, follement heureuse, elle aussi.

— C'est une matinée magnifique pour prendre quelques photos !

Elle mitraille avec enthousiasme. De temps en temps, elle pointe l'appareil sur moi.

— Souriez, Veronica !

Inutile de me le dire : je souris de toute façon comme une enfant émerveillée.

Terry repère un peu plus loin un manchot porteur d'un brassard et me passe les jumelles. J'observe l'individu avec attention. Il ne semble pas encombré le moins du monde par son brassard même si ce dernier a l'air bien serré.

— Ça ne les gêne pas pour nager ?

— Pas du tout. Et ça ne leur fait pas mal non plus, d'ailleurs.

— Me voici soulagée. J'aurais des scrupules à soutenir votre cause si j'apprenais que vous leur causiez du tort d'une façon ou d'une autre.

— Et vous auriez bien raison ! approuve-t-elle.

Nous déambulons entre les rangées de manchots. Terry note dans son carnet les données concernant les couples de retour dans la région, pendant que je contemple la vue. Entre deux griffonnages, elle m'indique quelques autres résidents locaux. À mes yeux, ils ressemblent tous à des mouettes, mais en réalité, il y a un albatros, plusieurs stercoraires et un pétrel-tempête. Terry me passe de nouveau les jumelles et j'étudie les bandes blanches sur le corps noir du pétrel qui virevolte dans le ciel.

Soudain, un cri sonore retentit en même temps que je reçois un coup sec sur la jambe. Sous le choc, je lâche les jumelles et pousse à mon tour un cri. C'est un manchot qui se dresse à côté de moi, ses ailerons écartés dans une pose indignée, son bec prêt à frapper de nouveau. Avant que je puisse réagir, il attaque mon tibia de plusieurs coups de bec vindicatifs puis me pince la jambe, accroché sous mon genou comme une paire de tenailles. La douleur est aiguë, même à travers le pantalon étanche et le caleçon long.

— Lâche-la, petit voyou ! crie Terry en l'attrapant de ses mains gantées.

Il libère aussitôt ma jambe, mais s'en prend à mon deuxième sac à main préféré, le rouge écarlate. Je hurle, je secoue le sac de toutes mes forces, mais la féroce petite créature refuse de lâcher prise, malgré les acrobaties que je lui fais subir. C'est seulement quand le cuir se déchire complètement que le manchot finit par céder ; il s'éloigne alors en titubant comme un ivrogne.

— Oh, je suis désolée ! s'excuse Terry. Ça va ?

— Ça va... Tout va bien.

C'est un mensonge.

— Et ce n'est pas à vous de vous excuser, mais au manchot.

— Je sais que ça peut faire très mal, quand un manchot décide de s'en prendre à vous. Même à travers plusieurs couches de vêtements.

Elle se baisse et se met à me frotter doucement la jambe.

— Arrêtez ça ! aboyé-je.

— Je pensais que ça vous ferait du bien. On pourra y mettre une pommade quand on sera de retour à la base, mais je ne peux pas examiner le bleu ici, ni l'exposer à l'air froid. C'est très douloureux ? Vous voulez qu'on rentre tout de suite ?

— Je vais bien, merci.

— On ne dirait pas, commente-t-elle, le front soucieux.

— J'ai juste besoin d'un antidouleur. Vous pouvez m'aider à ouvrir cette ruine ? demandé-je en lui fourrant dans les mains les restes de mon sac.

— Oh, quel dommage ! Votre, hum… magnifique sac.

Elle retire ses gants quelques secondes pour défaire l'attache du sac et en extraire mes comprimés. Elle me tend sa gourde pour que j'en avale un.

Je suis furieuse contre le manchot qui a déguerpi pour se fondre dans la foule de ses congénères.

— Pourquoi il a fait ça ? Pourquoi ?

— C'est… de la pétulance. Disons, un tempérament naturellement fougueux. Il faut se méfier des individus de deux ou trois ans. Ils sont trop jeunes pour se reproduire, et n'ont pas grand-chose à faire à part flirter, se bagarrer et tenter de prouver leur valeur. C'est juste un ado arrogant.

— Je vois.

Je suis blessée, autant sur le plan physique que métaphorique.

Terry s'efforce de me rassurer.

— Je ne sais pas pourquoi il s'en est pris à vous. Ç'aurait pu être moi.

— Oh, c'est bien normal, lui dis-je. Tout le monde me déteste instantanément.

Elle se retourne pour me regarder.

— Allons, ne dites pas ça, Veronica !

— Pourquoi pas ? C'est la vérité.

Elle est trop honnête pour le nier.

18

Veronica

Île au Médaillon

Terry insiste pour me ramener au camp de base, se confondant en excuses tout le long du chemin. Je m'enferme dans un silence digne.

Elle m'aide à retirer mes mukluks et me fait asseoir sur la chaise avec le coussin. C'est devenu ma chaise.

— Je vais vous servir une tasse de thé, pour vous remettre du choc. Après, on examinera sérieusement ce tibia.

— Comme vous voudrez.

Elle me tend une tasse fumante du liquide infâme arôme goudron qu'ils osent appeler du thé.

— Vous avez laissé la porte de la cuisine ouverte, lui dis-je.

— C'est grave ?

— Je vous serais reconnaissante de bien vouloir la fermer.

Elle hausse les épaules mais s'exécute avant de revenir s'occuper de moi. Je la laisse rouler mon pantalon imperméable et mon caleçon long, assez pour découvrir la blessure. Elle est violacée et assez vilaine à voir, mais il n'y a rien de trop grave. Terry tamponne la plaie avec un produit antiseptique tiré de sa trousse de secours, puis y applique un pansement. Déjà, la douleur s'atténue.

— Je crois que vous vous en sortirez, commente Terry avec un sourire.

— Oui, on dirait bien.

— Vous voulez peut-être vous reposer ?

— Peut-être, oui.

Elle essaie de m'escorter jusqu'à ma chambre, mais je me dégage de son bras. Je n'ai pas besoin d'aide. Elle s'attarde, l'air inquiet.

— Je vous en prie, Terry, retournez dehors accomplir vos tâches importantes pour les manchots. Je serai très à l'aise, ici. J'ai besoin d'être un peu seule.

— Vous êtes sûre que ça ira ?

— Certaine.

Elle hésite, indécise.

— À vrai dire, j'ai en effet pas mal de travail. Je suis un peu en retard et…

— Allez-y donc, j'insiste.

— Je serai de retour dans environ deux heures. Reposez-vous. Faites comme chez vous, servez-vous de ce que vous voudrez.

Je déteste quand les gens font tout un cinéma. C'est donc un soulagement de la voir s'en aller. Je m'étends sur le lit grumeleux mais je bouillonne encore intérieurement. Toute cette escapade en Antarctique est un désastre sans nom. Il est désormais très clair que les scientifiques ne veulent pas de moi ici ; pas plus, à mon amère déception, que les manchots. Quels volatiles ingrats ! J'avais pensé – non, j'étais persuadée – que je rencontrerais en quelque sorte mon destin, ici, au bout du monde... Mais peu importe.

Ma rage s'évanouit peu à peu, laissant derrière elle une sensation de vide. Ma bulle de bonté induite par la proximité des manchots vient d'éclater. J'ai grand besoin de force.

Je me relève pour prendre un deuxième antidouleur. Un rappel ironique de toutes les autres pilules que j'ai dû avaler. Un instant le passé menace d'engloutir mes pensées. Je lutte pour le chasser et me concentrer sur le problème actuel.

Je n'aime plus les manchots.

C'est le privilège de toute femme de changer d'avis.

Il existe sans aucun doute pléthore d'autres nobles causes dignes de ma fortune.

— Salut, Veronica. Pardon, je vous ai réveillée ?

Je suis désorientée quelques instants, avant de reconnaître Terry qui passe une tête par l'embrasure de la porte.

— Non, je me suis simplement installée en position horizontale en raison de la pénurie de sièges confortables dans cette cabane.

Lentement, je me redresse dans une posture plus verticale.

L'inquiétude déforme encore son front et sa bouche.

— Comment ça va ? Et votre jambe ?

— Tout à fait remise, je vous remercie.

— Ouf ! Quelle histoire ! Je suis vraiment désolée que vous ayez eu à subir les attaques de ce manchot mal élevé.

— Cessez donc de vous excuser, à la fin !

— Vous avez besoin d'autre chose ?

— Non.

— Dans ce cas, je vais passer un moment en salle informatique. Je dois enregistrer les données récoltées aujourd'hui dans le système.

Elle disparaît.

— Terry !

— Oui ?

— La porte.

— La porte. Oui. Pardon.

Elle la referme et me laisse en paix. Mais à peine cinq minutes plus tard, la voilà qui toque de nouveau.

— Veronica, un e-mail est arrivé pour vous. Je vous l'ai imprimé. Je me suis dit que vous voudriez le lire sans tarder. Tenez.

Elle me fourre une feuille de papier entre les mains avant de battre à nouveau en retraite.

Je me lance à la recherche de mes lunettes de lecture. Je fouille sans succès mon sac écarlate en loques et l'autre, que j'aime moins mais qui n'est pas vandalisé, le fuchsia et doré, avant d'explorer ma valise. Je trouve dans ses profondeurs la boîte de Darjeeling, mais pas de lunettes. Je me console avec le thé. Passant dans la cuisine, je mets de l'eau à bouillir. Par un heureux hasard, une théière Brown Betty se cache au fond d'un placard, avec un passe-thé. Je laisse infuser. Malgré l'absence désespérante de tasses à thé qui m'oblige à le boire dans un mug ébréché, le goût de l'authentique Darjeeling me revigore. Dès la première gorgée, je peux sentir la détermination des McCreedy couler de nouveau dans mes veines.

En reposant mon mug, j'aperçois mes lunettes posées sur une étagère où je les ai sans doute oubliées quand j'étudiais le contenu de la bibliothèque. Je m'installe sur ma chaise pour lire l'e-mail d'Eileen.

Chère Madame McCreedy,

J'ai reçu deux e-mails, un de Monsieur Dietrich et l'autre du gars du blog, Terry, m'informant que vous êtes bien arrivée, alors j'arrête de m'inquiéter. J'espère que vous allez bien, que vous n'avez pas trop froid et que vos cors aux pieds ne vous font pas trop souffrir. Ça doit être chouette de voir les pingouins. Je ne sais pas grand-chose à leur sujet, à part qu'ils sont les oiseaux préférés de mon neveu Kevin. Il en a un en peluche, bleu marine et blanc, qu'il adore.

Ici, la météo est morose. En votre absence, j'ai bien du mal à remplir mes journées, mais Doug (mon mari, au cas où vous l'auriez oublié) dit que je devrais sortir plus souvent. Je le soupçonne de m'encourager parce qu'il ne veut pas de moi dans ses pattes à la maison. Il dit que je fredonne trop.

En tout cas, ce serait agréable de recevoir de vos nouvelles de temps en temps, de savoir que vous vous plaisez en Antarctique. Peut-être les gentils scientifiques peuvent-ils m'envoyer un autre e-mail, si vous leur dites quoi écrire.

Les guimauves sont délicieuses.

Bien à vous,

Eileen

Eh bien, je vais bientôt donner à Eileen de quoi s'occuper.

Je suis en train de finir ma deuxième tasse de Darjeeling lorsque Mike et Dietrich font leur apparition de concert.

— Ah, madame McCreedy, comment s'est passée votre sortie du jour ? s'enquiert Dietrich d'un ton poli.

— À vrai dire, ça n'a pas été un succès, l'informé-je en le regardant par-dessus mes lunettes. J'ai été attaquée.

— Attaquée ?

— Parfaitement. Un manchot a décidé de se venger sur mon tibia et mon deuxième sac à main préféré, d'une façon tout à fait injustifiée et très agressive.

— Oh ! Ce n'est pas très gentil.

— Non.

— Terry vous a... ?

— Terry m'a soignée. Désinfectant et pansement.

La barbe de Dietrich est tellement épaisse qu'il est difficile de déchiffrer son expression sous les poils. Mais son « très bien » a l'air sincère. Mike, en revanche, a plaqué sur son visage un masque de fausse sympathie qui dissimule mal son mépris.

— Les manchots sont des créatures sauvages, Veronica, il ne faut jamais l'oublier.

— En effet.

— Vous avez l'air très contrariée, observe Mike en s'asseyant sur l'une des chaises en plastique. Il n'est pas trop tard si vous voulez rentrer chez vous, vous savez.

— J'allais justement vous demander des renseignements sur cette possibilité.

Il jette un regard à Dietrich, puis se tourne vers moi, son mépris de plus en plus manifeste et teinté maintenant d'une lueur de joie à la perspective de mon départ.

— Le prochain bateau ne passe que dans trois semaines. Mais on peut contacter par radio l'équipe de gestion de crise pour leur demander de l'aide. En général, ils n'aiment pas trop envoyer un hélicoptère sauf s'il s'agit d'une urgence, mais peut-être que si vous acceptez de couvrir les frais... ?

— L'argent n'est pas un problème, lui assuré-je.

— Dans ce cas, ça devrait être faisable, madame McCreedy, me dit Dietrich, d'un ton artificiellement neutre. Je peux me renseigner tout de suite.

Il tire de sa poche un petit machin noir que je suppose être une radio.

Leur hâte à se débarrasser de moi en devient indécente. Mike m'adresse un sourire carnassier.

— L'île au Médaillon, ce n'est pas si pépère comme destination, hein, Veronica ?

Le ton de sa voix quand il prononce mon nom est si désobligeant que je ne daigne pas répondre. Mais il ne résiste pas à la satisfaction d'enfoncer le clou un peu plus.

— On a bien essayé de vous prévenir. Mais – sauf votre respect – vous avez insisté pour n'en faire qu'à votre tête, n'est-ce pas ?

Respect, mon œil ! Question respect, il s'y connaît autant qu'un tamanoir sur l'Épître aux Éphésiens de saint Paul. Ce type insupportable s'acharne à me rabaisser, à dénigrer mes décisions. Comment ose-t-il ?

— Je crois que vous devez admettre, Veronica, que ce n'est pas fait pour les touristes, ici.

— Et je ne suis pas une touriste ! rétorqué-je avec force.

— Peut-être pas. Pas tout à fait. Mais vous n'êtes pas une scientifique non plus. Vous n'êtes pas formée, or seuls des scientifiques entraînés sont à même de supporter un long séjour sur cette île.

Tandis qu'il prononce ces mots, je prends conscience de la présence du médaillon, de sa douceur d'argent contre ma poitrine, sous mon Thermolactyl. Je peux presque entendre ce qu'il renferme murmurer des messages à mon cœur.

— Eh bien, je vous souhaite un bon voyage de retour, conclut Mike avec un manque flagrant de sincérité.

Dietrich, resté silencieux pendant cette démonstration de grossièreté, commence à tripatouiller les boutons de sa radio. Je l'arrête d'un geste brusque.

— Qui a dit que je rentrais à la maison ?

Mike lève les bras au ciel.

— Vous venez de dire que c'est ce que vous vouliez !

Je lui lance un regard froid.

— Non, pas du tout. Ce n'est pas ce que je veux. Vous m'avez mal comprise. Je passais simplement en revue les options à ma disposition. Je vous assure que je suis toujours déterminée à rester.

Si j'ai pu avoir des doutes, ils se sont envolés, grâce à Mike.

— Je passerai ici les trois prochaines semaines, que ça vous plaise ou non.

Et je persisterai à aider les manchots, qu'ils le veuillent ou non.

C'est au tour de l'irascible Mike de cuisiner le dîner. Le résultat de ses efforts est lamentable. Des saucisses dont la texture rappelle la paille de fer, des choux de Bruxelles tout sauf verts, de la purée en sachet et une sauce qui ressemble à de la boue, tant sur le plan de la couleur que du goût.

Je chipote mes choux de Bruxelles. L'ambiance est un peu tendue.

Terry, qui n'a pas assisté à la conversation de tantôt, doit s'imaginer que je snobe la nourriture.

— Je suis désolée qu'on ne puisse vous offrir des légumes frais, Veronica.

— Arrêtez de vous excuser sans cesse quand vous n'y êtes pour rien.

Mike semble croire que je sous-entends qu'il est seul responsable de ce fiasco culinaire.

— Vu la pauvreté de nos stocks, le réchaud capricieux et le peu de temps, je trouve que je m'en suis plutôt bien sorti.

Je lui lance un regard noir. S'il y a bien une chose que je ne peux tolérer, ce sont les gens qui passent leur temps à se plaindre.

Tout le monde semble essayer de trouver quelque chose à dire pour combler le silence qui suit.

— Vous considérez ces privations comme une épreuve, commenté-je. Votre génération a l'habitude d'avoir un accès facile à la nourriture, quelle qu'elle soit et d'où qu'elle vienne. Je me souviens d'un temps où il était difficile de trouver du pain, où la plupart des gens retournaient leur jardin pour y planter des pommes de terre, où le moindre bout de viande qui ressemblait vaguement à une saucisse était un luxe. Ce repas aurait fait office de festin.

Dietrich envoie un clin d'œil à Mike.

— Et voilà, Mike ! Un compliment !

— Ouais, c'est ça, grommelle-t-il.

Le silence retombe. Mon appareil auditif amplifie les sons de mastication grincheuse.

— Je pense que je sortirai toute seule demain, pour aller voir les manchots, déclaré-je. Je ne veux en aucun cas vous distraire de vos études scientifiques, et je me souviens très bien du chemin pour rejoindre la colonie.

Mike s'étrangle.

— Ce n'est pas une bonne idée.

— Pourquoi pas ? Inutile de me protéger comme une petite chose fragile. Je suis parfaitement capable de me débrouiller toute seule, rétorqué-je d'un ton sec.

— Si vous restez ici, vous respectez nos règles, insiste-t-il en me fusillant du regard.

Je lui rends son regard assassin. À ce jeu-là, ce petit morveux ne fait pas le poids.

Terry se tourne vers moi dans un esprit de conciliation.

— On serait plus tranquille si vous étiez accompagnée par l'un d'entre nous, Veronica. La météo est plutôt clémente pour l'instant, mais le temps peut se dégrader d'un moment à l'autre et ça peut devenir dangereux. Or nous savons tous les trois d'expérience que faire en cas d'urgence. Je serai ravie de vous accompagner. Ça vous irait ?

Je suis ulcérée par sa proposition. Ce que je désire par-dessus tout, c'est la solitude. Toutefois, il semble que je doive encore une fois m'abaisser à un compromis.

— D'accord, dis-je.

— Je vous en dirai un peu plus sur les manchots pendant la marche. Et on pourrait peut-être prendre quelques photos pour le blog.

— Le blog, toujours le foutu blog, marmonne Mike.

Terry fait semblant de lui jeter une saucisse à la figure, lui arrachant au moins un sourire.

Le blog des pingouins de Terry

12 décembre 2012

Regardez cette dame. Je crois que vous serez admiratifs. Elle est notre dernière arrivée, elle aime tellement les manchots qu'elle est venue de sa lointaine Écosse nous rendre visite en Antarctique. Et elle a – tenez-vous bien – quatre-vingt-six ans ! Ça, c'est de l'engagement !

Elle s'appelle Veronica. Elle va passer les trois prochaines semaines avec nous, au camp de base de l'île au Médaillon. On a hâte de voir comment elle y trouvera ses marques.

Comme vous pouvez le voir sur la photo, elle est déjà à l'aise dehors, profitant du spectacle de cinq mille manchots Adélie réunis. Elle aura l'occasion d'apprendre à connaître toutes leurs petites habitudes... ainsi que les nôtres.

Elle a déjà accumulé une somme d'informations concernant les Adélie. Elle sait, par exemple, que leur plat préféré est un minuscule crustacé à l'allure de crevette, le krill ; qu'en ce moment, c'est le printemps antarctique, ce qui annonce de grands changements pour les oiseaux. Bon nombre d'entre eux couvent maintenant leur nid, prêts à accueillir de nouvelles vies.

Veronica a fait remarquer que les nids de cailloux n'avaient l'air ni très confortables ni très chauds. Elle n'a pas tort, mais nous devons garder en tête que les manchots eux-mêmes sont rembourrés de plusieurs couches de graisse. Ils ont aussi l'équivalent d'un chaud manteau de plumes spécialement isolantes. Le froid ne leur pose, contrairement à nous, aucun problème.

À ce propos, au cas où certains parmi vous s'inquiéteraient pour elle, Veronica est en pleine forme et parfaitement équipée pour son séjour ici. La quantité de vêtements chauds qu'elle a dans ses valises n'égale que sa détermination. Elle aura besoin des deux.

19

Patrick

Bolton

Aujourd'hui, j'ai reçu un e-mail de la part des gens qui s'occupent des pingouins en Antarctique. Un type nommé Terry m'écrit que Veronica va bien et m'envoie un lien vers un blog. Après le petit-déjeuner, je me suis connecté pour jeter un œil. En première page, il y avait une photo de Granny V, et je dois dire que j'en suis resté le cul par terre. Sur le cliché, elle souriait, un vrai de vrai sourire ! Elle avait l'air en extase, comme si elle avait vu une ribambelle de petits anges. En fait, il ne s'agissait pas d'anges mais de pingouins. Une immense foule d'oiseaux tout autour d'elle, comme un océan de silhouettes trapues noires et blanches. Avec Granny au milieu, toute emmitouflée dans une parka écarlate à capuche fourrée, avec son gros sac à main tout brillant, un flamboiement rouge sur le blanc de la neige. Et un rouge à lèvres assorti, qui souligne encore son sourire.

Clairement, Granny V aime les pingouins. Elle les adore.

Je me suis fait un café et j'ai lu le blog. Ça commençait par : « Regardez cette dame. » Ce Terry semblait admiratif. À l'en croire, Granny V serait quasiment une faiseuse de miracles ! Je suppose qu'elle doit se tenir à carreaux.

C'est drôle. J'ai beau essayé de chasser Granny V de mes pensées, elle refait surface à tout moment. Le jour où elle est venue me voir, je n'étais absolument pas prêt pour toutes ces histoires de famille perdue de vue. C'est à cause de Lynette. Ce jour-là, sous le choc de l'avoir aperçue, enlacée à son maçon, je ne pouvais penser à rien d'autre (le timing, mec, c'est vital). Mais quand j'ai vu Granny à l'aéroport, j'étais moins focalisé sur ma petite personne et j'ai éprouvé un sentiment bizarre, comme si j'étais passé à côté de quelque chose pendant cette première rencontre. Comme si sa dureté était une sorte de manteau qu'elle serrait bien fort autour d'elle pour que personne ne puisse voir ce qui se cachait dessous. Pas même Eileen.

J'ai loupé une grande partie de la vie de Granny V. Est-ce que j'arriverai un jour à rattraper le temps perdu ? Est-il trop tard ? Qui est-elle vraiment sous ses peintures de guerre et ses manières rigides ? Et bon sang, qu'est-ce qui lui a pris de filer jusqu'en Antarctique pour être avec des pingouins ?

Je me pose aussi de plus en plus de questions sur mon père, Joe Fuller, son fils. Il est notre chaînon manquant, la génération intermédiaire, le seul être qui nous relie (que ça nous plaise ou non), et pourtant ni elle ni moi ne l'avons jamais connu. Je l'ai toujours considéré comme un sale type à cause de ce qui est arrivé à maman. Mais peut-être qu'il ne savait pas ce qu'il faisait. Peut-être qu'il avait ses propres problèmes. On ne sait jamais rien des autres. Même ceux qu'on connaît bien, on n'a presque aucune idée de ce qu'il se passe réellement dans leur tête.

Aujourd'hui, tout à coup, j'ai envie d'en savoir plus. N'importe quelle information serait bienvenue. Ce qu'il mangeait au petit-déjeuner, ce qu'il regardait à la télé, s'il aimait les futilités et la mécanique, comme moi. C'était un alpiniste, donc j'imagine un type aventureux. Il a peut-être hérité ça de Granny.

Cette famille qui l'a adopté, ils doivent sans doute pouvoir me donner quelques détails, non ? Les parents sont morts et il n'y avait pas de frères et sœurs, mais à ma connaissance, la cousine vit encore, à Chicago. Je pourrais la contacter. Ou retrouver des potes de mon père. Si tant est qu'il en avait.

Je vais à la fenêtre et contemple les gouttières.

Granny aussi doit avoir envie d'en apprendre plus sur son fils, non ? Elle a pris la peine de m'identifier, après tout. Mais elle ne maîtrise par Internet. Je pourrais l'aider. Quand elle rentrera de l'Antarctique, on devrait se voir pour en parler. J'ai faim de tout ce qu'elle sait, depuis le jour où elle l'a fait adopter.

Pourquoi elle a fait ça, d'ailleurs ? Hein ? Je suis loin de connaître le fin mot de l'histoire. Je n'ai même pas abordé le premier chapitre, tellement j'étais occupé à faire l'abruti. Quand Granny V sera de retour, ce sera différent. Je vais me mettre à creuser le sujet.

Lorsque je reviens de mon footing, le téléphone est en train de sonner. Haletant comme un chien après la dernière volée de marches, je décroche.

— Il fait toujours un temps pourri, n'est-ce pas ! dit une voix comme si on poursuivait une conversation entamée plus tôt.

— Euh, qui est à l'appareil ?

— Eileen Thompson. Vous savez. On s'est vus à l'aéroport.

— Salut, Eileen. Qu'est-ce que je peux faire pour vous ?

— Eh bien, ils viennent de m'envoyer un e-mail. Ceux de l'Antarctique. Celui qui s'appelle Terry, en fait.

— Ah oui, moi aussi. Vous avez vu le blog ?

— Oui, oui, j'ai vu. Madame McCreedy avait de l'allure, non ? Je l'ai trouvée très chic.

— Hum, oui, très… colorée.

Je fais les cent pas dans la pièce, m'éventant avec mon T-shirt d'une main, l'autre pressant le téléphone contre mon oreille.

— Mais est-ce que Terry vous a dit l'autre chose ? demande-t-elle.

— Quelle autre chose, Eileen ?

— Madame McCreedy a été mordue par un pingouin !

— Quoi ?

— Votre grand-mère. Mordue. Par un pingouin.

— OK…

Je ne sais pas trop si je suis censé m'inquiéter. J'avoue que je n'y connais rien en morsure de pingouins.

— Ce n'est pas mortel, j'imagine ?

— Non, non, non, pas du tout ! Par contre, le scientifique Terry explique que Madame McCreedy a été sérieusement refroidie par cette histoire et qu'elle a failli décider de rentrer. Mais elle s'en est remise maintenant. Et j'ai reçu un petit mot de Madame McCreedy elle-même, transmis par Terry.

— Ce Terry m'a tout l'air de jouer la boniche pour Granny, vous ne trouvez pas ?

— Oui, on peut dire ça. Mais je suis extrêmement soulagée que quelqu'un veille sur elle. Elle peut se montrer un peu… enfin, vous voyez. Elle n'est plus toute jeune.

Je souris. Cette Eileen est une perle.

Après un bref silence, elle me pose soudain une question abrupte :

— Vous avez ouvert le coffret ?

J'ai comme l'impression qu'elle espère que ce soit le cas.

— Le coffret ? Celui que vous avez envoyé ? Vous m'avez dit que Granny l'avait interdit – donc, non.

— Ah, très bien. Je me demandais. Vous voyez, je me fais du souci pour elle, Patrick. Elle a pris l'habitude de ne voir personne, à part moi, et elle ne s'ouvre pas beaucoup. Elle m'ouvre la porte de sa maison, bien sûr – elle est bien obligée –, mais elle ne me dit jamais rien de ce qu'elle pense ou de ce qu'elle ressent. Et puis il y a ce truc que j'ai lu hier dans le *Daily Mail* de Doug…

Elle marque une pause, ménageant son suspense. Je crois que je suis censé être impressionné par sa maîtrise de l'actualité. Elle semble persuadée que je suis suspendue à ses lèvres.

— Quel truc, dites-moi ?

— C'était au sujet des personnes âgées et de la solitude, murmure-t-elle sur un ton de confidence. Ils expliquaient à quel point c'est mauvais, l'absence de communication. Attendez… Je l'ai là.

Nouvelle pause. Bruit de pages qu'on tourne.

— Ah, voilà ! « Une nouvelle étude… bla-bla-bla… confirme les effets négatifs de la solitude sur la santé… bla-bla-bla… Ne pas partager avec d'autres ses pensées et opinions augmente le risque de démence sénile de quarante pour cent. » Quarante pour cent !

— Démence sénile ? répété-je, abasourdi. Granny V m'a eu l'air plutôt affûtée les deux fois où je l'ai vue.

— Oh oui. Elle l'est, tout à fait ! Je ne voulais pas vous inquiéter. Ce n'est pas du tout ce que je voulais dire. Mais parfois, il y a comme un… un petit bug. Un minuscule défaut de mémoire. Et je me demande si elle n'aurait pas besoin d'être plus entourée, par des amis ou de la famille, pour éviter que ça empire. C'est pour ça que je suis tellement contente qu'elle vous ait vous, maintenant, Patrick. Et le gentil Terry. Et les pingouins.

20

VERONICA

Île au Médaillon

— Je crois que le grand air vous fait du bien, madame McCreedy, me dit Dietrich (le seul à ne pas m'appeler Veronica. Il a manifestement été bien élevé). Vous avez bonne mine.

— Merci, Dietrich.

— Tu ne trouves pas qu'elle paraît plus jeune, Mike ?

Le très désagréable Mike émet un bruit rauque difficile à interpréter. Je choisis d'y voir une confirmation que je parais en effet plus jeune. Même si ça ne veut rien dire.

Dietrich me surprend. Le soutien de Terry coule de source : elle veut tellement améliorer son blog qu'elle est prête à tout. Celui de Dietrich est plus inattendu, si l'on prend en compte qu'il est à la fois un étranger et un mâle. J'ai la nette impression qu'après un débat intérieur il a finalement décidé de m'accorder le bénéfice du doute.

Quant à Mike… disons qu'on se tolère l'un l'autre. Si ça n'avait tenu qu'à lui, j'aurais été éjectée depuis longtemps – même si je ne sais pas trop comment ils s'y seraient pris. Ils m'auraient peut-être tout simplement jetée dehors, dans le froid. Ce ne serait pas la première fois que ça m'arrive.

Mike s'obstine à laisser les portes ouvertes. Je sais qu'il agit ainsi uniquement pour m'énerver.

Grâce à une prévoyance remarquable, j'ai commencé à m'habiller et chausser mes mukluks il y a un moment. Je suis donc prête et postée devant la porte quand Terry finit d'enfiler sa parka. Elle attrape son appareil photo, ses carnets et une poignée de brassards pour pingouins. Elle porte son affreux bonnet de laine à oreilles. Ses cheveux blonds dépassent, filasses et mal coiffés.

— Visiblement, vous ne vous souciez ni de mode ni d'élégance, commenté-je.

Elle éclate de rire.

— Merci, Veronica ! Vous n'êtes pas fan de mon style, c'est ça ?

La politesse exige que je prenne quelques pincettes.

— Eh bien, je comprends tout à fait que les conditions en Antarctique obligent à un certain nombre de compromis en matière d'élégance. Je suis donc prête à admettre la possibilité que vous soyez une reine de la mode en Angleterre… mais j'avoue que j'en doute.

Elle glousse.

— Vous avez raison d'en douter, confirme-t-elle. Mais pourquoi s'encombrer de sacs à main de luxe quand on a un marécage de guano et cinq mille manchots ?

Je regarde mon propre sac à main de créateur qui (en raison de la mort prématurée de l'autre, l'écarlate) est mon troisième préféré, le fuchsia avec liseré doré. Je suis sur le point de répondre sèchement quand je réalise qu'elle ne disait pas ça méchamment ; c'était juste un exemple pris au hasard.

Nous nous mettons en route. La neige crisse et craque sous nos pas.

La fille qui marche à côté de moi est tellement différente de ce que j'étais à son âge. Elle est sûre d'elle, ignorant gaiement tous les futurs possibles des longues années qu'il lui reste à vivre. Il ne lui vient pas à l'idée qu'un seul pas dans la mauvaise direction pourrait tous les anéantir. J'espère qu'elle mènera une vie plus riche que la mienne. Mais c'est déjà le cas, non ? Pour la première fois, je m'interroge sur Terry. Sa présence est discrète, mais elle dégage une impression de grande détermination.

— Quel est votre parcours, Terry ? demandé-je, sincèrement intéressée. Comment vous êtes-vous retrouvée ici ?

— Oh, rien de spécial.

Elle est plus concentrée sur le paysage, la possibilité d'apercevoir un phoque ou un oiseau rare que sur la question.

— J'ai toujours adoré la nature.

— Dites-m'en plus.

— Enfant, j'étais fascinée par les oiseaux. Par la nature en général, mais surtout par les oiseaux. J'ai passé mon adolescence assise sur des rochers, pataugeant dans des rivières ou plantée au milieu des marais à les observer à la jumelle. Mes amis devaient me trouver bien ennuyeuse.

Au moins, elle a eu des amis. Contrairement à moi, elle a sans doute toujours été aimable.

— Après le lycée, j'ai obtenu une licence en sciences naturelles, puis un master en préservation de la faune sauvage. J'ai travaillé un moment dans une réserve naturelle et consacré beaucoup de mon temps libre au bénévolat pour des organisations caritatives consacrées à la sauvegarde des espèces. J'ai passé quelques étés dans les Hébrides extérieures à observer les oiseaux marins. De nos jours, si vous avez une passion, vous vous lancez, tout simplement. De telles opportunités n'existaient pas quand j'étais jeune. Pas pour les femmes, en tout cas. L'envie, aigre et écœurante, me serre la gorge. Il est difficile d'avaler les innombrables injustices de la vie.

— Je ne m'attendais absolument pas à obtenir ce poste quand j'ai posé ma candidature, poursuit-elle, insouciante, en grimpant la pente à grands pas. Mais tous les jours, je me rends compte de la chance que j'ai eue ! J'adore être ici, j'adore les défis, les conditions rustiques et toutes les petites péripéties bizarres du quotidien. J'adore l'équipe. On n'est pas parfaits, mais on est étrangement proches. Et, bien sûr, travailler parmi les manchots est un rêve devenu réalité.

Nous arrivons au sommet. Elle ralentit le pas et embrasse le panorama d'un large geste du bras. Un brouillard diaphane couleur de lavande voile les montagnes. Des cristaux de glace scintillent dans les fissures sombres des roches. La colonie de manchots s'étale à nos pieds, comme un puzzle géant en noir et blanc.

— Cet endroit, dit-elle, il vous va droit au cœur et à l'âme. Il change tout. Votre vision du monde et de vous-même, votre façon de réfléchir à tout ça. Vous aussi, vous le ressentez, n'est-ce pas, Veronica ? me demande-t-elle en se tournant brusquement vers moi.

Je ne sais pas quoi répondre. Je soupçonne qu'elle n'a pas tort. Ni moi ni mon sac à main n'avons été attaqués depuis ma première expérience malheureuse. D'ailleurs, mon ravissement initial à la vue des manchots est de retour. C'est avec grand plaisir que j'attends mes rencontres quotidiennes avec ces petits êtres pleins de vie.

Hier, j'ai assisté émerveillée à une grande première : l'éclosion d'un poussin Adélie. D'abord, l'œuf s'est mis à osciller et on a entendu de faibles coups à l'intérieur. Puis le bout d'un bec minuscule est apparu. Une petite créature toute gluante l'a suivi, se défripant peu à peu, levant des pieds maladroits pour sortir de la coquille. Elle était grise, ébouriffée, et semblait un peu étourdie. Je n'étais pas le seul témoin, bien entendu. La maman manchot inclinait la tête dans tous les sens pour examiner son bébé sous toutes les coutures. Ils se sont blottis l'un contre l'autre avec affection. Puis le petit a tendu le cou pour regarder derrière sa mère le paysage qui s'offrait à lui. Il a eu l'air tout surpris de se trouver dans un univers fait de pierres brillantes et de neige.

Je suis contente de ne pas avoir laissé l'odieux Mike me pousser à quitter l'île. Se promener parmi les manchots, c'est tout de même plus excitant que d'écrire des listes de courses pour Eileen ou de donner des instructions concernant les plantes vivaces à M. Perkins. Je suis fière de constater, par ailleurs, que les limites physiques dues au grand âge ne se révèlent pas un fardeau trop lourd. J'ai relevé avec brio les défis de l'Antarctique.

Terry se met au travail. Elle plonge dans la cohue pour attraper les manchots un par un avant de les suspendre dans un sac de pesée. Certains oiseaux se débattent et tentent de la picoter, mais elle évite habilement les coups de becs. Elle note les statistiques dans son carnet. De temps en temps, elle sort son appareil photo et prend un cliché. Je lui demande si les photos font partie de ses recherches.

— En partie, oui, mais c'est aussi pour mon plaisir, et bien sûr pour le blog.

— Vous le prenez très au sérieux, ce blog, n'est-ce pas ? commenté-je.

— Les réseaux sociaux sont le meilleur moyen – quasiment le seul – d'exercer une influence sur les esprits, de pousser les gens à s'engager.

Je m'interroge : est-ce vraiment le cas ? Je suis tout à fait ignorante en ce qui concerne les machinations des réseaux sociaux, mais j'ai pu observer que les médias en général possèdent une puissance phénoménale. Lorsque Robert Saddlebow a présenté une émission sur la couche d'ozone il y a quelques années, tout le monde a soudainement pris conscience d'une réalité qui se trouvait devant leur nez depuis des décennies : les humains sont en train de détruire la planète, mettant ainsi en danger non seulement la faune sauvage, mais aussi le genre humain. Quelques personnes ont même commencé à agir.

Si ces réseaux sociaux peuvent alerter l'opinion, alors peut-être qu'ils ne sont pas si mauvais, après tout.

Je regarde avec tendresse les manchots. Terry me prend en photo.

— Vous ressemblez à une reine, entourée de tous ses sujets.

Je dois dire que cette idée me plaît beaucoup.

Tandis que je rêvasse, Terry reprend le fil de la conversation.

— Ne vous méprenez pas, Veronica, mais je dois avouer que votre projet de léguer des millions à un centre d'études sur les manchots Adélie m'étonne beaucoup. J'en suis très heureuse, bien sûr, et ô combien reconnaissante, mais je ne peux m'empêcher de m'interroger... Vous avez un petit-fils, non ?

— Oui.

Mon enthousiasme retombe aussitôt à cette idée.

— Patrick, c'est ça ?

— Oui.

Ses questions me mettent mal à l'aise. Je ne suis pas venue ici pour subir un interrogatoire.

Terry relâche un manchot qui se carapate, d'abord sur ses pattes, avant de se laisser tomber sur le ventre pour glisser sur la neige.

— Alors, si vous me permettez de poser la question... il y a un problème ? Je veux dire, l'attitude normale consiste à léguer son argent aux membres de sa famille. Pardonnez mon indiscrétion, mais j'avoue que je suis un peu curieuse.

Je soupire. Le fait que Patrick existe est comme une mouche obstinée qui viendrait se cogner de façon répétée contre la fenêtre de ma conscience. Plus j'essaie de l'oublier, plus il est envahissant. Je n'ai pas envie d'en parler, et ma réaction habituelle serait de changer de sujet. Mais, en présence des manchots, je me sens plus détendue, moins sur la défensive. Si Terry a besoin d'une explication, je peux lui en donner une.

— Patrick et moi nous connaissons à peine. Je ne le vois pas vraiment comme un membre de ma famille. Nous nous sommes rencontrés pour la première fois il y a seulement quelques mois.

— Ah bon ?

— Oui. Et ç'a été une expérience des plus désagréables. Alors que je venais de loin et que je m'étais donné beaucoup de mal pour faire sa connaissance, il s'est montré tout sauf amical. Depuis, il a amorcé quelques tentatives faiblardes pour se rattraper, mais je ne suis pas sensible à ses avances motivées par l'argent. Et de toute façon, c'est une cause perdue : Patrick se drogue.

Terry est choquée, comme il se doit.

— Oh, je suis désolée, Veronica. Vous savez pourquoi ?

Pourquoi ? Je ne me suis même pas posé la question. La réponse me paraissait évidente.

— Juste un cas banal de dépravation, j'imagine.

Terry affiche un demi-sourire, mais son regard se fait pensif derrière ses lunettes disgracieuses.

— Si vous le connaissez à peine, peut-être a-t-il traversé des épreuves dont il ne vous a pas parlé. C'est peut-être pour ça qu'il s'est tourné vers la drogue ?

Ça ne m'avait pas effleuré l'esprit. Je n'ai pas l'habitude de m'intéresser aux raisons qui poussent les gens à mal se conduire. À vrai dire, je n'ai pas l'habitude de m'intéresser aux gens tout court. D'après mon expérience, il n'en sort en général que des ennuis. Pourtant Terry a ravivé un fragment de souvenir qui me revient maintenant : quelques mots marmonnés par Patrick au sujet de sa mère. Il n'est pas entré dans les détails. Et j'étais trop outrée par l'état de son logement, son hygiène personnelle et sa grossièreté pour creuser plus loin. À présent, je commence à me demander si Patrick a été modelé par une tragédie survenue dans son passé. Sans doute, comme moi, n'aime-t-il pas dévoiler son histoire à un public inconnu.

— Et il prend des drogues dures ? demande Terry.

— Je ne sais pas si elles sont dures ou douces. C'était quelque chose qu'il fumait. Une puanteur abominable !

— C'est probablement juste du cannabis, dit-elle. Ça pourrait être bien pire.

— Je ne crois pas, non ! m'insurgé-je.

Je décide de m'intéresser plutôt aux manchots, mais Terry a fini de les peser, et je sens son regard fixé sur moi. Puis elle dit d'un ton mesuré :

— Le cannabis est légal dans de nombreux pays, aujourd'hui. Il a mauvaise réputation, mais il possède aussi des propriétés thérapeutiques et son usage médical est de plus en plus développé. En tant que scientifique, je vous assure qu'il présente des avantages autant que des inconvénients.

— Vraiment ?

Je suis sceptique.

— Oh oui ! On l'utilise dans le traitement de la sclérose en plaques et pour atténuer les effets secondaires terribles de la chimiothérapie, par exemple.

Dans certains cas, il est d'ailleurs moins nocif que les antidouleurs.

Je ne m'attendais pas du tout à cela. Je serre fort mon sac à main, consciente des plaquettes de paracétamol et d'aspirine rangées dans la poche de côté. Ces comprimés ont tout de même une supériorité morale écrasante sur le cannabis, non ? Mais Terry semble de ne pas comprendre l'horreur que m'inspirent les drogues.

— Je suis sûre que Patrick a ses raisons pour fumer de l'herbe, insiste-t-elle.

— Sans doute, dis-je d'un ton qui indique clairement que le sujet est désormais clos.

Mais ses paroles m'ont donné à réfléchir.

21

Patrick

Bolton

— Eileen, pourquoi m'appelez-vous ?

— J'ai reçu un autre e-mail de ce Terry.

— Super.

— Avec la copie d'une lettre de Madame McCreedy.

— Génial. Quoi de neuf ?

— Elle va bien. Les pingouins vont avoir des enfants.

Je souris. Je pressens que ce n'est pas tout.

— Autre chose ?

— Madame McCreedy dit dans sa lettre qu'elle vous a envoyé un e-mail, à vous aussi, *via* Terry. Vous l'avez reçu ?

Voilà qui est intéressant. Une communication écrite de la part de Granny V ? Je pense qu'il doit s'agir d'une explication concernant le coffret.

— Je n'ai pas encore regardé mes e-mails, aujourd'hui, dis-je à Eileen.

Elle a un claquement de langue agacé.

— Je crois que c'est important. Je pense que ça pourrait être... vous savez. Vous devriez vérifier tout de suite. Je vais attendre.

Elle ne raccrochera pas le téléphone tant que je n'aurai pas obéi. Pourquoi je tombe toujours sur des femmes autoritaires ? D'un geste las, je sors mon ordinateur portable et ouvre ma boîte e-mail. En effet, j'ai bien un e-mail de penggroup4Ant. Je le lis en diagonale.

— Oui, dis-je à Eileen, c'est un message très court. Celui de Granny l'est encore plus. Ce n'est même pas vraiment un message, seulement une suite de chiffres. Sans doute la combinaison du cadenas du coffret.

— Oh ! Ça fait des semaines que je me demande ce qu'il peut y avoir dans cette boîte. Vous voyez, c'est après qu'elle a ouvert ce coffre que son comportement est devenu si... singulier.

— Ah bon ?

— Oui. Toutes ces histoires d'agences, vous rendre visite, et puis se précipiter du jour au lendemain en Antarctique pour sauver les pingouins... Vous allez l'ouvrir maintenant ?

Mais quelle curieuse !

— Ouaip, tout de suite, lui dis-je avant de raccrocher.

Elle va sans doute rappeler un peu plus tard pour parler de la météo et *Dites, au passage, qu'est-ce que vous avez trouvé dans le coffret ?* Enfin, ça part d'une bonne intention.

Je m'accroupis pour tirer le coffret de sous le lit puis m'empresse d'entrer la combinaison. Le cadenas s'ouvre avec un petit clic.

À l'intérieur, il n'y a que deux vieux carnets noirs abîmés. Ni titre ni rien d'autre sur la couverture. J'ouvre le carnet du dessus. Chaque page est couverte d'une écriture serrée, très propre. Une cursive à l'ancienne, légèrement penchée, tracée à l'encre bleue, et similaire à l'écriture de Granny, quoique plus douce, plus pleine. À première vue, on dirait le journal d'une adolescente d'une autre époque. La première note débute en 1940. Me voilà donc parti pour un voyage dans le temps.

Je m'assieds sur le lit et commence à lire quelques pages au hasard.

Samedi, 20 juillet 1940
Shepherd's Bush

Suis-je spéciale ? Je crois que oui. Je suis sortie me promener aujourd'hui, et j'ai eu l'impression que tout le monde me regardait – encore ! Je le remarque de plus en plus souvent depuis que j'ai « fait une nouvelle poussée de croissance », comme dit maman. Tous les garçons ont les yeux qui leur sortent de la tête, et les filles me dévisagent comme si elles voulaient voler mes traits.

En passant, j'ai jeté un coup d'œil furtif à mon reflet dans la vitrine du primeur. Je flottais au-dessus d'une pyramide de pommes, avec mes boucles châtaines qui tombaient en cascade sous mon chapeau à large bord. J'avais l'air mince dans la robe en taffetas couleur de mûre que maman trouve si peu pratique (elle me l'a cousue quand même après que je l'ai suppliée). J'adore comme elle est cintrée à la taille et s'évase ensuite telles des vagues autour de mes jambes. Rien à voir avec les jupes droites, bien nettes, que portent toutes les autres filles. La seule chose qui gâchait mon image, aujourd'hui, c'était la boîte que je dois trimballer au bout de sa ficelle où que j'aille. Elle est terriblement vilaine. J'espère n'avoir jamais à enfiler le hideux masque à gaz qu'elle renferme. Je l'ai changée de main pour ne plus la voir dans mon reflet. C'est fou ce qu'on peut être heureux si seulement on arrive à se concentrer sur ce qui compte.

C'était une matinée idyllique, le soleil donnait une couleur de miel à toutes choses. Un cerceau de bois m'a dépassée dans la rue, poursuivi par une bande de gamins. Des femmes faisaient la queue devant les boutiques, jacassant à propos des rations de viande et comparant le contenu de leurs paniers. On ne croirait jamais que la moitié d'entre elles a passé la nuit à trembler au fond d'un abri, avec dans les oreilles le mugissement des sirènes antiaériennes.

J'ai coupé par Ravenscourt Park où j'ai trouvé Tufty attaché à la grille. Il s'est mis à agiter la queue dès l'instant où il m'a vue. J'ignore qui est son maître, mais presque tous les matins il le laisse ici pendant des heures – un traitement ignoble infligé à cet adorable terrier écossais. Je voudrais tant le ramener à la maison, mais papa et maman ont dit non. Son cruel propriétaire l'avait laissé en plein soleil, alors je l'ai détaché et emmené faire une petite promenade jusqu'au lac, pour qu'il se rafraîchisse, et puis je l'ai rattaché à la grille un peu plus loin, à l'ombre d'un gros cèdre. Il bondissait de joie. Que pensera son maître quand il le trouvera, tout trempé, à quelques mètres de l'endroit où il l'avait abandonné ? Ah ah ah !

On parle d'arracher les grilles car on a besoin du fer pour les armes de guerre. Je me demande où Tufty devra patienter si ça arrive.

Une foule s'est rassemblée devant le kiosque à musique. La fanfare jouait un air connu et une bonne partie du public chantait en hochant la tête en rythme. Quelques couples se sont mis à danser sur l'herbe. La musique a continué de retentir dans mon crâne jusqu'à la maison. Je peux encore l'entendre.

*

Plus tard

Mon Dieu, lorsque j'ai écrit tout à l'heure, je n'avais aucune idée que tout était sur le point de changer. À peine avais-je terminé la dernière phrase que j'ai dévalé l'escalier en chantant à tue-tête : « Danser le Lambeth Walk – Oïe ! »

Maman a crié : « V. McC ! Moins fort, s'il te plaît ! Tu veux que j'aie une attaque ? »

J'ai dansé et sautillé jusqu'à la cuisine, toujours en chantant, et j'ai pilé devant papa sur le dernier « Oïe ! ». Assis sur la chaise à barreaux, il fumait ses Woodbine, le journal ouvert sur les genoux. Il me fit un grand sourire.

— Papa, maman, vous voulez bien m'apprendre le Lambeth Walk ?

Ils vont danser presque toutes les semaines. Ils connaissent tous les pas.

— Pas maintenant, Veronica, a répondu maman depuis sa place auprès du fourneau. J'ai les mains pleines de farine.

— Papa, tu me montres ?

Mais son sourire avait disparu.

— Écoute, Very...

(Il est le seul à m'appeler Very. J'adore entendre ce mot dans sa bouche, avec son accent écossais chaleureux. Malheureusement, je n'en ai pas hérité. Ma voix à moi est comme celle de maman : anglaise et snob.)

— ... Je te montrerai le Lambeth Walk si toi aussi tu nous rends un service, a-t-il dit. Ne commence pas à bouder !

Peut-être que je faisais la moue, juste un peu.

— Ça va être quelque chose d'horrible, dis, papa ? C'est toujours comme ça en ce moment.

Maman et papa ont changé ces derniers temps. Une sorte de gravité leur tombe parfois dessus et je les entends discuter à voix basse jusque tard dans la nuit. D'autres jours, au contraire, ils semblent agités d'une gaieté frénétique, comme s'ils voulaient faire le plein de bonheur et de joie avant qu'ils se tarissent.

Papa a posé sa cigarette dans le cendrier et m'a pris les mains.

— Tu grandis trop vite, Very, beaucoup trop vite.

Papa a le visage le plus doux qu'on puisse imaginer, mais à cet instant il était tout ridé par les soucis. Maman a délaissé son fourneau pour venir s'asseoir à côté de lui, elle a essuyé ses mains sur son tablier.

J'ai relevé le menton.

— Alors ?

— Alors, tu as toujours voulu vivre à la campagne, n'est-ce pas ?

— On va déménager ?

— Non, on ne peut pas. Du moins, pas en famille.

— On a tous les deux du travail ici, a dit maman. C'est plus important que jamais.

Depuis peu, maman a appris à conduire des ambulances. Ça lui plaît beaucoup plus que le travail domestique auquel elle a toujours été enchaînée. On le voit tous. Papa aussi est fier de son boulot. Il a combattu dans la dernière guerre, mais il est trop vieux pour celle-ci. Alors il est devenu garde ARP : il aide à protéger les civils contre les bombardements aériens.

Je n'aimais pas trop leur ton sérieux. Moi, j'avais envie de danser.

— Nous avons l'opportunité de t'envoyer dans le Derbyshire, a dit papa.

— Quoi ? Pourquoi ?

De nombreux enfants sont évacués de Londres. C'est arrivé à Dinah et Tim, qui habitent en bas de la rue. Mais à moi, ça non ! Enfin, c'est ce que je croyais.

— Tu sais pourquoi, Very. C'est beaucoup plus sûr, là-bas. Et ta grand-tante Margaret nous a fait une proposition. Tu peux vivre avec elle.

— Oh, non ! Pas tante Margaret ! N'importe où mais pas chez elle !

Maman a soupiré.

— Je sais que ce n'est pas l'idéal. Je suis désolée, ma chérie, mais sans elle, tu serais logée chez un inconnu. Et c'est vraiment très gentil de sa part de nous faire cette offre.

— Je hais cette guerre imbécile ! ai-je crié.

— On la hait tous, a dit papa. Mais ça ne sera pas aussi terrible que tu le crois. Tu ne passeras que les week-ends chez tante Margaret. Le reste de la semaine tu seras dans ta nouvelle école, Sainte-Catherine. Avant la guerre, l'école se trouvait à York, mais tous les élèves ont

été déplacés à Dunwick Hall. C'est une immense demeure avec des tours et un grand domaine, presque comme un château.

J'ai déjà vu de tels bâtiments au cinéma. Des manoirs où des femmes de chambre à coiffe blanche secouent des draps aux fenêtres et où l'on aperçoit parfois un beau jeune homme à cheval, parcourant le domaine au galop. Ça pourrait me plaire. Je n'aime pas l'idée de quitter papa et maman, mais ils me surprotègent tant tous les deux que c'en est ridicule. Ils me traitent comme si j'étais une enfant. J'ai quatorze ans, bon sang !

Je les ai regardés tour à tour. Ils n'avaient pas pris cette décision à la légère.

— D'accord. J'irai.

Je pouvais presque les voir se remettre à respirer.

— Et maintenant, papa, tu dois m'apprendre le Lambeth Walk. Tu as promis.

Il s'est levé et s'est incliné lentement, de façon exagérée.

— Me ferez-vous l'honneur de m'accorder cette danse, jeune demoiselle ?

— Avec plaisir !

Ensemble, nous avons répété les pas dans la cuisine.

Maman a enlevé son tablier et l'a pendu au crochet derrière la porte. Puis elle est montée à l'étage sans un bruit.

Plus tard dans la soirée, elle est redescendue, alors que j'écrivais ceci, à la table de la cuisine. Ses yeux étaient rouges et gonflés.

*

Vendredi, 16 août 1940

Dans le train pour Derby

Je ne suis pas pressée de revoir tante M mais au moins, j'ai le médaillon. Papa me l'a donné et je l'adore. Il appartenait à sa mère. Il y a un V gravé dans l'argent, parmi des arabesques végétales, un V pour Violet. Et maintenant, pour Veronica. C'est le bien le plus précieux que j'aie emporté : plus que ma robe couleur de mûre, plus que mon livre préféré sur les animaux, et même plus que ma précieuse ration de chocolat.

À ce jour, il n'y a pas encore de prince charmant dans ma vie, alors j'ai demandé à papa et maman que chacun me donne une mèche de cheveux pour les enfermer dans mon médaillon. Je pourrai raconter à mes nouveaux camarades de classe que ce sont les cheveux de deux jeunes Roméo, et que je n'ai pas encore décidé auquel accorder mon amour.

J'avais pensé y ajouter une touffe de poils de Tufty, mais je n'ai pas eu le temps, avec toute l'agitation de ce matin. J'espère qu'il s'en sortira sans moi.

— Ne t'inquiète pas, Very, a dit papa au moment des adieux. Tout va très bien se passer. Sois forte !

Bien sûr, que je serai forte. Je suis toujours forte. Mais je me sens quand même un peu nerveuse.

À quoi ressemblera ma nouvelle vie ? Est-ce que je rencontrerai des garçons ?

Tante Margaret est une silhouette floue dans mon souvenir. Si je me rappelle, elle n'est pas du genre à laisser s'approcher un membre du sexe masculin à moins d'un kilomètre. C'est malheureux, mais je trouverai bien un moyen de contourner cet inconvénient.

*

Vendredi 16 août, le soir

Chez tante Margaret, à Aggleworth

En descendant du train à la gare de Derby, j'ai été accueillie par une maigre figure vêtue d'un manteau et d'un foulard marron. Tante Margaret me fait penser à un faucon, avec son nez crochu comme un bec et ses yeux aux paupières tombantes. Elle s'est penchée pour m'embrasser, sans toutefois aller jusqu'au bout, et ses bises ont claqué dans l'air à trois centimètres de ma joue.

— Tu as changé, mon enfant, a-t-elle commenté d'une voix aigre.

— Tant mieux, ai-je rétorqué.

Il y avait déjà de l'hostilité entre nous. La conversation pendant le trajet en bus jusqu'à Aggleworth s'est révélée très tendue. Tante M m'a dévisagée pendant qu'elle posait des questions sur papa et maman. Certaines réponses lui ont manifestement déplu. Elle a gardé son panier de courses sur les genoux pendant tout le trajet. Elle agrippait la poignée de ses mains ridées aux phalanges blanchies.

Le village d'Aggleworth est assez joli, mais trop gris. La plupart des maisons sont trapues, construites en pierre avec des toits d'ardoise. Tante Margaret, je ne l'avais vue qu'à des mariages ou des enterrements dans la famille, je n'étais jamais allée chez elle, avant. Sa maison est grande mais bien morne. Les seules décorations aux murs sont des citations de la Bible en broderie : Dieu est notre refuge, etc. Il y a une radio dans le salon, mais tante M dit qu'elle n'écoute que les émissions religieuses et les actualités. Je me sens déjà orpheline de musique.

Ma chambre est une pièce au plafond bas sous les combles, avec un tableau de la Vierge Marie au-dessus du lavabo. La Vierge déversait sur moi sa supériorité morale, alors j'ai retourné la peinture contre le mur. C'est beaucoup mieux ainsi.

La seule qualité de cette chambre, c'est que la fenêtre donne sur le jardin. Je viens d'y passer une heure pleine à regarder les oiseaux voleter entre les trois pommiers. Je connais leur nom, grâce aux heures de balades dans la campagne avec papa. Verdiers, merles, moucherolles, grives, rouges-gorges, mésanges bleues et charbonnières, corbeaux. Je voudrais pouvoir m'envoler sur leurs ailes jusqu'à la maison.

*

Jeudi, 29 août 1940

École Sainte-Catherine, Dunwick Hall

La vie est si différente aujourd'hui. Tous les lundis matin je fais le trajet jusqu'à l'école dans la charrette du laitier, tirée par des chevaux. Je rentre chez tante Margaret le samedi par le même moyen. La charrette embarque plusieurs autres filles tout au long de son lent parcours de village en village, rythmé par le bruit des sabots. Elle est conduite par un M. Bennet, un homme d'âge moyen, gentil et très poli. À chaque arrêt, il retire sa casquette pour nous saluer après avoir déchargé les bouteilles de lait, ce qui nous fait toutes rigoler.

Au loin, Dunwick Hall se dresse de toute sa masse, énorme et spectrale, ses lignes sévères et carrées allégées par deux tours rondes et même quelques créneaux. Le domaine est fantastique, lui aussi : une enclave verdoyante au cœur des collines sauvages du Derbyshire, plantée de cèdres, de chênes et d'immenses châtaigniers.

Le manoir quant à lui est tout en cheminées de marbre, fenêtres à vitraux et escaliers grinçants en bois de chêne. Tous les objets précieux ont été remisés quelque part, mais cela reste une demeure magnifique. J'ai écrit à papa et maman pour leur raconter les sirènes sculptées dans les balustrades, les chandeliers étincelants et toutes les autres merveilles de Dunwick Hall. Je ne leur ai pas dit à quel point j'ai le mal du pays.

Je n'ai pas non plus mentionné la pénurie de princes charmants. J'étais prête à revoir mes attentes à la baisse, mais il n'y a même pas de garçons ordinaires. Bon nombre d'écoles sont devenues mixtes en raison des déplacements dus à la guerre, mais Sainte-Catherine s'enorgueillit encore de n'accepter que des filles. Apparemment, notre directrice, Miss Harrison, ne cesse de rassurer les parents inquiets (qui se désespèrent de l'actuel relâchement des mœurs) : leurs filles, au moins, demeureront pures et intactes. Pures et intactes !

Le travail scolaire ne me pose aucun problème. Mes matières préférées sont la géographie, les mathématiques et les sciences. J'absorbe toute information nouvelle presque sans effort. Parfois, je réponds trop vite aux questions des professeurs. Alors ils me fusillent du regard comme si j'étais insolente, pendant que mes camarades font des grimaces dans mon dos. Je crois qu'elles ne m'aiment pas beaucoup.

Je partage un dortoir avec cinq autres filles, qui se connaissent très bien. J'ai parfois du mal à comprendre ce qu'elles disent à cause de leur accent prononcé. La plupart des filles de cette école se déplacent en troupeau. Elles me regardent méchamment.

Le premier jour, j'en ai croisé deux dans le couloir, elles se poussaient du coude en me voyant. « Pour qui elle se prend ? » a ricané celle au visage rond avec un nez en trompette. Sa copine, une maigrichonne à taches de rousseur avec des yeux en amande a haussé les épaules et chuchoté quelque chose que je n'ai pas compris.

Parfois, je me demande si affirmer sa différence en tant qu'individu est une bonne chose, finalement. Personne d'autre n'a de longues boucles sauvages. Elles portent les cheveux relevés, retenus par des épingles ou domptés par des permanentes. Elles essaient toutes d'imiter le style de Gracie Fields. Elles se moquent de ma blouse et de ma jupe fluide. Je garde la tête haute. Je refuse de me laisser intimider.

Je suis toutefois déçue. Au lieu de la vie luxueuse qu'un tel château devrait offrir, tout n'est que désolation. Sans parler de la nourriture abominable. Les autres filles s'échangent des bonbons à sucer mais elles ne m'en proposent jamais.

*

Dimanche, 15 septembre 1940

Chez tante M

L'été s'estompe pour laisser place à l'automne. Nous avons fait quelques sorties dans la campagne environnante, élèves et professeurs marchant de concert avec leurs paniers au bras. Nous avons cueilli des fleurs pour les envoyer aux soldats blessés dans les hôpitaux, et passé les haies au peigne fin pour y ramasser des myrtilles et des baies de cynorrhodon. La gelée de cynorrhodon est censée être riche en vitamines.

J'ai été grondée l'autre jour pour n'avoir pas fini mon assiette. C'était une sorte de tourte à la pomme de terre au goût infect. Le professeur, l'odieuse Miss Philpotts, allait me forcer à la manger, alors j'ai accidentellement renversé mon assiette par terre.

— Oh, Veronica ! Quel affreux gâchis ! s'est-elle écriée.

J'ai eu droit à des exercices de calcul supplémentaires en guise de punition.

« Gâchis » est un mot que je ne cesse d'entendre à tout propos. Plusieurs fois, j'ai vu une fille en larmes parce que son chat ou son chien avait été piqué chez le véto ; paraît-il que c'est du « gâchis » de nourrir les animaux domestiques. C'est horrible. Pourquoi les animaux devraient-ils souffrir à cause des guerres idiotes des humains ? J'espère par-dessus tout que mon ami Tufty de Ravenscourt Park ne connaîtra pas le même sort. Je demande de ses nouvelles à papa et maman chaque fois que je les appelle, mais ils disent qu'ils ne l'ont pas vu depuis des lustres. Je ne supporterais pas qu'il soit arrivé malheur à mon ami à quatre pattes.

Le plus souvent, le mot « gâchis » est employé lorsqu'on apprend que des gens – des jeunes, des vieux, des familles entières – ont été tués dans les bombardements. « Que de vies gâchées ! » disent alors les professeurs.

Les week-ends sont atroces. J'ai du mal à supporter la surveillance constante de tante M et ses interminables sermons religieux. Aujourd'hui, comme tous les dimanches, nous sommes allées à l'église. Assise sur le banc de bois, je me demandais à quoi joue Dieu.

Maman et papa m'appellent en général une fois par semaine pour me donner des nouvelles de la vie à Londres, des voisins, de l'évolution des patates et des choux qu'ils ont plantés dans notre minuscule jardin où poussaient auparavant des roses et des iris. Parfois ils parlent d'avions, d'explosions et de pluies de shrapnel. Ils n'ont pas le téléphone à la maison, alors ils appellent depuis le bureau de l'ARP à Shepherd's Bush. Le combiné de tante M est dans l'entrée, mais comme elle écoute toutes les conversations, je ne peux rien raconter de privé. Le week-end dernier, je suis donc allée jusqu'à la cabine téléphonique sur la place d'Aggleworth pour appeler papa au bureau de l'ARP. En entendant sa voix douce, j'ai craqué et tout est sorti d'un coup : l'ennui à l'école, la difficulté à me faire des amies, à quel point je déteste tante Margaret et comme mon foyer me manque. Il m'a écoutée en silence. J'imaginais son expression pleine de sympathie. Papa me comprend.

Cet après-midi, c'était au tour de maman.

— Je suis désolée que tu sois contrariée, ma chérie, mais c'est ça aussi, la guerre. On devrait s'estimer heureux de notre bonne fortune.

— Bonne fortune ? Quelle fortune ? Je n'en vois pas la couleur ! ai-je gémi, et peu importe si je forçais sur la tragédie.

— Ne dis pas ça ! Tu sais qu'on a beaucoup de chance, a grondé maman.

Mais elle est incapable de se fâcher vraiment.

— Je suis désolée que tu aies à subir tante Margaret, je sais qu'elle n'est pas drôle, mais elle n'a pas non plus l'habitude de vivre avec quelqu'un sous son toit. Elle doit sans doute trouver cela aussi difficile que toi.

Je suppose que maman a raison. Elle pense toujours aux autres ; bien plus que moi.

— Papa et moi, on a trouvé quelque chose pour te remonter le moral, a-t-elle poursuivi. Tous les samedis après-midi, il y a des cours de danse à la salle des fêtes d'Aggleworth, un quart d'heure à pied de chez tante Margaret. Ça te plairait d'apprendre à danser ?

— Ouiiiii ! ai-je glapi dans le combiné à peine les mots sortis de sa bouche.

Comme j'ai envie de savoir danser !

Et il y aura peut-être des garçons dans ces cours...

*

Samedi, 21 septembre 1940

Chez tante Margaret

C'est à peine croyable ! J'ai commencé les cours de danse, et il n'y a PAS UN SEUL GARÇON *! J'aurais dû le deviner, vu que tout cela est organisé par des membres de l'Église. On danse entre filles, chacune jouant le rôle de l'homme à son tour. On n'a qu'un vieux gramophone et une sélection de disques très limitée.*

Mais bon, ça fait tout de même du bien de se remuer en musique. On apprend le quickstep, la valse et le foxtrot. Sans me vanter, je pense sincèrement que je suis la plus gracieuse du cours. Les autres filles ont du mal à retenir les chorégraphies.

Du moins sont-elles plus amicales que celles de l'école. Samedi dernier, en rentrant, j'ai fait un bout de chemin avec une certaine Queenie. On marchait bras dessus, bras dessous en riant gaiement, et je me suis dit qu'avec le temps elle pourrait devenir une amie. À ce moment-là, un vieil homme nous a arrêtées dans la rue. Il avait l'air furieux.

— Vous ne savez pas que c'est la guerre ? a-t-il grondé.

Ça m'a fichue en rogne. J'ai dit à Queenie :

— Bon sang, tout le monde répète ça sans cesse : « Vous ne savez pas que c'est la guerre ? », j'en ai ras le bol d'entendre cette phrase ! Bien sûr qu'on le sait. Difficile de ne pas être au courant !

Mais Queenie s'était renfrognée, froide et maussade. Il semblerait que plus personne n'a le droit de s'amuser de nos jours.

22

Patrick

Bolton

Je n'en reviens toujours pas. Pourquoi m'a-t-elle confié ceci ? Je m'attendais à tout sauf à ça de la part de cette femme glaciale, avec sa moue pincée. Il n'y a pas à dire, Veronica McCreedy n'est pas une grand-mère ordinaire. D'abord elle fiche le camp en Antarctique, et maintenant elle m'envoie son journal d'adolescente... Mais pourquoi, bon sang ?

Je n'arrive pas à croire que la vieille sorcière que j'ai rencontrée est la même personne que cette sublime ado de quatorze ans un peu foldingue. La jeune Veronica était une sacrée snob, aucun doute là-dessus, mais elle avait bon cœur, visiblement, à l'époque. Elle se souciait des animaux, en tout cas, et elle aimait ses parents. Tout ce qui lui manquait, à vrai dire, c'était des amis.

Je ne sais pas quoi en penser. Je suis submergé par des sentiments contradictoires : la culpabilité d'espionner ainsi les pensées de cette jeune fille, même si la Veronica adulte m'en a donné l'autorisation. L'impression que je comprends sa solitude. Et qu'on vient de m'offrir une chance rare… mais laquelle, je ne sais pas exactement.

Entre les pages du journal, je trouve une lettre écrite en pattes de mouches sur du vieux papier jauni.

Ma chère Very,

Nous avons d'excellentes nouvelles ! Tu as sans doute déjà ouvert le paquet qui accompagne cette lettre, et oui, l'étiquette sur le bocal dit la vérité : de la confiture de fraises ! Je voudrais tant voir ta tête, Very ! Depuis quand tu n'as pas goûté une telle douceur ? On savait que ça te ferait plaisir. Garde-la pour toi ou partage-la avec tes amies, comme tu veux. Elle nous vient de mon cousin en Australie. Il l'a envoyée quand il a entendu parler du rationnement sur le sucre : un cadeau pour nous tous. Il a aussi expédié un pot de mélasse, mais je l'ai gardé pour ta mère, ne m'en veux pas. On va bien tous les deux, malgré le manque de sommeil. Les canons antiaériens retentissent encore toute la nuit, mais on emporte des flasques dans l'abri Anderson où l'on s'emmitoufle dans des couvertures. On joue au whist ou au Ludo quand il y a trop de bruit pour dormir. On veille les uns sur les autres autant qu'on peut. Maman aime toujours beaucoup conduire ses ambulances. Elle rentre à la maison chargée d'histoires horribles de gens qui ont perdu un membre, de sang giclant partout, et puis elle prépare le dîner comme si de rien n'était. Elle a trouvé une recette de gâteau à la glycérine. Ce n'est pas aussi mauvais que ça en a l'air ! Je voulais t'en envoyer, mais elle dit qu'il aura moisi le temps de te parvenir. Tu connais maman, toujours pragmatique !

Le travail à l'ARP ne change pas beaucoup. Les gens prennent parfois des risques idiots, mais le moral reste étonnamment bon au vu de tout ce qui se passe.

J'espère que le tien aussi se maintient, ma chérie, et que les leçons de danse te font du bien. Maman t'embrasse et t'écrira la prochaine fois. Travaille dur et profite bien du quasi-château. On pense à toi tous les jours, Very, on a hâte d'avoir de tes nouvelles. Écris-nous bientôt.

Ton papa qui t'aime

*

Vendredi, 4 octobre 1940
Dunwick Hall

Papa, c'est vraiment le meilleur des papas du monde entier.

Je viens d'ouvrir le paquet et j'ai dans les mains le bocal de confiture. « Garde-la pour toi ou partage-la avec tes amies. » C'est typique de papa de s'imaginer que j'ai des amies. Il est incapable de comprendre que je suis impopulaire, tout simplement. J'avoue que j'ai un peu pleuré. Je voudrais que cette guerre débile se termine et pouvoir rentrer à la maison.

J'ai enlevé le couvercle, plongé un doigt dans le pot et puisé une grosse noix de paradis rouge et collant. Je laisse la confiture fondre sur ma langue le plus longtemps possible pour faire durer le plaisir. Le goût est divin. Un goût de fraises, d'été et de joie pure.

Mais je ne dois pas tout manger d'un coup. J'ai un plan.

*

Samedi, 12 octobre 1940

J'étais dans un état un peu second, ce matin, en descendant de la charrette du laitier devant chez tante Margaret. Elle a eu l'air déconcertée en ouvrant la porte. Elle n'a d'abord pas reconnu la jeune demoiselle qui se tenait sur son perron. Et puis, soudain, oui.

— Au nom du Ciel, qu'est-ce qui t'est arrivé ?

— Je me suis mise au goût du jour, ai-je répondu en effleurant sa joue d'une bise obéissante.

Ma nouvelle coupe de cheveux souligne mes hautes pommettes et la ligne délicate de ma mâchoire. Une grande vague châtaine s'élève de mon front avant de se nicher derrière mes oreilles en courtes boucles lisses et soyeuses. Tout le monde dit que ça me va à merveille. C'est encore mieux quand je me teins les lèvres en rouge. On ne trouve pas de rouge à lèvres, bien sûr, mais le jus de betterave donne presque le même effet. Ils font pousser des betteraves, à la ferme de Janet.

Oui, j'ai une amie. Non, des amies, au pluriel ! Janet, la fille au visage rond avec le nez en trompette qui s'était moquée de moi au début, compte désormais pour une amie. Tout comme son acolyte, Norah, la maigrichonne à taches de rousseur. J'ai dû sacrifier presque toute ma confiture de fraises, mais ça en valait la peine.

Janet dit que je la fais rire. Ce qu'elle préfère, c'est quand je joue des tours aux professeurs. Par exemple, quand j'ai déposé une noix de colle sur la chaise de Miss Philpotts, mercredi dernier...

C'est Janet et Norah qui m'ont poussée à aller chez le coiffeur. Je crois qu'elles ne s'attendaient pas à ce que j'en ressorte avec une telle allure, si adulte, si séduisante.

— Mais où va le monde ! gémissait tante Margaret sur le seuil. Je prie pour toi chaque soir, Veronica, et voilà ce que tu fais à tes cheveux !

Elle est persuadée que la mode et la dépravation avancent main dans la main, que l'une ne va pas sans l'autre. J'ai essayé de lui expliquer.

— Il n'y a rien de scandaleux dans mon apparence, tante Margaret. Avant, les autres se moquaient de moi.

Elles continuent, en fait, et me prennent toujours pour une bêcheuse, mais au moins je me fonds plus dans la masse.

Avant d'aller au lit, tante Margaret m'a fait mettre à genoux devant la croix de bois du petit salon. Elle s'est agenouillée à côté de moi. Elle a lu quelques prières de son vieux missel noir, en terminant, comme chaque soir, par le Notre Père.

— « Ne nous soumets pas à la tentation mais délivre-nous du mal. » Médite cette phrase, Veronica. Pendant que ton père et ta mère travaillent à Londres et que nos braves soldats se battent au front, médite ces paroles. Et tiens-toi à l'écart des mauvaises influences.

— Oui, tante Margaret, ai-je répondu, sage comme une image. Bien sûr, tante Margaret.

Bien sûr que non.

*

Lundi, 21 octobre 1940

Hourra ! Je ne suis plus obligée de rentrer chez tante M tous les week-ends ! Au lieu de ça, Janet m'a invitée chez elle, à Eastcott Farm, à moins de cinq kilomètres de l'école. Norah y passe déjà tous ses week-ends. Comme les miens, ses parents habitent loin et elle ne rentre chez elle que pour les vacances.

À la première heure, samedi matin, la charrette de la ferme est passée nous prendre toutes les trois devant la grille du parc. J'étais très excitée. La charrette était tirée par un beau cheval pommelé. Le père et le frère aîné de Janet sont loin, ils travaillent pour l'armée de l'air, et c'est donc son autre frère, Harry, qui tenait les rênes. Il a seize ans. Il est massif et lourdaud, avec le même visage rond que Janet, mais un nez ordinaire. Il a les oreilles décollées et une mauvaise peau, mais à part ça il est plutôt agréable à regarder.

La route jusqu'à Eastcott Farm serpente à travers des prairies verdoyantes et des collines piquetées de moutons blancs. Puis elle devient une large piste de terre bordée de haies d'aubépine. Harry haranguait le cheval, faisant claquer son fouet sur l'encolure du pauvre animal pour qu'il trotte plus vite.

— Ne lui fais pas mal ! ai-je crié.

— Je ne lui fais pas mal, il ne sent rien. Allez, vieille carne ! a-t-il ajouté pour le cheval.

— Arrête de frimer, Harry, l'a grondé Janet. On n'est pas si pressés d'arriver. C'est bien assez cahoteux comme ça !

Lorsque nous avons mis pied à terre au milieu d'un ensemble de bâtiments de ferme, j'ai senti le regard d'Harry parcourir tout mon corps. Je l'ai toisé en retour, droit dans les yeux.

La mère de Janet et Harry, Mme Dramwell, est sortie en tablier pour nous accueillir. Elle n'a pas seulement la figure ronde, tout le reste aussi. Ses cheveux sont gras, mais elle a l'air gentille.

Elle nous a invités à entrer et nous a servi des tasses de lait chaud, mais sans s'asseoir avec nous. Janet m'a raconté que c'était dur, à la ferme, depuis le départ de son père. Deux filles de ferme vivent là, et un prisonnier de guerre vient tous les jours pour les travaux de force, envoyé par le camp situé de l'autre côté de la colline. À part eux, Mme Dramwell et Harry doivent se débrouiller seuls pour maintenir la production alimentaire. Alors nous, les filles, on a aidé comme on pouvait. C'était fatiguant mais amusant. J'ai appris comment traire une vache ! Papa et maman ne vont jamais me croire. Au début je me suis écroulée de rire devant ces pis (si énormes et si flasques), je ne m'imaginais pas les presser pour en extraire du lait. Mais Janet m'a montré comment faire et j'y suis arrivée.

Après, elle nous a emmenées voir les cochons. Je n'en avais jamais vu en vrai. Ils étaient mignons, mais horriblement sales, tous à farfouiller dans le lisier boueux. Un cochonnet était tombé dans une sorte d'ornière et n'arrivait pas à en sortir. Il poussait des cris de détresse.

— Oh, pauvre petit ! me suis-je écriée.

— Tu n'as qu'à entrer dans l'enclos pour le sauver, a dit Janet, amusée par ma passion.

J'ai sauté par-dessus la clôture.

— Tu ne peux pas faire ça ! a gémi Norah.

— Ah non ? Regarde !

Je me suis frayé un chemin à travers l'océan de lisier et j'ai sorti la petite créature de son trou. Le porcelet s'est mis à glapir et gigoter dans tous les sens. J'ai déposé un baiser sur son groin et l'ai libéré. Comme on a ri !

J'étais toute crottée après. Mes souliers, mes chaussettes et l'ourlet de ma jupe étaient croûtés d'une boue malodorante. J'ai dû les frotter à l'eau savonneuse et les laisser sécher près du poêle ; j'ai emprunté des habits à Janet en attendant. Le porcelet, lui, était ravi.

*

Lundi, 28 octobre 1940

Je rentre tout juste de mon deuxième week-end à Eastcott Farm. De nouveau, Harry est venu nous chercher avec la charrette et nous a redéposées ce matin.

— Alors Veronica, qu'est-ce que tu aimes faire de tes journées ? a-t-il demandé quand je suis descendue à la ferme.

Il a prononcé mon nom avec un léger rictus, mais bon, Janet et Norah aussi, on dirait qu'elles ne peuvent pas faire autrement.

Je lui ai dit que j'aimais le dessin et les sciences, mais que ma vraie passion, c'était les animaux. Manifestement, ce n'était pas la réponse qu'il attendait. J'ai donc demandé à mon tour ce qu'il aimait.

— Eh ben, quand la ferme me laisse du temps libre, je construis des modèles réduits d'avions. Avec des bouts de ferraille ou de bois que je ramasse un peu partout.

— C'est une obsession chez lui, a commenté Janet.

— Ses maquettes sont très belles, très ingénieuses, a ajouté Norah, pour bien marquer qu'elle était là avant moi. Tu nous les montres encore, Harry ?

Harry nous a emmenées dans une petite pièce qui sentait le bois et la colle.

— Celui-ci est un Wellington. Il m'a pris un temps fou. Et ça, c'est celui sur lequel je travaille en ce moment, a-t-il dit en soulevant avec précaution une maquette. C'est un Spitfire. Tu peux le tenir si tu veux.

Je lui ai pris et l'ai observé à la lumière. Il était découpé avec soin dans de vieilles boîtes de conserve, assemblé avec des allumettes et des clous tordus. J'en admirais la réalisation habile, mais ce n'est pas mon truc. Moi, je préfère les cochons. Comme je voyais toutefois que c'était important pour lui, j'ai fait semblant de m'y intéresser. Janet, elle, a fait semblant de bâiller. Mais celle qui faisait le plus semblant, c'était Norah. Elle faisait semblant d'être absolument fascinée. Je lui ai passé le précieux objet. On aurait cru que je venais de lui donner les bijoux de la Couronne.

— Merveilleux ! C'est tout simplement merveilleux ! a-t-elle minaudé.

J'en pleure de rire rien que d'y penser.

*

Mardi, 29 octobre 1940

Je n'arrive pas à croire qu'hier seulement, j'étais heureuse. Je suis tellement stupide, tellement ignorante !

Je ne serai plus jamais heureuse.

Je donnerai n'importe quoi pour retourner au jour d'avant, pour rester prisonnière d'hier à jamais.

Comment affronter ce qui vient ? Comment continuer à vivre ? Ce genre de choses n'arrive qu'aux autres. Pas à moi.

Mon Dieu ! Oh, mon Dieu !

23

Patrick

Bolton
Décembre 2012

Elle est bouleversée, pour de bon. Je n'aime pas ça.

Je flippe un peu aussi. Ce type, Harry… Ce serait mon grand-père ? Son sang coule-t-il dans mes veines ? En enfilant un T-shirt propre, je regarde mon reflet dans le miroir. On ne peut pas dire de mon visage qu'il est rond, pas vraiment ; et j'ai plutôt une belle peau. Mais je pourrais avoir hérité ces qualités de ma mère. Est-ce que j'ai les oreilles décollées ? Difficile à dire. Je tourne la tête de-ci, de-là pour tenter de me faire une idée.

Cette histoire de modèles réduits, c'est tout à fait le genre de choses qui pourrait me passionner. C'est bizarre. Je ne sais pas ce que j'espère. Ce Harry ne me dit rien qui vaille, mais il en pince clairement pour Veronica. J'avoue que je suis de tout cœur avec elle. J'espère qu'elle ne brûlera pas les étapes. Elle est beaucoup trop jeune.

Toute cette histoire me met les nerfs à vif. Mais je dois interrompre ma lecture, c'est l'heure d'aller à cette soirée chez Gav. Que ça me plaise ou non, l'adolescence de Granny V va rester sur pause un instant.

Gav semble s'être mis dans le crâne que j'ai besoin de compagnie. Du moins, j'imagine que c'est pour ça qu'il m'a invité à dîner. C'est un amour de penser à moi alors qu'il a tellement de soucis dans sa propre vie ; quel cauchemar ça doit être de faire le deuil de sa mère et de s'inquiéter en même temps pour sa fille !

Pour être honnête, je préférerais nettement le retrouver pour boire une pinte au pub. Je ne suis pas très doué en société, et complètement nul quand il s'agit de faire la conversation. Enfin, il y aura des enfants. Je trouve plus facile de parler aux gamins qu'aux adultes. Avec les gosses, pas de pression pour être cool ou quoi que ce soit d'autre. Ils vous acceptent tel que vous êtes.

Je me rends chez Gav à vélo. Sa maison est la troisième d'une rangée d'ex-logements sociaux couleur de champignon. Les vélos entassés contre l'abri de jardin me confirment que je suis bien à la bonne adresse. On voit que le petit bout de jardin est soigné : la haie taillée proprement, quelques parterres plantés de fleurs.

Je sonne, et une petite fille en robe rouge parsemée de coccinelles, chaussée de sandales rouge brillant assorties m'ouvre la porte. Elle a des yeux immenses mais pas de cheveux. Une pièce d'étoffe bleu délavé est enroulée sur le dessus de sa tête.

— Salut ! dis-je.

— Maman ! hurle-t-elle. Il est arrivé !

Sans attendre de réponse, elle m'attrape la main et me conduit par le couloir jusqu'au salon.

— Toi, tu es Patrick, dit-elle. Et moi, je suis Daisy. Ici, c'est le salon. Lui, c'est mon père, mais tu le connais déjà à cause des bicyclettes.

Gav bondit de sa chaise et me serre la main, sans pouvoir en placer une, car Daisy ne s'arrête plus.

— Ça, c'est mon frère, Noah, mais ne fais pas attention à lui. (Un petit garçon plongé dans une bande dessinée agite mollement une main pour me saluer sans lever les yeux de sa page.) Et elle, c'est ma poupée, Trudy, c'est ma fille – pas pour de vrai, hein, mais elle est comme ma fille et je m'occupe d'elle. (Trudy la poupée, une horreur à grosse tête et yeux globuleux est manifestement plus importante que Noah le frère.) Les seules personnes qu'il te reste à rencontrer sont maman et Bryony. Elles sont dans la cuisine, en train de décorer le gâteau et de boire du vin. Maman *et Bryony*, c'est-à-dire toutes les deux, insiste-t-elle avec force.

— Oh, j'ai déjà rencontré ta maman, lui dis-je.

Je revois la femme si frêle qui passe de temps en temps à la boutique quand Gav a oublié quelque chose à la maison.

— Mais Bryony, qui est-ce ?

— C'est une amie, explique Gav avec un sourire espiègle. On l'a invitée aussi, parce qu'elle est un peu désœuvrée en ce moment.

— Bryony est très, très jolie, me dit Daisy.

Elle scrute mon visage un long moment.

— Et toi, tu es assez beau, finit-elle par décider.

Je suis un peu intimidé à l'idée de rencontrer cette Bryony. Plus qu'un peu, à vrai dire. Je perds mes moyens en présence des jolies femmes. Je régresse au stade adolescent, et ce n'est pas beau à voir.

Sans prévenir, Daisy nous fait tous sursauter en se mettant à crier :

— Maman ! Patrick est arrivé et tu le fais attendre ! C'est pas bien. Toi et Bryony, vous venez ou quoi ?

On entend des rires dans la cuisine.

— Oui, ma chérie, on arrive !

La femme de Gav entre dans la pièce et vient m'embrasser sur la joue. Elle est plus maigre que jamais et son visage semble accumuler les rides trop vite pour son âge.

— Je suis contente que tu aies pu venir, Patrick. J'ai bien peur que le dîner soit assez basique : il fallait quelque chose que les enfants acceptent de manger.

— Pas de problème, dis-je, en lui fourrant dans les mains la bouteille de picrate achetée pour l'occasion.

Elle s'écarte, et je vois apparaître derrière elle un fin visage ovale éclairé d'un sourire éblouissant. Pendant les présentations, je constate qu'en effet Bryony est très jolie. Ses yeux de biche sont ourlés de longs cils, ses cheveux coupés au carré jettent des reflets cuivrés et dorés à chacun de ses mouvements. Elle s'est apprêtée : collier et pendants étincellent à son cou et ses oreilles. Elle porte un haut fluide (et presque transparent), une jupe noire moulante au-dessus du genou qui révèle de jolies jambes.

Tout en dégustant un plat de *toad-in-the-hole* (des saucisses cuites au four dans une sorte de pâte à crêpes) accompagné de petits pois, j'apprends que Bryony est divorcée et qu'elle travaille pour le musée local. Ses hobbys sont le tennis, l'histoire ancienne et le feutrage à l'aiguille. Elle promet de confectionner une girafe en laine feutrée pour Daisy. Elle est beaucoup plus sympa que moi, plus intelligente et plus captivante.

Malgré tout, j'ai du mal à m'intéresser vraiment à elle. Je n'arrête pas de penser au journal de Granny. Harry est-il mon grand-père ? Est-ce qu'il aimait Granny V ? Qu'est-ce qu'il s'est passé entre eux, exactement ? Et pourquoi était-elle si bouleversée, le 29 octobre 1940 ? Tout ce que je veux, c'est rentrer à la maison pour continuer ma lecture.

Après le repas, Daisy et Noah tiennent absolument à montrer leurs trois cochons d'Inde aux invités. Bryony et moi sommes emmenés de force dans le jardin de derrière. Daisy sort les cochons d'Inde du clapier un par un et nous les fait passer.

— Ils sont trop mignons, non ? dit Bryony en caressant la fourrure de celui qu'elle tient dans ses bras. Tu aimes les animaux, Patrick ?

— Ouaip. Euh, oui, on peut dire ça.

Daisy affiche un sourire radieux. Elle a l'air d'attendre que j'ajoute quelque chose, mais rien ne me vient à l'esprit. Le vide total. Elle attend encore un peu, puis reprend d'un geste brusque le cochon d'Inde dans les bras de Bryony et déclare :

— Alors vous deux, vous devrez avoir un cochon d'Inde quand vous serez mariés.

Je voudrais disparaître sous terre, mais Bryony ne semble pas ébranlée.

— Daisy, tu vas un peu vite en besogne ! commente-t-elle avec un rire clair.

Bryony habite en bas de la rue, et Gav m'a fait promettre de la raccompagner.

Ça ne me dérange pas. Elle est d'une compagnie agréable. Après avoir pris congé de nos hôtes, je descends la rue avec elle en poussant mon vélo. On parle de Daisy. Bryony dit quel dommage qu'elle soit si malade, et quelle petite fille courageuse, merveilleuse, et d'ailleurs, toute la famille est merveilleuse. Je dis que je suis bien d'accord. Assez vite, cette conversation s'épuise. Ensuite, on parle des problèmes de sécurité de divers quartiers, elle explique qu'en temps normal, ça ne lui pose aucun problème de marcher seule dans la rue, même de nuit, mais comme Gav a insisté… Je réponds que c'est un plaisir (un plaisir ! voilà que je mets à parler comme à la boutique) et que ça ne me fait pas un gros détour, de toute façon. Il y a un silence gêné, et le bruit de nos pas semble soudain amplifié.

— Si j'ai bien compris, tu t'es séparé de ta copine récemment ?

— Oui. Lynette. Elle m'a quitté il y a quelques mois, du jour au lendemain.

Bryony émet un bruit compatissant.

— C'est tellement difficile après une rupture. Il m'a fallu deux ans pour m'en remettre quand mon mari est parti. Presque autant que la durée de notre mariage !

— Sans blague !

Je me demande vaguement quel genre de type était son mari. Un abruti, je parie. Elle mérite mieux.

Elle marche à mon côté, plongée dans ses pensées. Va-t-elle m'inviter à entrer pour un dernier café, et si oui, que vais-je faire ? Le café ne me tente pas vraiment, mais ce qui vient après le pourrait. La nuit va-t-elle se révéler plus longue que ce que j'avais prévu ? Jusqu'où je vais ? Jusqu'où elle veut que j'aille ? Et moi, jusqu'où j'ai envie d'aller ? Et est-ce que je porte un caleçon propre ? Toutes sortes d'angoisses quant à ma performance m'encerclent comme une meute de loups.

On est presque arrivés à sa porte. Le silence devient insupportable. Je me creuse les méninges pour trouver quelque chose à dire.

— Je suis en train de lire les journaux de ma grand-mère, lâché-je enfin.

— Oh, comme c'est intriguant, répond-elle sur un ton poli.

— Elle était très belle dans sa jeunesse. Vraiment très belle.

J'hésite à ajouter « comme toi » avant de renoncer. Trop fleur bleue.

Je m'arrête et elle m'imite. Je me tourne vers elle, au pied d'un lampadaire.

— Bryony, je vais te poser une question, et j'aimerais que tu y répondes honnêtement.

— Bien sûr, Patrick.

On dirait qu'elle se prépare, affichant un calme délibéré, mais prête à adopter l'expression que les circonstances exigeraient. On se regarde un moment. Puis je crache le morceau.

— Bryony, tu trouves que j'ai les oreilles décollées ?

Elle est prise de court. Ce n'est pas ce qu'elle attendait.

— Euh... non, pas spécialement. Elles sont très bien, tes oreilles.

Tout n'est pas perdu, alors.

On reprend notre marche.

— Eh bien, soupire-t-elle comme nous arrivons devant le perron du numéro 16. On y est. Et… j'aime toujours tes oreilles.

— OK, super.

Elle farfouille dans son sac à la recherche de sa clé. Quand elle l'a trouvée, elle joue un instant avec en me regardant. Est-ce que je dois l'embrasser ? Est-ce une bonne idée ? Je n'en suis pas tout à fait sûr. Elle est attirante, aucun doute. Ses yeux scintillent comme ses bijoux, et ses cheveux luisent, mordorés, dans la pénombre. Ses lèvres charnues sont entrouvertes. Je pourrais me jeter à l'eau, tout simplement. Je crois qu'elle serait partante. Mais moi ? Suis-je prêt ? Merde, je deviens taré ! Qu'est-ce qui ne tourne pas rond, chez moi ? C'est scandaleux de ne pas saisir une telle chance.

Je ne parviens même pas à me trouver d'excuse valable. Peut-être que je ne suis pas encore remis de Lynette. Mais je ne crois pas que ce soit la raison. Je dois être cinglé, c'est tout. J'ai devant moi une femme sublime, sexy, disponible, qui attend juste que je me décide. Mais non, il ne se passera rien entre Bryony et moi. Et vous savez pourquoi ? Parce que je vais rentrer chez moi tout de suite et me replonger dans le journal de ma grand-mère.

Le blog des pingouins de Terry

14 décembre 2012

Les couples de manchots semblent avoir tout compris à la vie. Comme le faisait remarquer Veronica aujourd'hui, ils sont bien mieux organisés que nombre de couples humains. Ils ne perdent pas de temps. Une fois les œufs pondus, les femelles repartent en mer quelques semaines pour se nourrir, pendant que les mâles restent au nid. Puis, début décembre, le couple couve les œufs chacun son tour. Quand les poussins sont éclos, de nouveau, père et mère se relaient pour garder les petits et trouver de la nourriture.

Ça fait chaud au cœur de voir ces manchots qui coopèrent en bonne intelligence. Voici quelques photos de Veronica au milieu de la colonie, admirant les mécanismes de la vie de famille chez les Adélie.

24

Veronica

Île au Médaillon

Chère madame McCreedy,

C'est formidable de voir les photos de vous sur ce blog. Vous avez l'air en forme, très élégante, et pas trop frigorifiée. J'espère que vos cors aux pieds vous fichent la paix et que les pingouins vont bien.

J'ai vu des biscuits Penguin à l'épicerie de Kilmarnock, hier, et ça m'a fait penser à vous. Je n'en ai pas acheté, cela dit. Je n'ai pas terminé les délicieuses guimauves au chocolat que vous m'avez offertes. J'essaie de ne pas en manger trop d'un coup. Doug (mon mari) dit que c'est mauvais pour ma ligne. Je sais qu'il a raison, mais j'aime tant les petites douceurs !

On a appris une nouvelle chanson à la chorale de l'église : c'est plein de Seigneur, Seigneur, Seigneur et amen, sur plus de deux pages. Très difficile à suivre.

Le temps est ensoleillé ces derniers jours, mais il gèle tous les matins, avec parfois un peu de neige. Je fais un saut aux Ballahays tous les jours pour arroser les plantes et m'assurer que tout est en ordre, comme vous me l'avez demandé. En repartant, hier, j'ai croisé M. Perkins qui poussait une brouette pleine de compost ; je lui ai dit que la maison me paraissait étrange et vide sans vous, et il a répondu, oui, Eileen, c'est bien vrai, n'est-ce pas ?

J'espère que vous mangez correctement,

Bien à vous,

Eileen

Je ne comprends pas pourquoi elle se donne la peine d'envoyer ces e-mails alors qu'elle n'a rien d'intéressant à raconter. Toutefois, comme Terry a eu la gentillesse de me l'imprimer, je parcours le message rapidement avant de le jeter dans la corbeille à papier.

La soirée est calme et silencieuse. Mike n'est pas là, sans doute enfermé dans le labo à analyser du sang, des os ou des excréments. Dietrich est assis à la table, coloriant l'un de ses dessins au crayon : deux manchots qui dansent le tango, m'a-t-il expliqué.

Terry est repartie dans la salle informatique. Elle y passe plus de temps que quiconque, à enregistrer des informations concernant les manchots dans des bases de données et à travailler à son blog. Je me demande si Patrick l'a lu, s'il s'y intéresse un tant soit peu. Et s'il a jeté un œil aux journaux intimes.

Dietrich met ses crayons de côté et se lève.

— Vous avez fini votre dessin ? demandé-je poliment.

— Non, pas encore. Mais c'est à mon tour de cuisiner ce soir.

Il attrape quelques boîtes de conserve sur l'étagère, les considère d'un air lugubre. Il disparaît dans le

« garde-manger » et revient avec un morceau de viande indéfini qui pourrait provenir de n'importe quel animal.

— Ça devrait être décongelé depuis le temps... marmonne-t-il.

— Je peux faire quelque chose ? proposé-je.

Jusqu'ici, Terry est la seule que j'aie aidée dans ses tâches domestiques.

— Volontiers, répond-il.

Il a l'air à la fois surpris et ravi de mon offre. Nous passons à la cuisine. Debout auprès de lui devant le plan de travail, je remarque qu'en plus de ses moustaches, il a plein de poils qui lui poussent dans le cou. J'ai un peu l'impression de me tenir à côté d'un ours.

— Vous pourriez remuer ça ?

Il vide le contenu verdâtre d'une boîte de conserve dans une poêle et me tend une cuillère en bois.

Je remue assidûment.

— Dites-moi, madame McCreedy, vous pensez que Terry va bien ? demande-t-il sans préambule.

Je suis prise de court. Il ne m'est jamais venu à l'esprit qu'il pourrait en être autrement.

— Bien sûr ! J'imagine que vous vous sentez en quelque sorte responsable de son bien-être, c'est ça ?

— Dans ma position, difficile de m'en empêcher, répond-il.

— Vous l'aimez beaucoup, n'est-ce pas ?

— Oh oui. Beaucoup. Elle et Mike, tous les deux.

Un petit grognement m'échappe. Comment peut-on éprouver de l'affection pour ce mufle de Mike ?

— Ils forment une super équipe, poursuit Dietrich qui attaque la viande au hachoir d'un geste presque désespéré. C'est important qu'ils gardent le moral. Huit mois, c'est long, dans un endroit comme celui-ci, avec si peu d'interaction humaine. À la fin, quand tout sera terminé, moi j'ai de la chance, j'ai ma femme et mes enfants qui m'attendent. Mike a sa copine. Mais Terry ? Elle n'a personne de spécial dans sa vie. Et sa famille ne la comprend pas. Elle n'a vraiment que les manchots.

— Je crois que vous avez raison. Terry est prête à tout pour assurer la survie de l'espèce. J'ai rarement observé une telle passion et un tel engagement.

Dietrich sourit.

— C'est exactement ce que je pense. Elle en fait toujours plus que sa part, en coulisses. Et elle s'entend à merveille avec les gens – même avec Mike et moi. Je ne connais pas grand monde qui serait capable de nous supporter tous les deux aussi longtemps. C'est chouette qu'elle puisse profiter de votre compagnie quelques semaines, ajoute-t-il.

— Vous me flattez.

— Non, c'est sincère.

Il se fige, le hachoir brandi.

— Vous et moi, nous sommes plus vieux que les deux autres, madame McCreedy, et ça nous donne une perspective différente.

Un ricanement ironique m'échappe.

— Vous avez à peine dix ans de plus qu'eux. Alors que moi, je suis plus âgée de cinq ou six décennies !

— Vous me battez sur ce coup, c'est sûr. Mais j'imagine que, comme moi, vous constatez que vieillir comporte au moins un avantage, madame McCreedy. Vous ne trouvez pas qu'avec les années on devient moins obsédé par sa petite personne ? Qu'on se soucie plus des autres ? Comme si notre capacité à aimer grandissait avec l'âge.

Je reste silencieuse. Je n'ai rien constaté de la sorte. Bien au contraire.

25

Veronica

Île au Médaillon

J'entends des éclats de voix venant du labo. Ils sont tous les trois là-dedans. Je reviens des commodités si rudimentaires ; je me retire dans mes quartiers bien plus tôt que mes compagnons et, comme il est déjà neuf heures et quart, j'ai déjà terminé mes ablutions, enfilé ma robe de chambre et ôté mon appareil auditif. Pourtant, le volume de la dispute est tel que j'attrape au vol quelques bribes. Un « Bon sang de merde ! » de la part de Mike ; Dietrich qui répond « Non, j'ai pris ma décision », et Terry qui tente de s'interposer : « Ne nous disputons pas, s'il vous plaît », le tout presque noyé dans une cacophonie de mots que je ne saisis pas. Je reste un peu pour essayer d'écouter la suite, mais on dirait que la discussion est close. Dietrich émerge de la pièce et me salue d'un « Bonne nuit, madame McCreedy » sans s'arrêter pour discuter. L'instant d'après, j'entends la voix d'Ella Fitzgerald s'insinuer à travers la porte fermée de sa chambre.

Je retourne au salon récupérer mes lunettes. Je m'attarde devant la bibliothèque, j'hésite à choisir un Sherlock Holmes pour ma prochaine lecture. Il s'agit, hélas, d'une édition de poche, mais il pourrait offrir une certaine stimulation mentale.

Terry apparaît, une rougeur inhabituelle enflammant ses joues.

— Bonsoir, Veronica. Jolie robe de chambre.

— Merci, Terry.

Elle ne s'assied pas.

Je continue d'examiner les œuvres de Conan Doyle, mais je perçois une certaine anxiété chez Terry. Elle souffle sur ses lunettes et les frotte vigoureusement. Puis elle émet un soupir sifflant entre ses dents. Après quoi elle secoue la tête comme pour se débarrasser d'un moucheron importun.

— Qu'est-ce qui vous arrive ? demandé-je en replaçant Sherlock entre Christie et Dickens.

Elle marmonne une phrase incompréhensible. Je ne vais pas me contenter de ça.

— Allez me chercher mon appareil, s'il vous plaît, et racontez-moi tout ça.

Elle grimace mais s'en va au petit trot et revient un instant plus tard avec l'appareil. Une fois que je suis branchée, nous nous installons au salon avec chacune un mug de thé, et elle confirme mes soupçons : le problème, c'est Mike.

— Quelle surprise ! m'exclamé-je.

Elle fronce les sourcils.

— Je sais qu'il a une attitude bizarre envers vous, Veronica. Il a ses raisons. Mais il ne s'est jamais montré méchant avec moi. On s'entend si bien, normalement !

Le sous-entendu ne m'a pas échappé.

— Pardonnez-moi, un instant, Terry, mais s'il y a des « raisons » à son comportement « bizarre » à mon égard, comme vous le dites si élégamment, auriez-vous la bonté de m'expliquer lesquelles ?

— Eh bien... D'accord, je vais vous le dire, ça vous aidera à comprendre. Vous vous souvenez peut-être que nous avons accueilli un autre scientifique ici, l'année dernière et les années précédentes ?

Ça me dit vaguement quelque chose, en effet. Ils ne parlent jamais de ce quatrième scientifique, pourtant.

— Il s'appelait Ryan, m'informe Terry. Il était drôle, intelligent et débordait d'idées. Il était aussi doté d'un sens pratique précieux. C'est lui qui a réparé la plomberie quand elle nous a lâchés, qui a installé les générateurs et l'unité de dessalement par osmose inverse. Surtout, c'était lui le grand communicant, le faiseur de miracles qui semblait lever des fonds pour le projet d'un coup de baguette magique. Nous avons reçu une belle somme de la part du Conseil de recherche anglo-antarctique, de quoi financer le projet sur six ans – mais on savait tous qu'on aurait besoin de plus de temps. On a constaté énormément de variations à la hausse et à la baisse chez la population des Adélie au cours de ces six années, bien plus que n'importe où ailleurs. Ryan nous a promis qu'il était sur le coup. Quand le projet a commencé à manquer d'argent, il a dit que ce ne serait pas un problème, que ses contacts personnels augmenteraient leurs contributions. Et puis c'est le contraire qui est arrivé. Ils nous ont retiré leur aide entièrement. Et qu'a fait Ryan ? Il nous a abandonnés. Il a déserté pour se trouver une planque pépère à observer les oiseaux marins en Islande.

Je n'aurais jamais pensé qu'observer les oiseaux marins en Islande puisse être un boulot pépère, mais j'avoue que je n'y connais rien en la matière.

— Ç'a été une période difficile pour nous tous, mais Mike l'a vraiment mal vécu. Il était proche de Ryan. Il avait une foi totale en lui, et la déception a été très rude. Alors vous comprenez, quand vous êtes arrivée avec vos promesses de sommes mirobolantes, Mike n'a pas voulu y croire. Il ne supportait pas qu'on se fasse de faux espoirs, tout ça pour les voir anéantis. C'est pour ça qu'il est méfiant avec vous. C'est juste parce que le projet Adélie lui tient tellement à cœur.

Terry s'entête à ne voir que le meilleur chez les gens. De mon côté, toutefois, je ne suis guère convaincue par ses explications. Je m'éclaircis la gorge pour rétorquer :

— Il me semble que plusieurs milliers de livres ont déjà été transférés par Eileen de mon compte sur celui de la Fondation pour l'île au Médaillon, en guise de paiement pour mon séjour de trois semaines. N'est-ce pas suffisant pour lui prouver que je suis sérieuse ?

Elle hausse les épaules.

— En fait, je crois qu'il commence à s'en rendre compte. Mais il déteste avoir tort.

Elle est loin d'être idiote.

— Et donc, pourquoi Mike vous en veut-il à vous ? demandé-je. Pourquoi vous êtes-vous chamaillés tout à l'heure ?

Elle semble traversée par diverses émotions avant de se décider. De nouvelles révélations ! Je suis assez flattée qu'elle me prenne pour confidente.

— Il se trouve que Dietrich veut me confier une tâche, à moi, insiste-t-elle avec une certaine fierté. Il veut que je prenne en charge l'ensemble des relations avec le Conseil de recherche anglo-antarctique. C'est une énorme responsabilité, surtout maintenant, au moment où se joue l'avenir de notre projet. Et si – un gros si – on parvient d'une façon ou d'une autre à poursuivre nos recherches, Deet nous a annoncé qu'il prévoit de réorganiser son emploi du temps pour être plus présent auprès de sa famille, en Autriche. Comme il séjournera moins souvent ici, il m'a demandé si je voulais bien prendre la barre du projet d'ici deux mois. Il me propose de diriger l'équipe de l'île au Médaillon. J'ai dit oui, bien sûr.

— Ah !

Quelle révélation, en effet ! Je lui serre la main avec chaleur.

— Félicitations ! C'est tout à fait mérité.

— J'ai hâte de relever le défi, c'est vrai, admet-elle en souriant. Mais je crois – plutôt, je sais – que Mike est contrarié de ne pas avoir été choisi pour le job.

— Évidemment. Vous avez ce qu'il désire. Ça s'appelle de l'envie. J'en ai rarement souffert moi-même, mais j'ai connu bon nombre de personnes sévèrement touchées. L'un des symptômes est la méchanceté.

— On dirait bien, oui.

Une autre cause vient peut-être s'ajouter pour expliquer le comportement de Mike. Terry ne se rend pas compte que malgré son apparence négligée et son manque d'élégance elle possède un charme considérable. De fait, une personne de son âge pourrait la trouver très attirante. Étant donné qu'il a une copine en Angleterre, Mike pourrait bien être dans le déni quant aux sentiments qu'il éprouve pour Terry.

— Et maintenant, Mike critique tout ce que je fais, poursuit-elle, en colère.

Je lui presse le bras.

— C'est son problème, pas le vôtre. Il finira par s'en remettre.

— Vous avez raison, Veronica. Ça lui passera.

J'entends un rugissement dans les collines. L'air s'est teinté d'une grisaille fantomatique. Des nuages tourmentés par le vent sauvage défilent dans le ciel à une vitesse alarmante. Nerveux, les manchots se regroupent en petits cercles, se serrent les uns contre les autres.

Une rafale soudaine soulève ma capuche et souffle mes cheveux dans tous les sens.

— Bon, terminé. On rentre à la base, s'écrie Terry en reposant un oiseau déconcerté sur le sol.

Il s'en va en traînant des pieds pour se poser de nouveau sur son nid. Terry commence à remballer sa balance pour manchots et son appareil photo.

Je consulte ma montre. Je m'habitue peu à peu au fait que la nuit ne tombe jamais vraiment ici, et que le soleil traverse le ciel à rebours. Mais je suis encore désorientée par l'échelle de temps qui règne ici, en Antarctique.

— Il n'est que midi ! protesté-je.

— Je sais, mais une tempête se prépare.

Je regarde du côté des montagnes. Elles sont voilées par des brumes tourbillonnantes. Le rugissement s'amplifie de minute en minute.

Terry sort sa radio et s'entretient brièvement avec Dietrich et Mike.

— On est tous d'accord. Il faut rentrer aussi vite que possible, Veronica.

Nous gravissons la pente au pas de course. Lorsque nous arrivons au sommet, de petits flocons nous cinglent le visage. Nous haletons toutes les deux. Heureusement qu'à partir d'ici ça descend tout du long jusqu'au centre. Je dois toutefois me montrer prudente pour ne pas glisser. Les mukluks ont une bonne adhérence, mais le sol est d'une dureté impitoyable en cas de chute. Je ne suis tombée qu'une fois jusqu'ici, et j'ai encore des bleus. Je n'ai aucune envie de renouveler l'expérience.

Nous atteignons le centre saines et sauves, bientôt rejointes par Dietrich et Mike.

Dietrich s'accroupit pour allumer la chaudière au propane.

— On va se mettre un peu de chauffage et se calfeutrer à l'intérieur.

— Je vais passer la journée au labo, déclare Mike et il s'en va en laissant la porte ouverte derrière lui.

Je la referme.

— Bonne idée, madame McCreedy, ça évitera les courants d'air, commente Dietrich.

Terry s'occupe de la bouilloire.

— On risque de rester coincés ici pour un moment, Veronica. Vous devriez vous trouver un livre ou de quoi passer le temps.

Je délaisse de nouveau Sherlock Holmes pour choisir un ouvrage plus dans le thème actuel : *Le Pire Voyage au monde, Antarctique 1910-1913*, qui relate l'expédition tragique de Sir Robert Falcon Scott. Une fois mes lunettes retrouvées, je prends la tasse de thé que m'offre Terry et je m'installe confortablement sur ma chaise…

… Deux jours plus tard, j'y suis encore. Nous n'avons pas pu nous aventurer à l'extérieur une seule fois. Cette situation pénible est abrutissante à force d'ennui, j'étouffe et la claustrophobie me gagne. Je me languis de la terre, du grand air et du ciel. Les manchots me manquent. Je ne supporte plus Mike, ni Dietrich. Et même Terry me tape parfois sur les nerfs.

Le Pire Voyage au monde n'arrange en rien mon humeur.

26

Veronica

Île au Médaillon

Lorsque Dietrich déclare enfin qu'on peut de nouveau sortir en toute sécurité, on se jette dehors, tous les quatre au bord de l'hystérie tant nous sommes soulagés. Le décor a changé, les contours du paysage sont adoucis par une couche supplémentaire de neige cotonneuse. Une jupe de dentelle immaculée s'est formée autour du centre. Le sol s'est creusé d'ondulations profondes d'une blancheur de crème fouettée.

On s'étire, on emplit nos poumons d'air frais. Les trois scientifiques gambadent dans la neige en poussant des cris de joie. Moi aussi, je suis portée par cette gaieté, mais je m'abstiens de gambader et de crier.

Manifestement, Mike s'est fait à l'idée que Terry devienne sa chef dans un avenir proche. Du moins, je suppose que c'est la raison pour laquelle il lui glisse une poignée de neige dans le cou. Elle riposte en lui barbouillant le visage avec tout ce qu'elle peut ramasser. Ils hurlent tous de rire.

Mais il est déjà temps de se remettre au travail. L'un des générateurs a souffert de la tempête. Dietrich va chercher une échelle qu'il appuie contre la plus petite des turbines à vent.

— Allez, hop, madame McCreedy ! me dit-il.

Je lui souris. Malgré mon excellente condition physique, nous savons tous les deux que je ne vais pas grimper à cette échelle, ni à aucune autre, d'ailleurs.

— Je vais monter, propose Mike, et en moins de deux il est en haut.

Sa bonne humeur s'évanouit presque aussitôt.

Tandis qu'il déverse une pluie de jurons, Terry et Dietrich se saisissent chacun d'une pelle et entreprennent de déneiger un passage jusqu'en haut de la pente. La neige est bien plus épaisse à certains endroits qu'à d'autres.

— C'est traître quand on n'arrive pas à voir la différence, explique Terry.

Leur acharnement dans l'effort est impressionnant. Cette fille n'a pas peur du travail pénible.

Comme il n'est pas question de rendre visite à la colonie tant que les dégâts ne seront pas réparés, je finis par rentrer me préparer un Darjeeling. Je note que les scientifiques ont encore laissé toutes les portes ouvertes. Je les referme une à une.

Une demi-heure plus tard, Mike est de retour, débraillé et grincheux.

— Nous avons un sérieux problème, Veronica. Le générateur a claqué et on ne peut pas le réparer. Ce qui signifie qu'on dépend entièrement de celui qui reste.

— Comme c'est ennuyeux !

Malheureusement, il n'en a pas terminé.

— J'ai bien peur qu'on soit obligés de réduire notre consommation d'énergie, explique-t-il en adoptant un air d'autorité. Ça veut dire restreindre l'usage de la bouilloire, pour commencer. À partir de maintenant, vous serez strictement limitée à quatre tasses de thé par jour.

Je blêmis. Qu'est-ce que c'est que cette mascarade ?

— Il n'y a rien d'autre qu'on puisse…

— Terry réduit le temps qu'elle passe sur l'ordinateur pour son blog, Dietrich va se passer de musique, quant à moi, je limiterai mon temps de travail de nuit au labo qui nécessite de l'éclairage. On ne peut pas économiser sur le chauffage ou sur l'électricité strictement nécessaire aux recherches concernant les manchots, mais on doit le faire sur tout le reste. C'est clair ?

Quel type désagréable ! Il ne connaît visiblement pas le sens du mot « excuses ».

— Vous voulez dire qu'à une époque où on voyage dans l'espace, il n'y a pas moyen de réparer un simple générateur ?

— Non. Je n'ai pas les bons outils.

Je suis tentée de citer un certain proverbe concernant le mauvais ouvrier et ses outils, mais je résiste. Au lieu de quoi, je me contente de lui lancer un regard noir.

Chaque dialogue avec Mike réussit à me mettre en pétard. Le Darjeeling m'apaise. Je dois en savourer la moindre goutte, d'autant plus qu'il sera rationné à l'avenir.

C'est merveilleux de retrouver les manchots, mais nous découvrons, dévastés, de nombreux petits cadavres ronds parmi eux. La scène me fait comme un coup de poignard dans la poitrine, pile à l'endroit du médaillon.

Les manchots survivants poursuivent leurs activités habituelles, ignorant courageusement les morts de leur communauté. Malgré les pertes, la vie nouvelle fleurit avec ardeur. De minuscules têtes émergent des œufs un peu partout dans la colonie. Je retrouve mon calme en observant les facéties d'un poussin en particulier. Il est tout à fait charmant. C'est un petit grassouillet, tout ébouriffé, qui court en rond comme s'il pourchassait un papillon imaginaire. Il paraît très content de lui et de sa place dans le monde.

Une immense ombre ailée glisse sur la neige. Je lève les yeux et reconnais un stercoraire. Il plonge au cœur de la communauté de manchots, s'empare justement du poussin que je regardais, et s'élève à nouveau dans les airs. Je pousse un cri horrifié. Le pauvre bébé manchot se débat entre ses griffes, petite silhouette découpée sur le ciel bleu indifférent.

— Lâche-le ! Lâche-le, sale brute ! hurlé-je à l'adresse du stercoraire, mais je m'égosille en vain.

Les pieds du poussin sont agités d'un soubresaut, son cou se tord, et bientôt il pendouille comme un vieux chiffon accroché aux serres du rapace. Un deuxième stercoraire le rejoint, et ensemble ils démembrent le pauvre bébé à coups de bec.

Tout mon corps tremble sous le choc. Je me tourne vers la colonie, cherchant du regard les parents ; j'ai mal pour eux. Je ne sais pas de quels manchots il s'agit. Ils sont anonymes au milieu de la masse noire et blanche.

La voix de Terry me tire brusquement de ma rêverie. Je sirote une tasse (infiniment précieuse) de Darjeeling pendant qu'elle s'occupe avec une pile de brassards pour manchots à l'autre bout de la pièce.

J'augmente le volume de mon appareil.

— Vous m'avez parlé ?

— Vous avez l'air triste. Quelque chose cloche, Veronica ?

Je ne m'étais pas rendu compte que c'était à ce point évident.

— Qui cloche ? Non.

Pas plus que d'habitude, en tout cas.

Elle scrute mon visage, sourcils froncés.

— Je sais que quelque chose vous turlupine. Vous pouvez me parler, vous savez, Veronica. De tout, et en toute confiance. On peut se laisser miner, ici, je le sais, se sentir vulnérable. Les émotions sont plus crues, à vif. Mais ça aide, de parler.

— Vraiment ?

J'en doute.

— Je ne dirai rien à personne si c'est... personnel. Et si ça peut vous rassurer, je n'ai pas pour habitude de juger les gens.

Un être humain qui ne jugerait pas un autre être humain ? Ça, ce serait une première !

— Vous ne parlez pas beaucoup de vous, ajoute-t-elle. J'aimerais en apprendre un peu plus.

Elle s'installe sur la chaise voisine de la mienne, avec l'air de celle qui ne compte pas lâcher le morceau. Une attitude qui me rappelle quelqu'un.

Pourtant, en cet instant, le légendaire courage des McCreedy s'effrite malgré moi. Mes membres sont lourds, toute tâche que j'entreprends représente un effort herculéen. Mon cerveau aussi est épuisé. Parfois, j'ai l'impression d'essayer de réorienter ou réparer des choses qui sont irréparables. J'avais cru m'être débarrassée du passé, à mon âge, mais depuis que j'ai relu ces vieux journaux, j'en ai au contraire une conscience aiguë. Il est là, en moi, plus puissant que jamais, une présence qui croît comme un ulcère. Elle s'étend sans cesse, écrase mes organes vitaux, empoisonne mon sang.

J'ai voulu me persuader que venir ici pourrait être un remède, un antidote à ce poison. J'ai pris beaucoup de plaisir à rencontrer les manchots. Mais ça ne suffit pas. Je commence à comprendre que rien ne suffira jamais.

— C'est un gâchis total, murmuré-je presque pour moi-même. Ma vie. Un gâchis colossal, douloureux, inexplicable et vain.

— Je suis sûre que ce n'est pas vrai, Veronica ! s'écrie Terry en me tendant une main que je feins de ne pas voir. Je suis certaine que vous avez accompli plein de choses fantastiques.

— Fantastiques ? Loin de là.

Des événements se sont produits, et j'y ai réagi à ma façon, précipitée et impulsive, à tort ou à raison. Et puis le temps a passé, grignotant les jours, année après année, décennie après décennie, silence après silence. Comme les couches de terre, de roche et de glace qui se sont formées à la surface de la planète. Qui sait ou se soucie encore qu'un feu brûle au-dessous, dans les profondeurs de son noyau ?

— Ça concerne Patrick ? demande Terry.

— Patrick ?

— Oui, votre petit-fils, c'est son nom, n'est-ce pas ?

Elle a bonne mémoire.

— Je suppose que d'un point de vue biologique il est bien mon petit-fils, oui.

— Et donc... vous devez avoir des enfants ? Ou en avoir eu ? Ou un seul ?

Dans ses grands yeux, je vois défiler toutes les nuances de bleu et de gris.

— Non. Pas vraiment. Pas comme il faut.

Elle semble déstabilisée.

— Je ne comprends pas ce que vous voulez dire. Vous cachez bien votre jeu, Veronica.

Elle s'est montrée gentille avec moi. Je lui dois sans doute une explication.

— C'était la guerre...

Je m'arrête. Je suis incapable de revenir là-dessus, de le prononcer à haute voix, quels que soient ses encouragements. La vie est un équilibre fragile entre ce qu'on laisse sortir et ce qu'on garde à l'intérieur. Dans mon cas, il s'agit principalement de garder les choses à l'intérieur. C'est la seule façon de maintenir un semblant de santé mentale.

Et de toute façon, pourquoi devrais-je lui raconter ma vie ? En quoi cela la regarde-t-il ?

— J'aimerais me reposer, maintenant.

Je me lève avec difficulté et me rends dans ma chambre. Je ferme résolument la porte derrière moi.

27

Patrick

Bolton

Je m'arme d'une Guinness avant de poursuivre ma lecture. J'hésite à me rouler un spliff en renfort, mais finis par renoncer. J'essaie d'arrêter de fumer complètement. Je rendrai même peut-être Weedledee et Weedledum à Judith, pour me délivrer de la tentation.

Il est tard, mais peu m'importe. Je verse la Guinness, m'étend sur le lit et ouvre à nouveau le journal.

Mercredi, 20 novembre 1940
Aggleworth
Je n'ai pas écrit depuis si longtemps ! J'en étais incapable. Encore aujourd'hui, tout se percute et se mélange dans ma tête. Des détails infimes qui tournent en boucle. L'écriteau « Directrice » accroché à la porte. La peau granuleuse de miss Harrison. Ses petits yeux vifs. Le rouleau serré de cheveux fixé sur sa nuque qu'elle ne cessait de tripoter. Et tante Margaret, livide, figée près du bureau. Toute raide.

Quand j'ai été convoquée, j'ai cru qu'elles avaient simplement découvert que j'avais volé la craie de miss Melton. J'ai même eu un instant l'espoir que je serais renvoyée à Londres en guise de punition. Mais ce n'était pas ça. C'était pour m'annoncer la nouvelle – terrible, hideuse, impensable...

Oh maman, oh papa ! Vous aviez dit que tout irait bien. Vous l'aviez promis.

Je voulais hurler à miss Harrison et tante Margaret qu'elles mentaient, que ça ne pouvait pas être vrai. Papa et maman n'auraient jamais... jamais pu...

Ils m'aiment tellement. Ils ne me feraient jamais ça. Ils ne se laisseraient pas tuer, jamais, peu importe le nombre de bombes déversées du ciel, peu importe que le reste du monde s'écroule, s'embrase et se vide de son sang.

Miss Harrison, qui tripote encore son chignon :

— Ils sont en paix, désormais, mon enfant. Tu dois l'accepter.

Je hais tante Margaret, mais je n'oublierai jamais ce qu'elle m'a dit au moment où je m'effondrais sur le sol.

— C'est égoïste de pleurer, Veronica, car ils sont avec le Seigneur. Les larmes sont une preuve de faiblesse. Ils ne voudraient pas que tu pleures.

J'y ai entendu un écho de la voix de papa, sa voix douce et sereine. Ses mots, alors qu'il me voyait pour la dernière fois : « Sois forte. »

Je me suis mordu la joue jusqu'à sentir le goût du sang.

Je serai forte, papa. Pour toi. Je ne pleurerai pas. Pas ce jour-là. Pas aujourd'hui. Plus jamais.

*

1er janvier 1941
Eastcott Farm
Le temps a passé si vite. Je suis toujours là : Veronica McCreedy, une parmi des centaines d'orphelins de guerre aux prises avec un destin cruel, essayant de comprendre, de trouver un sens à tout cela. Et maintenant je dois tourner la page d'une nouvelle année.

Je débute 1941 ici, à Eastcott. Je suis venue pour les vacances de Noël parce que Janet me l'a proposé (et puis qui voudrait passer Noël avec tante Margaret ?). Les Dramwell ont été très bons avec moi. Ils m'ont même offert un cadeau, un pain de savon. Janet a dit que c'était au cas où je me crotterais de nouveau avec les cochons. C'est vrai que je vais souvent leur rendre visite, et aux vaches aussi. Les animaux sont mes amis. Mais Noël n'est pas vraiment Noël sans maman et papa.

Ma résolution du Nouvel An est de me montrer plus forte que jamais.

Je me suis réveillée à minuit la nuit dernière. Janet et Norah dormaient. Je me suis glissée hors du lit qu'on partage toutes les trois et me suis approchée de la fenêtre sur la pointe des pieds. J'ai ouvert le médaillon et sorti avec précaution les deux mèches de cheveux, les seuls fils qui me relient à ceux que j'aime. Elles reposaient sur ma paume, baignées par la lueur pâle de la lune, si paisibles. Je les ai portées à ma joue, espérant capter dans leur caresse un murmure de maman, un écho de papa. La réalité de la perte est difficile à appréhender. La plupart du temps, j'ai l'impression de lire une histoire qui ne peut pas être vraie. Puis la réalité me rattrape comme une explosion de débris, tranchante et cruelle, et mon cœur se brise de nouveau.

*

28 janvier 1941
Dunwick Hall

Il fait affreusement froid. On doit prévoir plus de temps le matin pour briser la couche de glace avant de pouvoir se laver. Je déteste la longue attente, à frissonner dans ma chemise de nuit avec les autres filles. Et puis il fait encore si noir, le matin. L'obscurité est difficile à supporter.

Pour contrebalancer cette morosité, je me fais bruyante et animée à l'excès. « Frénésie », disent Janet et Norah. Je ne m'épanche pas sur mon deuil, et elles n'ont pas idée de ce que je souffre en silence. C'est aussi bien, car je n'ai pas envie d'en parler. Je me raccroche à la compagnie de mes deux amies, car elle m'aide à occulter tout le reste. Je ris beaucoup, me montre grossière avec les professeurs et enfreins les règles de l'école chaque fois que je le peux.

Nous avons commencé à étudier Hamlet. Hamlet et moi avons beaucoup de points communs. Nous sommes tous deux en deuil et un peu cinglés. Comme lui, « j'affecte une allure fantasque ». Je comprends Hamlet et Hamlet me comprend.

Je passe une grande partie de mes week-ends à Eastcott, mais de temps à autre je suis obligée de rentrer chez tante Margaret. Dieu merci, elle m'autorise encore les cours de danse du samedi. La musique est une bouée de sauvetage. Je m'oublie dans les valses pompeuses et les joyeux foxtrots. Leurs rythmes chassent la tristesse et les idées noires se dissolvent dans les harmonies ondoyantes.

En dehors de ça, mes séjours à Aggleworth sont lugubres. Non contente de me traîner à l'église tous les dimanches, tante M m'assomme de sermons intolérables. Elle ne cesse de radoter que maman et papa sont au paradis maintenant, qu'ils me regardent et que je dois faire de mon mieux pour les rejoindre un jour. Le ton qu'elle emploie sous-entend que ça sera difficile pour moi, et que ce pauvre Dieu devra se montrer particulièrement magnanime pour me laisser entrer.

*

23 avril 1941
Dunwick Hall
La lumière du soleil entre à flots par les fenêtres à vitraux, et nos sorties scolaires dans la campagne ont repris. Nous emplissons nos paniers de primevères. Ensuite, nous tapissons des cartons avec de la mousse et nous les bourrons de fleurs qu'on envoie aux hôpitaux pour les blessés de guerre.

Je séjourne très souvent à Eastcott. J'apprends à connaître le frère de Janet, Harry. On ne peut pas dire qu'il soit beau, mais il possède une sorte de charme rustique. Il est grand et fort, et peut se montrer très drôle. Il a tiré un lapin samedi, ce qui ne m'a pas plu, mais plus tard Mme Dramwell nous l'a servi en terrine et j'avoue que j'en ai mangé. Difficile de faire la fine bouche, en ce moment.

À la réflexion, j'ai décidé que j'aimais bien Harry, finalement. L'avenir n'est peut-être pas si sombre, après tout.

*

22 juin 1941
Eastcott Farm
J'ai quinze ans, mais je me sens tellement plus vieille. Quand je me vois dans le miroir, je trouve que j'ai l'air bien plus âgée, aussi. Plus âgée que Janet et Norah, en tout cas.

Ce n'est pas Harry qui est venu nous chercher à la grille de Dunwick, hier, mais un homme de haute taille à la peau mate, vêtu d'un uniforme marron avec des écussons jaunes.

— Bonjour, Giovanni, a dit Janet. Voici mes amies : Norah et Veronica.

— B-bonjour Janet, b-bonjour Norah. B-bonjour Veronica, a-t-il répondu avec un grand sourire et en butant sur les « b ».

Il prononçait mon nom syllabe par syllabe : « Ve-ro-nii-ca ».

Janet nous a expliqué sa présence tandis que nous montions dans la charrette :

— Giovanni est notre nouveau prisonnier de guerre. L'ancien était nul, alors on en a demandé un autre. Vous venez d'Italie, n'est-ce pas Giovanni ?

Il acquiesça avec enthousiasme.

Derrière le bavardage de Janet et le bruit des sabots, je pouvais l'entendre se répéter en boucle « Ve-ro-nii-ca, Ve-ro-nii-ca » tout au long du trajet. Quand nous sommes arrivés à la ferme, il a arraché une touffe d'herbe fraîche pour l'offrir au cheval, il lui parlait doucement dans sa langue, lui caressait le bout du nez. J'aime bien Giovanni.

Mme Dramwell nous avait préparé une surprise, pour fêter mon anniversaire et nous remercier de l'aide qu'on apportait avec les vaches et tout le reste : un pique-nique pour nous les filles. Harry nous a accompagnées à vélo jusqu'à un point de vue à la périphérie des terres d'Eastcott Farm. De là, on peut apercevoir les escarpements du Peak District. L'air était doux et une myriade de fleurs avaient éclos : des silènes roses et la mousse blanche du cerfeuil sauvage bordaient les chemins de terre.

Nous avons pique-niqué à l'ombre d'un vieux chêne. Dans le panier, il y avait une miche de pain toute fraîche, des tourtes à la pomme de terre, des oignons confits, des pommes et du pain d'épices. Harry était vautré à mes pieds et me passait tout ce que je désirais, même si j'étais parfaitement capable de me servir toute seule.

J'ai surpris Norah à me regarder en douce chaque fois qu'Harry se mettait à parler, pour jauger ma réaction. Elle sait qu'Harry a de l'admiration pour moi.

C'est agréable, d'être admirée, je le confesse. Aurais-je la capacité de tomber amoureuse ?

Pour être honnête, je crois que je mérite un peu de douceur.

J'ai besoin de quelque chose qui me tire vers l'avant. Il y a un trou béant dans ma vie, et j'ai parfois l'impression que mon âme va y sombrer sans retour, à moins que je ne parvienne à le combler.

*

12 juillet 1941
Eastcott Farm
Enfin, c'est aujourd'hui ! Je suis toute excitée. Le plan, c'est de se rendre à vélo jusqu'à la gare, puis de prendre

ensemble le train pour la ville. Harry et moi, tous les deux. Le cinéma n'est ensuite pas très loin de la gare, à pied. Harry m'assure que c'est très mal, ce qu'on s'apprête à faire, et je suis donc plus que partante.

— Ce sera facile de ne rien révéler à ma mère, a-t-il déclaré. Je lui dirai que je vais retrouver des amis, et elle pensera que tu es en haut avec Jan et Nor.

Janet trouve l'idée hilarante. Norah est moins enthousiaste (on se demande pourquoi !). Elles m'ont coiffée avec de grandes boucles retenues par des milliers d'épingles. Je porte ma robe de coton rouge coquelicot et j'ai emprunté la plus belle veste beige de Janet. Nous n'avons pas de bas, mais Janet a dessiné un trait à l'encre marron à l'arrière de mes jambes pour donner l'impression que j'en porte.

Je n'écris que pour faire passer plus vite les dix dernières minutes avant l'heure du départ. C'est très excitant. Mme Dramwell est en train de coudre, en bas. Je vais me glisser par la porte de derrière d'un instant à l'autre. Je suis prête.

*

Lundi, 14 juillet 1941
Dunwick Hall

Je ne sais pas à qui parler. Il n'y a personne. À part toi, comme toujours, mon cher journal. Toi seul peux écouter mes peines et les absorber entre tes tristes pages blanches.

Voici ce qui s'est passé samedi soir.

J'ai retrouvé Harry comme convenu à la porte de derrière d'Eastcott Farm. Il avait pris la peine de se gominer les cheveux, ce qui malheureusement faisait encore plus ressortir ses oreilles. Il n'avait pris qu'un seul vélo. L'autre était cassé, avait-il dit.

— Mais tu peux te serrer derrière moi pendant que je pédale. Tu n'as pas peur, si ?

Bien sûr que non. Je suis grimpée sur le siège derrière lui et on est partis, prenant rapidement de la vitesse. Ma robe coquelicot volait au vent. Je m'agrippais à lui, sentais ses muscles rouler sous sa chemise. Et le plaisir que lui procurait mon corps collé à son dos.

— Ma tante Margaret aurait une attaque si elle savait ! m'écrié-je.

Dans le train, les gens nous lançaient des regards désapprobateurs en essayant de deviner notre âge, mais aucun n'a émis de remarque. J'ai diverti Harry avec quelques exemples de la radinerie de tante M.

— J'croyais que t'étais une snob quand j't'ai vue la première fois, Veronica, m'a-t-il dit. Mais en fait non. T'es une chic fille.

On allait voir un film d'aventures avec Jimmy Cagney en vedette. Harry n'avait pas l'air très concentré sur l'écran, cela dit. Il ne cessait de glisser son bras autour de mes épaules. Au début, ça me plaisait, je me suis même un peu appuyée contre lui. Mon cœur tambourinait des rythmes inconnus. La sensation du médaillon sur ma poitrine semblait décupler mon besoin irrépressible d'amour. Harry s'est collé de plus en plus près.

Et puis il a levé la tête et s'est mis à m'embrasser sur la bouche. Je me suis reculée, écœurée. Son haleine fétide sentait l'oignon bouilli, sa peau rugueuse et pleine de boutons me dégoûtait.

— Arrête ! ai-je chuchoté. Je veux regarder le film.

À la sortie, il a de nouveau tenté de se jeter sur moi. Ses grosses mains me pelotaient le corps. J'ai bondi de côté.

— Non, Harry ! J'aime pas ça. Lâche-moi !

— Quoi ? Tu m'allumes et puis tu joues la reine des glaces ? C'est pas très gentil.

Dans le train du retour, on est restés tous deux muets comme des tombes. Je redoutais le trajet à bicyclette. J'avais beau me creuser la tête pour imaginer un autre moyen de rentrer à la ferme ou à l'école… je ne trouvais rien.

*

18 juillet 1941

Dunwick Hall

« Oh ! si cette solide, trop solide chair pouvait se fondre, s'écouler et se résoudre en une rosée… »*

Hamlet exprime tout ça à la perfection.

C'est horrible. Janet ne me parle plus. Elle refuse même de croiser mon regard. Elle se détourne ostensiblement chaque fois que je m'assieds à côté d'elle. Au lieu de partager avec moi ses sandwichs au corned-beef comme avant, elle s'en goinfre toute seule. Norah me bat froid, elle aussi, évidemment.

Harry a dû leur raconter que je l'ai aguiché ou pire : l'école bruisse de rumeurs ignobles. Mes camarades de classe s'en donnent à cœur joie pour me traiter de prostituée.

Il est hors de question que je m'abaisse à donner ma version des faits si les gens que je considérais comme mes amis refusent tout simplement de m'écouter.

---

* *Hamlet*, acte I, scène 2 (traduction Guizot).

Intérieurement, je bouillonne, mais je ne sais pas quoi faire. Je hais ce salaud de Harry. Comment il a pu me faire ça ? J'invente toutes sortes de conversations imaginaires et de moyens de me venger, que je ne peux jamais mettre à exécution parce que je ne le vois jamais. Je ne reçois plus d'invitations à Eastcott Farm.

C'est si injuste que ça me rend folle ! Personne en ce monde ne prendra ma défense. Oh, comme je voudrais que papa et maman soient encore là ! La nuit je mords dans mon oreiller : c'est la seule façon de ne pas hurler mon désespoir.

*

Samedi, 19 juillet 1941

Chez tante M

Ce matin, j'ai attendu la charrette du laitier devant les grilles de l'école, à l'écart du groupe des autres filles. Janet et Norah étaient là, elles aussi, elles m'ignoraient.

Quand la charrette d'Eastcott est apparue au coin de la rue, je n'ai pas pu m'empêcher de regarder qui la conduisait. Ce n'était pas Harry, mais le prisonnier de guerre italien, Giovanni. « Ve-ro-nii-ca ! » a-t-il crié. J'ai échangé un bref sourire avec lui. J'étais touchée qu'il se souvienne de mon nom. J'ai remarqué à ce moment qu'Harry était là aussi, à l'arrière de la charrette. Avec une courtoisie exagérée, il a aidé sa sœur et Norah à monter, tout en évitant soigneusement de tourner la tête vers moi. J'ai relevé le menton d'un air dédaigneux.

J'ai saisi au vol la fin d'une phrase de Janet : « ... malvenue de prendre ses grands airs, cette sale traînée... »

Je me suis hérissée. Tandis que, emmenée par Giovanni, la charrette s'éloignait sur la route, j'ai vu Harry prendre place exprès à côté de Norah, lui passer un bras autour des épaules et l'embrasser langoureusement sur la bouche. Tous les deux se sont retournés pour observer ma réaction. Je suis restée plantée là, tremblante de rage.

*

Dimanche, 20 juillet 1941
Aggleworth

Quand je suis partie pour mon cours de danse, hier, j'étais épuisée par le tourbillon d'émotions de la semaine passée. La chaleur du soleil sur mon visage me paraissait brutale, un rappel douloureux qu'il n'y a désormais nulle chaleur à espérer de la part de mes congénères. Dieu merci, il me reste la danse.

Je marchais vite pour arriver à la salle des fêtes à l'heure, quand j'ai aperçu au loin devant moi deux silhouettes d'hommes. L'un d'eux poussait une brouette pleine de légumes. Il portait un uniforme marron avec des écussons jaunes. Comme s'il avait senti mon regard, il s'est tourné vers moi. C'était Giovanni.

Il m'a aussitôt reconnue et s'est incliné si profond pour me saluer que sa tignasse lui est retombée sur les yeux.

— Bonjour, ai-je répondu en l'imitant avec une révérence.

— Bella ! a-t-il crié.

Son compagnon le pressait d'avancer, mais Giovanni s'est attardé un instant pour cueillir une fleur et la déposer sur la route, avant de continuer.

Les deux hommes avaient disparu dans le virage quand je suis arrivée à hauteur de la fleur. Je l'ai ramassée. C'était juste un pissenlit, mais comme il m'était précieux ! D'un jaune vif éclatant, il semblait défier quiconque de ternir son ardeur. J'ai caressé ses pétales et l'ai glissé derrière mon oreille.

Le cours de danse m'a paru beaucoup plus long que d'habitude. Après, au lieu de rentrer tout droit chez tante M, je me suis promenée vers le marché en plein air. J'ai déambulé entre les stands jusqu'à l'apercevoir, caché derrière une montagne de légumes.

Son visage s'est illuminé. Son sourire n'était pas celui d'un prisonnier désespéré et opprimé. Il avait l'air alerte et joyeux. Soudain, j'ai réalisé qu'il était l'homme le plus beau que j'avais jamais vu.

Les yeux de Giovanni sont marron foncé, vifs et brûlants. Son nez est noble. Ses cheveux sont hirsutes et il a du poil au menton, mais cette barbe de trois jours lui va bien. Il est bien bâti ; grand, fort et musculeux. Il est captivant sur tous les plans.

— Alors comme ça, ils vous laissent sortir sans escorte ? lui ai-je demandé, fascinée.

— Oh oui, maintenant, oui. Les gens des stands voisins surveillent que je ne m'enfuis pas avec la caisse.

Il a pris à témoin le type plus âgé en tablier à rayures qui vendait de la viande à côté.

— Monsieur Howard, je ne m'enfuis pas avec la caisse, si ?

— Oh non, a répondu M. Howard avec un grand sourire. Parce que c'est moi qui garde tout l'argent des ventes, et qui remet la recette à Mme Dramwell quand je la vois à Eastcott le lundi.

C'est stupéfiant qu'on accorde autant de liberté à un prisonnier de guerre. M. Howard et Giovanni paraissent s'entendre comme larrons en foire.

— Vous voulez acheter des légumes ? m'a demandé Giovanni. J'ai les très charmantes pommes de terre, voyez. Et de la belle betterave. Et des tomates très splendides. Je pense que vous aimez une très splendide tomate, non ?

— J'aimerais beaucoup une splendide tomate, volontiers !

J'ai versé les pièces dans sa main et il les a aussitôt remises à M. Howard.

J'ai hésité à mordre dans la tomate tout de suite avant de renoncer. Des éclaboussures de jus rouge et de pépins partout sur ma figure ne seraient pas des plus attrayantes.

— Je voudrais aussi...

J'ai réfléchi un peu, examinant ses produits.

— ... quelque chose pour ma tante Margaret. Qu'est-ce que vous me recommandez, Giovanni ?

— Qu'est-ce qu'elle aime ?

— Je ne sais pas ce qu'elle aime. Mais je sais ce que je veux acheter pour elle. Quelque chose de très, très vieux et de très, très mauvais. Qu'est-ce que vous auriez dans ce genre ?

Son rire était ouvert et joyeux – et pourtant aussi intime, comme si nous étions complices.

— Pourquoi pas ce vieux navet tout fripé ? a-t-il proposé.

J'ai souri.

— Il est parfait.

*

Dimanche, 27 juillet 1941
Aggleworth
Désormais, je ne vis plus que pour les samedis après-midi. Pas pour les leçons de danse, mais pour les promenades au marché qui les suivent. Giovanni doit savoir que je viens exprès pour le voir. Hier, il a encore cueilli des fleurs : reines-des-prés, roses sauvages et une brassée de pissenlits. Il m'a tendu son bouquet par-dessus son stand de légumes, dans un geste plein de panache. M. Howard s'est affairé dans son coin, feignant de ne rien voir.

J'ai décidé d'accorder le plus grand honneur à Giovanni.

— Giovanni, je sais que mon prénom est difficile à prononcer pour toi. À l'avenir, tu peux m'appeler Very ?

— Very ? Bien sûr, avec plaisir ! Very charming, Very beautiful, Very darling !

J'en aurais ronronné. Very darling ! Si seulement nous pouvions passer un moment seuls tous les deux.

*

Dimanche, 3 août 1941
J'ai beaucoup de choses à raconter.

D'abord, je suis amoureuse. Comment pourrais-je ne pas aimer Giovanni, le plus bel homme et le meilleur qui soit au monde ? Eh oui, je me fiche comme d'une guigne qu'il entre dans la catégorie « ennemi ». Cette guerre est si absurde et dénuée de sens, de toute façon !

Hier, je ne suis même pas allée à mon cours, mais tout droit au marché pour le retrouver.

— Tu te rends compte que je loupe ma leçon de danse pour être avec toi, lui ai-je dit.

— Ah, quel dommage ! Je ne veux priver de danse aucune fille. Surtout pas toi, Very. Te voir danser... ça serait réellement magnifique.

J'ai effectué une petite pirouette dans la rue et il m'a applaudie avec enthousiasme.

— On peut peut-être danser ensemble ?

Il s'est avancé et m'a pris la main. C'était plus que merveilleux. J'étais sur le point de fondre dans ses bras, quand M. Howard est intervenu en lui tapant dans le dos.

— Non, tu devrais en rester là, Giovanni. Il y a des limites, jeune homme.

Giovanni m'a lâché la main.

Il a murmuré à mon oreille :

— J'ai entendu dire qu'il y avait un bal à la salle des fêtes, ce soir.

— Tu crois qu'on pourrait ? ai-je chuchoté à mon tour, ravie à cette idée.

— Ce n'est pas facile. On ne me laissera pas entrer parce que je suis un prisonnier. Mais si j'arrive à sortir de la ferme en douce, c'est possible... On peut se retrouver derrière la salle des fêtes ? On entendra peut-être la musique, et on pourra danser, alors ?

Ça me plaisait qu'il ait envie d'essayer, alors que ce serait si difficile pour lui.

— Je serai là, ai-je promis.

Le soir, j'ai dit à tante Margaret que j'allais me coucher tôt, que j'avais la migraine. Ç'a été facile de sortir ensuite sur la pointe des pieds sans me faire prendre. L'air était chaud et embaumait la rose et le chèvrefeuille sauvage. J'ai couru tout le chemin.

Il était là. À la seconde où il s'est avancé hors de la pénombre, je me suis jetée à son cou. C'était plus fort que moi. Ravi et sous le choc, il m'a couverte de baisers fiévreux. C'était le paradis.

La musique nous parvenait depuis la salle. Giovanni et moi avons dansé dans la poussière du crépuscule, derrière le mur, là où personne ne pouvait nous voir. Nous étions si proches, si passionnés, si merveilleusement intrépides !

— Very, a-t-il murmuré. Ma Very. Avec toi, je me sens si vivant !

— Moi aussi !

Je le respirais, je humais son odeur virile, son odeur de terre. Chaque cellule de mon corps savourait l'intimité de cet instant.

Il était encore plus beau dans la lumière argentée que la lune déversait sur nous.

— Ils peuvent éteindre toutes les lampes de la Terre, mais pas la lune et les étoiles, ai-je chuchoté.

— Non. Ni la lune ni les étoiles, ni la lumière qui brûle pour toi dans mon cœur, Very.

Soudain, l'orchestre a entonné un morceau différent. Je me suis pétrifiée.

— Qu'est-ce qu'il y a ? a demandé Giovanni. Ça ne va pas, Very ? Elle est jolie, cette mélodie. Elle est joyeuse, mais toi… tu es triste.

J'ai poussé un profond soupir, me suis appuyée contre la grille. C'était le Lambeth Walk.

Giovanni m'a prise dans ses bras.

— Tu es encore plus belle quand tu es triste.

Il m'a serrée contre lui un long moment, embrassant mes yeux, mon nez, mes cheveux, ma bouche. Je demeurais figée, je m'efforçais de contenir mes sentiments, de les refouler tout au fond.

Et puis je lui ai dit. Je lui ai parlé de maman et papa. J'ai raconté comment ma mère me tressait les cheveux et me lisait des histoires, comment mon père s'enroulait dans le tapis de cheminée et se mettait à grogner et rugir comme un ours, ce qui nous faisait rire aux larmes. J'ai raconté comment on imaginait mon avenir tous ensemble : maman disait que je deviendrais écrivain, papa était convaincu que je serais une exploratrice célèbre. J'ai décrit les nuits blottis les uns contre les autres sous l'escalier quand les sirènes se mettaient à hurler, et comment mes parents n'avaient jamais peur de rien : ma mère partait conduire ses ambulances et aider les blessés même quand c'était dangereux. J'ai dit combien la perspective d'une nouvelle guerre avait attristé mon père qui n'avait survécu que de justesse à la précédente. Combien ils me chérissaient plus que tout. Et combien j'étais seule, si seule désormais, sans personne pour me chérir.

Et pour finir, j'ai raconté à Giovanni comment ils étaient morts tous les deux, écrasés sous les décombres de notre maison.

Giovanni m'a écoutée, sidéré, en silence.

Quand j'ai eu terminé, il a repoussé mes cheveux qui cachaient mon visage. Je ne voulais pas qu'il me regarde, qu'il voie mes traits déformés par la douleur.

— Et pourtant, tu ne pleures pas.

— Si je commence, je ne m'arrêterai plus jamais.

Il a posé sa bouche sur la mienne, un baiser enfiévré, comme s'il voulait siphonner toute la souffrance accumulée en moi.

Je me suis dégagée pour le regarder droit dans les yeux. Ses yeux sombres et emplis de compassion.

— Giovanni, j'ai envie de toi.

— Moi aussi, j'ai envie de toi.

C'était à peine un murmure, presque une plainte, comme s'il tentait d'y résister.

J'ai jeté un coup d'œil alentour et aperçu le toit en pente d'une grange qui se découpait sur le ciel nocturne.

Tout le monde pense que je suis une traînée, de toute façon, alors pourquoi pas ?

— Maintenant, le pressé-je. Il faut saisir l'instant.

J'ai pris Giovanni par la main et l'ai entraîné à travers les champs baignés de lune vers la grange.

Il m'a demandé si j'étais sûre.

Oui.

Oui, j'en suis sûre, plus que jamais.

28

PATRICK

Bolton
Décembre 2012

Je me racle la gorge avant de poser ma question.

— Réponds-moi franchement, Gav, tu trouves que j'ai un type un peu méditerranéen ?

Je l'ai convaincu de venir boire une petite bière rapide au Flacon du Dragon après le travail. Il me regarde avec curiosité.

— Un peu italien, peut-être ? Quelque chose dans la forme de mon nez ?

— Fais voir ton profil.

Je tourne la tête.

— Non, je dirais que non. Ton nez n'a rien de romain. Il est un peu long, mais pas romain. Par contre, tu as la peau assez mate, c'est vrai. Un teint olivâtre.

— OK. Merci.

— Tu voudrais avoir l'air italien ?

— Est-ce que j'en ai envie ?

— C'est ce que je te demande, mon pote !

Merde, j'en sais rien du tout !

— Je crois que ce journal intime me perturbe, lui dis-je en guise de réponse.

— Ah oui ?

— Vu que j'ai grandi sans mes parents, ce truc avec ma grand-mère, c'est important.

Prononcer cette phrase à voix haute me fait comprendre à quel point elle est vraie. Et ce journal est une révélation. D'une certaine façon, l'histoire s'est répétée. Comme Granny V, j'ai perdu mes deux parents assez tôt et dû apprendre à me débrouiller tout seul. Cela dit, la plupart des familles d'accueil chez qui j'ai été placé étaient plutôt correctes. La jeune Veronica n'a pas eu cette chance : elle n'avait que cette affreuse bigote de tante Margaret. Et même pas de drogues pour oublier. Bon sang, que ça devait être sinistre ! Pas étonnant qu'elle ait un peu déraillé, qu'elle ait cherché de l'amour partout où elle le pouvait.

Je n'ai jamais connu mon père, mais Veronica, clairement, adorait le sien. J'ai perdu ma mère quand j'avais six ans et c'était épouvantable, mais d'une certaine façon, je me dis que ça doit être encore pire à l'âge de quatorze ans. Pendant des années vous développez tout cet amour, des années de câlins, de conversations et de moments passés ensemble, et soudain, on vous arrache tout ça. C'est cruel. Ça a dû retourner le cerveau de cette pauvre gamine.

— Donc tu penses que tu as du sang italien ? demande Gav.

— Ça serait bien possible. Quoique...

Veronica n'est sortie qu'une fois avec Harry, mais je ne suis pas sûr de la façon dont ça s'est terminé. Dans son journal, elle ne donne aucun détail sur le trajet de retour à vélo. Elle n'en a pas gardé un bon souvenir, en tout cas, ça, c'est clair. Il n'aurait pas… Il n'aurait tout de même pas… ? Merde. Non, ce n'est pas possible. Elle l'aurait écrit, non ? J'ai lu un peu en diagonale, en sautant les longs passages ennuyeux sur l'école, mais je suis certain de ne pas être passé à côté d'un truc aussi gros. Pourtant, maintenant que cette idée m'est entrée dans la tête, il ne me reste plus qu'à dévorer ces journaux jusqu'au bout pour découvrir la vérité.

Je descends ma bière d'un trait.

— Désolé, mec, faut que j'y aille.

Mon pouls s'affole. C'est ridicule.

C'est forcément Giovanni, mon grand-père, non ?

Le blog des pingouins de Terry

18 décembre 2012

Les manchots Adélie sont d'une curiosité sans fin et toujours affairés. Aujourd'hui, un individu encore plus curieux que les autres nous a suivies, Veronica et moi, pendant que nous repérions l'emplacement des nids. Comme il est trop jeune pour avoir sa propre famille, nos activités semblent avoir piqué son intérêt. Voici une photo de lui et Veronica s'observant l'un l'autre. Vous noterez qu'elle tient son sac à main bien hors de portée de son bec.

Ailleurs, la nature suit son cours, les couples copulent, les œufs sont pondus et les premiers poussins commencent à pointer le bout du nez. Quelle communauté trépidante nous avons, ici, sur l'île au Médaillon !

29

Veronica

Île au Médaillon

J'embrasse du regard le vaste océan noir et blanc de manchots Adélie. Partout, je vois des interactions entre pingouins. Chacun d'entre eux semble avoir sa place au sein de la communauté. Ils s'intègrent comme je n'ai jamais réussi à m'intégrer parmi mes congénères humains. De nouveau, je me sens rattrapée par mon passé.

Parfois, les souvenirs accumulent de la poussière dans un recoin de votre mémoire. Parfois, ils vous hantent comme des ombres. Parfois, ils vous poursuivent, une matraque à la main.

Je repense aujourd'hui à Giovanni. Est-il encore en vie, quelque part ? Même après toutes ces années, son image est intacte dans mon esprit. Je me souviens de ses mains, de grandes mains un peu rugueuses mais au toucher si délicat, si attentif à mes désirs. Je peux presque sentir à nouveau sa barbe de trois jours, ses lèvres sur les miennes, jeunesse contre jeunesse, un millier de terminaisons nerveuses éveillées et qui en réclament toujours plus.

À l'époque, je ne pouvais imaginer de force plus grande que celle-là. Pourtant la biologie impose toutes sortes de choses. Ma personnalité tout entière n'est-elle rien d'autre qu'un cocktail chimique singulier ? Et l'amour se réduit-il à une succession de biorythmes, une série d'impulsions électriques au cerveau ? Un excès d'hormones ? Peut-être, en certaines conditions, cette alchimie qu'on nomme l'amour se trouve-t-elle exacerbée – par la lumière intense d'un long été ensoleillé, par l'esprit rebelle de la jeunesse et les tragédies insensées de la guerre. Peut-être, oui.

Que serait-il arrivé si on avait pu rester ensemble, Giovanni et moi ? Ce magnétisme tout-puissant aurait-il perduré ? Ou bien l'amour fou que j'éprouvais pour lui n'était-il dû qu'à la folie de cette période, au fait même que notre relation soit interdite ? Je suis assez vieille et assez cynique aujourd'hui pour savoir que c'est une possibilité.

Il n'a peut-être pas survécu à la guerre. Ou alors, il est retourné dans son pays, comme la plupart des prisonniers de guerre. Je l'imagine en vieil homme : voûté, ridé, fumant une pipe, se promenant dans une oliveraie près de la Méditerranée. Lui arrive-t-il de repenser à la jeune Anglaise qu'il a aimée il y a si longtemps ? Même dans ses rêves les plus fous, il ne devinerait jamais qu'elle se trouve en Antarctique, avec trois jeunes scientifiques et cinq mille manchots.

Quand je rentrerai en Angleterre, je pourrais demander à l'agence de se renseigner sur lui, de le trouver comme elle a trouvé Patrick. Ai-je failli à mon devoir, de ce côté-là aussi ?

Non. Si Giovanni a survécu à la guerre, et s'il avait voulu de moi, il serait revenu me chercher. Il aurait trouvé un moyen. J'ai déjà ouvert une grande boîte de Pandore en relisant ces carnets, en recherchant mon petit-fils.

Mes pensées se tournent vers Patrick. Quelle est la nature de cet homme sous les couches de crasse et derrière le brouillard de drogues ? L'aurais-je jugé trop durement ? Son comportement à l'aéroport était radicalement opposé à celui qu'il avait adopté lors de notre première rencontre. Si je n'avais pas été aussi accaparée par mon départ imminent pour cette odyssée en Antarctique, aussi choquée par son apparition soudaine, j'aurais pu étudier ce garçon avec plus d'attention.

À présent, je lui ai confié mon passé, sous la forme de ces journaux d'adolescente. J'aurais pu ne jamais les montrer à un autre être humain, rien ne m'y obligeait, et je m'étonne moi-même d'avoir pris cette décision. À vrai dire, je ressens une gêne intense à l'idée qu'il les lise. Pourtant, au-delà de ce malaise, quelque part tout au fond, j'éprouve un soulagement incontestable d'avoir enfin partagé mon histoire. Mon côté impulsif a sans doute perçu que j'en avais besoin.

Lira-t-il ? Comprendra-t-il ?

— Vous avez l'air plongée dans vos pensées, Veronica.

— Et c'est contre la loi ? rétorqué-je d'un ton sec.

Le ciel passe lentement du bleu au mauve, du mauve à un gris d'encre. Terry et moi sommes dehors depuis des heures. On trouve encore à intervalle, régulier, les bosses des carcasses de manchots, momifiées par la glace. J'essaie de ne pas les regarder.

Les manchots survivants ne perdent pas de temps à pleurer ou s'apitoyer sur leur sort. Ils sont bien trop occupés. De nouveaux poussins naissent tous les jours, petites créatures comiques, versions plus trapues, plus ébouriffées que leurs parents. Les adultes partent chacun leur tour en mer chercher de la nourriture. Ils rentrent avec l'estomac dilaté, plein de krill qu'ils régurgitent pour nourrir le bébé, directement de bec à bec. Les premiers poussins de l'année sont maintenant plus grands et s'aventurent hors de leur nid. Ils font leurs premiers pas hésitants dans les flaques et la boue, tout en couinant de façon ininterrompue.

J'aperçois un spécimen minuscule qui se déplace d'une démarche traînante à la périphérie de la communauté. Le poussin est d'un gris de suie, tout sale et hirsute. Il a l'air perdu. Il avance de quelques pas, s'arrête pour regarder autour de lui. Il rejette sa tête en arrière, l'incline de-ci, de-là, observe ses congénères comme s'il était en manque d'affection. Les autres manchots continuent de vaquer à leurs affaires : jabotant, se disputant, se tortillant sur leur nid, donnant et recevant du poisson régurgité. Mais celui-ci paraît isolé et apeuré.

— Où sont ses parents ? demandé-je à Terry.

— Probablement morts. Mangés par un phoque ou piégés dans une crevasse… Quoi qu'il en soit, je ne pense pas qu'ils reviendront. Ils ne l'auraient pas laissé tout seul, il est trop jeune. Pauvre petit !

Le poussin s'approche en trébuchant sur un adulte posé sur son nid. Ce dernier le chasse à coups de bec.

— Il ne survivra pas longtemps, commente Terry. La faim ou le froid auront vite raison de lui.

— On ne peut rien faire ? demandé-je, consternée.

— Désolée, Veronica, mais non. Notre politique est de ne pas intervenir. La nature est parfois brutale, c'est comme ça.

— Votre *politique* ? répété-je avec tout le mépris possible.

Je hais les politiques. Les gens passent leur temps à élaborer des politiques générales avant de se retrouver piégés par ces mêmes politiques et d'en devenir esclaves ; ils se sentent obligés de s'y conformer en toutes circonstances, ignorant aveuglément le bon sens et la gentillesse. Cette politique est un exemple édifiant d'une telle absurdité.

— Oui, notre politique, répond Terry. L'intervention humaine a endommagé la vie sauvage au-delà de toute mesure. Il vaut mieux laisser la nature se débrouiller. Autrement, on risque de faire plus de mal que de bien.

J'essaie de contenir mon exaspération.

— Et serions-nous en mesure de sauver ce pauvre petit si votre précieuse politique n'existait pas ?

Elle secoue la tête tristement.

Ce n'est pas une vraie réponse, et je ne vais pas la laisser s'en sortir comme ça. Je répète ma question.

— Écoutez, je suppose que si on recueillait le poussin et qu'on le nourrissait, il y aurait une petite chance qu'il survive, admet-elle. Mais ça reste théorique. Il pourrait aussi devenir dépendant de nous, et ce n'est pas ce que l'on recherche. L'idée, c'est de protéger les manchots à l'état sauvage, dans leur propre environnement, pas d'en faire des animaux domestiques.

Je m'efforce de digérer cette information, mais j'ai du mal ; c'est comme essayer de digérer un clou rouillé.

Terry s'éloigne pour filmer un couple de parents en train de donner du poisson à un petit manchot grassouillet. Mes yeux restent vissés à l'orphelin. Il fait quelques pas chancelants dans une direction, puis dans une autre. Je suis subjuguée, comme si j'étais connectée au bébé manchot. Je ressens ce qu'il ressent : le froid, la confusion, la solitude, la perte. Il s'attend à recevoir de l'aide d'un moment à l'autre… mais ne voit rien venir.

Je rejoins Terry à grandes enjambées. D'une voix stridente malgré la boule qui me serre la gorge, je lui lance un ultimatum.

— Terry, si on ne fait rien pour secourir ce petit, je refuserai dorénavant de figurer dans votre blog.

Terry abaisse son appareil photo. Elle me dévisage, déconcertée, sonde mes yeux comme si elle ne me comprenait pas, comme si cette détermination ne me ressemblait pas.

— Ça vous tient à cœur pour de bon, n'est-ce pas ? finit-elle par dire. Ça ne sert à rien de verser dans le sentimentalisme, Veronica. Sérieusement, ce n'est pas bon de se soucier des individus. La nature choisit lesquels vivent et lesquels meurent. Je suis désolée mais c'est comme ça. Essayez d'oublier ce poussin et de vous concentrer sur tous les autres manchots heureux.

Elle me demande l'impossible. En cet instant, je me fiche des manchots heureux. C'est cette âme perdue qui retient toute mon attention. Il s'affaisse devant mes yeux. Ses nageoires pendent le long de ses flancs. Son bec pointe vers la terre gelée qui deviendra bientôt son tombeau.

Je ne crois pas que Terry soit insensible. Elle a juste subi un lavage de cerveau de la part de deux hommes stupides. Même eux reviendront peut-être à la raison si j'adopte une autre approche, si j'arrive à les convaincre qu'ils obtiendraient plus de financements ainsi. Je n'ai aucun scrupule à exploiter la cupidité humaine.

— Si vous arriviez à sauver ce petit bonhomme et à mettre des photos de lui sur votre blog, tout le monde l'adorerait, j'en suis certaine. Il est tellement... Vous aurez une bien meilleure presse que si vous l'abandonnez à son sort.

Terry ne bouge pas. Je devine les réflexions qui la traversent, dans ses yeux brillent de nouvelles possibilités.

— Vous avez raison sur ce point, c'est sûr. Il n'y a pas grand-chose au monde de plus adorable qu'un bébé manchot. J'imagine que le public n'y résisterait pas et s'attacherait à lui.

— Exactement ! Et ils seront bien plus enclins à donner de l'argent au projet si vous avez une mignonne petite mascotte.

Je lui laisse le temps de peser le pour et le contre.

— Je doute fort qu'on arrive à convaincre Mike et Dietrich. Mais je suppose qu'on a une mince chance. On peut au moins essayer.

— Si on peut, on le doit.

Ce n'est pas pour me vanter, mais je dois dire que je suis assez forte quand il s'agit de parvenir à mes fins.

Terry dépose son barda par terre.

— Je vais voir si j'arrive à attraper le petit bonhomme.

Nous nous approchons à pas comptés du poussin. Il tourne la tête vers nous, pas apeuré le moins du monde. Dans un plongeon éclair, Terry le saisit par les pieds et le bec et le cale sous son bras. L'oiseau émet un minuscule couinement et s'agite un peu, avant de céder presque aussitôt. Terry lui caresse le cou, ce qui semble le calmer. Je m'avance pour le caresser à mon tour. Il n'est pas plus gros qu'une tasse de thé. Son duvet est doux comme de la ouate.

— On va tenter tout notre possible pour toi, lui dis-je. Je te le promets.

Terry me regarde en coin avec un léger sourire.

— On ferait mieux de le ramener à la base. Je vais demander à Dietrich et Mike de nous y rejoindre, sans leur expliquer pourquoi. Avec un peu de chance, ça sera plus facile de les convaincre s'ils ont ce pauvre petit sous les yeux en chair et en os.

30

Veronica

Île au Médaillon

Comme l'avait prédit Terry, Mike est complètement fermé à notre idée.

— Tu nous as demandé de rentrer pour ça ? T'as complètement perdu la boule ?

Dietrich se montre tout aussi ferme.

— Non, Terry. On a dit qu'on ne s'autoriserait pas ce genre d'intervention.

Terry remonte ses lunettes sur son nez et abaisse la fermeture Éclair de sa parka, révélant le petit paquet duveteux niché contre son corps.

— Je sais, je sais, mais regardez-le ! Ça ne coûte rien d'essayer. Et je sais qu'un tas de gens seraient d'accord, des gens du monde entier qui suivent mon blog. Ce poussin pourrait devenir le symbole de ce qu'on tente d'accomplir ici.

— Un manchot apprivoisé ? Un manchot domestiqué et nourri à la main ? Certainement pas ! Nous sommes des scientifiques, Terry, au cas où tu l'aurais oublié. Des environnementalistes. On ne croit pas en l'interférence humaine – quoi qu'il arrive. N'est-ce pas, Dietrich ?

— C'est ce que nous avons décidé au départ, oui, confirme Dietrich.

Le bébé manchot pointe le bout de son bec, puis sort la tête. Ignorant tout de sa situation précaire, il nous observe avec de gros yeux ronds. Son bec s'ouvre sans émettre un son. Il essaie de nouveau et parvient à pousser un petit cri plaintif.

Malgré lui, Mike se penche pour le regarder. Malgré lui, il tend un doigt pour lui caresser la tête.

L'antipathique Mike serait-il en train de fondre ?

— Terry, tu es vraiment impossible !

À sa voix, on devine que ce n'est pas un compliment, mais qu'il n'est pas complètement inflexible non plus.

— Ça me surprend de ta part. Tu sais que la réponse ne peut être que non, ajoute-t-il.

J'ouvre la bouche pour rétorquer, avant de renoncer. Je lutte contre la force de mes émotions, comme j'ai appris à le faire par le passé quand elles menaçaient de me submerger. Je sais que le sang-froid sera mon meilleur allié dans cette situation. J'aurai plus de succès si j'arrive à me rendre invisible. J'observe Mike et Dietrich. À une époque, j'aurais obtenu facilement ce que je voulais. Un battement de cils, une petite moue boudeuse, et n'importe quel homme aurait été à ma merci. Aujourd'hui, tout ce que je tente semble produire l'effet inverse. Le seul pouvoir qu'il me reste est celui de mon portefeuille, et il est inutile dans les circonstances actuelles.

Terry, elle, pourrait les gagner à notre cause. Si seulement elle voulait bien enlever ses lunettes et papillonner un peu des cils. Elle ne maîtrisera jamais le défi direct que je pratiquais à son âge, mais elle serait capable, j'en suis sûre, de mettre à profit son propre pouvoir de persuasion. Hélas, elle est complètement à côté : elle se contente de froncer les sourcils et de plisser le front, ce qui n'a rien de séduisant.

— Allez, Deet, penses-y ! Ce serait l'occasion pour nous d'étudier un jeune sous toutes les coutures et de très près.

— Tu n'es pas logique, Terry, répond Dietrich. Nous n'avons pas besoin de ce genre d'informations. Nous étudions la survie de l'espèce dans son ensemble. Nous n'avons pas le temps de veiller aux besoins d'un manchot en particulier.

— Oui, mais...

Elle est à court d'arguments.

— Désolé, Terry. On a des choses plus importantes à gérer.

Le poussin laisse pendre sa tête, comme s'il comprenait sa propre insignifiance. Je ravale ma rage. Moi seule, Veronica McCreedy, vieille bique impopulaire et importune, suis prête à aider ce pauvre petit. Une fois encore, je suis envahie par un étrange sentiment de désespoir. Il est si puissant que j'ai envie de crier à la face de Mike et Dietrich, d'en prendre un pour taper sur l'autre, jusqu'à ce qu'ils comprennent qu'une espèce *n'est rien d'autre* que les individus qui la composent. Ce sont eux, les individus, qui comptent. Ce sont des hommes comme ces deux-là qui provoquent des guerres dans lesquelles des milliers d'individus pacifiques sont sacrifiés pour de prétendues « nobles » causes. L'Histoire nous dit que tel côté a gagné et tel autre a perdu, mais la vérité, c'est que personne ne gagne. Et les milliers d'hommes, de femmes et d'enfants massacrés en cours de route ? Qui se soucie d'eux ? Chacun d'entre eux compte. Chacun d'entre eux.

Et ce manchot compte aussi. Il compte pour moi, en tout cas.

Le poussin relève la tête. Il est si jeune, si esseulé. En cet instant, sa sécurité est primordiale pour moi, par-dessus tout le reste.

Terry soupire, visiblement contrariée, elle aussi. L'ayant porté jusqu'ici, réchauffé de son propre corps, elle a commencé à s'attacher à lui.

— S'il te plaît, Dietrich.

Il se triture la barbe, tiraillé lui aussi.

— Écoutez, je propose qu'on vote.

Mike se charge de résumer la situation à sa façon, odieuse et partiale :

— Donc, est-ce qu'on nourrit l'oiseau à la main, ce qui veut dire veiller la moitié de la nuit, s'épuiser, s'attacher à lui et le rendre complètement dépendant de nous ? Ou bien est-ce qu'on laisse la nature suivre son cours ?

— Vous voulez dire : laisser le bébé mourir, ajouté-je.

— Le *bébé* ? Ce n'est pas un humain, Veronica, me rappelle Terry.

Agacé, Dietrich nous arrête d'un geste.

— OK. Ça suffit ! On connaît les faits. Qui est pour essayer de s'occuper du poussin ici ?

Je lève aussitôt la main. Terry aussi. Personne d'autre.

Mike grimace.

— Veronica n'est pas des nôtres. Elle n'a pas le droit de voter.

Dietrich l'ignore.

— Et qui est pour le relâcher dehors ?

Mike lève la main. Nos regards se tournent vers Dietrich. Très lentement, il lève aussi la main.

— Je suis désolé. Je sais qu'il est mignon, mais on n'a tout simplement ni le temps ni les ressources.

— Précisément. Je n'aurais pas mieux dit, jubile Mike.

Un éclair de colère luit dans les yeux de Terry.

— C'est quoi, cette histoire ? Les garçons contre les filles ?

Elle tourne brusquement les talons et se dirige vers la porte, la tête du manchot dépassant toujours de sa parka.

Je la suis.

— Où allez-vous ? Qu'allez-vous faire ?

— Le tuer.

Je ne peux pas y croire.

— Quoi ?

— Je vais lui mettre un coup de pierre sur le crâne. Ce sera rapide et plus charitable que de l'abandonner à une mort lente.

Je suis effarée.

— Vous ne pouvez pas faire ça !

— Je n'en ai pas envie, Veronica, vous pouvez me croire. Pas envie du tout. Mais je n'ai pas vraiment le choix. Les hommes ont parlé, répond-elle d'une voix amère.

Je la retiens.

— Certes, les hommes ont parlé – et qu'est-ce qui vous oblige à leur obéir comme un bon petit soldat ? Vous serez bientôt la patronne, ici. Pourquoi ne pas faire preuve d'un peu d'autorité pour vous entraîner ? Insistez.

— On aura besoin du soutien de tout le monde pour sauver ce petit gars, dit-elle sur un ton résigné. Et même moi, je vois bien que d'un point de vue scientifique, ce n'est pas raisonnable.

Je suis en train de la perdre. Elle commence à s'éloigner.

— Non ! hurlé-je.

— Veronica, s'il vous plaît, ne rendez pas ça plus difficile que ça ne l'est déjà. Je suis désolée. J'ai eu tort de vous laisser espérer.

— Non, vous aviez raison. Je ne suis pas d'accord. Scientifiquement raisonnable, hein ? Eh bien la science peut aller au diable ! La science peut se tirer une balle dans le pied et s'automutiler autant qu'elle le veut, je m'en bats l'œil. (Ça y est, je m'énerve.) Ah, ces petits bâtards cruels et dégénérés !

— Veronica !

Je balance ma canne, vacille, me rétablit.

— Vous êtes peut-être une scientifique, mais pas moi, comme l'a si judicieusement souligné Mike. Alors donnez-moi ce manchot.

Elle me regarde bouche bée.

Je tends les mains vers elle.

— Allez. Donnez-le-moi. Je m'occuperai de lui moi-même.

— Veronica, vous ne pouvez pas.

— Si, Terry, si, je le peux. Je suis sérieuse. J'ai pris ma décision. Je ferai tout ce qu'il faut, quoi qu'il m'en coûte.

Et même si c'est la dernière chose que j'accomplis sur cette Terre.

— Bien sûr, vous pouvez m'aider, si vous voulez, concédé-je. Pas en tant que scientifique, mais en tant qu'amie.

Je m'étonne moi-même d'employer ce dernier mot.

Il y a de la buée sur les lunettes de Terry. Sa bouche se tord. Elle caresse la tête du poussin. Puis, d'un geste vif, elle l'attrape à deux mains et me le fourre dans les bras.

— Votre manchot, votre responsabilité ?

— C'est ça ! dis-je en serrant le bébé contre moi.

Il remue faiblement, un petit paquet de nageoires, de pieds et de duvet. Il appuie sa tête contre ma poitrine et paraît se détendre. J'ai l'impression que mon cœur s'est dilaté. Maintenant que je le tiens, je prends conscience – de façon tout à fait déraisonnable mais avec une force que je ne peux nier – qu'il me sera absolument impossible de m'en séparer.

Terry m'observe. Elle essuie une larme. Puis elle ramasse ma canne, me la rend et se penche à mon oreille pour murmurer :

— Je vous aiderai, évidemment. En tant qu'amie ! ajoute-t-elle avec un sourire espiègle. Veronica, mais comment faites-vous ? Vous venez de me pousser à renier toute ma logique et des années de formation.

— Et de vous fier à votre bonté naturelle.

— Vous êtes redoutable.

— Je sais.

Elle caresse de nouveau le poussin.

— S'il vous plaît, ne soyez pas trop triste s'il ne s'en sort pas.

— S'il ne s'en sort pas, au moins je saurai que j'ai essayé.

C'est de ne pas essayer que je trouve impardonnable.

— Comment on va l'appeler ? demande-t-elle.

Un nom me traverse l'esprit. Un nom que je suis incapable de prononcer. C'en est un autre qui surgit, inattendu, sur mes lèvres ; un nom qui occupe souvent mes pensées ces derniers temps.

— Patrick.

31

Veronica

Île au Médaillon

— On peut l'installer dans ma chambre, dis-je à Terry tandis que nous rentrons. On va lui préparer un petit nid.

— Allez-y, Veronica, moi je vais passer à la réserve voir ce qu'on a comme poisson. Il faut qu'on le nourrisse le plus vite possible.

Le bébé manchot se blottit contre moi. Ses pieds pendouillent, inertes, sa tête dodeline sur ma poitrine. Je traverse le salon en lui murmurant des mots doux, ignorant le mécontentement qu'affichent Mike et Dietrich quand ils me voient passer avec le poussin dans les bras. Juste avant de refermer la porte de ma chambre, j'entends Dietrich dire à Mike :

— Laisse-la. Ce pauvre oiseau va probablement mourir de toute façon.

Je serre un peu plus fort le « pauvre oiseau ».

— Tu ne vas pas mourir, lui juré-je.

Il ne réagit pas.

Où puis-je l'installer ? Je le dépose doucement sur le lit le temps de réfléchir. Il reste immobile, prostré, les yeux mi-clos. Mes valises vides sont empilées contre un mur de la pièce. Je me baisse – mon dos craque en guise de protestation –, soulève la plus petite et la pose, ouverte, sur le lit. J'utilise mon cardigan de laine turquoise à boutons dorés pour la rendre plus douillette avant d'y placer le petit orphelin. Il s'effondre aussitôt sur le ventre ; un filet de fluide rosâtre lui coule du derrière.

— Ne t'inquiète pas pour le cardigan. Je l'ai en deux autres couleurs.

Il n'a pas l'air du tout coupable. Si je savais lire les expressions des manchots (et je pense que c'est le cas), je dirais qu'il affiche la perplexité la plus totale. Il est aussi mou qu'une poupée de chiffon. Difficile à croire, d'ailleurs, qu'il ne s'agit pas d'une peluche. Je m'assieds à côté de lui sur le lit et caresse son duvet tout doux dans l'espoir de l'apaiser. Tout à l'heure, je sortirai ramasser des pierres, des coquillages et du lichen pour qu'il se sente comme chez lui.

Terry entre dans la chambre, un bol de bouillie rose dégageant une puissante odeur de poisson à la main.

— Oh, je vois que vous avez déjà sacrifié un de vos gilets. On aurait pu lui donner une vieille couverture.

— Ça n'a aucune importance. Quelle sorte de nourriture avez-vous apporté ?

— Du thon en boîte. Je l'ai réchauffé et réduit en bouillie avec un peu d'eau. J'espère que ça lui plaira. Ça le requinquera, en tout cas, si on arrive à lui faire avaler.

Elle se plante sur le lit à côté de la valise, le manchot entre nous deux, puis sort une seringue de sa poche.

— Je l'ai prise au labo. On va essayer comme ça.

Elle emplit la seringue et l'agite devant le bec du poussin. Il n'a pas l'air très intéressé. Il est encore en état de choc.

A-t-il d'ailleurs seulement la volonté de vivre ? J'ai présumé que oui sans me poser la question, et je n'aurais pas dû.

— C'est ce que je craignais, commente Terry. Il va falloir qu'on insiste.

Je contemple l'assiette de bouillie répugnante.

— J'espère qu'on ne va pas devoir lui régurgiter cette purée, m'inquiété-je.

À cette idée, je commence à me demander sérieusement où je place les limites de ma dévotion à cette petite créature.

— Allez, Patrick, l'encourage Terry.

Sans succès.

— Allez, Patrick, s'il te plaît ! supplié-je à mon tour.

Avec douceur, Terry lui entrouvre le bec et, avant qu'il puisse se rebiffer, lui fait couler quelques gouttes de la mixture dans le gosier. Elle lui tient ensuite le bec fermé quelques secondes. Patrick s'agite et se tortille, puis il avale. Nous regardons la boule descendre le long de son cou, en route pour son estomac. Pendant un instant, il a l'air outré de ce traitement cavalier que nous lui infligeons, mais soudain, il semble tirer les conclusions qui s'imposent : il a faim et ceci est comestible, tout ce cinéma indigne doit donc être pour son bien. Il ouvre grand le bec pour réclamer du rabe.

Terry m'offre un sourire radieux.

— Bon, premier obstacle franchi !

J'applaudis.

— Formidable ! Bien joué, Terry !

— Ce n'est rien, dit-elle modestement en posant le bol sur le lit avant de me tendre la seringue. C'est votre poussin. À vous de jouer.

Inutile de me le dire deux fois. J'aspire une quantité généreuse de purée de poisson et vide la seringue dans le bec béant de Patrick. Cette fois, il avale goulûment.

Nous le nourrissons tour à tour. Quand il a bien mangé, Terry et moi échangeons une poignée de mains.

— Merci, Terry.

— Merci, Veronica. Je suis heureuse que vous ayez insisté. Il en vaut la peine. N'est-ce pas, petit Patrick ? ajoute-t-elle en s'adressant à notre protégé.

Déjà, il paraît plus vaillant. Je suis certaine de voir une étincelle de détermination briller dans ses yeux, une volonté obstinée. Il veut vivre, j'en suis sûre. Il va se battre de toutes ses forces pour défier le sort.

Je ne suis pas la seule à être têtue par ici.

Je continue de rendre visite à la colonie tous les jours pour voir les autres manchots, mais mes sorties se font plus courtes. Patrick le Pingouin est désormais ma principale préoccupation. Je sais maintenant où sont stockées toutes les sortes de poisson. En plus du thon en boîte, il y a du cabillaud et du hareng congelés, ainsi que du poisson pané surgelé. Une fois le poisson décongelé, j'enlève la peau, les arêtes ou la chapelure, le réchauffe au four, l'écrase dans de l'eau et le sert à Patrick grâce à la seringue. C'est un sentiment rare et précieux que de se savoir réellement utile.

Terry va essayer de lui trouver du krill, car c'est ce qu'il mangerait à l'état sauvage (sous forme régurgitée). Il y a des pêcheries sur certaines des îles environnantes.

— En temps normal, je ne traiterais pas avec eux, m'informe-t-elle. Mes sentiments à leur égard sont au mieux partagés, car la surpêche est une des plus grandes menaces qui pèsent sur l'avenir des manchots. Mais bon, si ça peut aider notre Patrick...

Patrick gagne en force chaque jour. Il passe la plupart de son temps blotti douillettement dans le cardigan turquoise, dans la valise qu'on a finalement posée par terre. Il aime jouer avec les boutons dorés du gilet. Je crois que ces choses rondes et brillantes l'amusent, comme n'importe quel enfant.

Il est maintenant capable de se dandiner dans la chambre et même de s'aventurer parfois jusqu'au salon. Il ne sait pas ouvrir les portes ni toquer pour qu'on les lui ouvre. Quand il veut passer d'une pièce à l'autre, il se contente d'attendre, collé à la porte, ce qui m'inquiète car il court le risque de se faire écraser si quelqu'un de l'autre côté ouvre brusquement. C'est presque arrivé une fois, avec Dietrich. J'ai proposé qu'on évite ce genre d'accident en criant « Pas de manchot ? » avant de pousser toute porte. Je constate toutefois que les gens sont d'une étourderie indécrottable.

Terry dit qu'il est d'une importance vitale que Patrick ne devienne pas agoraphobe, et que nous devons le laisser vadrouiller au sein de la base. J'ai donc accepté que les portes à l'intérieur du bâtiment demeurent ouvertes en permanence. Au début, j'ai trouvé ça difficile et stressant, mais je commence à m'y habituer. Patrick le Pingouin profite à fond de sa liberté et se promène un peu partout. Malheureusement, comme son homonyme humain, il n'a aucune notion d'hygiène. Les petits accidents se multiplient et nécessitent d'être nettoyés avec du détergent et une serpillière. Si Eileen était là, cette tâche lui reviendrait, mais comme les trois scientifiques sont le plus souvent dehors, c'est à moi de m'en charger. Ça ne m'amuse pas de trimballer un lourd seau d'eau, mais il faut ce qu'il faut. À ma grande surprise, je relève le défi sans éprouver une once de ressentiment.

Plus surprenant encore, mon bébé manchot semble s'être pris d'affection pour moi. Quand je le pose sur le lit, il rampe pour se nicher dans le creux de mon bras. Je sais bien que toute créature infantile cherche toujours un corps chaud contre lequel se blottir, pourtant je suis ravie que ce corps, en l'occurrence, soit le mien.

Le cher petit ne se rebelle même pas quand je lui donne le bain dans une bassine pour lui nettoyer le derrière. Il semble croire que c'est un jeu. Il plonge la tête dans l'eau, claque du bec d'une façon charmante, puis s'ébroue en envoyant de l'eau partout. Je le gronde un peu quand il m'éclabousse, mais il est impossible de se fâcher vraiment contre lui.

Terry continue de m'aider à le nourrir, même si elle passe la majeure partie de ses journées dehors. Elle se précipite dans ma chambre dès qu'elle rentre pour voir comment va Patrick. Parfois, elle le toise et le pèse. Souvent, elle prend des photos de nous deux pour son blog.

— Vous avez remarqué qu'il reconnaît son nom ? lui ai-je demandé hier soir au dîner. Il écarte ses nageoires et écarquille les yeux chaque fois qu'on prononce le mot « Patrick ». Et parfois, il ouvre le bec.

— En effet, je l'ai remarqué. Il faut dire qu'on le prononce très souvent.

— De temps en temps, vous l'appelez « petite saucisse », souligné-je. Mais alors il ne réagit pas. Il ne répond qu'à « Patrick ».

— Il ne reconnaît pas son nom, a grommelé Mike, acerbe, comme à son habitude. Vous avez déjà entendu parler des chiens de Pavlov ?

— Ça me dit vaguement quelque chose.

Dietrich se charge de développer.

— Pavlov faisait sonner une clochette chaque fois qu'il s'apprêtait à nourrir ses chiens, Veronica. Ces derniers ont rapidement associé le son de la cloche avec la nourriture, si bien qu'après quelque temps ce bruit suffisait à déclencher chez eux un réflexe salivaire. Il s'agit probablement du même phénomène en ce qui concerne votre Patrick. Les bébés manchots ont une ouïe très fine. Ils détectent l'appel de leurs parents au milieu de la cacophonie assourdissante de la colonie. Vous êtes pour lui un parent de substitution, et vous prononcez son nom chaque fois que vous lui donnez à manger. Ce n'est pas étonnant qu'il ait appris à reconnaître le mot aussi vite.

Mike approuve.

— C'est juste une réaction primale.

Mike semble déterminé à camoufler toute velléité de douceur dont il pourrait faire preuve. Il appelle Patrick

« cet oiseau ». Depuis le départ, il était persuadé que mon bébé manchot allait mourir – et on sait à quel point Mike déteste avoir tort. Pourtant, quand il croit que personne ne le voit, je le surprends à glisser quelques miettes de nourriture à notre nouvel hôte. Alors, sur son visage, émerge cette rareté : un sourire de tendresse.

Le blog des pingouins de Terry

26 décembre 2012

Eh bien, quel Noël nous avons passé cette année ! Nous avons fait un effort symbolique pour fêter ça comme il se doit : un repas de réveillon à peu près correct, et pour égayer la soirée, des jeux de société et des chants de Noël grâce au lecteur de CD de Dietrich. Mais la grande nouvelle, c'est que nous avons adopté un bébé manchot ! Il a perdu ses deux parents, ce qui arrive malheureusement souvent ici, sur l'île au Médaillon. En temps normal, nous n'aurions pas envisagé d'emblée d'élever nous-mêmes un individu si jeune, mais nous avons depuis peu une paire de bras supplémentaire en renfort et Veronica voulait à tout prix le sauver. Il sera intéressant d'étudier son comportement et de suivre ses progrès.

Le poussin, que nous avons nommé Patrick, est un petit gaillard qui a du cran. Il pesait à peine 510 grammes à son arrivée la semaine dernière, et son poids a déjà presque doublé. Vous le voyez ici avec Veronica qui lui donne son repas de Noël : une bouillie de krill et de hareng. Il est toujours partant pour s'amuser et a même accepté de porter un chapeau de fête – contrairement à Veronica !

En règle générale, nous n'intervenons jamais dans la vie des Adélie. Mais Patrick le Pingouin est un cas exceptionnel et il a l'air très heureux avec Veronica. Vous conviendrez, je crois, que le lien qui s'est tissé entre eux est tout à fait remarquable.

32

Patrick

Bolton

OK, ce Giovanni n'a-t-il été qu'un coup d'un soir ? Est-ce qu'il l'a mise en cloque ? Est-ce qu'il s'est révélé être une ordure de plus ? Et va-t-elle oui ou non cracher le morceau sur ce qu'il s'est passé avec Harry ? Je feuillette le journal, lisant des entrées au hasard en quête de réponses.

Vendredi, 15 août 1941
Dunwick Hall
Quelques filles restent ici pendant les vacances et j'en fais partie. Je ne rentre chez tante M que les week-ends (et ce, uniquement parce qu'elle se sent obligée de garder un tant soit peu un œil sur moi, sous peine de fâcher Dieu). Miss Philpotts et miss Long, deux professeurs assez pénibles, sont ici à demeure pour nous surveiller, mais j'ai trouvé le moyen de tromper leur vigilance. Il faut bien que je réussisse à m'esquiver si je veux retrouver mon cher

Giovanni. Nos rendez-vous du samedi au marché ne me suffisent plus. Je manipule donc mes professeurs : je dis à l'une que je suis malade, à l'autre que ma tante a besoin de moi à Aggleworth, je sème la confusion. Elles sont trop paresseuses et trop stupides pour réaliser que je sors en fait en douce pour rejoindre mon amant.

Ce nouvel épisode de ma vie ne ressemble à aucun autre. Je nage dans un océan déchaîné de bonheur magique. Je suis follement, complètement, merveilleusement amoureuse !

Par chance, les gens d'Eastcott Farm font assez confiance à Giovanni pour le laisser sortir seul avec la charrette. Il est très fort quand il s'agit d'inventer des prétextes pour me retrouver dans des lieux fixés à l'avance. Une fois franchies les grilles de l'école, je marche des kilomètres sur les routes de campagne pour me rendre à nos rendez-vous secrets. Je choisis les endroits les plus romantiques, repérés au cours de mes voyages dans la charrette du laitier. Parfois c'est sous un grand chêne, ou dans une grange qui sent bon le foin, ou encore sur les berges piquées de pâquerettes d'un ruisseau. Parfois nous n'avons que quelques minutes pour échanger des baisers et des mots doux par-dessus une clôture. Si nous ratons un rendez-vous, nous glissons des lettres d'amour sous des pierres marquées d'un unique pissenlit.

Plus il est difficile de voir Giovanni, plus il me semble que ma passion pour lui grandit. Je rêvasse pendant les corvées de tricot et de ménage ou les études barbantes que nous impose miss Philpotts. À l'heure des repas, je n'essaie même pas de parler aux autres filles. Je ne vis que pour mon prochain rendez-vous avec Giovanni.

La dernière fois, je me suis cachée derrière un arbre pour observer sa réaction quand il s'imaginerait que je ne viendrais pas. Il a eu l'air dévasté… jusqu'à ce que je commence à chanter. Comme ses yeux se sont mis à briller, alors !

— Very, tu es là ! C'est splendide ! s'est-il écrié en m'enveloppant dans ses bras.

J'adore son usage comique de l'anglais, surtout sa façon de répéter tout le temps le mot « splendide ». Je me suis mise moi aussi à l'employer à tout bout de champ.

« Ce serait tout à fait splendide si tu voulais bien m'embrasser encore. »

« Ce serait tout à fait splendide si tu déboutonnais mon chemisier. »

« Ce serait tout à fait splendide si tu pouvais poser tes mains doucement mais fermement ici, et puis là. »

Il est toujours ravi d'obéir.

Quand je sens sa peau contre ma peau, la guerre, la souffrance et la haine s'évanouissent. Nous sommes ensemble, et rien d'autre n'a d'importance.

*

Lundi, 25 août 1941

Dunwick Hall

Hier, pendant que tante M assistait à une réunion à l'église, Giovanni et moi avons réussi à passer l'après-midi entier ensemble. Nous nous sommes promenés dans une prairie parsemée de pissenlits – notre fleur. Certains étaient encore d'un jaune éclatant, beaucoup d'autres avaient déjà formé des boules d'aigrettes et, tandis que nous marchions main dans la main, leurs milliers de graines pelucheuses flottaient dans la lumière du soleil, portées par la brise comme autant de confettis. J'ai profité de l'occasion pour en apprendre un peu plus sur la vie de Giovanni.

Né en 1923, il a aujourd'hui dix-huit ans (c'est-à-dire trois de plus que moi, même s'il croit que c'est moins puisque je lui ai dit que j'avais dix-sept ans). Il est proche de toute sa famille, et surtout de sa mère.

— Quand j'ai été appelé, mamma a pleuré, des gros sanglots et des larmes comme la mer ! Alors partir de la maison était encore plus dur pour moi.

Ses mots m'ont rappelé mon évacuation de Londres et les yeux rougis et gonflés de ma mère. J'ai chassé le souvenir et demandé à Giovanni si l'armée lui plaisait.

Il a répondu qu'une fois habitué à cette nouvelle vie, il aimait plaisanter avec ses camarades soldats. Mais qu'il n'y connaissait rien à l'art de la guerre. Il n'avait reçu qu'un entraînement très sommaire avant d'être envoyé en Libye avec son peloton.

J'ai essayé de m'imaginer ce que ça pouvait être. Je n'ai aucune idée d'où se trouve la Libye.

— Tu as eu peur ?

— Oui.

Il a cueilli un pissenlit et soufflé sur ses graines.

— J'avais peur de tuer quelqu'un, et peur que quelqu'un me tue moi.

L'armée britannique avait fondu sur eux et capturé tout son peloton avant même qu'il ait l'occasion de tirer un seul coup de feu. Ses camarades et lui avaient d'abord été envoyés dans un camp de prisonniers en Égypte, puis à Londres, avant d'être enfin éparpillés à travers toute l'Angleterre. Il a atterri dans un camp de cabanes Nissen situé à une vingtaine de kilomètres d'Eastcott Farm. Il y vit avec environ deux cents prisonniers originaires de toute l'Italie.

— Je pensais que la vie de prisonnier serait mauvaise, très, très mauvaise. Mais ce n'est pas si dur. Ton pays a perdu beaucoup d'hommes, beaucoup de travailleurs. Pour la main-d'œuvre, ils utilisent les femmes bien plus qu'avant, mais ça ne suffit quand même pas. L'Angleterre a besoin de bras. Et regarde : nous les Italiens, nous sommes prisonniers, mais si nous travaillons, ils acceptent de nous payer. En cigarettes, en coupons de rationnement, en petits bouts de liberté. Alors qu'est-ce que tu crois qu'on a dit quand ils ont demandé si on voulait coopérer ?

— Tu as dit oui.

— Certains de mes amis italiens craignaient que Mussolini ne les fasse fusiller un jour s'ils disaient oui, alors ils ont dit non. Mais ces hommes sont envoyés au travail de toute façon, en équipe et sous escorte. Moi j'ai dit oui, et maintenant je vis à Eastcott Farm et j'ai gagné un peu de liberté... et en plus, j'ai droit à ces splendides extras, a-t-il conclu en me caressant la joue d'une main tendre. Ton visage... ton si beau, si beau visage...

C'était presque ridicule, mais je ronronnais quand même. Quand on a fini de s'embrasser, je lui ai demandé une mèche de ses cheveux. J'avais apporté des ciseaux exprès. J'ai coupé une petite touffe que j'ai enfermée avec soin dans mon médaillon, avec les mèches de maman et papa.

Giovanni a eu l'air très touché, très ému par ce geste.

— Viendras-tu vivre avec moi en Italie, Very, après la guerre ?

Je l'ai regardé, émerveillée, debout là, avec le duvet de pissenlit qui flottait autour de lui comme un halo de fées minuscules.

— Oui, ai-je répondu. Je viendrai.

— Oh, Very, ma chère chérie ! s'est-il écrié en me soulevant dans ses bras. Mais tu préfères peut-être rester dans ton pays ?

J'ai grimacé.

— Pas du tout. Oh non, pas le moins de monde.

— Alors je te montrerai les splendides piazzas et les fontaines. On se promènera à l'ombre des oliviers...

— C'est quoi, des oliviers ?

Il faut que je m'informe si je dois un jour vivre en Italie.

— Les oliviers ? Ce sont les arbres où poussent les olives, bien sûr !

— Mais une olive, qu'est-ce que c'est ?

— Oh, Very, ma belle, il y a de très nombreuses sortes d'olives. Elles sont vertes ou noires ou violettes, grosses comme ça (il m'a montré) et à la fois douces et amères. Elles ont le goût du soleil, de la terre et... le goût de la jeunesse.

— Je t'aime tellement, splendidement fort, lui ai-je dit.

*

Jeudi, 4 septembre 1941
Dunwick Hall

Les vacances sont terminées. Peu importe : je parviens toujours à m'échapper de Dunwick Hall. Mais je suis inquiète. Aujourd'hui, j'ai séché le cours de géographie pour retrouver Giovanni ; j'ai couru dans les ruelles jusqu'à la lisière du bosquet où l'on devait se retrouver, mais aucun signe de lui. J'ai attendu au moins une demi-heure. Pas non plus de message : j'ai retourné chaque pierre du périmètre pour m'en assurer. Je sais que ce n'est pas toujours facile pour lui, mais je suis tout de même fâchée. Il pleuvait et le temps que je rentre, mes cheveux étaient tout trempés et collés à mes joues. Je me sens épuisée et en colère.

*

Mardi, 30 septembre 1941
Dunwick Hall
L'angoisse. Tout ce que je ressens, c'est de l'angoisse. L'angoisse, comme un liquide rance qui m'inonde de jour en jour, envahit toutes mes pensées. Je ne l'ai pas vu depuis des semaines. Il n'est plus au marché le samedi. M. Howard non plus, je ne peux même pas lui poser la question. Giovanni sait où j'habite, il connaît la maison de tante M. S'il essayait vraiment, il trouverait sûrement le moyen de me contacter, non ? Est-ce qu'il ne m'aime plus ? A-t-il rencontré quelqu'un d'autre ? Est-il tombé amoureux d'une des filles de ferme d'Eastcott ? Je ne m'y suis jamais intéressée, mais il me semble que l'une d'entre elles était plutôt jolie. J'en sais tellement peu sur les hommes !

Non. Je ne peux pas – je ne veux pas – croire que mon Giovanni bien-aimé ait pu m'être infidèle. A-t-il eu un accident, alors ? Est-il mort ? Est-ce possible ? Mon cœur tremble à cette seule idée. Pourtant, je me suis forcée à imaginer sa mort jusque dans le moindre détail scabreux, pour me préparer au pire. Ne pas savoir, c'est cela le plus dur. Je pourrais essayer de me renseigner auprès de Janet, mais elle me hait, désormais, et je suis sûre qu'elle ne me dira rien.

Giovanni, où es-tu, où es-tu, mon amour ? Tu me manques tellement que j'en suis malade.

*

Samedi, 11 octobre 1941

Aggleworth

« Quand les chagrins arrivent, ils ne viennent pas un à un comme des éclaireurs, mais par bataillons. »*

Enfin, j'ai trouvé M. Howard au marché cet après-midi. Il m'a dit que le camp de Giovanni avait été réquisitionné pour d'autres travaux et que tous les prisonniers avaient été déplacés.

— Je suis désolé, mademoiselle, j'ignore où ils sont partis.

Je ne sais pas comment affronter ce malheur. Je ne sais pas si je reverrai un jour mon Giovanni.

Je suis si fatiguée. Fatiguée et complètement lessivée.

*

Vendredi, 31 octobre 1941

Dunwick Hall

J'ai remarqué quelque chose qui me terrifie. Alors que je me nourris à peine, mon ventre a commencé à enfler.

---

* *Hamlet*, acte IV, scène 5 (traduction Guizot).

Je suis une femme, désormais. J'aurais dû le comprendre plus tôt.

Qu'auraient pensé de moi maman et papa ? Seraient-ils horrifiés ? Accablés de honte ? De toute façon, c'est leur faute si c'est arrivé. Pourquoi m'ont-ils abandonnée ? Pourquoi ? Et maintenant, c'est au tour de Giovanni. Le monde entier m'abandonne.

Aujourd'hui, j'ai ouvert mon médaillon pour jeter les trois mèches qu'il contient. J'ai failli les balancer par la fenêtre du dortoir – avant de les rattraper au dernier moment. Dès qu'elles ont été rangées en sécurité dans le médaillon, j'ai dû courir aux toilettes. J'ai vomi tripes et boyaux.

J'ai entendu dire que le meilleur moyen était de prendre de longs bains chauds en buvant du gin. Il n'y a pas de bains chauds à l'école, ni chez tante Margaret, et encore moins de gin. Samedi, j'avais prévu de voler le vin de communion à l'église d'Aggleworth, dans l'espoir que ça fasse l'affaire, mais les bouteilles étaient enfermées sous clé dans la sacristie.

Le seul autre moyen doit être de me faire du mal. Tous les matins et tous les soirs, je m'enferme dans les toilettes et me martèle le ventre de coups de poing jusqu'à défaillir sous la douleur. Pour l'instant, ça n'a pas marché. Le bébé semble résolu à s'accrocher à moi.

*

Mercredi, 10 décembre 1941
Aggleworth

Que va-t-il advenir de moi ? Je ne peux l'imaginer. Je suis prisonnière dans ma chambre chez tante M. Je ne peux apaiser mes craintes que par l'écriture, et vais donc raconter tout ce qui s'est passé aujourd'hui.

Tout a commencé ce matin, quand je suis rentrée dans Norah en me rendant à mon cours de maths. Au moment où l'on s'est percutées, j'ai protégé mon ventre, par instinct. Elle l'a regardé, puis mon visage, et elle a deviné dans la seconde. Elle s'est jetée sur moi comme une furie, un vrai chat sauvage.

— Harry a dit que t'avais essayé de l'aguicher mais qu'il avait refusé. Il ment, n'est-ce pas ? Il ment ?

Elle m'a plaquée contre le mur.

— Toi et lui, vous l'avez fait, hein, petite garce ? Et maintenant, t'as son bâtard dans le ventre.

J'étais tellement choquée par son venin haineux que je n'ai rien dit.

Norah a continué en m'agitant un doigt sous le nez :

— Tu pouvais pas t'en empêcher, hein ?

Sous ses taches de rousseur, elle devenait de plus en plus rouge. Mon refus de répondre l'a rendue encore plus furieuse.

— Tu seras moins jolie quand j'en aurais fini avec toi ! a-t-elle crié en me rouant de coups de poing.

Je me suis défendue.

Tout en rendant gifle pour gifle, griffure pour griffure, j'ai entendu le clip-clop d'un pas dans le couloir. Puis la voix de miss Philpotts.

— Jeunes filles, ça suffit ! Veuillez cesser immédiatement !

Elle nous a séparées. Haletantes, nous nous lancions des regards assassins. Norah saignait du nez et ses cheveux étaient tout décoiffés. Je sentais la brûlure de profondes griffures sur ma joue gauche.

Miss Philpotts nous a escortées dans l'escalier jusqu'au bureau de la directrice. Miss Harrison a levé les yeux sur nous, scandalisée par notre attitude.

— Je suis atterrée, mesdemoiselles. Qu'avez-vous à dire pour votre défense ?

— Je suis désolée, miss, a gémi Norah en pressant un mouchoir rougi sur son nez. Je ne pouvais pas rester sans réagir. Je me suis mise en colère à cause de... (elle a marqué un silence accusateur du haut de sa supériorité morale) ce qu'elle a fait avec mon petit ami.

La directrice s'est tournée vers moi.

— Je n'aime pas ça, Veronica. Qu'as-tu à répondre ?

J'ai gardé la tête haute, ignorant la brûlure de ma joue. J'ai décidé de m'en tenir à ma stratégie de garder le silence.

Norah est intervenue :

— Sauf votre respect, mademoiselle, regardez-la. Elle ne sait pas quoi dire, et je sais pourquoi : parce qu'elle est enceinte.

La voix de la directrice est montée dans les aigus.

— C'est vrai, Veronica ?

Je pouvais difficilement le nier.

— Tu as quinze ans ! Une enfant ! Comment cela est-il possible ? C'est incroyable ! Grotesque ! a-t-elle glapi. Enceinte à quinze ans ! Quinze ans ! Tu me dégoûtes, Veronica McCreedy. Nous avons fait tout ce qui était en notre pouvoir pour t'aider, dans des circonstances très difficiles. Oui, tu as connu une perte terrible et les temps sont durs, mais ce n'est pas une raison pour se comporter comme une traînée. Où est ton sens de la loyauté – envers cette école, le souvenir de tes parents, et ta pauvre vieille tante qui s'est occupée de toi ?

J'étais censée éprouver des remords et de la contrition ; au lieu de quoi, je n'étais que défi et rébellion.

— Il est impensable que tu continues à étudier dans cette école, a poursuivi la directrice. Tu as jeté la honte sur nous toutes. Je vais téléphoner à ta tante et lui demander de venir te chercher immédiatement.

— Comme vous voudrez.

Norah m'a lancé un regard où brillait une haine pure.

Elles ont appelé tante M, mais elle n'est pas venue me chercher. Elle a simplement fait savoir que je devais me rendre chez elle par mes propres moyens. J'ai dû marcher quarante minutes jusqu'à l'arrêt de bus, attendre le bus une heure, et enfin traverser à pied tout Aggleworth.

Quand je suis arrivée, ma grand-tante m'attendait à la porte.

— Tu ne mettras pas un pied dans cette maison.

— S'il vous plaît, tante Margaret, je suis fatiguée.

— Fatiguée ? Et la faute à qui ? J'ai su à la minute où j'ai posé les yeux sur toi qu'on ne pouvait pas te faire confiance. Misérable petite ingrate ! Sale traînée dégoûtante, comment as-tu osé ? Couvrir de honte ainsi la mémoire de tes pauvres parents. Et moi-même.

Elle a continué longtemps sa grande tirade. Elle avait téléphoné à Eastcott Farm, apparemment, pour essayer de forcer Harry à m'épouser, ce qu'il avait refusé, évidemment.

— Je n'ai pas non plus l'intention de l'épouser, ai-je déclaré. Personne n'a donc pensé à me demander mon avis ?

— Il jure que le bébé que tu portes n'est pas de lui. Il a insisté en des termes très grossiers qu'il refusait d'élever

l'enfant – et il a employé un autre mot que je ne répéterai pas – d'un autre homme. Il jure qu'il ne t'a jamais touchée. Regarde-moi dans les yeux et réponds-moi : Harry Dramwell est-il le père ?

— Non.

Si je ne m'étais pas arrachée à ses griffes en lui crachant au visage cette nuit-là, il aurait pu l'être. Mais ce n'est pas Harry, et j'en suis heureuse.

— Le ciel te pardonne, ma fille ! Combien d'hommes as-tu connus ? Si ce n'est pas lui, alors qui ?

Je lui ai craché les mots à la figure.

— Un homme dix fois meilleur que Harry. Un homme que j'aime de tout mon cœur. Et inutile de vous inquiéter, ma tante : après la guerre nous vivrons à l'étranger tous les deux, et nous emmènerons notre bébé loin d'ici.

Notre bébé. Je n'avais jamais encore prononcé ces mots, qui marquèrent mon cœur au fer rouge.

De grosses gouttes de pluie se mirent à tomber, trempant mes cheveux et mes épaules. Avec réticence, tante M s'écarta pour me laisser entrer.

— Qui est-il ?

— C'est un soldat.

— Mais enfin comment as-tu rencontré un soldat ?

Je me suis laissée tomber sur une chaise.

— « Il n'y a de bien et de mal que selon l'opinion qu'on a * *», ai-je marmonné, mais elle est passée complètement à côté de la référence.*

— Tu n'auras rien à manger, Veronica, pas une miette, tant que tu ne m'auras pas dit qui c'est.

---

* *Hamlet*, acte II, scène 2 (traduction Guizot).

J'ai déjà tant perdu. Je pensais n'avoir plus rien à perdre.

— Mon amant est un homme bon et noble, ai-je répondu d'une voix piquante comme une aiguille. Il se battait pour son pays.

— Un Allemand ? dit-elle dans un souffle horrifié.

— Un Italien.

Ses traits se déformèrent sous l'effet d'une rage silencieuse telle que je n'en avais jamais vu.

Je me languis de Giovanni. Si seulement je pouvais lui parler, sentir ses bras autour de moi, alors tout s'arrangerait.

*

Jeudi, 11 décembre 1941

Au couvent

Hier, pendant que j'étais en train d'écrire, ma tante passait des coups de téléphone au rez-de-chaussée. Une heure plus tard, une Austin 7 s'est garée devant la maison.

On m'a autorisée à emporter quelques effets personnels : mon journal, mon médaillon, des vêtements. Alors que je grimpais dans la voiture, la conductrice (une petite femme boulotte sobrement vêtue de grosse laine) m'a toisée du regard.

— Tu as de la chance qu'on ait eu de l'essence, a-t-elle commenté en démarrant le moteur.

— De la chance, hein ? ai-je répété doucement.

Tante M n'est pas sortie pour me dire au revoir.

Mon nouveau chez-moi est une prison aux murs blanc immaculé, pleine de chaises inconfortables, de crucifix et du tic-tac d'innombrables pendules. Il n'existe pas de foyer pour mères célibataires dans la région : tante M a donc consulté ses contacts au sein de l'Église et trouvé ce couvent. Les nonnes ont accepté de s'occuper de moi pour le moment. C'est parfait pour tante M. Elle aura ainsi l'impression d'avoir accompli sa bonne action. Elle pourra continuer à mener tranquillement sa morne existence, la conscience apaisée.

*

1er janvier 1942

Une nouvelle année débute. Qui aurait cru que je serais enceinte et enfermée dans un couvent ?

Je déteste cet endroit.

À l'école, on me traitait comme une enfant. Ici, comme un chien. Les sœurs me considèrent avec répugnance. Elles restent à bonne distance quand elles se trouvent dans la même pièce que moi et évitent tout contact physique, comme si me toucher pouvait les souiller, les contaminer. Je suis censée me confire dans la honte, mais mon esprit rebelle se dresse contre l'opprobre. Je ne ressens que de la colère.

On me force tous les matins à assister à la messe dans la petite chapelle. Je me lève quand il faut, m'assieds quand on me dit de m'asseoir, m'agenouille quand on m'ordonne de m'agenouiller. Mais personne n'a aucun pouvoir sur ce qui se passe dans ma tête. Je n'ai qu'une prière : que Giovanni me revienne et m'emmène avec lui en Italie.

Aussi ennuyeuse soit-elle, la messe demeure un répit dans le tourbillon infernal des tâches qu'on m'impose. Je dois récurer les sols et travailler à la lingerie : je lave, j'essore et j'étends les habits des nonnes. J'en ai les mains rougies et irritées. Je suis épuisée en permanence. On a confié ma garde à une femme maigre à l'air revêche, sœur Amelia, qui ne fait guère d'effort pour cacher le dégoût que je lui inspire.

— Pourquoi je dois travailler pour vous ? ai-je demandé hier, les bras plongés dans l'eau savonneuse.

Elle a joint les mains sur son cœur avec une expression de patience usée.

— La mère supérieure, dans sa bonté et sa sagesse, a décidé que ce serait bon pour toi. Elle sait que bien souvent le monde matériel reflète le monde spirituel. Ce travail de nettoyage aidera à purifier ton âme.

— Je n'ai pas d'âme, ai-je rétorqué.

— Ne répète jamais un tel blasphème !

— Je n'ai pas d'âme, je n'ai pas d'âme, je n'ai pas d'âme, ai-je psalmodié en cadence, tout en faisant claquer le linge sur la planche à laver.

Je viens de gagner une nouvelle ennemie.

Ni tante Margaret, ni mes camarades de classe, ni mes cours ne me manquent. Mais je regrette le peu de liberté dont je bénéficiais jusqu'alors. La campagne me manque, et les rendez-vous secrets avec Giovanni, et maman et papa, plus que jamais.

*

Vendredi, 24 avril 1942

Je n'écris plus beaucoup dans ce journal. À quoi ça sert, de toute façon ? J'écris maintenant seulement parce que je m'ennuie. Je voudrais que tout soit terminé.

Je ne suis plus obligée de laver le linge. Je suis confinée dans une petite pièce sombre. Un trio de nonnes me rend visite tour à tour pour vérifier que je suis encore en vie. Elles m'apportent ma pitance de pain blanc, d'œufs en poudre, de ragoût et de bouillon marronnasse. Elles me surveillent en permanence, s'assurent que je ne quitte jamais mon lit. J'ai essayé d'ouvrir la fenêtre mais elle est verrouillée et on a emporté la clé. Elles semblent déterminées à ne laisser entrer dans la chambre ni air frais ni lumière du jour.

Mon corps ne m'appartient plus. Il est devenu le réceptacle d'une force nouvelle que personne ne peut arrêter. Ma peau s'étire autour de la créature bulbeuse qui croît en moi. J'ai beau me tourner et me retourner, impossible de trouver le confort. Quand je parviens à dormir, je rêve de maman et papa, et de mon cher Giovanni ; je rêve qu'ils s'éloignent de moi, emportés par un grand glissement de terrain. Je me réveille en criant leurs noms. Mais je ne serai pas faible. Je ne pleurerai pas.

Au-delà des murs épais de ma vie actuelle, la guerre fait rage. Je n'ai aucune nouvelle de tante Margaret.

Je ne me sens plus moi-même. Je ne me sens même plus humaine. La présence qui grossit dans mon ventre aspire toute vie en moi. J'essaie de m'imaginer cette boule comme une petite personne, avec tout l'avenir devant elle, un avenir plein de promesses – mais je n'y arrive pas. Je veux juste l'expulser hors de moi, comme une entité séparée ; alors je pourrais peut-être à nouveau réfléchir.

*

Lundi, 4 mai 1942

Je ne suis plus seule au monde. Je suis une mère ! J'ai un minuscule, merveilleux bébé à aimer. Si seulement ma mère était là pour le voir ! Et papa. Il l'aurait adoré. Et Giovanni. Je peux presque le voir soulever notre fils dans les airs, les yeux brillants de fierté. Comme je voudrais qu'il soit là !

Le sang et la douleur ont été terribles. J'ai cru que la terre se fendait en deux. Je n'ai pas envie d'y repenser maintenant, parce que tout a changé. Il est là : une vie nouvelle, mon petit garçon à moi. Il est tout rouge, il se tortille sans cesse, mais il est parfait. Je m'émerveille devant ses petits doigts et ses minuscules orteils ; chaque fois que je pose les yeux sur lui, je suis submergée par une vague d'amour absolu. Un amour différent de tout ce que j'ai pu éprouver jusqu'ici. Féroce, intense... et en même temps si tendre que c'en est presque douloureux.

— Tu es... tu es un peu caoutchouteux... étrange... mais tellement délicieux ! chuchoté-je à mon bébé.

Il répond par un gazouillis.

J'ai décidé de lui donner un nom italien, mais je n'en connais que deux : Giovanni, et le nom de son père.

— Enzo. Enzo, ça te plaît ? demandé-je à mon petit.

Ses petits poings martèlent l'air avec enthousiasme. Je me figure qu'il aime la sonorité brève du mot.

J'ai réussi à piquer la paire de ciseaux qu'a utilisée sœur Molly pour couper le cordon ombilical. J'ai prélevé avec douceur une petite mèche des cheveux noirs d'Enzo pour mon médaillon.

Voilà, juste à côté de la mèche de ton père, mon petit Enzo. Tu le rencontreras un jour, mon adorable garçon italien. J'en suis certaine.

*

1er janvier 1943

Encore une année qui se termine et une nouvelle qui débute. J'ai seize ans et je vis toujours au couvent. Enzo et moi nous portons bien. On veille l'un sur l'autre. Plus que ça : on se ravit l'un l'autre. Je ne me sens plus jamais seule.

— C'est toi et moi contre le reste du monde, mon petit chéri, lui chuchoté-je. Jusqu'à ce que ton papa revienne. Seulement jusque-là...

Les nonnes ne s'occupent pas beaucoup d'Enzo. Je travaille de nouveau à la blanchisserie, et je garde mon bébé avec moi. La plupart du temps, il se tortille et gazouille dans son berceau, ou bien agite ses petits bras comme s'il jouait d'un violon imaginaire. Chaque fois que je le peux, je le dépose par terre et le regarde ramper, explorer ses environs. Quand il rit, je ris avec lui. Quand il pleure, je le tiens serré contre mon cœur jusqu'à ce qu'il s'apaise. Quand il se salit, je le nettoie avec quantité de linges humides pour qu'il soit propre comme un sou neuf. Ses couches me donnent beaucoup de travail supplémentaire, mais je préfère mille fois le servir lui que ces nonnes stupides.

Souvent, j'abandonne le linge pour prendre Enzo dans mes bras et le bercer. Je lui chante « Tu es mon soleil » ou n'importe quelle chanson qui me passe par la tête ; il adore ça. Il entoure mon pouce de ses petits doigts et s'y accroche fermement, ou bien il tente d'attraper une mèche folle de mes cheveux. Je n'abats plus que la moitié de la quantité de travail que j'effectuais avant.

Le pauvre Enzo n'avait aucun jouet, mais je lui ai maintenant confectionné une marionnette avec une vieille chaussette. J'ai veillé tard un soir, à lui coudre une tête de chat, avec un grand sourire et des moustaches de laine. Chaque fois que je glisse ma main dans la marionnette et que je fais miauler le chat, Enzo hurle de joie.

J'ai aussi découvert qu'il y a une bibliothèque, ici, au couvent. Elle comprend surtout des ouvrages religieux, et aussi quelques classiques de la littérature, que j'adore. Le soir, je lis Ivanhoé *à voix haute en berçant mon fils sur mes genoux. Il me regarde avec ses grands yeux sombres et se blottit contre moi, apaisé par ma voix. Alors je lui parle de son papa, son papa si beau, et je lui raconte comment nous irons vivre tous les trois en Italie, un jour, et manger des olives splendides.*

33

Patrick

Bolton

Quoi ? C'est tout ? Il n'y a plus rien, après. Plus que des pages blanches.

Je n'arrive pas à y croire. Pourquoi a-t-elle soudainement cessé d'écrire ? Je suis complètement déconcerté. On dirait qu'elle l'aimait, ce gosse, qu'elle en était dingue. Pourtant, je sais qu'à un moment donné elle l'a fait adopter. Bordel, qu'est-ce que... ?

Ça n'arrête pas de tourner dans ma tête. Il va falloir que j'aie une discussion avec Granny V quand elle rentrera de l'Antarctique, que j'essaie de lui tirer les vers du nez. Je ne comprends pas du tout cette femme.

34

Veronica

Île au Médaillon

Il se passe quelque chose dans mon vieux cœur rabougri. Après sept décennies de léthargie, il paraît se réveiller. Je mets ça sur le compte de la présence constante d'un petit manchot tout rond et tout duveteux.

De fait, j'adore Patrick le Pingouin bien plus que je ne le devrais et que je ne suis prête à l'admettre. Veiller sur lui à deux semble aussi nous avoir rapprochées, Terry et moi.

On est le 26 décembre au soir. Il ne me reste que quelques jours à passer sur cette île avant de repartir pour l'Écosse et de les quitter tous les deux. Terry est assise à côté de moi sur mon lit, et le petit Patrick est étalé sur mes genoux, les deux nageoires écartées. On vient de lui donner son repas de poisson pané écrasé et il arbore une expression de béatitude.

Terry ramasse le plat vide.

— Je devrais aller me rendre utile.

— Non, ne partez pas tout de suite !

Elle repose la gamelle et m'interroge du regard.

J'éprouve une sensation nouvelle : une envie de m'ouvrir à Terry et au manchot. Je décide de céder à cette impulsion : après tout, qu'ai-je à perdre ?

Je commence lentement, sur un ton mesuré, en construisant mes phrases avec soin. Des mots franchissent mes lèvres que je n'aurais jamais pensé prononcer un jour. Aux deux êtres qui composent mon auditoire, je raconte mon évacuation dans le Derbyshire, à Dunwick Hall ; je leur parle de tante Margaret, de mes soi-disant amies, Janet et Norah, de la mort affreuse de mes parents. J'évoque Harry et Giovanni ; je révèle ma grossesse adolescente et mon bannissement au couvent.

Patrick gigote, intrigué de m'entendre m'épancher si longtemps. C'est un événement très inhabituel. Il roule sur le côté pour me regarder d'un œil. Ses pieds glissent de mes genoux, et Terry, qui s'est inconsciemment rapprochée, les prend pour les poser sur ses genoux à elle de sorte que Patrick forme un pont entre nous.

Je ne regarde pas Terry pendant que je me confie. C'est plus facile comme ça. Je garde les yeux fixés sur mon petit poussin, caressant son jabot du bout d'un doigt distrait. Je trouve une certaine consolation à contempler sa bouille, si jeune, si pleine d'ardeur.

La suite est difficile.

Jamais je n'ai pensé confier à quiconque ce qui est arrivé à mon bébé. Pourtant, c'est ce que je fais, ici, dans ce camp de recherches sur l'île au Médaillon, en compagnie d'une scientifique à lunettes et d'un pingouin miniature. Comme si, malgré moi, la narration avait acquis son propre courant, une déferlante que rien n'arrêtera avant qu'elle soit parvenue à son terme.

Je parle d'Enzo. J'emploie des mots courts, éclatés, froids comme la glace, impuissants à exprimer même une fraction de ce qu'il était pour moi. Ce qu'il est pour moi.

— Le 24 février 1943, Enzo dormait à poings fermés dans son berceau. J'étais occupée à bouillir du linge sale quand je les ai entendues : des voix joviales, fortes, à l'accent étranger. Qui parlaient de jeter un œil à des plants d'herbes médicinales avant de terminer leur visite. Sœur Amelia les menait par le couloir au jardin de la cour intérieure. J'avais laissé la porte de la buanderie ouverte pour dissiper les nuages de vapeur. Quelle idiote d'avoir laissé cette porte ouverte ! De leur avoir permis de le voir… si seulement j'avais fermé cette porte…

Après une pause pour reprendre possession de moi-même, je poursuis.

— Ils ont passé la tête. Un homme et une femme, beaucoup plus vieux que moi. Exclamations de surprise et de ravissement en découvrant mon petit Enzo, endormi, au chaud sous sa couverture. Ils ont demandé s'ils pouvaient le tenir. J'ai accepté avec réticence. Comment aurais-je pu savoir ? Comme j'étais naïve, alors ! Ils l'ont pris dans leurs bras et lui ont gazouillé des bêtises. Sa bouche s'est étirée en un sourire, un sourire charmant, un sourire qu'ils ont contemplé bien trop longtemps. Et deux semaines plus tard…

Je suis transportée dans le passé, ce jour-là, le 11 mars 1943. Je suis cette jeune mère de seize ans, meurtrie mais forte. Encore pleine d'espoirs et de rêves, malgré tout ce qui lui est arrivé. Un feu court dans mes veines. Pourtant, cet après-midi, je suis fatiguée. Occupée à passer les habits des nonnes à l'essoreuse, j'actionne la manivelle avec lenteur, hypnotisée par les tambours qui tournent et l'eau qui ruisselle dans le seau. J'ai l'esprit ailleurs : je pense à Enzo. Sœur Amelia l'a emmené dans son bureau car un docteur est venu examiner ses toutes premières dents. Pour une raison inconnue, je me sens mal à l'aise. J'abaisse l'égouttoir à l'aide de la poulie et y étend l'habit. Puis je recommence avec un deuxième, un troisième, un quatrième : toute une rangée d'ombres noires et humides pendues devant moi. Au cinquième, je me dis qu'Enzo a peut-être des problèmes de dents. Quand j'arrive au neuvième, il ne m'a toujours pas été rendu. Je commence à paniquer. Je laisse tomber le tas d'habits trempés, l'essoreuse et l'égouttoir. Je traverse le couvent en trombe et me rue à l'étage, dans le bureau. Là, silence : une table vide et des murs nus. Je redescends en courant, dévale l'escalier, et percute de plein fouet sœur Amelia dans le hall.

« Où est Enzo ? » demandé-je d'une voix stridente.

Elle secoue lentement la tête. Ses doigts se referment sur la croix qui pend à son cou.

Je la fixe d'un regard de démente.

« Qu'avez-vous fait de lui ? »

Alors, elle me le dit.

Mes hurlements résonnent dans les couloirs du convent. Mon bébé !

Mon bébé !

35

Veronica

Île au Médaillon

— Oh, Veronica !

Secoué par les gémissements de Terry, Patrick le Pingouin glisse au sol. Il atterrit sur ses pieds avec élégance et s'en va se dandiner et fourrer son bec partout.

— Comment avez-vous pu endurer une telle épreuve ? demande Terry. Qu'on vous arrache votre bébé de cette façon…

Comment endure-t-on quoi que ce soit ?

— Je n'avais pas le choix. Les nonnes ont dit que c'était pour le mieux. Elles étaient persuadées d'œuvrer pour le bien. À leurs yeux, la visite de ce couple qui désirait un enfant plus que tout était une occasion divine. Depuis un moment, elles se demandaient que faire de nous : elles ne pouvaient pas veiller sur nous pour toujours, et je n'étais pas en position de m'occuper d'un enfant par mes propres moyens. Je n'avais ni argent, ni travail, ni mari, ni aucune perspective d'avenir. Mon fils avait été adopté par une bonne famille chrétienne, m'ont-elles assuré, et il aurait une vie bien plus douce que tout ce que je pourrais lui offrir, moi, l'adolescente en disgrâce. Elles avaient peut-être raison… À cette époque, tout était très différent. Plus différent que vous ne pouvez l'imaginer.

Terry n'a aucune idée de ce que ça voulait dire, dans les années quarante, d'être une fille-mère sans mari. Votre vie était ruinée. La honte s'attachait à vous et vous ne pouviez plus vous en défaire. Elle vous collait à la peau comme la lèpre. Les gens refusaient de vous toucher. Ils préféraient traverser la rue plutôt que d'avoir à vous parler.

— Mais ces nonnes vous ont trompée ! s'écrie Terry, indignée.

— Parce qu'elles savaient que je n'abandonnerais jamais, jamais mon bébé – même si je devais en mourir.

Je sens le poids de mon médaillon contre ma peau. Dans les cavernes de mes profondeurs, quelque chose s'agite comme de la lave en fusion, bouillonne à la recherche d'une issue.

Atterrée, Terry m'écoute décrire ma vie après qu'on m'a enlevé Enzo. Comment j'ai réussi à m'échapper du couvent et à construire un semblant d'existence, à trouver un emploi dans une agence bancaire locale, à grimper les échelons. Comment j'ai pleuré la perte de mon enfant en silence, pendant des années. Je cachais mon passé. Personne n'avait la moindre idée de ce qui m'était arrivé. J'ai coupé tout contact avec les gens que j'avais connus avant et pendant la guerre. Je n'ai jamais revu tante Margaret.

Au cours des ans, j'ai essayé tant de fois de retrouver mon fils, mais avec les lois sur l'adoption de l'époque il était impossible pour une mère biologique de remonter la piste de son enfant. De plus, les nouveaux parents d'Enzo avaient changé son nom et conclu un accord avec les nonnes : elles ne révéleraient jamais leur identité. Je crois qu'une somme d'argent a été échangée ; en tout cas, les nonnes ont toujours refusé catégoriquement de me fournir cette information. Et dix ans plus tard, quand j'ai envoyé une demande officielle à ce même couvent, elles ont prétendu avoir perdu les coordonnées de la famille. Je chérissais l'espoir qu'Enzo lui-même, une fois adulte, trouverait peut-être le moyen de me contacter, mais ça ne s'est jamais produit. Mon autre espoir était que Giovanni revienne un jour me chercher. S'il était encore en vie, s'il m'aimait encore, il viendrait sûrement me trouver, non ? Et en tant que couple marié, nos chances de localiser Enzo seraient bien meilleures. Mais les années ont passé, et mes deux espoirs se sont étiolés jusqu'à disparaître.

Pourtant, pâleur et maigreur semblaient m'aller aussi bien que jadis l'enthousiasme aux joues roses. J'exerçais un fort pouvoir d'attraction sur les hommes. Je fuyais leurs attentions. Je n'y ai rien gagné, à part une réputation de pisse-froid.

Un homme, cependant, refusa de baisser les bras. Fier collectionneur de conquêtes féminines, il jeta son dévolu sur moi à la seconde où il me vit. Toute son attitude le criait, le jour où il entra pour la première fois dans la banque, et les jours suivants il trouva de nouvelles excuses pour revenir flirter avec moi. De toutes mes années dans cette agence, je n'avais jamais vu autant de transactions financières inutiles.

— Hugh Gilford-Chart était un homme charmant, énergique et très beau, dis-je à Terry. Notable, magnat de l'immobilier, il était puissant à plus d'un titre. Et il flattait ma vanité. Il se fichait comme d'une guigne de mes manières brusques et de mes refus répétés. En fait, il semblait les apprécier. En tout cas, il me couvrait de compliments. Et les compliments, c'est toujours agréable.

Je n'étais pas immunisée. Qu'un homme me témoigne autant d'intérêt en dépit de mon indifférence à son égard me réjouissait, je ne peux pas le nier. À ce moment-là, il y avait déjà douze longues années que j'avais perdu Giovanni de vue. Je savais qu'il ne reviendrait jamais me chercher.

Je n'étais pas amoureuse de Hugh, mais il m'attirait. Quand il m'a demandée en mariage – avec champagne, diamants et séjour improvisé dans un hôtel chic de Paris –, la décision n'a pas été difficile. J'ai accepté. Je ne m'attendais pas à ce que ce soit un mariage parfait, mais j'appréciais la sécurité qu'il m'offrait.

Il a rendu ma vie plus facile de mille façons sur le plan matériel. J'ai acquis un mode de vie cossu, un certain nombre d'employés de maison, des vacances dans des lieux exotiques. Je me suis aussi intéressée au métier de mon mari. J'ai appris toute seule, en lisant tout ce qui pouvait concerner l'argent, les investissements, les biens immobiliers. Voyant que j'avais l'esprit affûté et le sens des affaires, mon mari m'a confié la branche rurale de son entreprise. Mon rôle consistait pour l'essentiel à acheter des cottages à la campagne et à les louer.

Malheureusement, mon mari aimait toutes les femmes, pas seulement moi. Au bout d'un an de mariage, il a eu sa première liaison. Je l'ai su tout de suite. Il ne se donnait aucun mal pour couvrir ses traces, et elle laissait des marques de rouge à lèvres et des jarretelles en dentelle partout sur son passage. C'était sa secrétaire. Le parfait cliché. J'étais écœurée, à défaut d'être réellement surprise. Quand il s'est fatigué de sa secrétaire, mon mari a multiplié les aventures, aussi nombreuses que les termites dans une bûche pourrie. J'ai fini par en avoir assez et, après huit années à supporter ses mensonges et ses infidélités, j'ai demandé le divorce. Grâce à l'expérience acquise à la banque, je savais tout de ses affaires financières, jusqu'au moindre détail, et le divorce m'a été profitable. J'ai pu garder la plupart des propriétés à la campagne.

Depuis, j'ai presque tout vendu. C'est comme ça que je suis devenue millionnaire, informé-je Terry. J'ai investi mon argent avec sagesse pendant des années, et j'en dépense très peu au quotidien.

Enfin, de mon point de vue, c'est peu. Même si j'en dépense beaucoup plus, disons, qu'Eileen.

Je n'ai jamais eu envie de me remarier.

Terry me regarde de ses grands yeux humides et pleins de compassion, deux lagons transparents.

— On ne peut pas vous en vouloir…

— Des années plus tard, j'ai enfin reçu des nouvelles de mon fils. Une cousine de sa famille adoptive m'avait retrouvée. Mais c'était seulement pour m'informer de sa mort.

Je me souviens de ce jour comme si c'était hier. Ouvrir le courrier et trouver cette lettre de trois pages qui résumait la vie d'Enzo, ou plutôt celle de Joe Fuller, l'homme qu'il était devenu. Apprendre qu'il était mort dans un accident d'alpinisme et que je n'aurais jamais la chance de le connaître.

Terry se tamponne les yeux du bout de sa manche.

— Mon cœur saigne pour vous, Veronica. Vous avez traversé tellement d'épreuves ! Pourtant vous... vous ne pleurez jamais.

— Non.

C'est vrai. Je n'ai pas versé une seule larme depuis le jour où tante Margaret m'a dit que pleurer était une marque de faiblesse. Je ne voulais pas être faible. Je ne le veux toujours pas. J'ai toujours méprisé la faiblesse.

— Mais ne *jamais* pleurer ! Je pensais que c'était impossible. Comment vous faites ? demande Terry en reniflant bruyamment.

— Des années d'entraînement. Des années et des années.

Je reprends mon récit.

— La lettre m'informait qu'Enzo n'avait pas eu d'enfant, et je n'avais aucune raison d'en douter. Néanmoins, récemment, il m'est venu à l'idée qu'une cousine adoptive pouvait se tromper sur la question, qu'elle pouvait ignorer certains détails. J'ai décidé de vérifier par moi-même. Et c'est ainsi que je me suis découvert un petit-fils : Patrick.

L'autre Patrick interrompt ses déambulations et se tourne vers moi, reconnaissant son nom. Je tends la main vers lui, et il s'approche, frotte sa tête contre mes doigts. Son contact m'apaise, son petit bec pointu et son duvet tout ébouriffé de bébé.

— Vous avez dû être tellement heureuse de découvrir ce petit-fils, après toutes ces années ! s'écrie Terry, résolue à trouver un rayon de lumière à la fin de ma tragédie.

Elle veut croire à tout prix que mon petit-fils et moi vivrons heureux pour toujours, comme dans les contes.

Je ne réponds pas à son commentaire. Une étrange froideur transpire sous la surface de ma peau. Elle me glace comme une brume hivernale.

J'ai besoin d'être seule.

Patrick le Pingouin dort paisiblement. L'un de ses pieds est un peu soulevé, en appui contre le côté de la valise. Sa poitrine s'élève et s'abaisse au rythme de sa respiration, un léger ronflement de manchot gargouille dans son bec entrouvert.

Je me redresse avec lenteur. Tout est différent. Le passé a refait surface. Des souvenirs de mon père, de ma mère, de Giovanni et de mon précieux petit Enzo percent douloureusement dans ma conscience. Mon bébé, mon fils que je n'ai jamais retrouvé, qui m'a été enlevé avant d'apprendre à dire mon nom, mort avant même de savoir que je l'avais désiré.

Comme je me languis d'eux, de tout ce qui aurait pu être. Chacun d'eux arraché à moi trop tôt, bien trop tôt. Je me sens étranglée de l'intérieur.

Cette chambre est trop petite. Elle me rend claustrophobe, m'oppresse.

Pas loin d'ici, il y a une vaste colonie d'Adélie qui m'attende sous la voûte infinie du ciel polaire. Les manchots peuvent m'aider, j'en suis sûre. Ils possèdent une antique sagesse qui transcende les efforts désordonnés de la race humaine. Il faut que je sorte, que je les rejoigne. Je veux être seule avec eux ; moi, Veronica McCreedy, les éléments et cinq mille pingouins. Personne d'autre.

Dietrich est dans la salle informatique. J'entends Terry et Mike qui discutent dans la cuisine. J'enfile ma parka et mes mukluks en silence. J'attrape ma canne, mais ne m'encombre pas d'un sac à main, pour une fois. Sur la pointe des pieds, je me faufile dehors.

Un vent froid chargé de particules de neige me fouette le visage. Je marche aussi vite que possible pour mettre de la distance entre moi et le centre. Je ne me retourne pas. J'ai le souffle court. Des bouffées de vapeur s'élèvent dans l'air glacial. Je gravis la pente à la force de la volonté, m'appuyant lourdement sur ma canne à chaque pas.

J'ai le visage engourdi. Il fait plus froid que tout ce que j'ai connu. Le ciel est bas, trouble, frémissant de menace. Le vent gagne en férocité à mesure que j'avance. Il me malmène, siffle à mes oreilles, mais je suis poussée par une force intérieure tout aussi féroce. J'ai besoin de voir les manchots, d'être enfin seule avec eux. Je mets un pied devant l'autre, encore et encore, avec obstination. Par miracle, malgré les protestations de mes poumons, je parviens au sommet de la pente.

Et ils sont là, étalés devant mes yeux : une masse immense, ondulante de vie, un royaume noir et blanc de mères, de pères, de couples et de bébés.

Je descends marcher parmi eux, enveloppée dans les sombres bourrasques de neige. Certains lèvent la tête à mon passage, mais pour la plupart, ils vaquent à leurs affaires. Ils s'abritent ensemble, se nourrissent ensemble, se disputent ensemble, dorment ensemble.

Et je comprends que c'est cela. C'est cela qui donne un sens à leur vie. Cet « ensemble » qui fait cruellement défaut dans la mienne. Tout ce que je possède est enfermé dans un écrin d'argent pendu au bout d'une chaîne, sous mon Thermolactyl, pressé contre ma peau. Quatre mèches de cheveux.

Un ouragan de chagrin me dévaste, et soudain je me mets à hurler avec le vent, des larmes brûlantes jaillissent de mes yeux. Elles jaillissent de mes profondeurs à flots torrentueux. Je n'aurais jamais cru que mon corps pouvait contenir tant de larmes.

J'ai du mal à respirer. Il se passe des choses étranges dans ma cage thoracique. La froideur qui m'habite comme une immense montagne de glace commence à vaciller. Puis, sans prévenir, le bloc se fissure et se brise en son centre. La douleur me transperce, un cri aigu m'échappe. La douleur monte en puissance, rien ne pourra l'arrêter. Je sens la glace exploser en milliers d'éclats acérés qui me déchirent le corps.

Je m'écroule sur le sol.

36

Patrick

Bolton

En temps normal, je n'allumerais pas mon ordinateur un lundi matin avant d'aller au travail. Pas à 6 h 30. Mais mon rythme de sommeil est complètement déréglé. Le couple de l'appartement du dessous est en pleine dispute, ils se hurlent dessus et font un boucan d'enfer, ce qui n'est pas vraiment propice au repos. Et puis je n'arrête pas de penser à Granny V.

Je pensais que son journal offrirait plus de révélations. Sur ce qu'il est advenu du petit Enzo – *mon père*. Celui dont j'ai hérité ma couleur de peau et qui sait quelles autres caractéristiques ? Je sais que Veronica l'a fait adopter, mais ça n'a pas de sens. À lire son journal, il semblerait qu'elle l'adorait plus que tout. Et ce n'est pas une fille timorée, du genre à se laisser convaincre par les nonnes ou qui que ce soit d'autre d'abandonner son enfant.

Toute cette histoire affreuse tourne en boucle dans mon cerveau, et avec le vacarme des voisins, pas moyen de me rendormir. Voilà pourquoi je suis assis dans mon lit, à essayer de me distraire en surfant sur le Web. J'ai exploré quelques sites intéressants qui traitent de circuits électriques et d'ampoules LED, et visionné deux ou trois vidéos sur YouTube consacrées à la structure des ponts. Il est presque l'heure de se lever.

Je consulte mes e-mails avant de me déconnecter, et surprise ! j'ai un message de penggroup4Ant. Je me demande s'il y a eu de nouvelles attaques de sac à main. Ou peut-être un mot de la dernière mission de Granny, ce petit pingouin qu'elle a adopté. Mais non, il s'agit de nouvelles tout à fait inattendues, et soudain, j'ai un peu la nausée.

— Qu'est-ce qui ne va pas, mon pote ?

Moi qui pensais donner le change avec mon sourire et mon air cool… On ne peut pas lui cacher grand-chose, à Gav. Je lui parle de Granny V.

— C'est grave ?

— Oui. Très grave. Je pense que c'est la fin.

Il pose une main sur mon épaule.

— Je suis désolé, mon pote. C'est dur. Juste au moment où tu apprenais à la connaître, en plus.

N'exagérons rien. J'étais quand même loin d'apprendre à la connaître. Je ne l'ai rencontrée que deux fois. En revanche, grâce à ces journaux, j'ai pu entrer dans sa tête d'adolescente.

— Elle est coincée dans une région polaire avec trois scientifiques et cinq mille pingouins pour lui tenir compagnie. Quelle fin extraordinaire !

J'essaie d'en plaisanter, mais ni Gav ni moi ne rions.

— T'es dur, dit-il.

Je traîne le panneau publicitaire dehors et l'installe sur le trottoir avant de jeter un œil au menu des réparations prévues pour la journée.

— Tu vas aller là-bas ? demande Gav.

— Quoi ?

— Est-ce que tu vas y aller ? En Antarctique, pour lui dire au revoir ?

— On s'est à peine dit bonjour… souligné-je.

Quelle drôle d'idée ! Moi, en Antarctique !

— C'est pas si bizarre comme idée, dit-il, lisant dans mes pensées. Après tout, c'est ta grand-mère. Et la seule famille qu'il te reste.

— Allez, mec. C'est pas réaliste pour au moins trois raisons : d'une, elle n'a sans doute pas envie de me voir ; de deux, elle ne tiendra probablement pas jusqu'à ce que j'arrive là-bas ; de trois, je n'ai pas les moyens ; et je hais le froid.

— Ça fait quatre raisons.

La matinée se déroule, ordinaire. Une famille de cinq entre pour demander s'il y aura bientôt des promotions sur les vélos électriques (il n'y en aura pas). On vend quelques pièces et accessoires. Un jeune débarque : il a perdu la clé de son cadenas à vélo et en voudrait une nouvelle adaptée plutôt que de racheter un cadenas. Je passe un long moment à lui expliquer que le but des cadenas et des clés, c'est la sécurité, et que donc, non, une clé de la même marque ne rentrera pas dans son vieux cadenas. Et même si c'était le cas, on ne les vend pas séparément. Je commence à perdre l'envie de vivre, alors Gav prend le relais. Il est très diplomate, Gav.

J'arrive à me concentrer par intermittence, mais la majeure partie du temps j'avoue que j'ai la tête ailleurs. J'aurais aimé pouvoir dire quelque chose à Granny, la voir en personne encore une fois, juste pour lui dire... Bon, je ne sais pas ce que je lui dirais, mais je trouverais bien quelque chose.

— Tu penses encore à ta grand-mère ? me demande Gav lorsque je sors dans la cour manger mon sandwich à la pause déjeuner.

— Ouaip. Je regrette de ne pas avoir su plus tôt tout ce que j'ai appris sur Granny V. J'aimerais avoir plus de réponses, maintenant que je sais quelles questions poser. Et puis je voudrais qu'elle ne soit pas aussi loin, pour pouvoir, disons, réparer les liens entre nous avant qu'elle... enfin, tu vois.

— Donc, en fait, tu as bien envie de lui dire au revoir ?

— Si c'était possible, oui. Mais comme je te l'ai dit, je n'ai pas les moyens. J'arrive à peine à payer mon loyer. Rien que pour le voyage, il doit y en avoir au moins pour mille balles.

— Mais tu irais jusqu'en Antarctique si tu avais les fonds ? Même si tu détestes le froid ?

— Je crois bien que oui, tu sais. Comme tu l'as souligné, elle est ma seule famille. Je viens de la trouver et je suis sur le point de la perdre. Et puis c'est une personnalité beaucoup plus riche, plus complexe que ce que je pensais. Je garde de nos brèves rencontres une certaine sensation d'inachevé.

Gav me sonde du regard un long moment.

— Patrick, mon pote, pardonne mon insensibilité, mais il y a un bon côté à toute cette histoire. On dirait bien que tu es en passe de devenir millionnaire…

Dire que l'idée ne m'a pas effleuré serait mentir. Pourtant, je l'ai chassée aussitôt : ça me semblait trop improbable, pour être honnête. Et de toute façon, je n'allais pas vendre la peau de l'ours, etc.

— Tu penses que Granny va me léguer ses millions ?

— Oui.

— Arrête ton char, elle me déteste.

— Je ne crois pas. T'as fait l'effort d'aller la voir à l'aéroport, non ? Je suis sûr que ça l'a touchée, même si elle n'en a rien laissé paraître. Elle t'a envoyé ses journaux. Ils étaient verrouillés avec cadenas, combinaison et tout le toutim, donc clairement elle ne les montrait pas à n'importe qui. Et puis elle t'a envoyé la combinaison. Personne d'autre que toi n'a lu ces journaux, pas même sa fidèle aide à domicile, à ce que tu m'as dit. Franchement, Patrick, c'est évident qu'elle va te léguer son argent.

Vu comme ça, j'imagine que ça paraît sensé. Merde alors ! Moi, millionnaire, c'est encore plus étrange que moi, voyageur de l'Antarctique. J'en sautille d'excitation. Gav lève la main et je lui en tape cinq.

L'euphorie est toutefois de courte durée. Je déteste l'idée que Granny puisse mourir là-bas, seule dans le froid.

— Écoute, Gav, en fait, j'ai vraiment envie d'aller la voir. Je suppose que… Il y aurait pas moyen que tu…

— Quoi ? Crache le morceau, mec !

L'argent, c'est tellement compliqué. Je ne peux être sûr de rien. Tout ce que je sais, c'est que Granny V est excentrique et impulsive. Il est possible qu'elle m'ait laissé son fric, mais elle est tout aussi capable de l'avoir légué à un orphelinat ou un truc dans le genre.

Finalement, je débite ma question d'une traite :

— Tu pourrais envisager de me prêter l'argent pour le billet d'avion ?

Il me colle une grande claque dans le dos.

— Carrément, mon pote ! Je croyais que tu le demanderais jamais !

Bon Dieu, mais à quoi je joue ? Suis-je un abruti fini ? Si les orphelins récupèrent l'héritage de Granny, comment je vais réussir à rembourser Gav ?

— Tu devrais peut-être y réfléchir à deux fois, lui dis-je.

Il ne veut rien entendre.

— T'inquiète, mec. En fait, le timing est idéal : je viens d'hériter de ma mère. J'aimerais faire bon usage de cet argent.

On bataille encore un peu. Je n'ai aucune envie d'avoir une dette envers Gav au cas où Granny V ne me laisserait pas un radis. Mais il se montre inflexible : il dit que je pourrai le rembourser sur vingt ans, par mensualités si je veux ; que tout compte fait ce n'est pas une si grosse somme ; qu'il me doit beaucoup de toute façon, parce que sans moi la boutique n'aurait jamais survécu. Il va un peu loin, sur ce coup.

À mesure qu'il argumente, je commence à m'y voir, m'envoler pour l'Antarctique. À me prendre un peu pour un héros. Moi, Patrick le Brave, embarqué dans une noble quête pour apporter la paix et l'harmonie à l'âme troublée d'une vieille femme. Et puis je redescends sur terre.

— Attends, et Daisy ? Tu devrais pas plutôt dépenser cet argent pour lui payer les meilleurs traitements ? S'il y a la moindre chance de la soigner, c'est beaucoup plus important que de m'envoyer à l'autre bout du monde.

Il balaie l'objection. Il n'existe pas de meilleur traitement que celui dont elle bénéficie déjà, apparemment.

Je me sens quand même mal.

— D'accord, pas de traitement, mais des petits cadeaux ?

Je ne voudrais pas que Daisy soit privée de douceurs à cause de moi.

— Daisy croule sous les cadeaux et les surprises. Et j'ai bien assez d'argent pour lui en acheter d'autres. Arrête d'ergoter, s'il te plaît, et va réserver ton billet d'avion !

Je n'ai plus rien à dire, alors je m'incline. Je vais aller me réconcilier avec Granny Veronica.

Antarctique, me voici !

37

Veronica

Île au Médaillon

Je suis une ligne difforme de petits points. Chaque petit point me lance et me pique, douloureux et à vif. Je suis ensevelie sous un épais amas de couvertures, et pourtant j'ai froid, j'ai si froid. Je lutte pour respirer, le souffle court et rauque.

Une femme s'agite autour de moi.

— Regardez, Veronica, notre poussin est venu vous voir. Je jurerais qu'il grandit à vue d'œil, toujours plus bondissant et énergique. Il se porte à merveille.

J'essaie d'ouvrir les yeux. À travers la mince fente de mes paupières, la lumière brûle d'un éclat impitoyable. Je distingue des formes, mais tout est flou. Une petite silhouette grise et duveteuse se dandine dans la chambre. Je voudrais m'étirer pour la toucher, mais j'en suis incapable. Les stores retombent sur la lumière.

— Et vous aussi, vous vous portez comme un charme, Veronica.

Mes paupières se rouvrent le temps d'enregistrer la présence de cette femme. Elle me semble familière. Elle a des cheveux blonds filasses qui lui couvrent les épaules et des lunettes qui grossissent ses tristes yeux bleus.

Elle ment. Je ne me porte pas comme un charme.

Elle parle de nouveau, avec une gaieté forcée.

— On a une surprise pour vous, Veronica. Votre petit-fils va nous rejoindre ! Il vient jusqu'en Antarctique, juste pour vous voir.

Les mots flottent dans mon esprit. Ils décrivent des cercles lents puis d'un coup se cristallisent en une forme solide ; alors je saisis leur sens.

Je sais où je suis et de quoi il s'agit. Cette jeune femme a un nom d'homme, c'est une femme que j'aime bien, que j'en suis venue à considérer comme une amie. Terry. Oui. Terry : scientifique sur l'île au Médaillon, en Antarctique. Qu'est-ce qu'elle a dit, Terry ? L'écho des mots résonne encore dans mon cerveau. Elle a dit que mon petit-fils venait me rendre visite.

Mon petit-fils ! Dieu du ciel ! Je dois être encore plus mal en point que je ne le pensais. J'ouvre les lèvres et j'essaie de prononcer une phrase : « Dites-lui que ça ne sert à rien », mais les mots restent coincés dans ma gorge, refusant de sortir.

Alors, voilà ce que c'est de mourir. Qui aurait cru que ça soit aussi frustrant et ennuyeux ? J'aimerais que ça soit terminé, mais nul doute que la mort va prendre tout son temps, faire traîner les choses autant que possible, tout comme la vie. Que c'est pénible !

Quelque chose grogne. C'est moi.

Je sens une main me caresser le front, dégager les mèches de cheveux collées par la sueur.

Elle parle à voix basse, près de mon oreille, en phrases courtes et espacées, suivant le fil de pensées décousues.

— Il devrait arriver bientôt. Il faudra qu'on lui prépare un lit. J'espère que ça ne le dérange pas d'être à l'étroit. On devra s'en accommoder, d'une façon ou d'une autre. Ce sera chouette de le rencontrer, en tout cas. J'ai hâte... je crois. Je me demande ce qu'il pensera de toute cette situation.

Je voudrais qu'elle arrête de parler. Qu'elle ramasse plutôt mon bébé et me laisse caresser sa tête toute douce. J'aimerais beaucoup le toucher encore une fois avant de mourir.

— Vous devez essayer de vous rétablir, Veronica. Pour votre petit-fils.

Mon petit-fils ? Oh, lui. Je crois me souvenir de quelque chose à son propos. Sur une folle impulsion, j'ai demandé à Eileen de lui envoyer mes journaux. Était-ce judicieux ou d'une imprudence totale ? Tenter de démêler les fils de mes pensées me fait mal au cerveau. Quelqu'un a dit qu'il allait venir, non ? S'il vient vraiment, j'en serais sidérée. Je suis déjà sidérée qu'il envisage l'idée. Peut-être s'agit-il d'un malentendu.

Une voix divague en fond sonore.

— Je me disais qu'avoir deux Patrick présents dans le centre prêterait à confusion. On pourrait les appeler Patrick Un et Patrick Deux, j'imagine. Ou bien, notre petite saucisse peluche pourrait changer de nom ? Qu'en pensez-vous, Veronica ?

Je m'en fiche complètement, mais suis incapable de le dire.

— Comment on pourrait t'appeler, petite saucisse ?

Elle se tait, le temps d'y réfléchir. Je commence à dériver vers l'oubli. Tous ces Patrick et ces numéros et ces saucisses me fatiguent.

— Je sais ! s'anime Terry. J'ai trouvé. Le livre sur votre chevet est *Les Grandes Espérances*, et nous avons de grandes espérances pour notre petite saucisse. On devrait donc le nommer d'après le personnage principal du roman. Ce sera Pip !

Sa voix se fait tendre pour s'adresser à la figure courtaude qui se promène sur le sol.

— Ça te plairait qu'on t'appelle Pip, à partir de maintenant ?

Depuis le coin de la chambre s'élève un son aigu, flûté, un cri bref qui sonne presque comme le mot « pip ».

— Je vais prendre ça pour un oui !

L'affection que j'entends dans sa voix redessine les contours des choses. Saucisse est un pingouin. Patrick est un pingouin. Pip est un pingouin. Tous sont le même individu. Tous me sont chers. J'espère par-dessus tout que les gens d'ici prendront soin de lui quand je serai partie. Je pense qu'ils le feront. Terry, en tout cas, oui. Les autres sont des hommes, je crois. Leur nom m'échappe pour l'instant. Je crois me souvenir qu'eux aussi ont de l'affection pour Patrick-saucisse-bébé ; Pip, comme on doit l'appeler désormais. Le doux et duveteux Pip, aux grands yeux et aux grands pieds, dont j'entends les petits bruits étouffés si je me concentre.

— Non, Pip ! Laisse les chaussons de Veronica !

Qu'est-ce qu'il fabrique avec mes chaussons ? Je voudrais voir, mais ouvrir les yeux m'est trop difficile et tourner la tête, carrément impossible.

Un soupir tente de se frayer un chemin dans mes poumons, en vain. Le simple fait de respirer me donne la sensation qu'on me déchire les entrailles à la scie.

Quel dommage que je n'aie pas terminé de régler cette histoire de legs pour les manchots Adélie ! J'aurais dû m'en occuper plus tôt. Je me suis trompée, encore une fois. J'imagine que tout mon héritage passera à mon petit-fils désormais. Ce n'est pas ce que je voulais. Pas du tout. Je voulais que mon argent aille à une noble cause.

Des mots me parviennent de nouveau, filtrant à travers le brouillard de regrets.

— Veronica, je suis désolée pour tout.

Sa voix s'étrangle de tristesse.

— Je suis vraiment désolée que vous soyez venue jusqu'ici, et que nous... qu'on se soit comportés comme ça. Vous aviez l'air si solide, si forte... Je ne me suis pas rendu compte... Je n'avais aucune idée qu'on pouvait en arriver là. Vous étiez une sorte de défi pour nous, bien sûr, mais aussi une bouffée d'air frais, et je suis peut-être la seule, mais... personnellement je vous aimais bien. Je vous aimais beaucoup et je voulais que vous restiez avec nous.

J'aimerais qu'elle cesse de parler de moi au passé. Ce n'est vraiment pas poli.

— Et puis quand j'ai vu votre enthousiasme débordant pour les manchots, je me suis dit que j'avais trouvé une âme sœur.

Elle verse dans le sentimental, réprimant ses larmes. Je décèle alors un élément que je n'avais pas encore repéré : Terry souffre de la solitude.

— Après, quand vous m'avez raconté votre histoire, elle m'a presque brisé le cœur, poursuit-elle. J'aurais voulu remonter le temps et devenir votre amie, à l'époque où vous en aviez tant besoin, il y a toutes ces années. Tous ces gens qui vous ont horriblement maltraitée alors même que vous pleuriez la mort de vos parents. C'était d'une telle cruauté ! Vous étiez si jeune. Vous enlever votre enfant… c'est tellement injuste, c'est… c'est mal, un point c'est tout.

Je ne pense pas pouvoir supporter ces gémissements plus longtemps.

Soudain, j'entends un bruit de choc venant de l'autre bout de la pièce.

— Oh, Patrick ! s'écrie Terry. Pardon, Pip ! Mais qu'est-ce que tu fabriques ? Veronica, vous devriez le voir : il s'est mis en tête de grimper dans la corbeille à papier. Avec sa petite bouille qui pointe par le haut, il est trop drôle !

38

Patrick

Île au Médaillon

J'y suis.

Moi, Patrick, ici, en Antarctique. Incroyable.

Quel voyage ! J'ai réussi à trouver un billet de dernière minute, l'avion était bondé et le vol, ennuyeux au possible, m'a semblé durer l'éternité. La dernière partie du trajet, en revanche, la traversée en bateau, ça c'était épique. Tous ces icebergs de formes et de tailles variées qui flottaient autour de nous ! Certains ressemblaient à des montagnes de fromage frais, d'autres à des tranches de pain blanc ; il y avait des blocs aux arêtes acérées comme des dents, d'autres à la surface grenue, étoilée comme du verre brisé, qui lançait des éclats de lumière. La faune aussi était incroyable : des phoques paressaient sur des rochers, d'immenses oiseaux décrivaient des cercles au-dessus de nos têtes, des pingouins plongeaient et jaillissaient de l'eau pendant que d'autres s'agglutinaient sur les rives. Et puis ces baleines à bosse aperçues une fois. Je m'en pince encore.

Et maintenant me voici dans ce camp de base. Granny V s'accroche, Dieu merci. Ça fait mal au cœur de la voir dans cet état. Elle a enregistré ma présence d'un vague regard, mais elle ne peut pas parler. Je ne sais pas si elle m'a reconnu. Difficile à dire.

J'en ai appris un peu plus sur le déroulement des événements, grâce aux scientifiques. Elle est sortie en douce toute seule, ont-ils expliqué – ils ne l'auraient jamais laissé faire s'ils avaient su, d'autant moins qu'un blizzard se levait. Pas le genre à tout dévaster sur son passage comme c'est parfois le cas ici, mais tout de même sérieux. Assez sérieux pour qu'ils paniquent en constatant la disparition de Granny, et se ruent à sa recherche armés de leurs trousses de secours. Pour que, quand ils l'aient trouvée affalée par terre, ils aient craint de ne pas pouvoir la ramener en vie à la base. Assez sérieux pour empêcher l'hélico et le médecin de décoller pendant quatre heures.

Pourtant, ils ont réussi à la transporter jusqu'à la base en la gardant au chaud. Le médecin, quand il est enfin arrivé, a diagnostiqué une hypothermie doublée d'une infection des poumons. Il lui a injecté une dose de cheval de pénicilline et a prescrit d'autres antibiotiques. Il a été question de la rapatrier vers un hôpital en Argentine, mais elle s'est mise à hurler quand ils ont essayé de la déplacer, et le médecin a conclu qu'il valait mieux la laisser se reposer. Comme dans « repose en paix » ? Il leur a dit d'essayer de contacter sa famille, en tout cas. Et me voilà.

Je parie que ces scientifiques sont soûlés. D'abord ils se récupèrent une vieille de quatre-vingt-six ans, aimable comme une porte de prison et têtue comme une mule. Ensuite, elle se débrouille pour tomber gravement malade. Et enfin, par le bateau qui aurait dû la ramener, c'est moi qu'ils voient débarquer : le petit-fils le plus cinglé de la planète.

Cela dit, ils forment eux-mêmes une drôle de compagnie, ces trois mousquetaires de la neige. Par ordre de préférence, il y a Terry, Dietrich et Mike. Terry est une beauté à lunettes. De longs cheveux blonds mal peignés dépassent de sa capuche. Elle a de petites fossettes quand elle sourit et des yeux qui pétillent.

— Oh, je pensais que Terry était un mec, ai-je dit d'emblée lorsqu'elle s'est présentée.

— Comme tout le monde, a-t-elle dit en souriant de toutes ses fossettes. Je pourrais presque l'être, a-t-elle ajouté plus pour elle-même que pour moi.

Il n'y avait aucun apitoiement dans sa voix, juste un constat. Pourtant, personne ne pourrait la confondre avec un homme, loin de là !

— Je suis vraiment désolée pour votre grand-mère, a-t-elle dit, pleine de compassion, rougissant comme si c'était sa faute.

— Pas de souci.

On pouvait croire que je m'en fichais, alors j'ai ajouté :

— C'est une femme forte. Qui sait ? Peut-être qu'elle s'en remettra comme un charme.

Là, je passais pour désinvolte, alors j'ai encore ajouté :

— Vous avez été super. Merci de vous être occupée d'elle !

Et là, j'étais carrément inepte, mais je ne trouvais plus rien à dire, alors je me suis tu.

Une fois que j'avais vu Granny, ils m'ont tous ensemble emmené visiter leurs installations. Le bâtiment du centre est assez grand, en fait, plus spacieux qu'il ne paraît vu de l'extérieur. Comme le Tardis*. Ils ont une salle informatique (un placard informatique, plutôt), un genre de cabinet de toilette combinant WC et douche, une cuisine jouxtant une pièce qu'ils nomment « salon », terme qui évoque un luxe inexistant. Et – miracle – une chambre pour chacun. Y compris une pour moi. Enfin, c'était un débarras qu'ils ont vidé et où ils ont posé un lit de camp. Je suis sacrément soulagé de ne pas avoir à partager la chambre de Granny. D'ailleurs, elle a déjà un colocataire.

Un colocataire étrange : un bébé pingouin, la créature la plus drôle, la plus mignonne que vous ayez jamais vue, une petite boule de duvet avec de grands pieds et une personnalité très affirmée. Ils l'ont baptisé Pip. Apparemment, il vit au centre depuis une dizaine de jours. Les scientifiques semblent considérer sa présence comme tout à fait normale. Je dois dire que je trouve tout ça un peu irréel. J'ai du mal à appréhender leur mode de vie.

— Qu'est-ce qui vous a poussé à venir ici, au départ ? ai-je demandé à Dietrich devant un café corsé, après m'être un peu installé.

---

* Le TARDIS est une machine à voyager dans l'espace et le temps de la série britannique de science-fiction *Doctor Who*. Son nom est l'acronyme de Time And Relative Dimension In Space.

Dietrich est le patron, mais il n'en joue pas, il est gentil. Il me rappelle Gav, en plus poilu et plus étranger. Mike est le type qui voudrait devenir patron pour en jouer. Pas gentil. Il ne me fait penser à personne. Un Piers Morgan* jeune, à la rigueur…

Dietrich se caressait la barbe en réfléchissant à ma question.

— Ah, vous savez… L'excitation de la découverte scientifique. La fascination pour les conditions de vie extrêmes, comment les créatures s'adaptent à ces extrêmes. Et puis l'opportunité d'apporter ma modeste contribution à la protection de la faune sauvage et de l'environnement…

— Et vous ? ai-je demandé à Mike.

Il a bu une gorgée de café, lentement, m'a dévisagé pendant qu'il préparait sa réponse.

— J'ai les meilleures qualifications pour ce poste. Ce serait du gâchis de se priver de mes compétences.

Et modeste, avec ça !

Terry a levé les yeux au ciel et poussé un petit soupir agacé.

— Et vous, Terry ? Pourquoi vous êtes venue sur l'île au Médaillon ?

— C'est le boulot de mes rêves. J'adore les manchots, a-t-elle répondu, en toute simplicité.

---

* Journaliste, présentateur et animateur de télévision britannique. Personnalité controversée, il a commencé sa carrière dans la presse tabloïd, notamment dans le groupe Murdoch, avant de présenter des émissions telles que « America's Got Talent », « Britain's Got Talent », ou encore « Good Morning Britain ».

J'ai passé le restant de l'après-midi au chevet de Granny V. Je pensais aux journaux, il faudrait que je me décide à parler bientôt, au cas où elle casserait sa pipe soudainement. J'ai eu le temps d'y réfléchir pendant le voyage, mais les mots ne viennent pas. Gav saurait quoi dire, et il le dirait exactement comme il faut, alors que moi, je suis nul pour ce genre de trucs. Je me suis donc contenté de rester assis là bêtement. Peut-être le simple fait que j'aie pris la peine de venir jusqu'ici suffit-il à la réconforter un peu. Je l'espère.

Au dîner, Mike m'a bombardé de questions.

— Alors, Patrick, tu fais quoi, dans la vie ?

Je me suis tortillé sur ma chaise. J'ai bien compris que Mike ne m'aimait pas beaucoup. Terry m'a dit qu'il voit d'un mauvais œil tout nouvel arrivant qui risquerait de perturber l'équilibre de la vie au centre. Il vient tout juste de s'habituer à la présence de Granny, et le voilà maintenant confronté à la mienne. Ça lui fait les pieds, tiens !

— Je travaille dans une boutique de vélos le lundi et je touche le chômage.

— Le chômage ? Donc, la boutique, c'est ton seul boulot ?

— T'as tout compris.

— Alors ton logement est payé par l'État ?

Comment me mettre mal à l'aise en une seule leçon.

— Mike ! est intervenue Terry. Ne sois pas si grossier !

Mike a tourné sa fourchette pour y enrouler les spaghettis d'un geste précis.

— Désolé, ce n'était pas mon intention. Je suis juste curieux quant à notre nouveau visiteur. C'est pas comme si on en recevait beaucoup.

— Oui, le loyer est couvert par mes allocations, ai-je répondu.

— Tu n'as ni famille à charge, ni femme à entretenir, j'imagine.

— Nan.

Mike a retroussé ses lèvres. J'imagine que c'était ce qui passe pour un sourire chez lui.

— Et qu'est-ce que tu fais de tes journées, dans ton meublé ?

— Oh, un peu de tout. Je mate la télé. Je lis des magazines. Je m'occupe des plantes. Rien d'extraordinaire.

Après le repas, Terry m'a accompagné dans la chambre de Granny V.

— Désolée pour l'interrogatoire, a-t-elle murmuré à mon oreille.

J'ai souri.

— Ce Mike, il est un peu coincé, non ? Un peu tendu ?

— Il peut donner cette impression, oui, mais en fait il est sympa quand on apprend à le connaître.

— Vous êtes ensemble ?

— Mon Dieu, non ! Il a une copine à Londres. Une femme de pouvoir, je crois. Elle travaille dans l'organisation de conférences pour le monde de l'entreprise, il me semble.

— Ah bon ? Ça me surprend : je le pensais plutôt attaché à toi.

— Mike ? Attaché à moi ? Ne sois pas ridicule.

— Eh bien, il n'arrête pas de te regarder, en tout cas.

Elle m'a lancé un coup d'œil incrédule avant d'entrer dans la chambre de Veronica, où je l'ai suivie. Pip le Pingouin était couché dans sa valise. Il a levé les yeux sur nous, et, nous ayant reconnus, il a semblé nous accorder le droit de soigner la patiente, avant de reposer sa tête.

Granny n'avait pas bougé, toujours allongée sur son lit, complètement immobile. Sa peau détendue était couverte de rougeurs. Ses cheveux s'étalaient sur l'oreiller. Elle avait des cernes grisâtres sous les yeux. Elle avait l'air sacrément mal en point.

Terry a posé sa main sur le front de Granny.

— Elle est très chaude. Ce serait bien qu'on réussisse à lui faire avaler un peu d'eau. Tu peux...

J'ai glissé un bras sous la nuque de Granny et l'ai redressée avec mille précautions. J'ai réalisé que c'était la première fois que je la touchais. Dieu que c'était triste de la voir si fragile ! Ses yeux ont papilloté. Ma main a accroché quelque chose, une chaîne autour de son cou.

— Qu'est-ce que c'est ?

— Un médaillon qu'elle porte en permanence, a répondu Terry. Je pensais que ça la gênerait peut-être et j'ai essayé de lui enlever, mais elle s'est débattue. Clairement, elle ne voulait pas que j'y touche. Je suppose qu'il a une valeur sentimentale pour elle.

— J'imagine, oui.

Je n'ai pas révélé qu'il était mentionné dans les journaux que j'ai lus.

Terry a porté le verre d'eau aux lèvres de Granny et nous l'avons regardée prendre deux petites gorgées, déglutir avec difficulté. D'un geste à peine esquissé, elle a signifié que c'était assez. J'ai reposé sa tête sur l'oreiller et pressé sa main. Je l'ai peut-être rêvé, mais il m'a semblé qu'elle serrait la mienne en retour.

— Et voilà, Granny V, ai-je dit. Ça va mieux ?

Bien entendu, elle n'a pas répondu.

Je me suis demandé ce qu'elle percevait de son environnement.

Ça m'a l'air mal parti. Très mal.

39

Veronica

Île au Médaillon

Les charmes de la mort sont multiples et variés. Plus de douleur. Plus de stress. Plus de souvenirs. Plus de décisions à prendre. « C'est un dénouement, comme le dit Hamlet (vous noterez que je sais encore mon Shakespeare avec une certaine précision), qu'on doit souhaiter avec ferveur*. » Mourir... dormir... C'est assez séduisant, il faut le reconnaître. Relaxant. Et en bonus, il n'y a plus de douleur – l'ai-je déjà mentionné ?

Parce que, pour l'instant, la douleur est bien là, intense, impitoyable. Elle s'infiltre par les pores de ma peau, lacère mes poumons, brûle chaque recoin de mon cœur comme de l'acide. J'espère sincèrement que la mort viendra vite.

Mes compagnons de l'Antarctique vont s'amuser à rapatrier mon corps jusqu'en Ayrshire pour l'enterrer

* *Hamlet*, acte III, scène 1 (traduction de Guizot).

dignement. Ou peut-être qu'ils ne s'en donneront pas la peine. Peut-être m'enterreront-ils ici, sous la neige, et des hordes de manchots viendront-ils marcher sur ma tombe. À leur façon inimitable, ils ignoreront mon corps en décomposition et vaqueront à leurs affaires : fornication, reproduction et défécation. À leur tour, ils mourront en grand nombre autour de moi. Mon âme pourra s'élever et se mêler aux leurs. Si toutefois j'ai bien une âme (ça se discute), et eux aussi (tout autant discutable).

Je jette un coup d'œil rapide à ma vie passée. À ce stade, c'est le moment des grandes révélations, non ? Elles ne semblent pas prendre forme, pourtant. Mon histoire ne délivre aucune sagesse définitive, aucune parole finale digne de passer à la postérité. Tout ce qui me vient à l'esprit est : « Tout ça pour ça ? »

Patrick est ici, Patrick mon petit-fils, une présence encombrante et maladroite à mon chevet. Terry m'a mis mon appareil auditif au cas où quelques paroles sagaces s'échapperaient de ses lèvres. Patrick m'a dit « Bonjour, Granny », mais à part ça pas grand-chose d'autre. Je ne pouvais pas répondre, mais j'ai battu des cils pour lui signifier que j'étais consciente de sa présence. Il est si gauche. Il est assis sur une chaise près du lit, avec quelque chose dans les mains. Un journal ou un magazine, il me semble, ça fait le même bruit de froissement. Il soupire beaucoup.

Je suis déconcertée par sa venue. Il doit se rendre compte que je suis trop malade pour procéder à quelque modification que ce soit concernant mon héritage.

Après une longue période de silence, j'entends quelqu'un d'autre entrer dans la chambre.

— Ça va, tous les deux ?

La voix de Terry, chaleureuse, destinée à apporter du réconfort. Mon petit-fils répond aussitôt.

— Oui, bien. C'est… calme.

— Pip m'a tenu compagnie cette dernière heure pendant que je faisais un peu de ménage, mais je l'ai ramené pour qu'il passe un moment ici : je me suis dit que ça ferait plaisir à Veronica. Sa présence semble l'apaiser. Ça ne te dérange pas ?

— Euh… non. Il est très mignon.

— Il faut que je nettoie sa litière. Tu peux le tenir une seconde ?

— Euh…

J'entends un léger bruit de lutte, puis un « Aïe ! » émit par Patrick.

— Il vaut peut-être mieux pas, se ravise Terry. Il ne te connaît pas encore. Attends, si je le tiens, tu peux le caresser doucement, comme ça…

— Tu es sûre qu'il ne va pas m'attaquer de nouveau ? Son bec est aiguisé !

— Tu lui as fait peur en l'attrapant trop brusquement. Tu vois ? Il est content maintenant. Il devient tout mou quand on lui caresse le cou. N'est-ce pas, Pip ?

Une pause, puis un petit rire de Terry.

— Voilà, je crois qu'il t'aime bien.

J'entends les pépiements de Pip, je suis sûre qu'il demande à ce qu'on le pose par terre.

— On va le laisser se promener un peu, dit Terry.

— Il ne va pas faire ses besoins partout ?

— Nan. Et si ça arrive, j'en aurai pour deux minutes à nettoyer. Aucun souci.

— Et ce n'est pas un problème pour... l'hygiène ?

— Eh bien, je dirais que si sa présence rend Veronica heureuse, il devrait lui rendre visite aussi souvent qu'il le veut, non ?

— Ouaip. Tu as raison, euh, Terry. Parfaitement raison.

J'entends la gêne dans la voix de Patrick. Il est intimidé. À croire qu'il n'a jamais rencontré de jeune femme avec un bébé pingouin dans les bras.

Terry reprend la parole.

— Tu peux me le surveiller un moment ? Je vais me chercher une tasse de thé. Tu en veux ?

— Oh, euh... oui. Cool. Merci.

Je sens son poids quand il se rassoit, et bientôt j'entends de nouveau le bruit des pages qu'on tourne. Puis celui des pas de Terry qui revient.

— Et voilà. Un bon thé pour nous, et ceci pour Pip. C'est l'heure de son dîner.

Une forte odeur de poisson imprègne la pièce, suivie de claquements de bec, de couinements et de bruits de succion.

Nourrir un manchot en présence d'une moribonde de quatre-vingt-six ans... Si la moribonde n'était pas moi, j'en rirais de bon cœur.

40

Patrick

Île au Médaillon
Janvier 2013

Une année se termine, une nouvelle s'ouvre. Pas que ça change quoi que ce soit. Personne n'était d'humeur à faire la fête. Depuis maintenant quatre jours que je suis ici, Granny V n'a rien avalé. Elle demeure allongée, immobile, l'air fâchée. Je présume que ce n'est pas de bon augure.

Ici, je me sens de trop. Je ne peux rien faire pour elle, à part rester assis à son chevet en espérant qu'elle sache que je suis là. Et émettre des commentaires débiles qu'elle raillerait à coup sûr avec mépris si elle les entendait, ce dont je doute. Les scientifiques me laissent vivre ma vie. Ils sont très occupés, de toute façon. Il semble d'une importance vitale qu'ils sortent tous les jours pour compter des pingouins, leur poser des brassards, les peser et accomplir toutes sortes d'autres « pingouineries ». Ils sont gentils avec moi, cela dit. Enfin, surtout Terry et Dietrich. Mike tolère ma présence, c'est tout. Ce type a un problème de supériorité : il prend de haut quiconque n'a pas un doctorat en études « pingouinesques ».

J'apprécie d'autant plus la compagnie de Pip. Il est comme un poisson dans l'eau, ici. Il dort beaucoup, mange beaucoup, court beaucoup en rond et traîne en permanence dans nos pattes. Et oui, je l'avoue : de temps en temps, je lui parle. Je suis peut-être taré, mais pour moi c'est un soulagement de parler à un pingouin. Plus facile, en tout cas, que de converser avec une vieille comateuse de quatre-vingt-six ans.

Selon Terry, Pip s'appelait Patrick avant mon arrivée.

— Veronica l'a baptisé d'après toi, m'a-t-elle dit.

Les bras m'en sont tombés. Décidément, Granny est un drôle d'oiseau.

Le médecin héliporté est revenu. Il a renouvelé sa prescription d'antibiotiques, a constaté que Granny était confortablement installée et a affirmé qu'il n'y avait rien d'autre à faire pour elle à part rester à ses côtés. Il dit qu'elle est consciente de notre présence, même si elle ne le manifeste pas. Son état devrait rapidement s'améliorer ou empirer ; dans un cas comme dans l'autre, il préférerait qu'on ne lui demande pas de revenir, a-t-il sous-entendu. Qu'on se contente de la maintenir au chaud et hydratée.

Il y a un pot de chambre en plastique sous le lit pour les urgences. Terry se dévoue pour s'occuper des questions d'hygiène. J'ai bien proposé de m'en charger (je m'y sentais obligé), mais quel soulagement quand Terry a insisté ! Elle prétend que Veronica détesterait l'idée qu'un homme se mêle de ça, et je pense qu'elle a raison.

À mon avis, Granny déteste tous les aspects de sa situation présente. Ce n'est pas une sinécure d'être vieille et malade, surtout quand on se trouve à des milliers de kilomètres de chez soi.

— Tu ne peux pas rester au chevet de Veronica en permanence, m'a dit Terry hier. Ça va te rendre dingue. De toute façon, pour l'instant, son état est stable. Elle peut se passer de toi une heure ou deux, le temps que tu viennes rencontrer les Adélie.

J'avoue que j'avais très envie de voir la colonie.

— Si tu en es sûre…

J'ai enfilé ma polaire.

— Tu vas avoir assez chaud avec ça ?

— Je porte deux sweats en dessous. Mais non, sans doute pas. Je ne suis pas fan d'un froid pareil.

Pourquoi je dis toujours ce qu'il ne faut pas dire ? Maintenant, je passe pour une mauviette.

— On a une parka de secours. Avec ça, tu seras bien au chaud.

Elle est revenue avec un anorak deux fois plus épais que ce que je portais.

— Merci.

Elle a regardé mes baskets.

— Ta grand-mère était bien mieux préparée pour les conditions d'ici. Tu devrais emprunter les mukluks de Mike.

— Il ne va pas péter un plomb ?

— Non, il comprendra.

Les mukluks étaient à ma pointure et, en effet, bien plus adaptées.

La neige ! J'avais presque oublié. Son éclat vous frappe dès que vous posez un pied dehors. Le paysage vous avale tout entier. La clarté. L'air qui picote vos poumons à chaque inspiration. Quelle expérience incroyable !

On a gravi une grande pente étincelante et on est arrivés au royaume des pingouins. C'était impressionnant, tous ces oiseaux ; il y en avait des milliers, bien plus que je ne m'étais imaginé, couvrant presque toute la surface du sol. Ils faisaient un boucan d'enfer. Ils se dandinaient, déchaînés, déterminés. Pareils à des humains mais en version miniature, noir et blanc, dotée d'un bec et beaucoup plus drôle. C'est impossible de ne pas les aimer.

Je ne prononçais que des banalités du genre « Waouh ! » et « Cool ! » et « La vache ! ». Certains oiseaux, intrigués par notre présence, ont formé un petit attroupement autour de nous. On s'est observé mutuellement. Je ne sais pas ce qui m'a pris, mais j'ai ramassé de la neige pour en faire une boule que j'ai lancée vers l'un d'entre eux, pas fort, juste pour jouer. Elle a atterri pile à ses pieds. Le pingouin l'a contemplée avec un air étonné avant de poser sur moi un regard dénué d'hostilité mais perplexe.

— Désolé, mon pote ! ai-je crié. Ne le prends pas mal, c'était juste une expérience scientifique. Pour voir si ça te mettrait en boule. Tu as passé le test haut la main. Pas une once d'irritabilité en vue !

Je me suis tourné vers Terry en désignant son carnet.

— Tu devrais noter ça.

Elle a ri.

— T'es marrant, toi.

Quand on a repris notre marche, je m'attendais à moitié à ce que le pingouin me lance une boule de neige dans le dos, mais il s'est abstenu.

Un peu plus tard, Terry a dit :

— Patrick, je me demandais…

— Oui, Terry ?

— À propos de ta grand-mère, de Veronica… J'imagine que tu l'aimes beaucoup ?

— Hum… C'est une personne si avenante et solaire, comment faire autrement ?

Elle a rigolé. Elle me comprend.

— Tu es quand même venu jusqu'ici…

— Ouaip. Parce que… Enfin, c'est compliqué.

Terry a semblé hésiter, comme si elle cherchait ses mots, avant de se jeter à l'eau sans plus réfléchir.

— Je suppose qu'elle t'a parlé de son argent ?

— Du fait qu'il y en a beaucoup ? Oui. Elle m'en a parlé.

Terry a gardé le silence un bref instant, concentrée sur l'horizon.

— Et elle t'a parlé de son projet de testament ? Concernant son héritage ?

— Certainement pas !

Elle a baissé la voix à tel point que j'ai eu du mal à entendre la suite.

— Veronica n'a pas de testament écrit, si j'en crois ce qu'elle m'a dit. Elle prévoyait d'en rédiger un en rentrant chez elle.

J'étais un peu étonné de voir Terry aborder un tel sujet. Elle ne donne pas l'impression de s'intéresser outre mesure à l'argent.

J'ai haussé les épaules.

— On ne saura jamais ce qu'elle avait prévu, j'imagine…

— J'imagine que non, a déclaré Terry dans l'air glacé en reprenant la marche.

Aujourd'hui, Terry est la première à revenir de sa visite à la colonie. Elle crie : « Salut, Patrick ! » et se dirige droit vers le bureau.

Lorsqu'elle en émerge vingt minutes plus tard, elle me trouve debout dans le « salon », le regard dans le vide. On sait ce que c'est : il faut bien de temps en temps s'arracher aux joies de veiller au chevet de Granny Veronica.

— Zut, je ne sais pas quoi écrire sur le blog, me confie Terry. Veronica y a pris une place importante, mais je ne veux pas révéler qu'elle est malade.

Je cherche quelque sage parole à lui offrir, mais je ne trouve rien.

— Hum… Compliqué, dis-je enfin.

— Il vaut probablement mieux que je n'en parle pas du tout. Je n'ai pas envie de mentir et… c'est trop douloureux.

Elle déglutit, au bord des larmes. Je me demande comment la consoler. La serrer dans mes bras, ce serait acceptable ? Vu les circonstances, je pense que oui. Mais avant que je me décide, Mike et Dietrich entrent en tapant des pieds pour débarrasser leurs bottes de la neige accumulée. L'instant s'évanouit.

Après les inévitables conversations concernant la journée de chacun, l'état de Veronica et celui des manchots, j'aborde une question qui me travaille depuis un moment.

— Je pourrais cuisiner pour vous ? Je voudrais participer, pour vous remercier d'avoir veillé sur Granny.

Je n'ai pas les moyens d'apporter une contribution financière, après tout ; je n'ai pas de finances à distribuer.

Terry sourit.

— Oh, c'est super gentil !

Mike grimace.

— Tu sais cuisiner ?

— Je me débrouille, rétorqué-je, agacé. Je me défends même plutôt bien.

De toute évidence, il est convaincu que je suis un bon à rien.

— Ah, excellente nouvelle ! s'enthousiasme Dietrich. Surtout si tu peux nous concocter un repas qui changerait un peu de notre ordinaire. La routine saucisses, haricots en boîte, pâtes, on n'en peut plus, *mein Gott* !

— Je peux jeter un œil à votre garde-manger ?

— Volontiers, mon ami. Suis-moi.

Il me conduit à la réserve. Apparemment, ils ne se servent que des boîtes de conserve et des paquets de pâtes lyophilisées, de riz, ou de sauces vite faites. Le seul autre élément ouvert est un énorme pot de beurre de cacahuètes.

— On a le stock surgelé aussi, ajoute Dietrich en me précédant jusqu'à un appentis à l'arrière du bâtiment. Il y a de la viande, des légumes – ceux qui supportent bien le gel. J'éviterais le chou-fleur, si j'étais toi. Il sent le pourri.

En effet, je veux bien croire que du chou-fleur congelé nous resterait en travers de la gorge. En revanche, j'ai repéré de belles pièces de bœuf.

— C'est de la bonne viande, confirme Dietrich. En provenance d'Argentine.

Je trouve aussi une boîte de poivrons rouges et jaunes surgelés. Je commence à élaborer un plat mentalement.

Une heure plus tard, des odeurs de bonne cuisine maison flottent dans l'air : mon goulasch au bœuf et poivrons. L'arôme attire les scientifiques autour du fourneau.

Je sers des portions généreuses. J'aurais aimé saupoudrer le plat d'herbes fraîches, mais les herbes fraîches ne sont pas au menu, ici. J'ai cuisiné pour un régiment, si bien que tout le monde a droit à un deuxième service. Ils mangent comme des chancres. Je dois dire que je suis assez fier de moi.

— Il en restera plein pour demain, si ça ne vous dérange pas de manger la même chose deux fois de suite.

— Nous déranger ? s'écrie Terry, la bouche pleine.

— On te réinvitera ! plaisante Dietrich.

Mike n'émet aucun commentaire sur la nourriture, mais je note la vitesse à laquelle il engloutit son assiette.

— Ça te plaît ? demandé-je d'un ton appuyé.

— Oui. C'est très bon. Vraiment très bon. Merci, répond-il avec raideur.

Le blog des pingouins de Terry

3 janvier 2013

Voici les dernières photos de Pip le Pingouin. Oui, nous avons décidé de le rebaptiser car nous accueillons à l'heure actuelle un autre Patrick (humain, celui-ci) sur l'île au Médaillon.

Pip a pris beaucoup de poids, comme vous pouvez le constater; il pèse maintenant 1 700 grammes. C'est devenu un grand explorateur qui adore découvrir de nouveaux endroits où dormir. Sa dernière trouvaille: la corbeille à papier...

Nous sommes bien occupés en ce moment, au centre de recherches et, comme je manque de temps, je vais vous laisser admirer ces quelques belles photos de manchots.

41

Veronica

Île au Médaillon

Papa est ici, maman aussi, ils dansent ensemble le Lambeth Walk dans la cuisine. Leurs pas claquent sur le sol. Derrière la fenêtre ouverte s'étire un vaste ciel couleur saphir, ondulant et flou. Une bourrasque s'invite dans la pièce et les soulève tous deux comme des confettis. J'essaie de les attraper, les poursuis à travers la cuisine. Mais ils me glissent entre les doigts comme des rubans et s'envolent par la fenêtre, deux ombres dansantes aspirées par le bleu infini.

J'entends une voix qui m'appelle. « Ve-ro-nii-ca ! » Le son semble d'abord venir de devant moi, puis de derrière. Je tourne sur moi-même encore et encore. Puis la voix tonne depuis le ciel : *Va-t'en dans un couvent** *!*

Voici à présent Janet, Norah et Harry. Ils ne sont pas tout à fait réels mais ressemblent à des poupées géantes,

* *Hamlet*, acte III, scène 1 (traduction de Guizot).

grimaçantes, pointant vers mon ventre enflé des doigts moqueurs. Ils m'encerclent comme une meute de loups. Norah se jette sur moi. Je saigne, je saigne tant. Mais ce n'est pas du sang qui s'écoule de mes veines, c'est de la confiture de fraises.

Soudain surgissent des nonnes, une rivière de nonnes en noir et blanc qui défilent. Chacune d'entre elles me tend un nourrisson pour que je l'examine, mais me l'arrache avant que je puisse voir s'il s'agit de mon petit Enzo. Je n'en peux plus. Je me jette dans la rivière en hurlant. Le flot noir et blanc se referme sur moi. J'attends d'être foulée aux pieds par les nonnes, mais... ce ne sont pas des pieds humains. Ils sont palmés, doux et légers. Et je me rends compte que les nonnes sont couvertes de plumes lisses et denses, qu'elles arborent une courte queue trapue. Ce ne sont pas des nonnes, pas du tout. Ce sont des manchots Adélie.

Est-ce Giovanni qui se tient à mon côté ? Je ne vois pas bien, mais je crois qu'il se penche sur moi. Il est sur le point de m'embrasser. J'essaie de prononcer son nom mais j'ai la bouche trop sèche. Il recule. Pas de baiser, pas de contact. Et non, je vois maintenant que ce n'est pas Giovanni, mais un jeune homme fruste, pas rasé, mal coiffé qui ne cesse de marmonner et pue le poisson. Je ne le connais ni d'Ève ni d'Adam. Ou peut-être que si ?

« Patrick ! » s'écrie quelqu'un. Une voix de femme, claire et douce.

— Je vais voir la colonie. Tu as tout ce qu'il te faut ?

— Oui, pas de souci, répond l'homme dont le visage me surplombe.

Je sens une main se poser sur mon front. Puis :

— Ouh là ! Tu es bouillante !

Et si c'était quand même Giovanni ? Il a les cheveux de la bonne couleur, et quelque chose dans les yeux... Mais non. Je suis sûre que ce n'est pas lui, pas tel qu'il demeure dans mes souvenirs. Et j'ai aussi bonne mémoire que... que Hamlet.

Je remue les lèvres, tente encore de parler, en vain.

Patrick. Ce nom résonne dans ma tête. Je crois qu'il y a un garçon nommé Patrick. Oui, un garçon en qui j'avais espéré trouver une oasis mais qui s'est révélé n'être qu'un mirage de plus dans le désert assoiffé de mon âme. De nouveau, je lutte contre la peur. J'ai le sentiment désagréable d'avoir un jour placé tous mes espoirs en un affreux butor mal dégrossi qui fumait de la drogue. L'image mentale que j'en ai correspond à l'homme présentement assis à mon chevet.

Je n'arrive pas à me concentrer. Je m'efforce de mettre de l'ordre dans mes pensées, mais elles sont trop emmêlées. Attendez... quelque chose émerge. Les mots « Patrick » et « petit-fils » sont liés. Voyons, c'est ridicule ! Patrick est un oiseau, un petit pingouin duveteux. J'en suis certaine. Mon petit-fils ne peut pas décemment être un pingouin.

42

Patrick

Île au Médaillon

Oh mince ! Oh non ! C'est la fin ? Elle affiche une expression sinistre. Son visage est froissé comme un vieux mouchoir en papier, sa bouche, bizarrement tordue. Sa respiration se réduit à des râles pénibles, espacés d'intervalles qui me semblent horriblement longs. Je me penche pour lui caresser le front. Il est brûlant, mais ses mains sont glacées. Ses yeux chassieux se posent sur moi, un regard trouble, perdu. Suppliant. Mais qu'est-ce que je peux faire ?

Je suis dévasté. Je ne veux pas assister seul à cette souffrance.

Je me précipite à la porte du centre et l'ouvre à la volée, espérant que Terry a été retardée, mais il n'y a que la lumière éblouissante et le silence. Aucun signe de Terry. Elle est avec les manchots et ne sera pas de retour avant des heures. Les autres sont partis pour la colonie tôt ce matin. Pip somnole dans sa corbeille à papier. On dirait bien que ce sera juste lui et moi pour accompagner Granny vers sa fin.

Je regagne sa chambre à toute vitesse. Elle se débat comme un poisson hors de l'eau. J'attrape un linge frais et humide, le presse sur son visage. Son corps frissonne, puis retombe, inerte.

— Granny, Granny, non !

J'arrive à peine à déglutir. J'ai la gorge tellement serrée que j'ai l'impression qu'une créature reptilienne y est fichée en travers.

Je ne veux pas que Granny meure. Je ressens des émotions oubliées depuis des années. Un besoin urgent et soudain d'être lié à une famille. Un désir profond d'en apprendre plus sur elle. La honte face à mon comportement lors de notre première rencontre. Le chagrin de n'avoir pas su lui montrer à quel point j'aurais voulu me rattraper. Et puis il y a le fait qu'elle soit venue en Antarctique. Ici, en Antarctique, ce lieu étrange et sauvage aux confins de la Terre – je trouve ce geste émouvant, d'une drôle de façon que je ne peux m'expliquer. Pour ne rien arranger, des images tirées de son journal assaillent mon esprit : une jeune Veronica, vive et impétueuse, prête à affronter le monde entier. Si différente de celle qui est allongée devant moi.

Ses sourcils sont froncés, comme si elle réfléchissait intensément à un problème. Sa bouche forme des mots. J'y colle mon oreille, dans l'espoir désespéré de saisir ses mots.

Sa respiration est saccadée, superficielle. Enfin, elle prononce un mot unique, un chuchotement rauque, râpeux. C'est mon nom : « Patrick ».

À ce mot, Pip, qui selon Terry souffre d'une crise d'identité depuis qu'on lui a changé son nom, s'anime. Il s'extirpe de sa corbeille et s'affale sur le sol. Puis, avec une puissance et une énergie insoupçonnables, il se catapulte jusque sur le lit. De toute évidence, il croit que Granny l'appelle pour le nourrir, ce petit goinfre. Il bascule vers l'avant sur les draps et rampe sur le ventre pour s'approcher du visage de Granny. Celle-ci sursaute, ses yeux s'ouvrent et se fixent sur le poussin. Ils se regardent tous deux, nez à bec, pour ainsi dire. Ils semblent pris dans un dialogue muet dont je ne suis qu'un témoin, exclu.

Et je jure que je peux voir Granny changer, subir une sorte de métamorphose, là, sous mes yeux.

43

Veronica

Île au Médaillon

Je suis fatiguée de tout, prête à partir. « Car qui supporterait les flagellations et les humiliations du présent… les serrements de cœur et ces mille attaques naturelles qui sont l'héritage de la chair ?* »

Pas moi. Terminé. Personne ne peut dire de ma vie qu'elle fut réussie. Pourquoi donc consentir l'effort de s'y accrocher plus longtemps ?

Et pourtant.

Lorsqu'un petit boulet sous forme de bébé pingouin atterrit sur votre corps prostré et vous dévisage avec des yeux brillants, vous mettez toutes vos activités sur pause quelques instants, même si l'activité en question consiste à mourir.

Son petit corps chaud et rond, allongé sur la couverture, pèse à peine sur ma poitrine, juste à l'endroit du cœur.

---

* *Hamlet*, acte III, scène 1 (traduction de Guizot).

Depuis quelque temps, le monde vacille furieusement autour de moi. En cet instant, il se stabilise, s'immobilise peu à peu. La pièce me semble plus lumineuse, tout est plus aigu, mieux défini, comme si quelqu'un avait repassé les contours au feutre noir. J'ai l'esprit clair, et toute douleur a disparu. Je me sens légère et insouciante.

Pip. Le poussin s'appelle Pip, je le sais sans l'ombre d'un doute. Pip, mon cher manchot bien aimé. Et l'homme débraillé qui se trouve derrière, en surplomb, est Patrick, mon cher petit-fils bien aimé.

Bien aimé ? Est-ce que je perds complètement la boule ?

Je dois halluciner car je vois à présent de grosses larmes dégouliner sur les joues du type. Je lance un regard interrogateur à Pip, cherchant confirmation.

Tout ce chagrin, c'est pour moi ?

— Oui, c'est ça, répond Pip.

Je suis sûre qu'il a parlé. Ou peut-être pas ? Non, il n'a pas prononcé de mots à haute voix. Mais il a pu parler avec les yeux. Oui, je pense que c'est ça. Comme c'est curieux… Je commence à prendre conscience que les yeux d'un manchot peuvent exprimer beaucoup si on veut bien les écouter.

Des pensées remontent de mon subconscient comme des bulles légères, mais à nouveau j'ai l'impression qu'elles me parviennent à travers Pip. Il sourit de tout son corps.

— Alors tu vas rester avec nous ! Tu ne vas pas mourir maintenant, si ?

— Ah non ?

Cette affirmation me paraît prématurée.

— Non, répond-il sans la moindre hésitation. J'espère que non, en tout cas.

Je suis flattée, j'en rosis de plaisir à dire vrai.

— Tu espères que non ?

C'est un don précieux, cette capacité à communiquer avec un manchot de cette façon : inaudible, sans même remuer les lèvres.

— Voici comment je vois les choses, commence-t-il.

Je suis curieuse d'entendre ce qu'il a à dire.

— Il y a quelque temps, tu m'as sauvé d'une mort certaine. Tu as décidé que ma vie en valait la peine, même si je ne suis qu'un manchot. Il me paraît donc juste que tu me laisses décider si ta vie à toi en vaut la peine. Et tu sais ce que je pense ? Qu'elle en vaut carrément la peine !

Un tel compliment de la part d'un manchot, c'est touchant.

— Tu as le choix, poursuit-il, sans détourner les yeux mais en me caressant la joue de son aileron. Et je te demande gentiment si tu es prête à faire de ton mieux pour guérir. Parce que, personnellement, j'aimerais beaucoup que tu restes en vie.

— Vraiment ? demandé-je, déconcertée.

— Oui ! Tout comme cet homme, là, ton petit-fils bien aimé, le fameux Patrick.

— Encore à me rebattre les oreilles avec ce Patrick ?

— C'est le but, non ?

Je me concentre sur Patrick. Ses yeux sont encore pleins de larmes. Je suis tout à fait perdue, à présent, entre ce qui est réel et ce qui ne l'est pas.

Je reviens à Pip.

— Tu vois ? dit-il. Il est parfaitement possible pour des gens de t'aimer, même si tu insistes pour leur rendre la chose difficile. Tu n'es pas obligée d'être si seule.

Est-ce mon imagination, ou bien un rayon de soleil vient-il baigner soudain la chambre ?

— S'il te plaît, vis encore un peu et tu verras.

Il s'efface maintenant, perd en définition, sa silhouette de plus en plus floue. L'épisode surnaturel est terminé, dirait-on. La réalité a repris ses droits, la douleur coule à nouveau dans mes veines. Mais ces derniers mots résonnent sans fin sous mon crâne.

Vis encore un peu et tu verras...

44

Veronica

Île au Médaillon

— Sans mentir, son visage a été complètement transformé.

La voix de Patrick.

— Elle avait l'air radieuse. Et incapable de détacher son regard du poussin.

— Intéressant, répond Terry. Elle a peut-être vécu ce phénomène qui se produit parfois quand une personne est proche de la mort. Une sorte d'euphorie. Chez certains, elle prend la forme d'un tunnel de lumière. Chez d'autres… eh bien, l'affection de Veronica pour Pip frise l'obsession. Cette euphorie a pu se manifester à travers son image…

— En tout cas, c'était extrêmement bizarre, quoi que ce soit.

— Elle a l'air d'avoir un peu repris du poil de la bête, non ?

En effet, j'arrive à rassembler quelques miettes de force. Il est désormais possible que je vive quelques jours de plus… voire, quelques années.

Pour l'instant, je ne suis pas en position d'apprécier la vie. Mais, m'accrochant à ce qu'a dit Pip (ou ce qu'il n'a pas dit ?), je suis prête à me donner une nouvelle chance d'essayer.

La présence de Pip agit comme un baume. Même quand j'ai les yeux fermés ou qu'il n'est pas dans mon champ de vision, je perçois sa proximité. Parfois Terry le dépose sur le lit et il vient se nicher dans le creux de mon bras, bien au chaud. Il m'encourage dans ce jeu de la survie et maintient mon vieux cœur en vie.

Mes poumons me font l'effet d'un ballon de baudruche fatigué, distendu, qui se désintégrera si on y aspire une quantité d'air même raisonnable. Mes muscles sont endoloris. Ma gorge est râpeuse comme du papier de verre. Parler m'est impossible, tout comme m'asseoir. Mes journées sont excessivement fastidieuses. Ma seule distraction consiste à écouter ce qui se passe autour de moi. On peut dire que je pratique plus l'écoute aujourd'hui que jamais auparavant dans ma vie. Jamais je ne me suis autant focalisée sur les autres dans les moindres détails.

La bonté me déconcerte, je l'avoue. Je n'ai pas l'habitude de lui faire confiance. J'ai toujours présumé que si les gens se montrent bons avec moi, c'est parce qu'ils attendent quelque chose en retour. En général, ces jours-ci, ce qu'ils attendent, c'est de l'argent.

À présent, pourtant, je m'interroge. Les gens qui m'entourent, ici, sur l'Île au Médaillon, ont fait preuve d'une bonté inattendue envers moi. Je m'imaginais qu'ils avaient tous des arrière-pensées, mais peut-être sont-ils gentils tout simplement car c'est dans leur nature.

Dietrich me rend visite assez souvent. Il ne perd pas de temps en conversation futile ou pour me demander comment je vais : il sait que je suis incapable de répondre.

— Madame McCreedy ! s'écrie-t-il avec enthousiasme. Je vais vous lire un nouveau chapitre des *Grandes Espérances*. Je suis sûre que ça va vous plaire.

Il s'éclaircit la gorge et commence à lire, sans plus de préambule. Je suis plongée dans l'histoire d'un jeune garçon plein d'espoirs et de rêves. La narration me distrait. Elle me pousse aussi à réfléchir à la jeunesse, à la vitesse à laquelle elle est avalée par le temps ; à combien nos expériences nous transforment. Quelle sorte de personne aurais-je été si ma propre jeunesse avait été différente ? Si mes parents avaient vécu ? Si la guerre ne m'avait pas jetée dans les bras de Giovanni avant de nous arracher l'un à l'autre ? Si on m'avait permis de garder mon bébé ?

Une pression s'accroît derrière mes yeux, poussant un liquide vers la surface. Il forme bientôt deux flaques brûlantes qui se déversent le long de mes joues jusque sur l'oreiller. Je n'essaie pas d'endiguer le flot. Je suis impuissante.

Dietrich continue de lire. J'aime bien sa voix maintenant. L'accent autrichien lui apporte une certaine douceur. J'aime la façon dont sa voix caresse les mots. Parfois, lorsque l'histoire aborde la question de l'amour, il marque une pause, comme si lui aussi réfléchissait. Il a une femme et des enfants en Autriche. Je ressens maintenant à quel point ils lui manquent.

Le temps s'écoule ; des minutes, des heures, des jours. Impossible de tenir le compte. Mike, Patrick et Terry sont des visiteurs encore plus assidus que Dietrich. Ils apparaissent selon des combinaisons variées, chacune avec sa propre dynamique.

Les visites de Mike sont les plus surprenantes. Je sais qu'il ne m'aime pas beaucoup, aussi doit-il exister une autre raison à ces visites. Se sent-il coupable de m'avoir traitée avec tant de froideur, dès le début ? Ou bien tente-t-il de prouver quelque chose à quelqu'un ?

— Bonjour, Veronica. Je suis passé voir comment vous alliez, commence-t-il en s'asseyant au bord de la chaise, à côté de mon lit. Il fait plus doux, aujourd'hui, presque 1,8 degré Celsius. (Ça ne me parle pas : je ne connais que les Fahrenheit.) Mais le soleil reste caché. Je m'en vais voir la colonie d'ici peu.

Il me tient au courant des dernières nouvelles de la colonie, se limitant toutefois aux faits. Le manchot baptisé Sooty est toujours assis sur son nid, triste et solitaire. De nouveaux poussins éclosent tous les jours. Bon nombre d'entre eux succombent à la faim ou aux prédateurs. D'autres grandissent et s'épanouissent, vigoureux. Je les visualise mentalement, en espérant être un jour suffisamment rétablie pour retourner les voir.

Chaque fois que Mike et Patrick sont présents en même temps, j'assiste à des échanges brefs et tendus. Petites remarques acerbes de la part de Mike ; résistance entêtée de Patrick ; et surenchère à tous les étages.

Quand Mike est ici avec Terry, en revanche, j'ai noté qu'il adoptait un ton beaucoup plus doux.

Comme je le soupçonnais, Mike est en plein déni.

Terry n'en a pas conscience, bien entendu. Elle se considère disgracieuse, presque asexuée, parce qu'elle ne correspond pas aux canons de la beauté dictés par les magazines. Elle se voit comme une sorte de geek. Elle consacre toute son énergie à s'occuper de Pip et de moi. (« S'il vous plaît, essayez de manger un peu, Veronica. Je vous ai apporté de la soupe aux champignons. Pip, sois patient. Ce sera ton tour dans une minute. ») Elle aime se sentir utile. Elle n'est même pas rebutée par la tâche peu ragoûtante de vider le pot de chambre et de me laver à l'aide d'éponges et de gants de toilette. Je me laisse faire, reconnaissante envers cette fille pour sa délicatesse et sa discrétion. Si elle éprouve la même répugnance que moi devant les frasques de mon corps, elle ne doit pas accomplir ces corvées de gaieté de cœur. Dieu merci, elle le cache très bien.

Mon petit-fils est le plus présent. Évidemment, il n'a rien d'autre à faire. Je n'arrive tout simplement pas à comprendre ce qu'il fiche en Antarctique. J'ai du mal à croire qu'il ait entrepris ce grand voyage juste pour moi, et pourtant, il semblerait que ce soit le cas. Alors que sa compagnie m'agaçait prodigieusement au début, je commence à m'y faire. Il parle beaucoup plus qu'avant. Parfois, je ne parviens pas à déterminer s'il s'adresse à moi ou bien à Pip. Il nous rebat les oreilles de ses tentatives pour cuisiner des repas corrects avec les provisions basiques à sa disposition. Il nous parle de la boutique de vélos, de son ami (son « pote ») Gavin (« Gav ») et d'une petite fille nommée Daisy qui a un cancer. Et même, quand il me croit endormie, de ses familles d'accueil et de ses ex-copines. Peu à peu, d'autres aspects de sa vie se dévoilent.

Je garde les yeux bien fermés et j'écoute. Que j'aie halluciné ou pas, je ne peux effacer de ma mémoire que Pip m'a parlé tandis que j'agonisais. Je me remémore ce qu'il a dit à propos de Patrick, un mot qui m'a échappé et qu'il a répété : le mot « bien-aimé ».

Peut-être que je ne connais qu'un répit passager. Mais si je dois vivre encore un peu, il n'y a plus de doute : je vais devoir réviser intégralement toute ma vision du monde.

45

Patrick

Île au Médaillon

Granny et moi avons au moins une chose en commun. Nous sommes tous les deux dingues des pingouins. Pour être honnête, je ne m'étais jamais beaucoup intéressé à leur sort, mais tout a changé. D'où me vient cet attrait pour les pingouins ? Je ne sais pas s'il est dû à leur aspect anthropomorphe ou à leurs excentricités de volatiles, mais les observer est une excellente thérapie. Ils me font rire. Ils me font fondre. Ils sont si petits et pourtant débordants de vie. C'est un spectacle merveilleux.

Les scientifiques consacrent une large part de leur temps à rédiger leurs notes. Comme il n'y a pas de télé, et qu'ils accaparent le plus souvent la connexion internet super lente, j'ai commencé à explorer la bibliothèque. Parmi les romans, on trouve en majorité des classiques barbants comme Dickens ou *Jane Eyre*. Pas de polars ou de romans d'aventures, à part de vieux volumes poussiéreux d'Agatha Christie ou Sherlock

Holmes. Par contre, il y a une tripotée de bouquins sur les pingouins. J'en ai entamé un, plutôt intéressant je dois dire.

— Ta grand-mère aime bien qu'on lui fasse la lecture, m'a dit Dietrich l'autre jour, en me voyant tourner les pages.

— Tu plaisantes ?

— En tout cas, elle a l'air d'apprécier *Les Grandes Espérances*. Tu peux essayer avec *Tout ce que vous avez toujours voulu savoir sur les pingouins*, si tu crois que c'est plus son truc.

— Merci, mec. Je vais peut-être tenter le coup.

Et c'est ce que je fais. Je lis à Granny tout plein de données amusantes sur les pingouins tirées du gros volume. Je pose Pip sur le lit, et il s'installe confortablement auprès de nous. À croire qu'il est avide d'en apprendre plus sur sa propre espèce. Il adopte parfois un air sceptique, comme pour dire « Bon, cette partie est assez juste, mais cette autre, là, c'est complètement n'importe quoi, mon pote ». Ou bien il picore les pages, testant du bout du bec leur goût et leur texture.

Les joues de Granny ont repris un tout petit peu de couleur. Elle a réussi à avaler de la soupe aujourd'hui, une cuillère ou deux de minestrone. Elle ne parle toujours pas beaucoup, mais elle a prononcé les mots suivants, sur un ton de stupéfaction :

— Vous cuisinez bien, Patrick.

J'étais trop content.

— Oh, merci, Granny !

Elle a marmonné autre chose que je n'ai pas saisi.

— Pardon, Granny, qu'est-ce que vous avez dit ?

— J'ai dit… (Elle s'est raclée la gorge.) J'ai dit que ça devait venir de votre sang italien.

Évidemment ! Mon sang italien ! Je n'y avais jamais pensé.

Terry et moi sommes de sortie pour aller voir les manchots. La neige est légère et poudreuse comme du sucre glace. La mer scintille, bleu-argent, toute parée de ses gros bijoux de glace à la dérive.

— Alors, tu es content d'être venu ici, sur l'île au Médaillon ? demande Terry tandis que nos bottes crissent sur la neige.

— Non, rétorqué-je en fourrant les mains dans mes poches et en tirant la tête. C'est complètement déprimant.

Elle commence aussitôt à s'excuser, à se lamenter que tout cet épisode doit être très éprouvant pour moi. Je l'arrête en riant.

— Terry, stop ! Ce n'est pas comme si j'étais dévasté par le chagrin.

Je lui raconte que je n'avais jusqu'ici rencontré Granny qu'à deux occasions, toutes deux des fiascos.

— Cela dit, je commence à l'apprécier, avoué-je. Je n'aurais jamais pensé dire ça un jour.

— Je suis très heureuse de l'apprendre, Patrick.

Terry possède ce don : avec elle, vous sentez que vous pouvez tout lui dire et qu'elle ne jugera pas.

— Je suis venu ici pour une seule raison, lui confié-je. Elle m'a envoyé ses journaux intimes d'adolescente. Il y avait quelque chose de touchant dans ce geste. Et elle a beaucoup souffert par le passé. Il m'a paru juste et décent de venir ici pour l'accompagner quand sa dernière heure arriverait.

— Quelle dernière heure ?

On ricane gaiement. Il semblerait que Granny va s'attarder encore un moment sur cette Terre.

Nous avons rejoint la colonie. Je contemple les hectares de manchots qui s'étalent devant moi, hume à plein poumons la puanteur enivrante du guano.

— Tu veux m'aider pour la pesée, aujourd'hui ? propose Terry.

Elle me montre comment plonger dans la mêlée pour attraper un manchot, comment éviter les coups de bec et d'aileron ; comment le mettre dans le sac de pesée avant qu'il ait le temps de réfléchir, comment le peser et le relâcher. C'est tout un art. Je me fais becqueter deux ou trois fois, et quelques oiseaux parviennent à se dégager et s'enfuir avant que j'arrive à les contrôler. Ce n'est pas grave. Tout le contraire, en fait. Bon sang, j'adore ça !

Terry s'occupe de peser et d'enregistrer les données, tandis que j'adopte le rôle de maître dompteur de pingouins. Je commence à avoir un sacré coup de main, je dois dire. On rit beaucoup.

Quand on a pesé neuf ou dix oiseaux, Terry me dit :

— Je pensais à Veronica...

— Hmm... ?

C'est ce que fait Gav quand il veut m'encourager à exprimer une opinion. Je veux voir si ça marche avec Terry. Et ça marche.

— Elle m'a parlé de son enfance. De la guerre. De ses parents, de Giovanni et de son enfant.

— Granny s'est confiée à toi ?

Même Granny perçoit la gentillesse de Terry. Cette dernière hausse les épaules.

— Pendant longtemps, Veronica n'a rien révélé de sa vie. Et puis, un soir, tout est sorti d'un coup.

— Peut-être que ces petits gars y sont pour quelque chose, dis-je en passant à Terry un gros manchot à l'air perplexe.

— Oui, c'est aussi ce que je crois.

Elle se saisit du manchot et le fourre dans le sac de pesée, puis note le résultat dans son carnet.

— Veronica a vécu drame après drame, poursuit-elle. Tous ceux qu'elle aimait ont disparu. Je crois qu'au cours des ans elle s'est entraînée à voir le pire en chaque personne, pour être sûre de ne pas s'attacher. Parce qu'elle est tout simplement incapable de surmonter de nouvelles pertes.

— Tu as peut-être raison, Terry.

Elle soupire.

— Je ne peux même pas imaginer la douleur de découvrir que votre enfant vous a été enlevé !

— Enlevé ?

— Oui, c'est ce qui est arrivé à Veronica. Quand les nonnes ont emmené son bébé pour le donner à ce couple de Canadiens... Et elle n'a même pas eu le droit de lui dire au-revoir.

Je fixe Terry bouche bée, le temps que ses paroles s'impriment dans mon cerveau.

— Tu veux dire... qu'elle n'a pas eu le choix ?

— Elle ne te l'a pas dit ? Ce n'est pas dans ses journaux ? demande Terry, stupéfaite.

Sa mâchoire se décroche quand elle réalise que je n'avais aucune idée que les faits s'étaient déroulés de cette manière.

— Je pensais qu'elle avait *choisi* de le faire adopter, même si elle semblait très attachée à lui. Je comprends, maintenant. Mon Dieu, pauvre Veronica ! Pauvre gosse !

Nous partageons un silence méditatif.

— Ce n'est pas plus mal que tu sois au courant, commente enfin Terry. C'était ton père, après tout. Tu sais qu'il est mort, n'est-ce pas ? ajoute-t-elle d'une voix inquiète.

— Oui, oui. À la quarantaine, dans un accident d'alpinisme.

Elle pousse un nouveau soupir et déclare sur un ton philosophe :

— La vie est cruelle, non ? À peine s'est-on remis d'un drame qu'un autre survient. Tant de gens meurent...

— Hum, sans vouloir être pessimiste, il me semble qu'on finit tous par mourir, lui fais-je remarquer.

Elle m'offre un sourire. Un sourire espiègle et époustouflant de beauté.

— On n'est pas obligé d'y passer tout de suite, si ?

— Non. On devrait carrément profiter du temps qui nous est accordé.

— Oups, le manchot !

On est tellement absorbés par notre conversation qu'on en a oublié le gros manchot dans le sac. Elle lui rend sa liberté et on l'observe tituber sur quelques mètres avant de rejoindre ses potes.

On passe encore un bon moment sur place, pesant au moins une trentaine d'oiseaux, et je savoure chaque minute. C'est fan-tas-tique, tout ce travail auprès des manchots. Je comprends parfaitement l'obsession que partagent Terry, Mike et Dietrich pour ces volatiles. Ce serait tragique qu'ils soient obligés de mettre un terme au projet.

Mon cerveau poussif a enfin pigé : c'est ce que Terry essayait de me dire quand elle m'a parlé d'argent l'autre fois, mais elle est trop délicate pour aborder le sujet de front. Granny doit l'avoir informée qu'elle comptait léguer ses millions au centre de recherche plutôt qu'à moi. Je parie que Terry est rongée par la culpabilité, ayant désespérément besoin de cet argent pour ses chers manchots, tout en reconnaissant qu'il me revient de droit. Elle voit sûrement les deux côtés du problème, parce qu'elle est comme ça. Elle doit se dire aussi que je tiens à ce fric.

Est-ce que j'y tiens, d'ailleurs ? Eh bien, voici comment je vois les choses. Il y a encore quelques mois, je ne savais même pas que j'avais une grand-mère. Et à part rembourser la somme que Gav m'a prêtée pour le voyage (ce qui m'inquiète un peu), je ne saurais même pas quoi faire de tout cet argent. Je le gaspillerais sans doute en trucs inutiles : jeux vidéo, abonnements dans des salles de sport, bières, vélos, accessoires de cuisine, etc.

Non, décidément, si Granny V veut laisser ses millions aux Adélie, tant mieux. Ils en ont bien plus besoin que moi.

46

VERONICA

Île au Médaillon

— Vous avez été bon avec moi.

— N'ayez pas l'air si surprise, Granny.

Avant, je trouvais le terme « granny » affreux et extrêmement gênant, surtout appliqué à ma personne, surtout venant de lui.

Je commence toutefois à y être habituée. Ce garçon s'est montré très attentionné et a su faire preuve de douceur dans l'administration de mes soins.

— J'avoue un certain degré de stupéfaction, lui dis-je.

Je suis au lit, à moitié assise, mes épaules et ma tête reposant sur une montagne d'oreillers. Un regain de santé me donne des forces neuves. Je ne suis pas encore en état de faire grand-chose, mais c'est un soulagement immense de pouvoir à nouveau respirer et manger correctement. Patrick est assis sur la chaise près du lit. Il vient de m'apporter un thé. Terry, à l'autre bout de la pièce, est occupée à fixer un brassard orange vif sur l'aileron de Pip. Maintenant qu'il commence à sortir, il est important de le suivre à la trace. Je suis extrêmement inquiète pour sa sécurité. J'ai assisté à la mort de nombreux manchots, et cette fois où j'ai vu le poussin pendouiller dans les serres du stercoraire est gravée dans ma mémoire. Je ne supporterais pas qu'il arrive malheur à notre cher Pip. Je m'efforce pourtant de chasser ces sombres pensées ; c'est mauvais pour ma tension.

« Mieux vaut avoir aimé et perdu que de n'avoir jamais aimé*. » Cette phrase me tourne dans la tête. D'où sort-elle ? Je n'arrive pas à la remettre. Ce n'est pas *Hamlet*, en tout cas.

Quand Pip sera un peu plus grand, il devra s'en aller vivre parmi ses congénères. Terry a insisté : nous ne pouvons pas le nourrir éternellement, et de toute façon, ce ne serait pas juste. Il n'est pas l'un des nôtres ; c'est un manchot. On doit lui permettre de réaliser pleinement son potentiel de manchot. Il doit se construire une vie à lui, loin des humains. Le moment venu, toute la colonie repartira en mer. Les Adélie passent l'hiver sur la banquise de mer, où les températures sont plus élevées que sur la terre ferme. Ils trouvent des failles dans la glace pour plonger et pêcher. Ça, nous, humains, ne pouvons pas l'enseigner à Pip. Il doit apprendre avec ses semblables.

---

* Vers souvent attribué à tort à Shakespeare, et tiré en fait du poème d'Alfred Tennyson *In Memoriam A. H. H. OBIIT MDCCCXXXIII : 27.* (traduction de Léon Morel).

Je reporte mon attention sur mon petit-fils. Quand j'étudie son visage avec minutie, je peux déceler un petit quelque chose de Giovanni dans ses yeux.

— Je l'admets, la première impression que vous m'avez laissée n'était guère positive, l'informé-je. J'ai été quelque peu dégoûtée par votre manque d'hygiène, à l'époque. Je note avec bonheur qu'il y a une nette amélioration de ce côté.

D'un signe de tête, il reconnaît cette vérité.

— Vous êtes trop aimable.

— Mais le plus gros problème à mes yeux concerne votre consommation de drogues.

J'aimerais savoir où il en est sur ce point.

— Vous étiez en train de fumer du cannabis quand je suis arrivée dans votre studio. J'ai présumé que vous souffriez d'une addiction.

Je n'en ai pas vu la moindre trace depuis qu'il est ici, mais peut-être s'adonne-t-il à cette manie répugnante à l'extérieur.

Il réfléchit.

— Eh bien, je pense que j'étais à moitié accro, si vous voyez ce que je veux dire. Plus maintenant, au cas où vous vous poseriez la question. Je m'étais remis à fumer seulement parce que… parfois, les événements me font un peu perdre les pédales. Et au moment où vous avez décidé d'entrer dans ma vie, ma petite amie venait de se barrer avec un autre, et la vie était bien moche, Granny.

— Je vois.

Je bois une petite gorgée de Darjeeling. Je suis impressionnée : il l'a préparé à la perfection, ni trop fort ni trop faible.

Je jette un coup d'œil à Terry qui, occupée à vérifier que le brassard de Pip est correctement fixé, écoute la conversation d'une oreille.

— Depuis mon arrivée ici, j'ai révisé mon opinion quant à ceux qui consomment du cannabis, commenté-je. Grâce à Terry.

Si on m'avait offert ce type de drogue à une certaine époque de ma vie, j'aurais sans nul doute sauté sur l'occasion.

— L'addiction est un trouble sérieux, mais nous sommes tous vulnérables par moments. Je suis moi-même accro au thé de bonne qualité.

— Une addiction beaucoup plus saine, remarque Patrick avec un sourire.

— Mais une addiction, quelle qu'elle soit, peut-elle être réellement saine ? intervient Terry.

— Je commence à me dire que certaines ne sont pas si néfastes, répliqué-je. La vôtre, par exemple, Terry.

— Quelle addiction ? s'étonne-t-elle.

— Votre addiction aux manchots.

— Je ne peux pas le nier, admet-elle. C'est vrai que je leur consacre presque toutes mes pensées et toute mon énergie.

Elle pince le bec de Pip pour jouer. Tous les trois, nous le contemplons avec tendresse. Écartant l'aileron orné de son brassard tout neuf, il l'agite comme pour tester s'il fonctionne encore. Puis, satisfait, il entreprend tranquillement de se lisser les plumes.

— Bon, c'est le moment, dit Terry en se levant. Je vais l'emmener à la colonie et le présenter aux autres poussins.

— Déjà ? Si tôt ?

— Je le ramènerai, bien sûr, mais il est temps de voir comment il s'entend avec les membres de son espèce. On ne doit pas lui laisser croire qu'il est un humain. Et il est assez grand pour sortir faire une vraie promenade, maintenant.

— Je peux venir ? demande Patrick en se levant à son tour.

— Bien sûr.

J'essaie de m'extraire de mon lit.

— Qu'est-ce que vous faites, Granny ?

— Je viens avec vous.

— Certainement pas ! s'exclament Terry et Patrick en chœur.

Terry ajoute :

— Vous restez ici, bien au chaud.

Je voudrais protester, mais m'affale sur le lit. Je suis physiquement incapable de marcher jusqu'à la colonie, pour l'instant, malgré le désir impérieux qui m'attire là-bas.

Patrick me borde dans ma couverture, ses grandes mains affectueuses m'apportant un certain réconfort.

Je tends ma propre main vers Pip, qui saute aussitôt sur le lit pour frotter sa tête contre ma paume.

— Vous veillerez sur lui, n'est-ce pas ? Ne vous éloignez pas trop de lui, ne le laissez pas s'approcher des stercoraires ou des phoques. Ou d'autres manchots agressifs. Et vous le ramènerez immédiatement à la maison s'il a l'air affamé, esseulé ou malheureux, d'accord ?

— Promis, Granny.

— Et quand vous rentrerez, je veux que vous l'ameniez directement ici, même si vous pensez que je dors.

Je ne dormirai pas. Je n'arriverai pas à fermer l'œil tellement je vais m'inquiéter.

— Tout ira très bien, Veronica, insiste Terry. Faites-nous confiance.

On dirait bien que je n'ai pas le choix, de toute façon.

Est-ce un bruit à la porte que j'entends ? Sont-ils de retour ? J'attrape mon appareil auditif et l'insère, montant le volume à fond.

— ... comme une maman qui amènerait son enfant à l'école pour la première fois.

— Oui, c'est sûr que ça risque d'être compliqué.

— C'est sans doute ma faute, je n'aurais pas dû la laisser s'y attacher autant.

— Ne t'en veux pas. Je sais comment elle est. Granny peut se montrer complètement...

— Ouhou ! crié-je. Terry, Patrick, c'est vous ? Pip est avec vous ?

— Oh, salut Veronica ! répond Terry. Oui, on arrive tout de suite, le temps d'enlever nos bottes. Il...

J'entends un bruit de petits pas et la frimousse de Pip apparaît à la porte de la chambre.

— Pip !

Il secoue ses ailerons et dodeline de la tête.

— Tu vas bien ! Tu vas bien !

Mes joues sont inondées de larmes que je suis incapable de retenir.

— Quelle idiote je fais ! Me laisser aller ainsi à la faiblesse... dis-je d'un ton fâché au moment où Patrick et Terry entrent dans la pièce.

— Faiblesse ? répète Terry. Personne ne peut vous accuser de faiblesse, Veronica.

Je tire mon mouchoir de sous l'oreiller et me tamponne vigoureusement les yeux.

— Ce n'est pas grave de pleurer, Granny, déclare Patrick en soulevant Pip pour le poser sur le lit. Pleurer, ça n'a rien à voir avec de la faiblesse.

— Tout à fait d'accord, commente Terry. C'est l'inverse : les larmes surgissent lorsqu'on s'est montré trop fort, trop longtemps.

— Assez parlé de moi, coupé-je d'un ton sec. Auriez-vous plutôt la gentillesse de me faire un rapport complet sur la première rencontre de Pip avec la colonie ?

Pip était timide au début, me disent-ils, ne s'éloignant pas de leurs jambes. Mais, bien vite, sa curiosité a pris le dessus et il s'est approché peu à peu d'un groupe de poussins de son âge. Ils jouaient à chat. Il ne s'est pas joint à leurs jeux, mais a observé la petite troupe, fasciné.

Terry sort son appareil pour me montrer une photo.

— Il se méfie beaucoup des manchots adultes, dit-elle en riant, mais c'est un bon début.

— C'est un héros ! ajoute Patrick.

— Merci d'avoir veillé sur lui, leur dis-je, la voix encore un peu tremblante.

Mon petit-fils caresse la tête de Pip.

— C'était un plaisir, Granny.

***

Incroyable nouvelle : Patrick a réparé le générateur ! Selon Terry, il est grimpé à l'échelle pour jeter un œil à l'éolienne, en est redescendu en marmonnant un charabia à propos de mât, de moyeu et de volant d'inertie. Puis, au grand dépit de Mike, il a récupéré des morceaux de palissade et les patins d'un vieux traîneau et il a rafistolé l'engin. Nous ne sommes donc plus rationnés en électricité : Dietrich peut de nouveau écouter autant de CD qu'il le souhaite ; Terry, passer tout le temps qu'elle veut sur l'ordinateur ; et moi, je peux boire du thé à volonté. Je me sens mieux rien qu'à cette idée.

— Étrange, n'est-ce pas, que mon petit-fils, qui n'a aucun diplôme, parvienne à réparer le générateur, alors que vous, avec vos années de formation, vous n'en avez pas été capable, souligné-je auprès de Mike.

— Il nous a étonnés, admet Mike avec réticence. Mais, à ma décharge, mes compétences concernent la biochimie, Veronica, pas la mécanique.

Hourra pour Patrick !

Je me demande s'il existe une particularité dans les gènes McCreedy : un certain esprit d'entreprise, un besoin de se dépasser. J'ai éprouvé un tel besoin à plusieurs reprises dans ma vie ; ce voyage en Antarctique en est un exemple. Le peu d'informations que je possède concernant la vie de mon fils me porte à croire que lui aussi l'a ressenti. Sa cousine d'adoption m'a raconté dans sa lettre que mon Enzo (alias Joe) avait tendance à se montrer entêté, à refuser de reconnaître ses propres limites. Il aimait se surpasser et avait une passion pour les espaces sauvages, d'où son amour de l'alpinisme. Patrick a fait montre d'un trait de caractère semblable en venant jusqu'ici, en grimpant à cette échelle pour réparer la turbine.

J'avoue que je suis assez fière de lui.

D'ailleurs, maintenant que je suis de nouveau capable de converser, il y a un sujet que je voudrais aborder avec mon petit-fils.

— Patrick, vous dites que vous n'avez aucun souvenir de votre père ?

— Non, rien du tout. Et vous ?

— Je me souviens d'avoir changé ses couches.

Et je me souviens du contact de sa peau, de sa chaleur, de la façon dont il s'accrochait à moi avec ses bras minuscules, mon petit bout de chou chéri, mon espoir.

— Je sais que vous ne l'avez pas abandonné, qu'on vous l'a pris sans vous laisser voix au chapitre, déclare Patrick.

À vrai dire, j'aurais cru que c'était l'évidence. Si j'avais eu mon mot à dire, tout aurait été très différent.

Un instant, j'ai l'idée folle d'ouvrir mon médaillon pour montrer à Patrick la mèche de cheveux que je conserve de son père, mais je ne peux pas. Du moins, pas encore. Ce serait trop dur, trop d'émotion. Je me satisfais de savoir que Patrick a lu mes journaux. Il sait que j'ai aimé et chéri Enzo.

Il en sait beaucoup sur moi, en fait, et moi, très peu sur lui.

— Votre mère… ? commencé-je.

— S'est suicidée quand j'avais six ans.

— Oh…

Je suis désolée d'apprendre ça. C'est une tragédie que quiconque en arrive à cette extrémité, quand tant d'autres sont arrachés à la vie sans en avoir le choix. Et laisser un jeune garçon seul au monde me paraît tellement injuste. Je réalise en même temps que mon Enzo a lui aussi déserté l'enfant Patrick. Son propre fils. Pourquoi a-t-il fait ça ? *Pourquoi ?*

— Quand vous étiez petit, votre mère vous parlait-elle parfois de votre père ?

— Jamais. Tout ce que je peux dire, Granny, c'est que j'ai haï mon père ! Je le tenais pour seul responsable de la mort de ma mère. Je pensais qu'elle s'était donné la mort parce qu'il l'avait abandonnée. Mais… j'y ai beaucoup réfléchi, récemment, et j'ai compris qu'il existait peut-être d'autres raisons. C'était peut-être… comment dire… dans sa nature. Elle était très déprimée. Avec le recul, je m'en rends compte. Peut-être qu'il a fait de son mieux mais s'est trouvé incapable de faire face à son comportement erratique – et a fini par la quitter.

Je regarde ce garçon abîmé qui se tient devant moi. Je suis ébahie. Il est prêt à accorder le bénéfice du doute à son père, et c'est remarquable. Il est prêt à lui pardonner, et c'est extraordinaire. Il est bon, et c'est incontestable.

— Granny, peut-être qu'un jour – ce n'est qu'une idée et vous pouvez m'envoyer paître si vous voulez –, mais peut-être qu'on pourrait aller au Canada tous les deux et essayer d'en apprendre un peu plus sur mon père, sur sa vie.

— Ce serait avec plaisir, Patrick. Avec grand plaisir.

Le blog des pingouins de Terry

9 janvier 2013

En ce moment, tout est histoire de découvertes. Les poussins manchots sont d'une curiosité sans fin et s'aventurent de plus en plus loin hors de leur nid – y compris notre petit Pip. Il en est maintenant à deux ou trois visites à la colonie, et nous sommes fiers (et soulagés) de voir qu'il commence à se faire des amis. Il aime toujours ses humains, cela dit.

Voici une photo qui vous fera fondre : Veronica est en train de lire un chapitre des *Grandes Espérances* à Pip. Il a l'air intéressé, n'est-ce pas ? Ces derniers temps, il a été d'un soutien inestimable pour Veronica, qui souffre d'une infection pulmonaire. Rien de grave, rassurez-vous.

Vous noterez combien Pip a grandi ; on décèle à présent de vraies plumes sous son duvet de bébé. Ces nouvelles plumes sont une merveille : une véritable combinaison étanche, absolument nécessaires à sa survie.

En général, le premier contact d'un jeune manchot avec la mer est un choc. Les jeunes pataugent et se débattent dans les vagues, ballottés et malmenés sans la moindre conscience de leurs capacités... jusqu'au moment où ils plongent et comprennent soudain qu'ils sont capables d'accomplir d'incroyables prouesses aquatiques.

Pip s’est déjà confronté à plusieurs reprises à des robinets et des bassines. Nous ferons tout notre possible pour nous assurer qu’il est à l’aise avec ses congénères avant d’effectuer le grand plongeon – ce qui ne saurait tarder.

47

VERONICA

Île au Médaillon

Terry est tout sourire.

— Mon dernier article de blog a été retweeté huit-cent-quarante-six fois !

Mike lève le nez de ses notes et hausse les sourcils.

— Sans blague ?

— Sans blague ! C'est grâce à la photo de Pip et Veronica en pleine lecture des *Grandes Espérances*. Il y a plein de commentaires adorables, en plus.

— Waouh ! Bravo, Terry ! s'exclame Mike avec une verve et une magnanimité inhabituelles.

— Et bravo à Pip et Veronica, souligne Terry.

Il m'adresse un signe de tête en guise de reconnaissance. Enfin en état de rejoindre le salon, je suis présentement assise sur ma chaise, emmitouflée dans une couverture violette. C'est le soir, et nous avons prévu de regarder un film tous ensemble. Sur l'une des étagères s'aligne une collection de boîtes toutes plates qui sont apparemment des DVD (je n'ai aucune idée de la signification de ces trois lettres). Terry a ramené l'écran de l'ordinateur, l'a posé sur la table pour le brancher au bidule qui lit les DVD. Patrick est à la cuisine, occupé à nous préparer des plateaux-repas.

Pendant ce temps, Dietrich joue au tir à la corde avec Pip à l'autre bout de la pièce. En guise de corde, ils ont pris l'écharpe orange de Dietrich. Je ne sais pas exactement comment ce jeu a débuté, mais Pip, qui refuse avec obstination de lâcher prise, tient fermement une extrémité dans son bec. Chaque fois que Dietrich (à quatre pattes) tire sur l'autre extrémité, Pip est entraîné vers l'avant et patine en titubant, ailerons déployés pour tenter de garder l'équilibre. Puis Dietrich relâche la tension et Pip recule à petits pas pressés pour regagner le terrain perdu. Cette fois, quand Dietrich tire de nouveau, Pip décide de se laisser tomber sur le ventre. Les pattes battant l'air avec frénésie, il glisse sur le sol, traîné par l'écharpe. Celle-ci s'étire, s'allonge de minute en minute, tendue à se rompre.

— OK, petit gars, t'as gagné, rigole Dietrich, abandonnant son trophée au vainqueur. Évite quand même de la mâchonner, s'il te plaît.

Pip pousse un petit cri de joie. Il tire l'écharpe dans un coin, longueur après longueur, et entreprend de la disséquer.

— Qu'est-ce que tu disais sur ton blog, Terry ? demande Dietrich en se relevant.

— Grosse popularité, dit-elle. Huit cent quarante-six retweets !

Terry m'a parlé de Twitter, des tweets et des retweets, qui me paraissent tous totalement sans intérêt.

— *Mein Gott !* C'est encore mieux qu'après le reportage de Robert Saddlebow sur *Le Sort des pingouins* !

— Je sais, dit-elle, rayonnant de fierté. On a gagné plein de nouveaux *followers*, en plus ! Ça vaudrait même peut-être le coup de glisser quelques allusions concernant les difficultés financières que rencontre le projet de recherche.

L'humeur générale retombe soudain, passant de joviale à sombre en une seconde. C'est un phénomène qui se produit chaque fois qu'on mentionne la mort possible de leur projet. Terry m'a confié que, prenant son nouveau rôle ici à cœur, elle a fait une demande de subvention auprès du Conseil pour la recherche anglo-antarctique mais s'est heurtée à un mur.

— Qu'est-ce que vous en pensez ?

Dietrich se gratte le menton.

— Hum, il ne faudrait pas qu'on donne l'impression de courir après l'argent.

— On pourrait peut-être, suggère Mike, mettre l'accent non pas uniquement sur le projet de recherche de l'île au Médaillon mais plus généralement sur l'état fragile des populations de manchots – et de la planète.

Il se tourne vers moi. Je vois la passion brûler dans ses yeux ; je vois qu'en dépit de son attitude aimable comme un chardon, il est très investi.

— Saviez-vous que nous vivons la pire période d'extinction depuis la disparition des dinosaures ? D'ici une centaine d'années, la moitié des espèces que nous connaissons aujourd'hui pourraient être éteintes.

En tant que presque centenaire, je trouve cette échéance d'une proximité alarmante. Je ne serai plus de ce monde pour en voir la dévastation, mais tout de même...

La moitié des espèces existantes, éteinte. Je pensais que moi, Veronica McCreedy, je pouvais changer le cours des choses, mais je commence à prendre conscience qu'il faudra plus qu'une vieille femme et son héritage de quelques millions de livres pour sauver les Adélie et leur environnement.

— D'ici quinze à quarante années, de nombreuses espèces n'existeront déjà plus, poursuit Mike. Les ours polaires, les chimpanzés, les éléphants, les léopards des neiges, les tigres... et la liste continue.

— Mon Dieu ! m'écrié-je.

Je suis tellement horrifiée que je me sens de nouveau mal.

— Quel triste héritage nous laisserons à la prochaine génération, commente Dietrich.

Je sais qu'il pense à ses propres enfants. Ses yeux s'embuent.

— Et à quoi sert toute cette histoire de Twitter ? demandé-je à Terry. Que diable peuvent donc faire ces tweety-personnes ?

Ça m'étonnerait fort qu'elles donnent des millions à des organisations de conservation de la faune, même si, dans un univers parallèle qui ne ressemblerait pas du tout au nôtre, elles en avaient la volonté.

Terry est pensive.

— Je pourrais consacrer plus d'articles à ce sujet. Donner quelques astuces aux gens pour changer leur mode de vie : ce qu'ils achètent, ce qu'ils mangent, les industries qu'ils soutiennent, leur façon de voyager… Chaque petit geste compte.

Je me dis que la situation est peut-être remédiable. En temps de guerre, tout le monde a accepté des sacrifices pour le bien commun. Ce pourrait être le cas aujourd'hui, si seulement les gens s'en souciaient assez.

J'ai beau ramasser les ordures avec ma pince à déchets sur la côte de l'Ayrshire, je n'accorde certainement pas assez d'attention à ce genre de sujets. Je dois m'efforcer de modifier mes habitudes dans le bon sens. Lorsque je serai de retour à la maison, je dirai à Eileen que je refuse désormais de dépenser mon argent pour acheter des biscuits au gingembre chez Kilmarnock Stores, même si j'en suis friande. Ces biscuits, si j'ai bonne mémoire, sont empaquetés dans une boîte en carton recouverte de film plastique. À l'intérieur, ils sont présentés sur une sorte de plateau en plastique moulé, lui-même emballé dans une couche supplémentaire de plastique. De plus, ils ont sans aucun doute traversé la moitié de la planète avant d'arriver jusqu'à moi, de façon tout à fait inutile.

— La menace la plus terrifiante envers la nature – et nous tous – est le réchauffement climatique, affirme Mike. Nous devons mettre la pression sur les hommes politiques, car leur seule préoccupation concerne le résultat de la prochaine élection. Nous devons leur répéter encore et encore que nous tenons à notre monde, qu'il est important à nos yeux.

Je n'aurais pas dit mieux.

— Qu'y a-t-il de plus important ? demande Terry avec ferveur.

— Plus important que quoi ?

Patrick entre dans la pièce, chancelant sous le poids d'un plateau chargé de bouteilles de vin, de bâtonnets de fromage frit, de sauces multicolores et de mini-pizzas.

— Le luxe ! s'écrie Terry, retrouvant son humeur joviale.

Je ne sais pas trop si elle répond à la question ou s'extasie sur la nourriture.

Mike lui jette un regard difficile à interpréter. Il a l'air en plein conflit intérieur. Puis il fixe Patrick, scrutant chaque centimètre de son visage.

— Quoi ? Qu'est-ce que j'ai fait ? demande mon petit-fils.

Posant le plateau sur la table, il nous interroge du regard un à un avant de poser les yeux sur Terry. Elle remonte ses lunettes sur son nez en rosissant, et décide de se concentrer sur le repas.

— Tu nous gâtes, encore une fois, Patrick !

— Ça a l'air délicieux, renchérit Dietrich. Et ça sent merveilleusement bon. Attaquons ! J'entends mon ventre gargouiller.

Patrick fait passer les bâtonnets de fromage. Je trempe le mien dans une sauce crémeuse verdâtre avant de le grignoter. C'est tout à fait succulent.

— Alors, quel film vous avez choisi ? demande Patrick.

— On n'a pas choisi, on a digressé, répond Terry. Qu'est-ce qui te plairait ? Nous, on les a tous déjà vus, donc c'est à toi et Veronica de décider.

Patrick étudie le contenu des étagères et lit quelques titres à haute voix.

— *Le Retour de la Panthère rose*, *Quantum of Solace*, *Mission Impossible*, *La Ligne verte*...

Je tends l'oreille.

— Celui-là me plaît bien.

— Je ne crois pas que vous aimeriez, Granny. Il n'est pas... pas très *plaisant*. Pourquoi pas... *Vanity Fair* ?

— Oh oui, ça me paraît tout à fait convenable.

Le film est en effet très agréable, du moins à mes yeux. Un bon drame en costume, c'est toujours savoureux, et les personnages retiennent toute mon attention. En revanche, je remarque que Patrick se tortille sur sa chaise en soupirant de temps en temps et je comprends alors qu'il a choisi le film en fonction de mes goûts et non des siens.

J'ai réussi à avaler un robuste petit-déjeuner ce matin, porridge et toast compris. Le plateau comprenant les restes est à côté du lit. À présent, l'épuisement me retombe dessus et j'ai besoin d'une sieste. Patrick et Terry discutent à voix basse devant la porte de la chambre.

— On emmène Pip en sortie ? demande Terry. Je crois qu'il a des fourmis dans les pattes.

— Bonne idée. Mais est-ce qu'on réveille Granny ?

Je lutte contre le sommeil pour écouter la suite.

— Non, tranche Terry. Elle s'infligerait un effort inutile à tenter de nous accompagner, alors que c'est hors de question pour l'instant. Il vaut mieux qu'on s'éclipse discrètement.

— D'accord, mais on devrait tout de même lui laisser un mot, sinon elle va piquer une crise en découvrant l'absence de Pip.

— Tu as raison. Bonne idée.

Patrick et Terry s'entendent bien. Y aurait-il de la romance dans l'air ? Patrick ne révèle rien de ses sentiments, mais je perçois un empressement croissant, comme un arbre commençant sa feuillaison dans la douceur printanière. Terry a de l'affection pour lui, c'est évident – cela dit, Terry a de l'affection pour tout le monde. Elle traite chaque personne comme si elle était spéciale. Tout le contraire de moi.

J'entends Patrick s'approcher de la corbeille à papier pour prendre Pip dans ses bras.

— Allez, petit gars, tu viens avec nous aujourd'hui !

Aux gazouillis de Patrick et Terry, je devine qu'ils sont en train de caresser le poussin, de lui gratouiller le ventre et le menton. Il va adorer chaque minute de sa sortie. J'ouvre un œil discret pour espionner la scène. On dirait deux parents s'extasiant sur un nouveau-né.

Je médite là-dessus tandis qu'ils emmènent Pip dehors, refermant la porte derrière eux sans un bruit. Patrick et Terry. Terry et Patrick. Un drôle de duo. Grâce à Pip et moi, une grande complicité s'est créée entre eux. Plus j'y pense et plus j'en suis convaincue : Patrick et Terry sont faits pour être ensemble.

J'ai perdu le compte des jours. Le calendrier ouvert m'informe que nous sommes encore en janvier. Je sais que nous avons passé la date prévue à l'origine pour mon voyage de retour vers l'Angleterre. Il a été question d'un autre bateau qui doit arriver dans une semaine et, comme je suis suffisamment rétablie – le docteur en a convenu lors d'une conversation téléphonique avec les scientifiques –, Patrick et moi sommes censés le prendre pour rentrer. C'est tout à fait fâcheux au vu de l'attirance naissante entre Terry et Patrick, qui n'aura pas le temps de porter ses fruits. On n'autorisera jamais Patrick à prolonger son séjour, même s'il en a envie. Il n'est ni scientifique, ni millionnaire.

Terry et Patrick seront arrachés l'un à l'autre, ça paraît inévitable.

C'est exactement le genre de tour pendable que le Sort aime à jouer. Je sais d'expérience, une expérience longue et amère, la force de caractère nécessaire pour se battre contre le Sort lorsqu'il se révèle si brutal.

Or Patrick et Terry sont tous deux trop jeunes et trop pusillanimes pour s'en rendre compte ou prendre les choses en main.

48

Patrick

Île au Médaillon

Autant je suis content qu'elle n'ait pas cassé sa pipe, autant ça ne sera tout de même pas une partie de plaisir d'avoir Granny pour compagnie durant tout le trajet de retour, sur le bateau, dans l'avion, etc. Au moins, je suis habitué à ses petites manies, maintenant. Je sais que je dois m'attendre à l'inattendu.

— Je parie que vous serez soulagés de nous voir partir, dis-je à l'équipe.

On termine notre petit-déjeuner et je me demande que proposer à Granny pour le sien… Il reste quelques tranches de bacon, et je lui préparerai une théière de Darjeeling.

Dietrich sourit.

— Ce sera un soulagement de ne plus avoir à s'inquiéter pour la santé de Madame McCreedy, c'est certain. Mais on va s'ennuyer sans vous.

— Ta cuisine va nous manquer, ajoute Mike.

Deet me fait un clin d'œil. Un type super, ce Deet. Je lui ai parlé de la fille de Gav, Daisy, et il lui a dédié l'un de ses dessins de pingouins. Je l'ai envoyé à Gav par e-mail hier.

— On a l'habitude du changement, ici, me dit-il. Dans quelques semaines, les poussins, habillés de leur manteau de plumes tout neuf, partiront en mer avec leurs parents. Alors on sera vraiment tristes.

Les yeux dans le vague, Terry renchérit :

— Tous les ans, on sait que ça va arriver, mais c'est toujours aussi déchirant.

Mike soupire, son humeur s'accordant à celle de Terry.

— Et ce sera encore pire cette année, sachant qu'elle pourrait être la dernière.

Il a l'air tiraillé. Il a une copine en Angleterre et si le projet périclite il pourra rentrer vivre avec elle, se lancer dans le mariage et les enfants, qui sait ? Pourtant, j'ai le sentiment qu'être indépendant et immergé dans les histoires de manchots, dans le froid et la glace, lui convient. Il est dans son élément, ici.

Dietrich m'a révélé un détail intéressant l'autre jour. S'ils étaient tous sortis à sa recherche, c'est Mike qui a trouvé Granny V couchée dans la neige, ce jour fatal. C'est Mike qui lui a prodigué les premiers secours et l'a portée jusqu'à la base. Mike qui lui a sauvé la vie. Il n'est pas aussi méchant qu'il en a l'air, loin de là. Il est simplement aigri et terriblement soupe au lait. Mais ce n'est pas un mauvais bougre. J'arrive même à avoir des conversations plaisantes avec lui, de temps à autre.

Terry entreprend de débarrasser la table. Elle paraît si triste ; elle est très attachée à ces manchots. J'aimerais lui proposer qu'on se revoie en Angleterre si elle y retourne dans le cas où le projet de recherche sur l'Île au Médaillon ne serait pas renouvelé. Ce serait fantastique de passer plus de temps avec elle. Pourtant, je ne dis rien. Je ne veux pas donner l'impression de souhaiter la fin du projet.

Quand j'entre dans sa chambre, Granny est réveillée, assise sur la chaise, une couverture sur les genoux. Pip dort sur le ventre, lové sur son giron. Il semble nager dans le bonheur ! Granny le contemple, un sourire tendre éclairant son visage. Je dois dire que cette image me rend heureux d'avoir une grand-mère. Et même heureux qu'elle soit complètement maboule.

Elle lève sur moi des yeux où brille une détermination nouvelle.

— Ah, Patrick. Vous tombez bien, dit-elle en tapotant la chaise voisine. Quelques détails pratiques.

Je m'assieds, docile.

— Vous allez beaucoup mieux, Granny, on dirait.

— En effet, je me sens bien plus en forme. Entre nous, je crois que je vais vivre encore un moment. Quelques années, au moins. En étant généreuse, j'irais jusqu'à m'accorder une décennie supplémentaire.

— Hourra ! Ravi de l'entendre !

Je me lève d'un bond et la serre dans mes bras. C'est plus fort que moi, même si elle n'est pas du genre à aimer les câlins. À ma grande surprise, elle m'enlace à son tour dans une étreinte fugace. Et non, je ne rêve pas.

Son geste réveille Pip. Il saute de ses genoux sur le sol et commence à se toiletter le jabot du bout du bec. De petites touffes de duvet se détachent, révélant peu à peu de nouvelles plumes bien lisses.

Granny farfouille dans son sac à main, posé près de la chaise. Pas le sac rouge écarlate (celui qui fut attaqué par un manchot), mais un machin hideux, rose vif et doré. Elle en sort un mouchoir, se mouche bruyamment, puis me regarde droit dans les yeux.

— Bon, passons aux choses sérieuses. Il me paraît juste de vous prévenir que j'ai l'intention de rédiger un testament aussitôt rentrée chez moi.

— OK, dis-je.

Nous y sommes.

Elle continue de me fixer. Je n'avais jamais remarqué toutes les nuances de couleurs reflétées dans ses yeux. Gris-ardoise et vert d'eau, avec des éclats d'or pur.

— J'ai décidé il y a quelque temps de léguer toute ma fortune au projet de recherche sur les manchots, m'annonce-t-elle.

On ne peut pas dire que je sois surpris.

— OK.

— Il s'est créé un lien très fort entre les Adélie et moi, poursuit-elle, et je suis convaincue qu'il faut trouver un moyen de protéger cette espèce. Si je peux apporter ma modeste contribution, j'en serais heureuse.

— Granny, vous n'avez pas besoin de vous justifier auprès de moi.

Elle doit s'imaginer que je suis furieux de ne pas récupérer son fric. Pourtant, pas du tout. Ce qui compte, c'est qu'elle aille bien.

— Ces scientifiques connaissent leur affaire, et je leur fais confiance. Je prendrai des dispositions pour qu'ils ne manquent de rien quand je serai morte...

— Granny, ne dites pas ça !

— N'ayons pas peur des mots, Patrick. Nous savons tous les deux que ç'a failli arriver. Et que ça arrivera un jour ou l'autre. En attendant, je verserai une rente mensuelle à l'équipe du centre pour leur permettre de maintenir leur activité.

Tout ce que j'espérais. Plus ou moins. Mais ça veut dire que les trois scientifiques resteront ici, sur l'Île au Médaillon, pour l'éternité.

— Terry sera contente, dis-je.

C'est la vérité : elle va être euphorique. Elle n'accordera pas une pensée à ma petite personne, de retour dans la boutique de vélos à Bolton.

— J'assurerai largement l'avenir du projet, à une condition, poursuit Granny. Chaque année, les scientifiques devront sauver au moins un poussin orphelin. Juste pour leur rappeler qu'ils ont un cœur.

J'éclate de rire.

— Décidément, vous aimez bien compliquer la vie de tout le monde, Granny !

Elle a l'air ravie, comme si c'était un compliment.

Assise par terre dans le salon, Terry se tortille pour rentrer dans son pantalon étanche.

— Passe-moi les crampons, s'il te plaît.

J'étudie les pointes acérées avec une feinte horreur.

— Tu pourrais causer de sérieux dégâts avec ces trucs, dis-je.

Elle me les prend des mains, les fixe à ses chaussures puis agite un pied sous mon nez. Les pointes percent et lacèrent l'air. Elle ricane comme une sorcière.

— Bien tenté, mais tu n'es pas très crédible en méchante, Terry.

J'enfile en vitesse mon manteau et les bottes de Mike, qui n'a d'ailleurs jamais rechigné à me les prêter.

— Vous sortez tous les deux ? demande-t-il, posté près de la porte.

Le ton de sa voix me hérisse le poil.

— Il a besoin de prendre l'air, dit Terry. Veronica se débrouille toute seule, maintenant. Je pensais l'emmener vers le nord de la colonie. Il n'y a encore jamais été, et il n'en aura plus l'occasion, j'imagine. On pourra voir comment se porte Sooty, au passage.

— Tu veux venir ? proposé-je à Mike.

— Non merci. J'ai du guano à analyser.

On va chercher Pip dans la chambre de Veronica. Terry dit qu'on doit le mettre en présence de la colonie le plus souvent possible. Il devra bientôt retourner en son sein et s'y construire une vie. Parfois nous le laissons à la « crèche », nom donné à un groupe de jeunes manchots qui se rassemblent pendant que leurs parents partent pêcher. Pip prend de l'assurance de jour en jour. Il se promène avec les autres poussins, joue à chat et à sauter dans les flaques, etc. Chaque fois qu'on le sort, il nous faut promettre à Granny qu'on le surveillera. Je ne sais pas comment elle acceptera d'être séparée de son petit manchot.

Terry et moi marchons lentement, Pip se dandinant quelques pas derrière nous comme un chiot. Aujourd'hui, il ne fait pas si froid, la température est vivifiante. La couche de neige est inégale. Par endroits accumulée en tas qui ressemblent à des chamallows géants, ailleurs si fine que des brins d'herbes percent au travers et des galets ronds affleurent.

— J'espère que tu ne regrettes pas ton voyage, commence Terry. Si on avait su que Veronica était si résistante, on ne t'aurait jamais dit de venir.

Je regarde le ciel, d'une couleur de porridge, presque pixellisé.

— Terry, tout va bien, tu as eu raison.

— Vraiment ? Je n'en suis jamais sûre.

Granny les a tous informés qu'elle financerait dorénavant le projet de l'île au Médaillon. Débordant de reconnaissance, ils n'ont pas su quoi dire. Même Mike est resté sans voix. C'est presque gênant, non, toute cette générosité ?

— S'il te plaît, tu dois me croire : je n'ai jamais rien demandé à Veronica, insiste Terry. Je ne m'attendais pas une seconde à ce qu'elle nous donne tout cet argent, même si elle avait mentionné une histoire de testament. Tu ne penses pas que j'ai abusé de sa faiblesse, si ?

Terry ne se rend pas compte qu'elle est une fille géniale.

— Bien sûr que non, Terry ! Si quelqu'un a abusé, c'est plutôt elle ! Tu t'es toujours montrée sincère, honnête et bonne, et...

À mon tour de chercher mes mots. Je la regarde, et soudain tout se teinte d'une étrangeté nouvelle. Je ne comprends pas ce qui s'est passé, pourquoi l'atmosphère entre nous a changé. D'habitude, nous sommes parfaitement à l'aise l'un avec l'autre.

— Tu m'as aidé plus que quiconque à apprendre à connaître Granny, bredouillé-je. Tu es la seule personne à l'avoir amadouée, la seule à qui elle s'est confiée. Même son aide fidèle depuis des années, Eileen, n'a pas eu ce privilège.

C'est important pour moi. Je me rends compte à présent que je veux garder Granny dans ma vie. Ma mère et mon père m'ont tous deux abandonné, chacun à sa façon. Mais ma grand-mère... elle m'a *trouvé*, n'est-ce pas ? Il lui a fallu du temps, mais elle y est parvenue.

Nous avons atteint le sommet de la pente et le soleil pointe derrière les nuages. Au loin, sur le lac en forme de médaillon, un rayon trace un chemin de lumière.

— Faire la connaissance de Granny a été une sacrée révélation pour moi, dis-je à Terry. C'était peut-être une folie de venir jusqu'ici, mais je suis content de l'avoir fait. Si j'étais resté à Bolton, je n'aurais jamais vu tout ceci !

J'embrasse la scène d'un geste circulaire : les sommets découpés sur l'horizon, les taches de couleur des lichens sur les rochers, la colonie de manchots qui s'étale sous nos yeux, une métropole animale pleine de vie, d'amour et de souffrance.

— Et puis, si je n'étais pas venu en Antarctique, je n'aurais jamais rencontré...

Je m'arrête avant de prononcer les mots « une fille comme toi », sondant son regard. Se pourrait-il qu'elle partage mes sentiments ? Je ne trouve aucune réponse dans ses yeux, mais comme ils sont brillants et profonds ! On pourrait se noyer dedans. Je me détourne avant de sombrer et me retrouve face à Pip, à qui j'ouvre grand les bras pour l'encourager à nous rattraper.

— … Je n'aurais jamais rencontré ce petit bonhomme !

Je le prends dans mes bras et il se met à couiner, étonné. Je me roule sur le dos dans la neige, le soulevant au-dessus de ma tête pour jouer à l'avion. Ses petits pieds et ses ailerons battent l'air, il émet un borborygme qui ressemble à un rire. Terry sort son appareil et le braque sur nous pour capturer l'instant.

— J'adore ! Un bel exemple de joie enfantine et d'affection partagée entre humain et manchot ! Personne ne résistera à cette photo.

Elle se précipite de l'autre côté pour tenter une nouvelle prise de vue mais trébuche sur un caillou et s'étale par terre en poussant un cri.

— Ça va ?

Elle a fait un sacré vol plané. Est-elle blessée ? Il y a quelques secondes de silence inquiétant.

Je dépose Pip. Le cou de Terry paraît tordu, elle gît la face dans la neige, ne bouge plus. Pour la rejoindre, le plus rapide est encore de se laisser rouler dans la pente, et donc je roule.

Je la tourne vers moi ; je lui retire ses lunettes toutes de traviole et les pose à côté de nous. Elle sourit. Non, elle rigole. Il n'y a plus que la blancheur, Terry et moi, son visage tout près du mien, sa bouche si proche… Nos corps sont séparés par des couches et des couches de vêtements étanches, mais nos lèvres se rejoignent.

Quand nous interrompons ce baiser, elle répond à ma question :

— Oui, Patrick, ça va. Ça va très bien, merci.

49

Patrick

Île au Médaillon

C'est comme si les planètes s'étaient soudain alignées, je n'y pouvais rien.

Mais quel résultat !

On a continué à marcher jusqu'à être entourés par la colonie de manchots. Tous les quelques mètres, Terry s'arrêtait et me tendait ses lèvres à embrasser. J'étais un peu intimidé par notre public de petits bonshommes en smoking qui ne se gênaient pas pour nous reluquer. Mais quand une fille comme Terry vous tend ses lèvres, vous l'embrassez, un point c'est tout. Avec chaque baiser, la peur de ne pas être à la hauteur de ses attentes me gagnait, et en même temps, j'en voulais toujours plus. Je la voulais tout entière, son corps, son esprit, son cœur, la totale. Si Dieu s'était pointé à cet instant pour me dire : « Patrick, mon fils, je t'offre un choix. Option A : je t'accorde la paix dans le monde jusqu'à la fin des temps. Option B : tu peux rester en Antarctique avec Terry pour toujours », je jure que j'aurais choisi l'option B sans hésitation.

Après une vingtaine de baisers, Terry a dit :

— Ça va être difficile de cacher ça aux gars.

— Hum, sans vouloir briser tes illusions, je crois qu'ils sont déjà au courant, ai-je dit en désignant les milliers d'oiseaux qui nous observaient.

— Pas les manchots, couillon ! Les autres scientifiques.

— Est-ce qu'on doit vraiment se cacher ?

J'étais plutôt d'humeur à le hurler sur les toits. Ou du haut des icebergs.

— Oui, Patrick, il le faut, a-t-elle répondu comme si la question ne se posait même pas.

— Terry, les cachotteries, ce n'est pas mon genre.

— Ce n'est pas le mien non plus, mais c'est nécessaire.

— Pourquoi ?

— Pour commencer, ils vont s'inquiéter. Ils auront peur que je néglige le travail et que je les laisse tomber. Peut-être même que je rentre en Angleterre avec toi.

Pourquoi l'avenir doit-il toujours débarquer pour tout foutre en l'air ? La vie vous bombarde sans cesse de problèmes. Dès que tout va pour le mieux, un nouveau problème surgit, et vous voilà à vous démener pour essayer d'y trouver une solution.

Il me reste – voyons voir – cinq jours et demi de relation avec Terry à savourer avant de devoir repartir à l'autre bout du monde avec Granny.

— Alors, c'est tout ? Quelques baisers dans la neige et terminé ?

— Embrasse-moi encore.

Je me suis exécuté.

On a gravi une autre pente ensemble, enjambant des ravines pleines de neige et de galets polis. Le soleil réchauffait notre dos. Les remparts de glace tout autour étincelaient de blancheur, teintés parfois d'éclats verts, bleus et turquoise. Terry marchait vers un but précis.

— Regarde ! dit-elle.

Le manchot tout noir, Sooty, était devant nous, assis sur son nid. Je lui trouvais un petit air satisfait.

— Toujours aucune trace d'œufs, a noté Terry. Il paraît déterminé, pourtant. Qui sait ? Peut-être a-t-il trouvé une partenaire ?

J'aime son attention pour ce genre de détails.

Tandis que nous retournions sur nos pas, j'ai aperçu un phoque qui bronzait sur un rocher. Il fixait sur nous un regard vide. Ce gros plein de soupe tout gras m'a fait rire tout haut. Mais Terry m'a expliqué que les phoques sont les pires ennemis des Adélie. Pas tant sur terre que sous l'eau, où ils représentent un danger mortel. Le phoque se cache juste sous la surface et attrape le manchot insouciant par les pieds. Puis il le secoue sauvagement et fracasse son corps contre la glace jusqu'à ce que mort s'ensuive, une mare rouge sang teintant alors les eaux blanches.

— Retournons voir Pip, a-t-on dit tous les deux à la même seconde.

On avait peut-être pris un peu trop de bon temps.

Par chance, Pip se portait à merveille. Il s'était joint à une crèche de sa propre initiative, un très bon signe pour son avenir. Il courait joyeusement avec une bande de poussins. C'est un tel soulagement de voir que son éducation par des humains n'a pas handicapé sa vie sociale outre mesure ! D'ailleurs, heureusement qu'il porte son brassard orange, sinon on pourrait aisément le confondre avec les autres. On a beau l'adorer, Pip ressemble tout de même beaucoup à ses congénères. Son brassard orange le distingue parmi les brassards jaunes de ses semblables.

Des adultes revenaient aux abords de la crèche, chacun appelant leur petit. Les gosses, reconnaissant aussitôt chaque voix, se dirigeaient droit vers leur parent sans une hésitation. Sous aucun prétexte ils n'auraient laissé passer une occasion de se remplir la panse de krill régurgité. Pip a tenté sa chance une ou deux fois auprès des adultes, mais personne n'a été dupe. Ils n'allaient pas gâcher leur précieuse régurgitation pour un intrus, aussi mignon soit-il.

— Désolé, mon pote ! ai-je crié dans sa direction. Tu vas devoir rentrer avec nous jusqu'à ce que tu apprennes à pêcher ton propre poisson.

Pip a tourné la tête pour me regarder. Je jurerais qu'il avait compris chaque mot. En tout cas, il s'est précipité vers nous et, quand il nous a rejoints, s'est frotté affectueusement contre les genoux de Terry. Puis il a jeté un regard à ses nouveaux amis, comme pour leur dire : « Hé, les gars ! C'est eux, mes parents ! »

On s'est accroupis pour le câliner. Une poignée de duvet s'est détachée, s'envolant dans la brise.

Au bout d'un moment, Terry m'a relevé et pris dans ses bras. Je l'ai serrée contre moi longtemps, gagné par une vague d'émotion. Elle a poussé un profond soupir.

— C'est tellement dur ! Je... Oh mon Dieu, je voudrais que tu puisses rester !

Chouette.

— Inutile de m'appeler Dieu, ai-je plaisanté.

Elle m'a mis un coup de pied pour rire dans le tibia. J'aurais dû répondre « Moi aussi je voudrais pouvoir rester », mais c'était trop tard. Au lieu de ça, j'ai dessiné un cœur dans la neige, avec un « T » et un « P » à l'intérieur. Façon de se raccrocher aux branches. Terry a paru touchée, en tout cas.

Pip, intrigué, a penché la tête pour étudier mon œuvre.

— Tu t'imagines sans doute que le « P » c'est pour Pip, mon petit pote, mais c'est pour Patrick, lui ai-je dit.

Ça ne l'a pas convaincu. Il s'est empressé de piétiner le cœur, barbouillant de neige les contours et les lettres. Vandale !

— Qu'est-ce qu'on va faire ? a dit Terry.

Elle parlait de notre relation, et c'était une bonne question.

— Profiter des cinq jours qu'il nous reste, pour commencer. Savourer chaque instant volé, en voler autant que possible.

Ces cinq jours risquent d'être folklo, entre une grand-mère malade, un poussin manchot à nourrir et une cabane pleine de scientifiques qui n'offre aucune marge de manœuvre, sans même parler de laisser libre cours à notre passion toute neuve.

J'ai enlevé mes gants et dégagé d'un geste tendre ses cheveux de son visage. Ses joues étaient fraîches et douces, ses yeux légèrement humides.

Je me devais de lui demander.

— T'es sûre que tu ne veux pas rentrer en Angleterre avec moi ?

La foule de manchots s'est estompée au second plan, leur cacophonie un instant étouffée. On aurait dit qu'ils attendaient tous sa réponse avec moi.

Alors je l'ai senti, ce nœud à l'estomac. Comme quand Tesco annonce une promotion sur la bière et que vous en achetez huit packs, tout ça pour découvrir à la caisse que vous avez mal lu l'affichette. L'offre ne concernait pas la bière mais les mini-sachets de cacahouètes.

Je savais que je n'aurais pas dû poser la question. J'aurais dû deviner que pour elle, les manchots passeraient toujours avant moi.

— Non, Patrick. Désolée. C'est… Non, je ne peux pas. Pas maintenant qu'on sait que le projet a un avenir. Je veux en faire partie. C'est toute ma vie, ce projet.

Toute cette histoire me donnait la migraine. J'avais besoin de prendre mes distances avec Terry. J'ai jeté un œil à ma montre.

— Mince, ça fait des heures que je suis dehors. Il est grand temps que j'aille m'occuper de Granny.

Je suis rentré à toute vitesse, à grandes enjambées dans la neige.

50

Patrick

Île au Médaillon

Bon Dieu, qu'est-ce qui se passe ? Je croyais que Granny allait mieux, qu'elle était hors de danger. Je pensais qu'on se remémorerait notre séjour parmi les pingouins pendant le vol, la semaine prochaine, et que tout irait bien. Faut croire que j'avais tort. Quand je suis rentré de la colonie, elle était de nouveau au lit, inconsciente. Elle ne s'est pas réveillée quand les autres sont revenus plus tard. Ni quand on a nourri Pip, qui s'est pourtant montré très bruyant. On l'a laissée dormir. Je lui ai apporté un dîner léger sur un plateau, mais ce matin le repas était toujours intact.

Aujourd'hui, elle n'a rien avalé, n'a pas réussi à lever la tête de l'oreiller. Elle est de nouveau pâle, avec le regard vitreux, comme absente. Terry, Mike et Dietrich sont partis pour la journée et il règne un silence de mort. J'ai pris le gros volume pour lire à Granny quelques infos insolites sur les pingouins. Aucune réaction de sa part.

Il est presque dix-sept heures quand j'entends la porte s'ouvrir et les voix des trois scientifiques qui rentrent tous ensemble.

— Les gars, l'état de Granny s'est de nouveau détérioré, leur annoncé-je en allant à leur rencontre. Elle n'a rien mangé de la journée, pas bougé d'un cil.

Terry se précipite dans la chambre et je l'entends prononcer le nom de Veronica à plusieurs reprises. Lorsqu'elle revient, elle est livide.

— Patrick a raison. Elle ne réagit pas du tout au son de ma voix. Elle a l'air vraiment mal en point.

— *Gott !* Non, ce n'est pas possible ! s'écrie Dietrich, les sourcils froncés.

Quant à Mike, il se transforme soudain en Action Man.

— On devrait essayer de faire revenir un médecin. Je vais les appeler par radio tout de suite.

Mike est un homme précieux en cas de crise. Il s'empresse d'aller chercher sa radio dans la cuisine. On distingue sa voix, pressante, et une voix étouffée qui pose des questions à l'autre bout. Quelques minutes plus tard, il est de retour, affichant un air exaspéré.

— Ils ne viendront pas. Ils ont une autre urgence. Du moment qu'on garde Veronica bien au chaud, ils disent qu'il n'y a rien d'autre à faire.

— Mais on doit bien pouvoir faire quelque chose ! m'écrié-je, désespéré.

Il secoue la tête.

— Ils ont de nouveau souligné que c'était une vieille femme, sous-entendu qu'il vaudrait mieux la laisser partir en paix. Je suis vraiment désolé, Patrick.

Il paraît sincère. Terry s'approche de moi et me prend dans ses bras. J'avoue que c'est agréable, mais je n'arrive pas à en profiter. Je ne supporte pas l'idée que Granny soit de nouveau en danger de mort, alors qu'on pensait avoir passé le pire. Je m'étais bercé de l'espoir qu'on pourrait recommencer de zéro ; je lui préparerais mon plus beau gâteau de polenta au citron et cette fois j'écouterais tout ce qu'elle aurait à me dire au lieu de me prendre la tête au sujet de Lynette. Lynette ! J'en ai plus rien à carrer de Lynette !

Je n'arrive pas à croire que Granny va mourir, juste au moment où on apprenait à se connaître. J'éprouve un sentiment étrange, une prise de conscience brutale comme une grosse claque. Ma vie ne sera plus jamais la même.

51

Patrick

Île au Médaillon

C'est peut-être aussi bien que les docteurs ne soient pas venus. Ils auraient été passablement énervés s'ils avaient fait le déplacement. Granny semblait avoir un pied dans la tombe ce jour-là, mais le lendemain, elle avait l'air bien plus vivace. Du moins a-t-elle réussi à avaler un peu de soupe et échanger quelques mots avec moi.

Et puis...

Le jour d'après, son état s'est dégradé. Elle est restée immobile dans son lit, sans manger, sans réaction. De nouveau au seuil de la mort.

On dirait un yoyo humain. Ça nous rend tous dingues. Un jour, elle mange comme quatre et déborde d'énergie, puis elle s'affaisse soudain, incapable du moindre mouvement. Et quand on s'est résignés une fois de plus à une scène d'agonie en Antarctique, elle se redresse, clame qu'elle est affamée et que tout va bien. Je ne comprends pas. Qu'est-ce qui se passe, bordel ?

— Avec elle, on a intérêt à rester sur le qui-vive, hein ? me dit Dietrich après quelques jours de hauts et de bas successifs.

— Pas qu'un peu, mec.

J'ai envoyé un e-mail à Gav pour le tenir au courant. Il m'a répondu : « Accroche-toi, mon pote, fais de ton mieux, sois là pour elle. » Il a joint à son e-mail un message de Daisy qui remerciait Dietrich pour le dessin de pingouins et ajoutait une photo d'elle. J'ai imprimé la photo et l'ai montrée à Deet qui était ravi. Je l'ai aussi montrée à Granny V, et elle a semblé reprendre des forces en la voyant. Tout ça pour retomber épuisée un peu plus tard.

Le chagrin du deuil est une chose étrange, même en temps normal. Encore plus étrange quand vous croyez à mort (désolé pour le jeu de mots) que c'est la fin, puis qu'elle s'éloigne avant de revenir vous frapper en pleine face. Un véritable ascenseur émotionnel qui vous secoue dans tous les sens, vous file la nausée, vous rend fébrile et chamboule complètement votre sommeil. Je commence à me dire qu'un joint me ferait du bien.

Et puis il y a Terry. Je n'aurais jamais cru pouvoir foncer tête baissée dans une relation aussi intense, aussi vite. Et elle me dit qu'elle ressent la même chose. On a beau savoir que ça ne peut pas durer, on ne contrôle rien, ni elle ni moi. On essaie d'être raisonnables, de se dire qu'on s'accroche l'un à l'autre pour se consoler... mais je sais, et elle sait (et elle sait que je sais) que c'est bien plus que juste du réconfort.

Une montagne de douleur m'attend, prête à m'ensevelir, et moi je fonce droit vers elle. Même si Granny réussit à survivre, je vais me retrouver le cœur en lambeaux parce qu'il faudra dire au revoir à Terry.

Granny s'en sortira-t-elle ? Le bateau censé nous ramener à la maison accoste sur l'île au Médaillon demain, mais franchement, je ne sais pas du tout si on montera à bord.

52

Veronica

Île au Médaillon

J'ai toujours pensé que qui ne tente rien n'a rien. Je me suis confiée à mon cher Pip hier soir, pendant que les humains étaient attablés pour dîner. Pip aime bien qu'on lui parle et il écoute attentivement chaque mot. Il s'est gratté la tête avec une patte en prenant un air réfléchi, et je suis certaine d'avoir gagné son approbation pour mon plan machiavélique.

Depuis quelques jours, mon petit-fils et les scientifiques se sont fait un sang d'encre, ont demandé un avis médical par radio et se sont relayés à mon chevet ; Dietrich a repris sa lecture à voix haute des *Grandes Espérances* et Mike ses rapports météorologiques.

Pendant ce temps, je compte les jours. Je surveille ce que je mange et (grâce à ma trousse de maquillage) ce que trahit l'aspect de mon visage. J'observe. J'écoute. Je me découvre fine psychologue, quand je m'en donne la peine.

Terry et Patrick font le plus souvent équipe pour veiller sur moi. Ils échangent d'innombrables regards lourds de sens et souvent, lorsqu'ils me croient endormie, des mots doux chuchotés. Parfois, il y a de longs silences. Je prends bien garde de ne pas ouvrir les yeux, mais je suis sûre que j'entends des bruits de baiser.

Hier, je me suis un peu retapée ; il me faut maintenant consentir un nouveau petit sacrifice pour la bonne cause. Je ne mangerai rien de la journée. Je sors une lingette démaquillante de ma trousse et nettoie toute trace de maquillage. Un coup d'œil dans le miroir : parfait, j'ai déjà l'air bien plus malade.

Nous sommes censés partir cet après-midi et, au cas où il subsisterait la moindre trace de doute en ce qui concerne ma capacité à voyager, il est temps de mettre en scène ma *pièce de résistance**. Les autres sont en train de petit-déjeuner et m'ont laissée seule une dizaine de précieuses minutes.

Je descends de mon lit sans un bruit, troque ma robe de chambre en laine à carreaux pour mon déshabillé de soie violette, qui créera à mon avis un effet dramatique. Puis je m'allonge sur le sol, arrangeant avec le plus grand soin ma posture. Cheveux en bataille. Tête tordue sur le côté. Déshabillé bouffant autour de mon corps. Étirant une jambe, j'arrive à atteindre du bout du pied le verre d'eau posé sur le chevet, à le pousser peu à peu vers le bord de la table… encore un peu… jusqu'à ce qu'il bascule et se fracasse par terre dans un vacarme épouvantable.

---

* En français dans le texte original.

Un bruit de course, des voix qui crient mon nom, « Veronica ? Veronica ! Qu'est-ce qui s'est passé ? »

Puis trois exclamations simultanées, « Oh NON ! », « *Mein Gott !* » et « Bordel de merde ! », au moment où ils posent les yeux sur moi.

53

Veronica

Île au Médaillon
Deux semaines et demie plus tard

J'ai beau avoir une santé de cheval, il y a des limites à ce que mon corps peut endurer. J'ai donc arrêté de jouer avec le feu afin de pouvoir me rétablir pour de bon. Les oscillations habilement maîtrisées de mon état m'ont permis d'atteindre précisément le but que je m'étais fixé.

Nous avons loupé le bateau du retour. Patrick est resté bloqué ici bien plus longtemps qu'il ne l'avait prévu. Assez longtemps, en fait, pour lui donner l'occasion de démontrer son habileté spectaculaire en ce qui concerne les problèmes techniques. Assez longtemps pour que Terry et lui tombent amoureux, passionnément, follement, se consumant l'un pour l'autre comme dans les bonnes vieilles histoires d'amour à l'ancienne.

Ma deuxième guérison pas tout à fait miraculeuse est désormais complète. Je me suis aventurée jusqu'à la colonie plusieurs fois au cours des deux dernières semaines, en compagnie des scientifiques, de Patrick et de Pip. Constater que mon petit poussin s'entend à merveille avec ses nouveaux amis manchots me remplit de joie et d'une certaine nostalgie. C'est peut-être mon imagination, mais je jurerais qu'il considère à présent sa famille humaine sous un nouvel angle, comme s'il se demandait si nous sommes en fait des manchots géants dégingandés à la robe étrange.

Tous les poussins ont bien grandi et se montrent plus sociables de jour en jour. La vie animée de la communauté de l'île au Médaillon se poursuit. Elle me pousse à prendre conscience que j'ai moi-même appris beaucoup sur la vie en communauté depuis mon arrivée ici. Et que, à l'instar des manchots, quelle que soit l'hostilité des conditions, moi, Veronica McCreedy, je suis une battante.

Je dois néanmoins accepter de laisser les choses suivre leur cours ici sans m'en mêler. Ce matin, j'ai donc décidé de rester à la base pour mettre un peu d'ordre dans mes affaires. Mes pensées se tournent vers mon foyer, vers les Ballahays, à l'autre bout du monde. Vu d'ici, c'est ma maison qui me paraît être une illusion, un rêve lointain, alors que les espaces sauvages de l'Antarctique sont la seule réalité. Bientôt, ce sera l'inverse.

Je reprendrai mon existence quotidienne et routinière. J'occuperai mon temps à confectionner des bouquets de roses pour la table de la salle à manger, à commander des arbustes dans des catalogues d'horticulture et à me creuser les méninges devant les mots croisés du *Telegraph*. Je marcherai le long de la côte armée de ma canne, de mon sac à main et de ma pince à déchets. Je n'aurai plus besoin de Thermolactyls ni de mukluks. Je me plaindrai de la poussière et des araignées auprès d'Eileen.

Pourtant, certaines choses auront changé à jamais. J'ai apprécié la compagnie de milliers d'oiseaux dont la joie de vivre est telle qu'il faut la voir pour y croire. J'ai vécu avec trois scientifiques à l'extrémité sud de la Terre, été témoin de leurs méthodes, de leur façon de travailler ensemble. Plus surprenant encore, j'ai entamé la démarche curieusement satisfaisante de partager pensées et expériences avec mon petit-fils.

Pour couronner le tout, j'ai eu une discussion profonde avec un bébé pingouin, qui m'a permis de défier la mort – du moins pour le moment. Ce genre d'aventures vous change une femme. Même une très vieille femme acariâtre comme moi.

J'attends Patrick d'une minute à l'autre. Il a promis de rentrer avant les autres pour préparer le déjeuner (un copieux ragoût, paraît-il).

Dès que je l'entends franchir la porte, je me mets en condition et à peine s'est-il débarrassé de sa parka et de ses bottes que je me lance dans la conversation à laquelle je réfléchis depuis six heures. Je veux m'assurer de dire tout ce que j'ai en tête avant d'en oublier une partie.

— Patrick, je crois que nous avons largement abusé de l'hospitalité de nos amis scientifiques. Il sera bientôt temps pour nous de regagner nos pénates. Vous êtes sans doute très pressé de rentrer chez vous à Bolton, n'est-ce pas ?

Il s'affale sur une chaise.

— Je… euh… Eh bien, oui et non. C'est compliqué.

Je ne vais pas tourner autour du pot. Il faut que je sache.

— Compliqué, hein ? Et est-ce que par hasard ç'aurait un rapport avec Terry ?

Il sursaute, prend une grande inspiration, souffle longuement.

— Oui, c'est à cause de Terry, admet-il.

— C'est bien ce que je pensais.

On ne peut pas tromper Veronica McCreedy. Je suis peut-être une vieille peau, mais je me rappelle encore ce que c'est qu'aimer. Je me souviens aussi du supplice de la séparation.

— Vous n'arracherez jamais cette fille à ses pingouins, lui dis-je. Ils sont sa passion, sa vie, sa vocation. Et même si vous y parveniez, elle finirait par vous haïr.

J'en suis absolument convaincue, et Patrick doit le reconnaître. Ses épaules s'affaissent.

— Probablement, dit-il d'un ton résigné.

Je le sonde du regard. Je commence à comprendre le fonctionnement de son esprit. Je vais devoir aborder le sujet avec précaution pour ne pas lui donner l'impression de faire des choix à sa place.

— Réfléchissez, Patrick. Tout n'est peut-être pas perdu. Il existe une solution.

S'il l'envisage de lui-même, je saurai qu'il est sérieux.

— Laquelle ? Que je reste ici, moi, c'est ça ? Ils n'accepteraient jamais. Impossible.

Ce garçon ignore totalement ses propres qualités.

— Ils aiment votre cuisine, souligné-je. Et vous avez réparé le générateur. Vous possédez des compétences pratiques très utiles. Vous m'avez dit vous-même que vous étiez passé maître dans l'art de manipuler les manchots. En outre, vous avez accumulé une somme impressionnante de connaissances sur cette espèce grâce à vos lectures.

À mesure que je parle, je vois ses yeux s'agrandir. Je suis moi-même gagnée par l'enthousiasme.

— Une personne telle que vous serait un véritable atout pour ce centre. Et la base est assez grande pour accueillir un résident supplémentaire. Si vous pouviez bénéficier d'un modeste financement… du parrainage d'un mécène privé…

Les yeux de Patrick sont maintenant ronds comme des soucoupes.

— Où voulez-vous en venir, Granny ?

Je m'éclaircis la gorge et choisis mes mots avec soin.

— Eh bien, étant donné que les scientifiques m'ont hébergée bien plus longtemps que prévu et dans des circonstances d'une difficulté extrême, j'aimerais, outre la pérennité du projet, financer un poste supplémentaire pour un chercheur.

Il bondit de sa chaise.

— Vous feriez ça, Granny ?

Il me rappelle un gros chien tout fou à qui on aurait offert son jouet préféré.

— À une condition, bien sûr : que ce chercheur soit vous. Cela vous plairait-il de rester ici, si j'y parvenais ?

Il me saute dessus et me serre dans ses bras. C'est la deuxième fois que cela se produit. Je viens de me métamorphoser à ses yeux, passant de vieille bique à ange rayonnant en un instant.

— Patrick, je vous en prie, cessez donc !

Il obéit et recule docilement. Du bout de mon mouchoir, je me tamponne les yeux. Encore ce problème d'humidité...

Entre-temps, Patrick commence à envisager les conséquences possibles de ce plan. Il retombe sur sa chaise. Il a maintenant l'air aussi abattu qu'un chien à qui on aurait retiré son jouet préféré.

— Granny, merci d'avoir eu cette idée. Vous êtes géniale. Mais ça ne marchera jamais. Ils forment leur propre petit club fermé, ici. Ce sont de vrais scientifiques. Moi, je ne suis qu'un bon à rien, un squatteur. Même si vous les payez ils n'accepteront jamais que je reste.

Je replie mon mouchoir et le range avec soin dans mon sac à main.

— Et moi je crois que si. Mieux, je le sais.

— Comment ça ? Qu'est-ce que vous voulez dire ? Ils vont accepter ?

Je confirme d'un signe de tête.

— Vous avez parlé à Dietrich ?

— En effet. Et il trouve que c'est une idée fantastique.

— Vraiment ?

Son enthousiasme de chiot fou est de retour, mais ça ne dure pas.

— Mike ne sera jamais d'accord. Il me déteste.

— Au contraire, Patrick. Je me suis également entretenue avec lui. Il reconnaît votre valeur sans réserve. Il a insisté pour que l'on vous encourage à demeurer ici et apporter votre aide au projet.

Oui, j'arrange un peu la vérité. Patrick n'a pas besoin de savoir les trésors de persuasion qu'il nous a fallu déployer, Dietrich et moi, pour convaincre Mike. J'attends qu'il pose la question suivante. Pas longtemps.

— Et... Terry ? Elle deviendra bientôt la patronne, ici. Avez-vous abordé le sujet avec elle ? demande-t-il d'un ton anxieux.

C'est assez amusant d'observer la tension, l'angoisse et l'espoir se succéder sur son visage.

— Je n'en ai pas encore parlé à Terry. Je préférais m'assurer du soutien des autres avant tout. J'ai pensé que, trop soucieuse de ne pas défendre son intérêt personnel, elle se sentirait obligée de dire non. Et je voulais aussi vérifier que vous aviez réellement envie de rester.

— Oh oui, Granny, j'en ai une putain d'envie !

Tout se goupille donc à merveille.

— Vous êtes fantastique, Granny. J'arrive à peine à y croire !

— Votre patron de la boutique de vélos pourra se débrouiller sans vous ?

— Oui, Gav n'y verra aucun problème. Il connaît un tas de gens qui pourraient prendre ma place, pas de souci.

— Parfait.

— Cela dit, je lui dois beaucoup. Et il va sacrément me manquer.

Ce serait gratifiant qu'il daigne dire la même chose de moi, mais je refuse de m'autoriser à nourrir quelque espoir à ce propos. Je suis d'autant plus agréablement surprise quand il ajoute :

— Mais vous, Granny ? J'aurais aimé profiter un peu plus de votre compagnie, maintenant qu'on s'est retrouvés.

Oui, très agréablement surprise.

Il se passe la main dans sa tignasse.

— Vous ne songez pas… Vous ne songez tout de même pas à rester ici à demeure, si ?

À vrai dire, l'idée m'a traversé l'esprit. Toutefois, même mon excentricité connaît des limites. Sans compter qu'à mon âge, un certain niveau de confort matériel est nécessaire, je m'en rends compte, désormais. Ç'a été assez dur de survivre à « l'été » de l'Antarctique, je frémis en pensant à ce que doit être l'hiver ici, sur l'Île au Médaillon.

— Mon rôle au sein du projet pingouins se limitera à celui de pourvoyeuse de fonds, informé-je Patrick. Je vais rentrer en Écosse, comme prévu.

— Eh bien, je viendrai vous voir chaque fois que je me trouverai dans le bon hémisphère, promet-il. Et à ce moment-là, peut-être pourrait-on lancer les recherches concernant mon père ?

J'acquiesce d'un signe de tête, reconnaissant notre besoin mutuel d'en savoir plus.

Nous demeurons silencieux, chacun méditant aux perspectives à venir.

— J'ai beaucoup réfléchi à ma propre situation, lui confié-je ensuite. J'aimerais exploiter le potentiel de ma superbe propriété bien plus que je ne l'ai fait jusqu'à présent. On peut souffrir de la solitude dans un tel endroit, et il serait égayé par des rires d'enfants. Pensez-vous que votre ami Gavin accepterait de venir y séjourner avec sa famille de temps à autre ? J'aimerais beaucoup faire la connaissance de sa fille, Dora.

— Euh… c'est Daisy.

C'est d'un pénible que cette fillette soit affublée d'un prénom aussi banal !

— Dora, Daisy... peu importe. Pensez-vous qu'elle aurait envie de venir passer quelques jours chez moi ? Bien entendu, elle serait obligée d'endurer ma compagnie, mais elle et son frère devraient réussir à trouver de quoi s'amuser au moins un peu.

— Granny, je suis sûr qu'ils adoreraient ça ! Daisy et vous, vous allez vous entendre comme larrons en foire !

Ce sera une consolation. Je redoute tous ces adieux imminents. Dire au revoir à Pip sera le plus dur, car je sais que je ne le reverrai jamais. Je n'aurai pas la force d'effectuer un deuxième voyage comme celui-ci. Et croyez-moi, l'affection qu'on peut éprouver envers un jeune manchot ne connaît presque aucune limite.

Je fais confiance à Terry et aux autres pour garder un œil sur lui tant que ce sera possible, mais ils ne pourront pas le protéger des dangers multiples qui le guettent en mer. Avec un peu de chance, il me survivra. Les manchots peuvent vivre jusqu'à vingt ans et plus, m'a-t-on dit. L'équipe de l'île au Médaillon le verra peut-être revenir année après année, et si c'est le cas, je sais qu'ils m'enverront de ses nouvelles. Pourtant, je dois me préparer au pire. S'il est aujourd'hui trop gros pour les stercoraires, les léopards de mer prendront bientôt le relais en tant que péril numéro un.

Je dois me montrer forte. Cette petite Daisy offrira peut-être un nouveau sens à mon existence. Je pourrais même lui dire deux ou trois choses de ma propre vie. Je commence à penser que c'est parfois une bonne idée de confier ses émotions à autrui. Du moment que vous choisissez cet autrui avec précaution.

Patrick paraît encore tout électrisé. Il y a un autre sujet que je voulais aborder… Mais lequel ? Il m'est complètement sorti de l'esprit, c'est très frustrant. Je sais qu'il était pourtant important.

54

Patrick

Île au Médaillon

— Daisy et vous, vous allez vous entendre comme larrons en foire ! dis-je à Granny.

Et c'est la pure vérité. Je les y vois déjà. Une nouvelle mission fera le plus grand bien à Granny V. Elle a besoin de s'occuper de quelqu'un comme elle a pris soin de Pip ces dernières semaines. Cela révèle ce qu'il y a de meilleur en elle.

Une pause s'étire, pendant laquelle Granny semble ruminer la suite.

— Votre Terry, dit-elle enfin.

Terry. Ce nom si doux. Ce nom qui m'emplit d'espoir.

— Elle est unique, une perle rare. Une perle rare, vous m'entendez ?

— Inutile de crier, Granny, je vous entends très bien.

— Vous avez intérêt à prendre soin d'elle, sinon je reviendrai illico en Antarctique – même si c'est depuis la tombe – pour vous hanter.

Le blog des pingouins de Terry

6 février 2013

Du côté des manchots, les bonnes nouvelles se succèdent ! Pip se porte à merveille et passe de plus en plus de temps avec ses semblables. Ses plumes se développent peu à peu et il a gagné une crête de Mohican.

Et vous vous souvenez de celui qu'on appelle Sooty ? Eh bien je suis ravie de vous annoncer qu'il a trouvé une partenaire – une ravissante dame-pingouin aux yeux vifs. La dernière fois qu'on l'a vu, il avait l'air pas peu fier, et un tantinet étonné. Quant à elle, elle lui paraissait totalement dévouée. Je suis peut-être fleur bleue, mais je suis toujours émue par le merveilleux amour des manchots. Il est trop tard cette année pour que le nouveau couple ponde des œufs, mais je suis sûre qu'ils vivront heureux ensemble de longues années.

55

Veronica

Île au Médaillon

Les charmes de la vie sont multiples et variés, même quand on a quatre-vingt-six ans comme moi. Si vous me le permettez, j'aimerais développer : certes, la vie apporte son lot de souffrances et de problèmes en cascade (en bataillons, dirait Hamlet), mais elle sait aussi, au moment où vous êtes sur le point d'abandonner, offrir de délicieux ravissements. Elle vous réserve parfois de bonnes surprises, sous la forme d'un petit-fils dont vous découvrez soudainement l'affection, d'un groupe de scientifiques qui vous témoignent une amitié inattendue, d'une fille qui prend la peine d'écouter et de comprendre. Elle vous offre des épiphanies délivrées par une horde d'oiseaux courts sur pattes et criards. Elle fait renaître un espoir neuf dans un vieux cœur convaincu de longue date que l'humanité tout entière était mauvaise, un cœur que le monde révulsait.

La vie sait être généreuse. Elle est capable de guérir ce cœur, de chuchoter qu'il est toujours possible de recommencer, jamais trop tard pour changer les choses. D'affirmer qu'il existe d'innombrables raisons de vivre. Et l'une de ces raisons – l'une des plus joyeuses et inattendues –, ce sont les pingouins.

Nous observons l'océan. Un grand navire gris mouille dans la baie au milieu des icebergs. Mes valises sont rassemblées à mes pieds.

Un vers de *Hamlet* me trotte dans la tête. Je ne l'ai probablement pas mentionné jusqu'ici, mais je suis dotée d'une mémoire si robuste que je peux citer des passages entiers du Shakespeare de mon enfance.

Je me murmure les mots à moi-même : « Ceci par-dessus tout : sois vrai envers toi-même*. » Et dans leur sillage me reviennent ceux de mon père, ceux qui me poussent à emporter mes pinces à déchets quand je pars me promener : « Il y a trois sortes de gens, Very. Ceux qui rendent le monde pire, ceux qui n'y changent rien, et ceux qui le rendent meilleur. Sois parmi les derniers, si tu le peux. »

Je me rappelle son visage quand il les prononçait, son sourire chaleureux et la fumée de ses Woodbine qui s'élevait en douces volutes dans la cuisine. Comme j'aurais aimé que ma mère et lui vivent jusqu'à un âge avancé pour me guider à travers les divers tourments de la vie ! Comme ils me manquent, encore aujourd'hui !

Je me détourne des autres, un nœud dans la gorge, pour admirer une dernière fois les rudes paysages de

---

* *Hamlet*, acte I, scène 3 (traduction de Guizot).

l'île au Médaillon. Les rochers escarpés saillant sur un ciel bleu-gris infini. Les mouettes qui tournoient au-dessus des congères et des lichens multicolores. Les ruisseaux d'eau de fonte scintillant sur les sombres roches volcaniques. Je veux tous les réunir dans mon esprit, les emporter avec moi, ou du moins dans mon souvenir. Je reste immobile un moment à respirer profondément.

Je n'ai pas dit à Patrick que j'ai changé d'avis en ce qui concerne mon héritage. Je rédigerai un testament dès que je poserai le pied sur les rivages verdoyants de l'Écosse, mais je ne léguerai pas mes millions au projet pingouins, en fin de compte. Je laisserai chaque centime à mon petit-fils. À lui de choisir comment s'en servir. Je m'inquiéterai toujours de la planète et de toutes les horreurs que les humains lui font subir, mais il y a des limites à ce que peut accomplir l'argent. Parfois, il faut laisser le cœur décider des événements.

J'ai confiance en Patrick. Et s'il déraille, il aura Terry, en qui j'ai encore plus confiance. Je peux me tromper, mais je crois que les manchots Adélie en verront leur sort grandement amélioré, quoi qu'il arrive.

Il est l'heure de faire mes adieux. Divers petits hommes m'attendent aux différentes étapes de mon voyage pour m'aider à transporter mes valises de bateaux en avions. Mes bagages se sont allégés depuis mon arrivée, débarrassés du cardigan turquoise à boutons dorés – sacrifié à une juste cause –, d'un sac à main écarlate irrémédiablement ruiné et d'une certaine quantité de savon et de Darjeeling.

Pip est ici, avec nous. Je peux à peine le regarder.

— Vous êtes tout à fait sûre de ne pas vouloir rester ici, en Antarctique, avec nous, Granny ? demande Patrick.

Je devine les gesticulations frénétiques que lui adressent les scientifiques derrière mon dos, secouant vigoureusement la tête et mimant sans doute le geste de s'égorger. Je suis tentée un instant de répondre : « Si, j'ai décidé de rester sur l'île au Médaillon jusqu'à mon dernier souffle », mais je crois que Mike n'y survivrait pas. Alors je me résous à dire la vérité :

— Non. Il est temps pour moi de rentrer. L'île au Médaillon vous appartient, à vous les jeunes. Occupez-vous de votre avenir, de l'avenir des pingouins et de celui de la planète. Ce n'est pas un endroit pour moi, plus maintenant. Il me faut un mode de vie qui inclut de l'eau chaude en quantité illimitée, des légumes frais, un faux feu électrique et un choix de services à thé convenables. Les grands cèdres des Ballahays commencent aussi à me manquer. Et puis Eileen a besoin de moi.

Terry s'avance.

— Vous nous enverrez des e-mails, n'est-ce pas ?

— Des e-mails !

Je ne crois pas, non.

— Les e-mails, ce n'est pas trop son truc, à Granny, explique Patrick.

— Vous devriez peut-être vous acheter un ordinateur, madame McCreedy, suggère Dietrich.

Quelle idée ! Je fronce les sourcils.

— C'est tout à fait hors de question. Je vous écrirai de véritables lettres, à l'encre de ma plume. Je suis certaine qu'Eileen aura la gentillesse de les transcrire dans son ordinateur. Et je lui demanderai de m'imprimer vos réponses. Et, bien sûr, une copie de votre bidule, Terry.

— Vous voulez parler du blog ?

— Oui.

Le mot m'a échappé un instant.

— Il ne sera pas pareil sans vous, Veronica.

— Rien ne le sera, ajoute Mike avec un clin d'œil.

— Vous allez nous manquer, déclare Dietrich en me serrant la main.

C'est ensuite au tour de Mike.

— Prenez soin de vous, dit-il. Vous n'allez peut-être pas me croire, mais je suis content que vous soyez venue.

Je le regarde, stupéfaite.

Patrick et Terry m'enlacent, puis me tendent Pip. Je caresse ses plumes. Il ne reste plus beaucoup de duvet de bébé, seulement une sorte de petit chignon comique qui se balance dans le vent quand il bouge la tête.

Je sais que je ne reverrai jamais ce manchot, ce petit ami replet qui a tout changé. Il frotte sa tête contre ma main dans un geste affectueux, comme si lui aussi en était conscient.

Je touche mon médaillon, pendu à mon cou sous les multiples couches de vêtements, le métal lisse contre ma peau. Il est bien rempli, à présent. En plus des quatre mèches d'origine, il contient désormais deux nouveaux échantillons de cheveux humains, et une minuscule touffe de duvet de manchot.

Mes yeux s'embuent encore une fois, ce qui m'agace prodigieusement. Ça devient une habitude, on dirait.

Je me tourne vers le bateau.

Le blog des pingouins de Terry

9 février 2013

Que de changements au centre de recherche de l'île au Médaillon ! Les jeunes sont arrivés à maturité, couverts de plumes, et ils prendront bientôt leur envol pour leur premier voyage en mer. Ils appréhenderont les vagues immenses, mais ils se jetteront à l'eau sans trembler. Surmonter leur peur est une de leurs grandes qualités. Nous serons tristes de les voir partir. Notre cher Pip sera parmi eux. Nous l'avons habitué peu à peu à la colonie et il passe désormais de plus en plus de temps avec ses congénères. Une victoire et un soulagement.

Même si c'est tentant, nous nous efforçons de ne pas considérer les pingouins comme des humains miniatures noir et blanc. Ils sont très différents de nous et possèdent des qualités qui leur sont propres. Pip, comme les autres, et il est vital qu'il interagisse avec ceux de son espèce et découvre tous ces aspects mystérieux de la vie de pingouin que nous, humains, ne comprendrons jamais et ne pouvons qu'admirer. Les mois passés en mer seront riches de nouvelles aventures pour lui.

Nous sommes tous très fiers de lui, surtout Veronica.

Nous sommes tristes que son séjour ici ait touché à sa fin, mais ravis d'accueillir une nouvelle paire de bras venue prêter main-forte à l'équipe : Patrick, qui n'est autre que le petit-fils de Veronica !

Veronica a promis qu'elle continuerait à défendre la cause des manchots depuis chez elle, sur la côte ouest de l'Écosse. Ç'a été un privilège de l'avoir ici avec nous. Nous n'oublierons jamais sa visite.

56

Veronica

Les Ballahays
Mars 2013

— Vous êtes sûre, madame McCreedy ?

— Tout à fait sûre, Eileen.

Elle arbore son air perplexe tandis qu'elle passe en revue toute explication plausible à mon comportement incohérent.

— C'est à cause des pingouins ?

— En quelque sorte, oui. On peut dire que les pingouins ont tout changé.

— Changé en bien ?

— Oui, tout à fait. Assurément. On pourrait même dire que les pingouins m'ont sauvée.

— Oh, madame McCreedy, c'est fantastique !

Au lieu de répondre, j'étudie mon reflet dans le miroir au cadre doré posé sur le manteau de la cheminée. La Veronica McCreedy qui me rend mon regard est toujours aussi disgracieuse, malgré les couches généreuses de rouge à lèvres et de crayon à sourcil. Néanmoins, je suis consciente qu'une métamorphose considérable s'est produite en moi.

— Donc, juste pour m'assurer que j'ai bien compris, poursuit Eileen comme si elle s'attendait à ce que je revienne sur les consignes que je lui ai données. Vous voulez que je prépare les lits des deux chambres avec vue sur la roseraie ?

— C'est cela. Et Eileen, pensez à bien faire la poussière sur les coiffeuses, et passez-les donc à la cire. Elles n'ont pas servi depuis des années.

— Bien sûr, madame McCreedy. (Elle marque une pause près de la porte.) Ça peut être bruyant, me prévient-elle.

— Quoi ? Les coiffeuses ?

— Non, les enfants.

— Faites-moi plaisir, Eileen, croyez-moi ou pas, j'ai bien réfléchi.

Évidemment, je ne suis pas pressée de voir la sérénité des Ballahays perturbée par de jeunes enfants qui courent partout. Pourtant, je me sens investie d'une mission en ce qui concerne cette petite Daisy, et j'ai besoin de la rencontrer. Comme elle n'a que huit ans, il serait déraisonnable d'espérer qu'elle vienne jusqu'ici seule, sans personne de sa famille pour l'accompagner. Je me suis donc engagée, avec une certaine témérité, à les recevoir tous les quatre. J'ai envoyé l'invitation par lettre manuscrite et reçu avec soulagement une réponse enthousiaste et polie par courrier postal. Je crois que Patrick a envoyé des e-mails d'explications à son ami de la boutique de vélos ; il semblerait aussi que le blog de Terry ait gagné un public restreint mais de qualité dans la ville de Bolton. Et si j'ai bien compris, il y a aussi une question de dette à rembourser auprès de Gavin. (Je ne peux me résoudre à l'appeler « Gav ». Je ne comprends pas pourquoi, de nos jours, les gens s'entêtent à enlaidir leur nom.)

Eileen va chercher des brassées de draps propres dans la buanderie.

— Ne vous inquiétez pas, madame McCreedy. Je reviens fermer la porte dès que j'ai les mains libres, annonce-t-elle en sortant de la pièce.

— Ne vous donnez pas cette peine, Eileen. La porte peut rester ouverte.

Afin que Pip puisse entrer et sortir… mais non. Je dois me faire à l'idée : Pip n'est plus avec moi. Il est à l'autre bout du monde. J'espère de tout mon cœur qu'il est en vie et se porte bien. Les pingouins ont-ils de la mémoire ? Pensera-t-il à moi, parfois ? Mon cœur se serre. Je le vois comme s'il était là : tout excité, avec ses ailerons écartés, sa nouvelle parure luisante de plumes noires et blanches, ses yeux brillants de détermination. En ce moment même, il est peut-être lancé dans de folles glissades sur la neige avec ses amis manchots. Ou bien il nage dans les profondeurs bleu-vert, à la poursuite de poissons. Ou encore il surfe sans peur sur les vagues ensoleillées d'un océan Antarctique déchaîné.

J'avais oublié combien les enfants sont petits. Alors que le garçon se cache derrière son père – plutôt corpulent, lui – pendant les présentations, Daisy s'avance en sautillant. Elle est minuscule, vêtue d'une salopette jaune vif, coiffée d'un foulard à pois serré sur la tête. Elle a un petit air résolu et curieux. La pâleur de son teint et son crâne chauve sont des témoins de la maladie, mais cette dernière ne semble pas avoir affecté ses réserves d'énergie. Elle parle vite, ses gestes sont vifs. Elle débite un charabia à toute vitesse en filant sans s'arrêter dans l'entrée. Ses parents se confondent en excuses timides.

Je prépare le thé.

Après une intense réflexion concernant le choix du service à thé le plus adapté, je me suis décidé pour la porcelaine de Coalport. Distingué, sans être trop intimidant pour qui n'est pas habitué aux raffinements de la vie. Dans sa grande sagesse, Eileen a apporté des cupcakes. Ils sont affreux, couverts d'un glaçage rose et violet criard ainsi que de petites billes argentées qui représentent un danger certain pour les dents. Je les ai tout de même présentés sur des napperons, agrémentés d'une sélection de gaufrettes au caramel et de *shortbreads* – et non de biscuits au gingembre. Nous emportons le tout au salon sur la desserte à thé. Eileen fait passer les gâteaux et les biscuits tout en informant la compagnie que la météo en Ayrshire n'est généralement pas aussi mauvaise.

— Ne vous y trompez pas, les avertis-je. Le temps est souvent bien pire encore.

— Mais pas aussi froid qu'en Antarctique, tout de même ? souligne Gavin.

— En effet, le climat écossais me semble avoir bien changé. Il me paraît beaucoup plus doux depuis mon récent voyage.

Tandis que nous sirotons notre thé, nous parlons de Patrick. Je suis en mesure d'assurer à Gavin et sa femme que mon petit-fils se révèle un atout considérable pour l'équipe de l'Île au Médaillon. Il est très occupé, et autant que je sache, parfaitement heureux. Gavin pose beaucoup de questions sur Terry, et j'accepte de répondre à certaines. Je garde cependant pour moi la satisfaction que j'éprouve à l'égard du potentiel que j'ai contribué à créer entre Terry et Patrick. Pendant la discussion, les enfants se débrouillent très vite pour se barbouiller la figure de glaçage rose et violet.

— On peut aller explorer ? On peut visiter la grande maison ? réclament-ils.

À peine ai-je donné ma permission que les voilà partis comme des flèches, déchaînés. Je les entends pousser des cris stridents à chaque nouvelle découverte, cavaler dans les escaliers, hululer dans les alcôves pour en tester l'écho. Je m'efforce de juguler un sentiment croissant d'horreur.

Gavin et sa femme me disent que leur progéniture va vite se calmer, et qu'ils ont des jouets qui devraient occuper les enfants un bon moment. Tous deux sortent sous le crachin pour aller chercher les jouets susmentionnés dans la voiture, ainsi que le reste de leurs bagages. Eileen les accompagne. Le petit garçon, ayant eu vent de leur sortie, leur court après en rugissant un charabia incompréhensible à propos d'un « robo-saurus ». Je frémis rien qu'à l'idée d'un tel engin.

Je note qu'entre-temps Daisy est revenue au salon, occupée à présent à ouvrir tous les tiroirs de la commode. J'ai très peur qu'elle ne renverse le candélabre.

Je m'assieds sur le canapé et tapote la place à côté de moi.

— Viens t'asseoir avec moi, Daisy. Je veux te parler de quelque chose.

— De quoi, Veronica ?

Non mais franchement : m'appeler par mon prénom alors qu'elle est minuscule, que je suis son aînée d'un grand nombre d'années et qu'elle me connaît depuis vingt minutes à peine ! Où va le monde ? Je décide néanmoins de ne pas m'en formaliser.

— J'ai quelque chose de très important à te dire, insisté-je.

— Important comment ?

Elle ne va pas se laisser convaincre si facilement.

— Important pour le monde entier, pour la planète et tous ses habitants. Important pour moi. Et, parce que tu es l'avenir, Daisy, important pour toi.

Ça y est, j'ai éveillé son intérêt. Elle abandonne son exploration de la commode et court se percher à côté de moi.

— Mais je ne te le dirai que si tu te tiens immobile et que tu ne fais aucun bruit.

— Je sais faire ça, déclare-t-elle d'une voix vive et forte. Je suis capable de ne pas bouger. Regarde.

Elle se fige dans une pose comique.

— Et je peux être très silencieuse, aussi, chuchote-t-elle. Comme une petite souris. Tu vois.

Je la laisse patienter quelques instants. Le silence est absolument délicieux. Elle me regarde d'un air avide.

Je vais bien m'amuser.

— Écoute, Daisy. Je vais te raconter tout ce qu'il y a à savoir sur les pingouins…

ÉPILOGUE

Giovanni repose sur un lit d'hôpital à Naples. Il est à peine conscient des personnes rassemblées autour de lui. Il ne sait pas qu'il y a là quatre générations de sa famille, venues l'accompagner jusqu'à son dernier souffle. Dans son esprit dansent des fragments du passé, vifs et décousus.

À présent tournoient dans sa tête des images des années qu'il a passées dans le nord de l'Angleterre, en tant que prisonnier de guerre. Il se concentre sur une année en particulier, l'année où il a rencontré cette fille anglaise si belle. Comment elle s'appelait, déjà ? Veronica, c'est ça.

Giovanni ne se rappelle plus comment leur liaison s'est terminée ; il ne se souvient plus de son retour à la maison après la guerre, de s'être confié à sa mère et de lui avoir annoncé son projet de retourner en Angleterre chercher Veronica. Sa mère n'avait rien voulu entendre : Veronica l'avait oublié, disait-elle, ça ne faisait aucun doute. Il ferait bien mieux d'épouser une gentille Italienne, et justement, il y en avait une tout à fait convenable et bien pressée de le revoir. Giovanni avait suivi le conseil de sa mère. Il s'était parfois demandé s'il avait eu raison, s'il aurait pu rendre Veronica heureuse sur le long terme. Est-ce que leur histoire aurait pu marcher ? Ils étaient tous deux si passionnément amoureux… mais ils étaient si jeunes aussi, et souffraient d'un tel manque d'affection…

Peu à peu, sa nouvelle vie s'était imposée. Il s'était construit sa propre famille, joyeuse et exubérante. Au cours des ans, elle lui avait causé d'innombrables migraines et offert des joies sans pareilles, accaparant ses pensées.

Mais en cet instant, Veronica lui revient à l'esprit. Un sourire flotte sur les lèvres de Giovanni. La belle Veronica ! Son image est vivace et nette. Elle arpente à grands pas la campagne du Derbyshire, le regard résolu, sa robe couleur de coquelicot soufflée par la brise. Veronica : sincère, volontaire, et merveilleusement vivante. Comme elle brille ! Peu importe les obstacles que la vie mettra sur son chemin, elle surmontera toutes les épreuves. Quoi qu'elle fasse, elle sera extraordinaire.

COLLECTION
« INSTANTS SUSPENDUS »

Si la vie te donne des citrons,
fais-en une tarte meringuée
Charlotte Léman

Dans la vie, Clémence a tout pour être heureuse : un mari qui réussit, un adorable fils de dix-sept ans et un travail d'assistante dont elle connaît tous les rouages. Un si bel équilibre vaut bien quelques concessions, alors avec le temps, elle a appris à arrondir les angles.
Son petit monde s'effondre le jour où son mari la quitte pour une femme plus jeune. Cerise sur le clafoutis, il lui annonce qu'il reste dans leur appartement tant que celui-ci ne sera pas vendu !
Clémence va devoir choisir : désespérer ou reprendre sa vie en main. Cette épreuve pourrait bien devenir l'occasion d'une revanche...

Après avoir sillonné le monde, Charlotte Léman s'est installée en Suisse alémanique. Depuis 2017, elle s'inspire de ses aventures pour écrire des romans à mi-chemin entre feel-good *et comédie.*

Un roman acidulé, qui croque notre époque avec humour

304 p. / ISBN 978-2-8098-4181-7 / 18 €

Quand les hasards sont des rendez-vous
Magali Discours

Dans le bar de Jocelyne, les habitués sont comme une famille. Il y a l'ancien : Papé, quatre-vingt-cinq ans, un sans-abri. Et les jeunes : Lisa, encore étudiante, et ses amis, avec lesquels elle a formé une troupe de théâtre amateur.
Un soir d'été, Papé quitte ce monde.
Ses petits-enfants de cœur deviennent les gardiens d'un étrange héritage : ses valises pleines de souvenirs et de secrets. Ils découvrent que même les vies les plus humbles recèlent des trésors !
Ils décident alors de faire de l'histoire de Papé un spectacle de rue. L'aventure qui les mène sur les routes de France leur réservera bien des surprises...

Née en 1971 à Bastia, Magali Discours a grandi dans le Var et à Nice. Désormais installée en Bourgogne Franche-Comté, elle enseigne l'italien dans un lycée de Beaune.

Un roman qui révèle le pouvoir salvateur des souvenirs

240 p. / ISBN 978-2-8098-4185-5 / 17 €

Les Indécis
Alex Daunel

« Je ne vous ai pas demandé qui vous étiez, mais quoi. Quel genre littéraire ? » Voilà comment Max, trente-trois ans, est accueilli à son arrivée dans un bâtiment administratif froid et austère qui lui est étranger. Ne sachant que répondre, Max est envoyé dans le bureau de sa défunte professeure de français, Mme Schmidt, qui lui annonce qu'il vient de mourir dans un accident de voiture. Il n'est pas au Paradis ni au Purgatoire, mais à l'Inspiratoire, où Max doit choisir un genre littéraire. Ainsi il inspirera un auteur sur terre qui le transformera en personnage de roman pour l'éternité.
Choqué par sa mort brutale, Max a plus de questions que de réponses. Il est ce que l'on appelle un « indécis ». Pourtant il doit faire vite : il n'a que vingt-quatre heures pour prendre la plus importante décision... de sa seconde vie !

Née en 1979 dans la Vienne, Alex Daunel découvre le plaisir de l'écriture au lycée, encouragée par sa professeure de lettres. Après avoir séjourné en Australie, aux États-Unis et au Japon, elle s'installe à Paris. Les Indécis *est son premier roman.*

Une déclaration d'amour aux livres qui nous ont fait grandir et rêver

304 p. / ISBN 978-2-8098-4224-1 / 18 €

Pas d'ombres sans lumière
Dorothée Catoune

Adèle et Lisa évoluent ensemble depuis l'enfance. Elles sont comme nombre d'entre nous : en quête d'un modèle social idéalisé et, par là même, toujours inaccessible.
Comment se hisser dans la société quand on part de rien ? Quels sont les cadres des relations ? De quoi sommes-nous capables pour obtenir un peu de reconnaissance ? Quels sacrifices amènent à une plus grande part de bonheur ?
L'épopée de Lisa et Adèle nous invite à traverser ces questions qui font l'essence de notre vie. Y trouveront-elles les bonnes réponses ?

Dorothée Catoune est docteur ès lettres. Elle enseigne la communication et la littérature moderne à l'université dans le Nord de la France.

À la recherche du sens de nos vies

368 p. /ISBN 978-2-8098-4223-4 / 18 €

Je suis venue te dire
Cynthia Kafka

Rose a vingt-huit ans, l'âge où nous avons trouvé notre voie d'adulte. Pour elle, ce n'est pourtant pas le cas. Sa vie est un édifice sans caractère ni éclat. Elle ne sait pas comment allumer l'étincelle qui la fera briller, mais elle connaît la cause de ce désastre : son géniteur.
Après dix ans d'absence, elle retourne dans sa ville natale à la rencontre de ce père tant haï pour enfin régler ses comptes et retrouver l'espoir de se construire. Mais la situation lui échappe lorsqu'elle le découvre en soins palliatifs, dans l'incapacité de répondre à ses questions, ne pouvant que l'écouter.
Entre ses croyances d'enfant et ses rancœurs d'adulte, Rose part à la découverte de cet autre pour s'accepter. Mais comment trouver la force du pardon quand on s'est construite dans la colère ?

Cynthia Kafka est une ancienne professeure des écoles devenue blogueuse par envie, rédactrice de guides de développement personnel par hasard et autrice par passion.

Les derniers mots doivent être faits d'amour

304 p. /ISBN 978-2-8098-4188-6 / 18 €

Cet ouvrage a été composé
par Atlant'Communication
au Bernard (Vendée)

Impression réalisée par

NORMANDIE ROTO IMPRESSION S.A.S.
à Lonrai (Orne)

en octobre 2021
pour le compte des Éditions de l'Archipel
département éditorial
de la S.A.S. Écriture-Communication

Imprimé en France
N° d'impression : 2105451
Dépôt légal : novembre 2021